D1080917

La Foire aux mules

DU MÊME AUTEUR

La Fourche à loup.
Éditions Mazarine, 1985.

132

75, rue des Saints-Pères, Paris VIe

Michelle Clément-Mainard

La Foire aux mules

roman

MAZARINE

A la mémoire de mon père Octave Mainard,
le petit-fils de Louis et de Marie.

La nuit où l'écurie aux mules brûla

14 septembre 1852

— Fallait encore que tu te fourres là-dedans ! Crois-tu que ce soit la place d'une fille de ton âge ? Serre au moins le lien de ta camisole : quand tu te penches, on te voit jusqu'au nombourail ! Et tu peux jeter les yeux alentour, les autres drôlières sont restées à la paillasse... Demain, ça fera le tour du village. Je les connais, depuis le temps, et ça me sonnera aux oreilles ! « Ma pauvre, savez-vous pas, Marie Therville, la chambrère aux Lebrault, elle a fait la chaîne avec les hommes ! »

— Et on dira aussi, comme si je l'entendais : « Madeleine Chapeleau, la grande valette aux Sabouréau, elle y était aussi pour grommeler le monde, comme à son habitude » et on racontera aussi que...

— Moi, de l'âge que j'ai, ça n'est pas pareil, les gens ont moins à dire que sur une jeunesse. Déjà qu'avec ton histoire de fourche à loup ! Et tu crois peut-être que je vois pas ton pied enflé comme une courge, que tu n'arrives même plus à le caler dans ton sabot ?

— Oh ! Madeleine, arrête un peu, veux-tu ? On n'est pas de trop, tu peux voir. J'ai entendu le patron dire que la chaîne partait à présent de la mare aux Thebaud, et que si ça continuait il faudrait prendre à Fontcreuse. Alors tu penses s'ils s'en occupent, que je sois déjabotée !

Marie sourit à Madeleine et l'embrassa. Depuis un moment les seaux passaient moins vite, elles pouvaient souffler un peu. Madeleine changea de ton.

— Tu seras mieux nu-pieds. Quitte tes bots. L'eau froide, ça soulage les enflures et les démanchures de membres. On dirait que ça flamme moins haut, la pierre étouffe le feu. On n'aura pas besoin de Fontcreuse, je suis sûre... Quel malheur, quel grand malheur ! Et Lebrault qui prend ça tranquille — vu que tu as sorti ses bêtes, quitte à me faire mourir de chagrin ! Ça vaut mieux de brûler sa chemise que sa peau, il prétend !

Madeleine se tut, de nouveau les seaux de bois, les chaudrons, les marmites, tout ce qui pouvait puiser à la mare circulait, et chaque fois Marie recevait, du récipient tendu par la servante, une coulée d'eau fraîche sur son pied douloureux.

Madeleine avait raison : les flammes perdaient de leur force et de leur hauteur. Depuis deux heures, l'écurie aux mules brûlait : le feu avait pendant ce temps épuisé sa subsistance de foin, de paille, de planchers et de poutres. Tant d'efforts et tant de peine, pour qu'enfin il s'en aille de lui-même, comme une bête quitte le pré faute de pâture. Marie eut garde d'en faire réflexion à Madeleine, peut-être était-elle seule à sentir ce qu'il y avait de dérisoire dans ces goulées d'eau versées sur le brasier... Madeleine posa le dernier seau à terre.

— Tu vois, Marie, je te le dis parce que j'ai eu si grand-peur et qu'à l'abord je t'ai disputée fort, de nous tous cette nuit il n'y a que toi à avoir été d'utilité, en sortant les mules...

Marie s'assit dans l'herbe trempée, elle sentait à présent la fatigue et la douleur, mais se trouvait largement payée en retour par les paroles de Madeleine. Maintenant, la chaîne se disloquait, la cour n'était plus éclairée que de la lueur des braises, et Marie vit le Grand Mousin descendre de l'échelle dressée le long de la grange — il s'y était tenu dès son arrivée, au plus près de l'incendie, « vu que je suis celui qui a le moins de viande à griller », avait-il prétendu. Il se planta devant Madeleine.

— Je le savais ! D'en haut, je voyais ces deux cotillons se mêler au travail des hommes : j'en étais certain que c'était vous. Et des moments, ça ralentissait dur, de votre faute, et de ceux qui vous ont supportées là ! Enfin... Tous les gars de Sainte-Néomaye étaient venus, heureusement, en deux heures on a vu le bout, de la belle ouvrage ! Chapeleau, je me suis quand même rôti la couenne, ça me brûle que le diable, il faudra que tu me conjures, et je ne serai pas le seul. C'est à ça que tu seras le plus utile. Et toi, Marie Therville, pas la peine de me fusiller des œils, il faut toujours que tu te mettes...

Marie continuait de regarder Mousin en silence, il finit par s'éloigner en jetant d'un ton adouci :

— Pour moi, ça peut attendre. Que Madeleine s'occupe de toi d'abord ! Un Limousin, ça a la peau dure, y a pas le feu, pas vrai ?

Heureuse de retrouver le sourire de Mousin et ses plaisanteries. Marie se releva en s'appuyant fort sur Madeleine.

Tout avait commencé par ce rêve. Marie était de retour à Chaussauvent. Elle avait son âge d'à présent, seize ans, mais elle était redevenue toute petite et marchait sur la terre battue de l'unique pièce, qu'elle s'étonnait de trouver chaude et sèche sous ses pieds nus. Mémé Gâtard, elle, avait grandi : elle semblait immense, quoique penchée sur les braises où elle fourgonnait avec son bâton. Marie n'avait pas peur. Elle distinguait des formes à travers la fumée qui s'épandait dans la maison : son père, tout au fond, qui se cachait le visage, sa mère qui tournait le dos, sa sœur Louise qui toussait... Une odeur de brûlé suffoquait ; des hennissements, des piétinements emplissaient la maison de Chaussauvent qui flambait, et la mémé Gâtard se redressait en riant.

Marie s'était alors réveillée, avec ce bref sentiment

d'incertitude qui emmêle le rêve et la réalité : c'était elle qui toussait, c'était dans l'écurie du Chêne-Vert que les bêtes s'affolaient à la terreur du feu. Elle avait sauté de son lit, couru vers l'auberge, de l'autre côté de la cour, tambouriné à la porte.

— Au feu ! Au feu ! Patron ! Le feu est à la grange ! Vite !

Elle était repartie dès que Nicolas Lebrault avait ouvert les volets de la chambre haute, elle avait juste eu le temps de lui entendre dire — lui qui ne jurait au grand jamais — « Nom d'un chien ! » d'une voix qui lui était parvenue étrangement basse et sourde en écho de ses propres cris. Elle avait alors jeté, se forçant au calme, comme disant je vais voir aux poules ou aux lapins :

— Je vais détacher les mules, venez vite.

Les hurlements de Blanche Lebrault la poursuivaient pendant qu'elle contournait les bâtiments pour atteindre la porte de l'écurie.

— Laisse ça, petite malheureuse ! Tu vas y périr avec les bêtes ! Lebrault, empêche-la ! Marie !

« Petite malheureuse ! » Tout comme autrefois Madeleine, lorsqu'elle houspillait la bergère de la Colombière... Alors qu'elle se sentait à présent pleine de force et de raison, Marie Therville, et savait balancer la juste mesure de l'enjeu et du péril. D'un côté, trois carnes hors d'âge, les mules de Nicolas Lebrault, dont la plus forte ne tirait encore le char à bancs qu'à la condition de ne l'emplir point trop, toutes trois promises à crever de vieillesse par l'amitié que l'aubergiste leur portait... Et de l'autre, ce feu qui ne grondait pas encore, et dont Marie reconnut le crépitement avant d'ouvrir la porte, celui-là même qui montait autrefois du four à pain, lorsque Madeleine boutait la flamme à la paille avant de mettre les fagots d'épines. C'était le foin qui brûlait. Nicolas Lebrault l'avait jeté hier du grenier en prévision de la foire, il s'entassait au fond de l'écurie, juste à l'opposé des stalles où le vieil homme dorlotait ses mules. Le feu avait ronflé plus fort dès qu'elle avait ouvert la porte, l'appel d'air soufflait sur l'incendie. Elle ne pouvait refermer, les bêtes auraient été capables, dans leur terreur, de se jeter aux flammes. Marie jugea cependant qu'elle avait le temps, vu la taille du bâtiment, de les détacher avant que l'écurie entière ne s'embrase. Ce qu'elle n'avait pas prévu, c'était la transformation des trois vieilles mulasses — à l'habitude bestiaux de calme et de placidité — en jeunes pouliches qui frappaient du sabot, se cabraient et ruaient, chamboulées en bêtes de cauchemar par l'approche du feu. Poussée de-ci, cognée de là, Marie ne sentait rien, acharnée à les libérer, à tirer sur les longes pour donner le mou nécessaire à défaire l'attache... Quand elle parvint à dégager la dernière bête, elle fut seulement consciente d'un écrasement profond, d'un poids énorme qui tordait son pied droit, pris en porte à faux malgré son sabot. En jaillissant hors de l'écurie, la mule bouscula Nicolas Lebrault. Les flammes à présent arrivaient aux stalles. L'aubergiste referma la porte, tira Marie par la main.

— Petite, je les aime, ces bêtes... Mais voyez-vous, ça ne valait pas de risquer la seule vie que Dieu nous donne. Soyez sûre que je n'oublierai pas, c'est d'affection pour vous que je vous fais reproche. Et regardez qui nous vient, vous allez peut-être entendre d'une autre cloche !

Une femme arrivait en courant. Ce n'était pas Blanche Lebrault, qu'on entendait toujours crier à sa fenêtre. Marie reconnut Madeleine, prit les devants.

— Je n'ai rien, rien du tout. Je vais chercher mes affaires avant que ça gagne ma chambre.

Depuis que Marie Therville était servante au Chêne-Vert, elle couchait dans une pièce attenant l'écurie aux mules, la vaste écurie des foires, où les marchands venus de loin trouvaient gîte pour eux et pour leurs bêtes. Ecurie et chambre restaient d'un très ancien logis — vieux de huit cents peut-être assurait Lebrault — et il y avait là, pour Marie, une vraie maison dont elle se sentait maîtresse « et même un rabicoin pour faire une autre chambre quand tu te mettras en ménage », lui avait dit un jour Blanche Lebrault. Dans le logis avaient vécu — toujours d'après l'aubergiste, qui parlait comme un livre — les soldats et les gens de garde des seigneurs de ce temps. Une vraie maison avec sa cheminée, deux fenêtres étroites, une porte ferrée, fermant à forte clé. Et chaque soir, tant que duraient les foires, Blanche Lebrault recommandait :

— Surtout, Marie, n'oublie pas de barrer.

De fait, ces soirs-là, Marie n'omettait jamais de tourner sa clé. Elle connaissait d'expérience la nature de certains hommes, et quoiqu'elle se sentît le plus souvent en confiance et sécurité avec les clients de passage, elle ne pouvait oublier ce qui avait transformé en brute et mendiant tout à la fois l'être le plus négligeable, le plus piètre et insignifiant : Simon Rougier, voilà deux ans passés. Elle ne se complaisait pas à l'évocation de ce jour de moissons en 1850, à la Colombière : elle en gardait seulement une vigilance accrue par les conseils de Blanche Lebrault, et surtout ceux de Madeleine.

— Et méfie-toi toujours, ça ne pense qu'à la cochonnerie, les hommes, ah ! je me soucie de te savoir à ce cabaret !

Marie la rassurait en riant, tout en restant sur ses gardes :

— Le Chêne-Vert n'est pas un cabaret comme le café Brisson ou celui des Baulais, c'est une auberge de réputation, et les Lebrault, pour la tenue et la moralité, ce sont des modèles, la crème de vertu des protestants, à l'estime de tout le village, et même du curé.

Madeleine alors laissait percer un rien de jalousie et répondait aigrement :

— S'ils étaient si bien, les Lebrault, ils croiraient au même Bon Dieu que nous autres, de Gâtine, il faut venir à Sainte-Néomaye pour voir ça, deux Bons Dieux !

Chère Madeleine... Comment était-elle accourue ici, la première, par quoi réveillée, avant que s'élève le moindre cri ? Elle n'était qu'à demi habillée et serrait Marie contre elle. La jeune fille était certaine que bientôt viendraient les reproches et les humeurs, les « faut toujours que tu sois là où ça pète ! ». Elle se dégagea de l'étreinte d'angoisse et d'affection et répéta :

— Lâche-moi donc, tu vois bien que je n'ai rien. Je tiens à mes affaires, je veux les sortir.

Elles étaient seules à présent dans la cour, Lebrault était parti en courant avertir le curé pour le tocsin, après avoir dit à Madeleine :

— Gardez l'œil sur elle, allez à l'abri dans la maison-maîtresse.

Madeleine repoussa Marie.

— Tire-toi de là, j'y vais.

Le tocsin maintenant sonnait, les appels au feu se mêlaient au branle de la cloche. Des hommes arrivaient de tous côtés, et des femmes aussi qui restaient à l'écart sur le chemin. Madeleine ressortit vite du logis, portant une brassée de vêtements.

— Je n'ai pas tout pris, seulement le plus valeureux, le plancher commence à brûler au-dessus. Porte-les au sûr, dans l'auberge. Et c'est-y pas ça que tu voulais d'abord garer, fille à malheur ?...

Marie reçut dans les bras le ballot d'effets, la coiffe, les sabots fins du dimanche, mais elle voyait seulement la fourche à loup que Madeleine lui tendait en continuant à gronder qu'elle était folle de tenir à cet instrument, rien que souvenir de mauvais jours...

Le Grand Mousin vidait sa deuxième mogue. Il en sentait besoin, lui qui se méfiait fort du vin depuis qu'il était marchand de mules : deux ou trois coups de trop lui avaient fait perdre une bonne pincée de pistoles, à sa deuxième foire. Dans le cas présent, il pouvait se laisser aller. Il ne l'aurait avoué à Dieu ni diable, mais les jambes lui tremblaient encore sous lui...

Il observait son beau-frère, qui allait et venait parmi les tablées de l'auberge, où les gars étaient entrés se remettre, après que tout danger eut été écarté. Un valet de chez Derbord et le fils Saboureau restaient postés pour surveiller, toute la journée deux hommes s'y relaieraient, les tours de garde et les noms étaient déjà fixés. « Sacré bonhomme, Nicolas Lebrault ! A croire qu'il n'a pas été roulé de même pâte que nous autres... »

Lorsque Landry Rebeyrolles était arrivé au Chêne-Vert, le cœur battant breloque par la course et l'angoisse, ce n'étaient dans la cour qu'agitation et affolement, traversés de cris, d'ordres contradictoires, « et d'aller ici, et de courir là, et de faire de même, et non pas d'autre sorte, et que tout était perdu, mais que non pas, si on m'écoutait moi on pourrait encore sauver un peu... ». C'était le feu, le feu ! La grande terreur au ventre de la destruction totale, l'effondrement, le ravage, la ruine en un seul coup de toute une vie ! Un moment, lui, le Grand Mousin, qui se jugeait homme de force et de courage, il s'était senti en partage de cette déroute. La voix de Nicolas Lebrault avait couvert la clameur de gueulements et de lamentations :

— Ecoutez-moi. On a la chance qu'il n'y ait pas de vent : le feu ne portera pas aux autres bâtiments. Derrière l'écurie, la caillasse et le roncier qui emplissent les anciennes douves feront barrière du côté de votre pâtis, Derbord. Votre maison et vos bêtes sont à l'abri, je vous acertaine, mais regagnez quand même chez vous pour surveiller. Ce qu'il nous faut, c'est d'arroser la poutre maîtresse : m'est avis qu'elle porte trace d'un ancien feu et que si elle a résisté, dans le temps, elle tiendra encore cette nuit. Aux échelles, à la chaîne, mes bons gars ! Le feu, c'est comme les bêtes et la canaille, il ne faut pas lui faire montre de sa peur...

Il avait eu raison, le vieux Lebrault. Tout s'était ordonnancé à sa voix, à sa maîtrise, à sa grande sagesse. Mousin le regardait, s'arrêtant à chaque table, s'inquiétant des uns et des autres — alors qu'il venait de perdre un an de fourrage et devrait dépocher large pour charpenter et menuiser. Mousin, en cet instant, se faisait grand reproche d'être souvent irrité par la sérénité, la modération de son beau-frère, qui lui semblaient aller jusqu'à mollasserie et cagnardise. Tout en suivant des yeux Nicolas Lebrault, il se disait que, ma foi, ça n'était pas de gueuler fort qui faisait l'homme ! Il rencontra le regard de Céline, et comprit qu'elle aussi saurait en faire remarque, à l'occasion...

Elle était venue, bien entendu, quoiqu'il lui ait dit, sur la grosse dent, avant de la quitter « de ne pas se fourrer là où elle n'avait rien à faire »... A présent, il se trouvait heureux et fier de la voir, elle avait trouvé le temps de faire toilette avant de servir les hommes, elle lui portait honneur de sa beauté, tranchait sur les camisoles et les bonnets de nuit des femmes qui s'étaient massées au fond de la salle. Il se contint d'aller l'embrasser devant le monde, résista à la bouffée d'amour qui lui montait. Après deux ans de mariage ! A l'âge qu'ils avaient ! Sûr que les gens en auraient ri. Tout comme ils se tiendraient les côtes, Mousin entendait par avance les oreilles lui sonner, lorsque Céline ne pourrait plus cacher son état. Lui, il devait se retenir à quatre pour ne pas l'annoncer au village entier, il savait que ce pouvait être danger de contrarier une femme enceinte, surtout pour un premier, à quarante ans... Quand l'affaire serait connue, qu'on se moque et qu'on le pique de dard ou d'aiguillon, il n'en avait cure, il était trop heureux et saurait trouver parade malgré les recommandations de Céline.

— Quand des malpolis te poseront question, tu vires les talons, ça n'est pas l'affaire des hommes, tu te tiens au silence, si tu peux, pour une fois !... Ou alors tu réponds seulement : il paraîtrait...

Sur ce dernier point, il se gardait de gager sa parole : il se connaissait. « Parce que enfin, moi, le champi de Sainte-Léger-la-Montagne, voilà que le Bon Dieu m'accorde sur le tard une descendance, que mon drôle va naître dans le lit du mariage, qu'il sera baptisé à l'honneur des cloches, et que là-haut elles porteront consolation à ma pauvre femme de mère, qui posera enfin sa croix de fille perdue ! Alors répondre il paraîtrait quand on s'étouffe par la joie, non, pour sûr, je n'en suis pas capable, et Céline comprendra ce qui me saoule. »

Elle s'approchait de lui sans hâte, un potet de vin à la main. Elle le servit et s'appuya contre lui, sans avoir l'air.

— Ne bois pas trop quand même, Landry. Le vin, ça attise le feu de peau. Et ne tarde pas non plus à te faire conjurer par Madeleine, elle est dans la souillarde, elle a remanché le pied de Marie.

Il la regarda s'éloigner et constata à regret que rien ne se voyait encore. Lui, il l'aurait voulue déjà grosse, autant qu'une tour, avec cette façon qu'avaient les femmes pleines de marcher les reins cambrés, comme si le poids de leur devant les contrebalançait vers l'arrière... Et pourtant, dans son bonheur, il remuait une cendre de crainte et de souci. Pour sûr que ça se rencontrait souvent, des femmes de quarante, et même plus, en position ! Oui, mais avant celui-là, une longue marmaille était venue, le premier aux armées, le dernier encore sur le poing, et une coterie entre les deux ! Il n'avait rien dit à Céline, elle avait compris sans qu'il en ait sonné mot et tâchait à le rassurer.

— Ne te soucie pas, va ! Je suis bâtie à chaux et à sable, j'en viendrai à bout, je le ferai avec tout ce qu'il faut ton garçon, aussi bien qu'une jeunesse.

— Oh ! moi, tu sais, pourvu que ça vienne, que ça porte le couteau ou la cuillère, comme on disait chez nous, je m'en fous !

— Oui oui, je te connais, tu dis ça pour me consoler d'avance, au cas où. Et alors, si à toi c'est égal, pourquoi vas-tu chaque jour à l'aigail me chercher l'eau de la fontaine Madame ?

— Eh... parce que c'est dans ta fantaisie, ma Céline.

Bien entendu elle avait raison, la bougresse ! En son fond c'était un garçon qu'il souhaitait, et il partait avant la pique du jour puiser l'eau de cette fontaine presque perdue, qui passait dans le temps — selon Céline — pour favoriser la naissance des mâles. Encore une idée de femme, boire cette dégoûtation : il imaginait là-dedans, lorsqu'il écartait les herbes, des frôlements de vermines gluantes, des grouillements de bêtes crapaudes, des cordées de serpents d'eau. Tout ce qui rampait froid lui hérissait l'échine. Autrefois, le vieux Lhoumeau assurait qu'il n'y avait rien de plus bienfaisant au paysan que les crapauds, les couleuvres, les vipères, et qu'il fallait se garder de les détruire. Pour Mousin, ce n'était que saloperie à piquer de la fourche, et Céline, à l'habitude délicate comme une chatte, buvait le jus où tout ça tortillait et pondait et crevait, en disant chaque fois .

— Elle est bonne, elle est fraîche. Et je crois que je sens une affaire qui pousse...

Madeleine effleurait le pied de Marie, le palpait avec légèreté, le frottait doucement. Marie ne sentait rien ; sa cheville était une grosse boule endormie que Madeleine caressait tout en parlant des événements de la nuit.

— Tu l'as vu, monsieur le Curé ? Il n'était pas le plus loin de la braise, lui, on peut dire que c'est un...

Il sembla à Marie que quelqu'un d'autre avait poussé le hurlement. Madeleine lui avait violemment tordu le pied en le tirant vers elle, et crac d'un côté, et crac de l'autre... Marie ressentit un vertige, une envie de dormir, se laissa aller contre la pierre d'évier où elle s'accotait. Elle eut conscience d'être giflée fort, de recevoir de l'eau sur la figure, et perçut enfin la voix de Madeleine, assourdie, comme venue du fond d'un trou.

— Ma petite, ma jolie ! Remets-toi, Marie, c'est passé. Des fois il faut un petit mal pour un grand bien.

Marie se força à lever les paupières. Le visage de Madeleine lui apparut flou, lointain, avança plus net, repartit dans le vague. Elle se sentit un mal de cœur et referma les yeux.

— Secoue-toi, enfin ! Tu ne vas pas me partir encore un coup ? Je te croyais plus dure au mal que ça !

Au travers de son malaise, Marie devina l'angoisse dans la fâcherie de Madeleine, se contraignit à se redresser, lutta contre l'envie de vomir qui lui montait.

— Ça va mieux, maintenant. Sur le coup, tu m'as fait plus grand dégât que la mule... Tiens, regarde, je suis sûre que je peux marcher normalement, à présent.

— Ah ! surtout pas ! Ne fais pas ta caboche, pour une fois. Un moment, ça se donne des vapeurs, qu'on aurait dit la baronne, et le coup d'après ça fait son Grand Mousin, toujours plus fort que tout ! Reste là, tranquille, ça te changera de nature. Tu vas d'abord garder le pied dans l'eau de sel, une bonne heure, sans le remuer ni sortir, tu m'entends ? Je vais rester à guetter Pire qu'une chèvre, au moins les bêtes on peut les river au piquet, mais toi la corde qui te tiendra elle est pas près d'être torsée...

L'eau froide endormait la douleur. Marie se garda de questionner Madeleine sur l'utilité du sel, elle la connaissait jalouse de ses secrets de guérison. Elle éprouva tout à coup un bien-être, un bonheur, à se trouver auprès d'elle dans cette souillarde fraîche, après la fournaise de l'incendie, au milieu de tous les objets familiers qui disaient la permanence de la vie : les seaux de bois alignés sous la lucarne, le billot où Nicolas Lebrault tranchait la viande, les cruchons d'huile bouchés d'un trognon de maïs, les torchons à vaisselle pendus contre le mur — leur blancheur était la fierté de la patronne, elle répétait volontiers que chez elle « on ne frottait pas les assiettes avec des chiffes ou des sinces ».

Le jour commençait à venir, jetait des lueurs sur la chaudière de cuivre où bouillotait à longueur de temps l'eau chaude nécessaire à la vie de l'auberge. C'était de coutume le premier travail de Marie : chaque matin, elle en entretenait la brillance avec — selon la saison — une poignée d'orties ou d'oseille bouchonnée dans la cendre et le vinaigre. La suie et le vert-de-gris ne résistaient pas, sur le métal encore tiède ; une fois la chaudière refroidie, c'était une autre affaire, il y fallait frotter avec acharnement.

— Et comment je vais m'y prendre pour faire ma chaudière, Madeleine, avec un pied dans ce bassin ? J'ai déjà trop tardé !

— C'en est encore d'une autre ! Mademoiselle veut faire ses cuivres, comme dit l'emmanché du château, et après, son argenterie peut-être ? Et passer son plancher à la cire, d'hasard ?

Madeleine appuyait « ses » cuivres, « son » argenterie, « son » plancher. Marie se mit à rire, Madeleine la serra contre elle et reprit d'un ton adouci.

— Tu sais bien que tu es tombée sur du bon monde. Même que je ne suis pas d'accord sur tout, s'en manque, je ne peux pas dire autrement : du bon monde. Ils t'épargneront d'ouvrage le temps qu'il faudra. Et je m'en vais la torcher, moi, ta poêloune. Une chaudière ! Ça me pousse vent de travers, d'entendre ça ! Et toi qui te mets à causer pointu... Une chaudière !

Lorsqu'elle laissait échapper félicitations ou compliments, Madeleine empaquetait de grognerie, Marie ne s'en formalisait plus et laissait passer. Elle s'abandonna un peu plus contre Madeleine.

— On est bien ici. Où sont les autres ?

— Ne les entends-tu pas ? Ils sont dans la salle. Lebrault offre à ceux qui sont venus aider D'une façon, c'est normal en remerciement, n'empêche que je prévois de la viande saoule. Les hommes, quand il s'agit de boiraillerie...

— De ce côté, sois tranquille. Le patron, sur la boisson, il est intraitable et dit toujours : du bon, mais pas trop n'en faut. Il prétend que c'est honneur pour lui et pour ses vignes de n'avoir jamais vu un homme tricoler en sortant du Chêne-Vert.

Madeleine à nouveau montra de l'humeur et bougonna :

— On verra, on verra. Le vin, ici, ils en font tous, et n'y vont pas à cha-chiquette, pour la chopine. Pas comme chez nous, que ça coûtait les yeux de la tête pour faire venir de Mirebeau. Les affaires changent, d'un pays l'autre, et pas toujours en bien, et...

Madeleine s'interrompit, Nicolas Lebrault venait d'entrer dans la souillarde.

— Vous êtes soulagée, Marie ? Vous savez que s'il est besoin du docteur de Saint-Maixent, vous n'avez qu'à dire, Madeleine, je le ferai chercher.

— Le docteur ? Et pourquoi pas l'Hôtel-Dieu ? Je lui ai remis les nerfs en place, elle va boitouser trois-quatre jours, pas plus. La nuit, il lui faudra un cataplasme de feuilles de nappe, pour rafraîchir l'enflure, et l'eau salée le matin. Après, dame, son pied passera de toutes les couleurs, mais je peux vous garantir, puisque ça vous porte tracas jusqu'à parler de docteur, les os n'ont pas fendu ni ébréché, à cet âge ça résiste, surtout à une vieille mule...

— Soyez certaine, Madeleine, je ne manquerai pas de regarder si la pauvre bête n'y a pas perdu ses fers. Merci de grand cœur. Et allez donc voir à la remise, mon beau-frère et quelques autres vous y demandent pour je ne sais quelle affaire.

Nicolas Lebrault sortit de la pièce après avoir assuré qu'il allait leur envoyer sa belle-sœur, avec un pot de café bien sucré pour les remonter :

— Parce qu'il me semble avoir un moment entendu Marie pousser un fort soupir.

A peine eut-il refermé la porte que Madeleine se relança, après avoir bu deux coussottes d'eau.

— Du café ! Cette poison à goût punais qui me fait toquer le cœur, par la force qu'ils la font ici, le marc leur sert trois coups pas plus et je te pousse tout au fumier ! Méfie-toi, je te préviens que ça tient le mal réveillé. Du tilleul, je te ferai, avant de retourner à la Grande-Métairie. Ou de la fleur d'orange « si vous aimez mieux, Marie ». C'en est, des manières, de dire vous, et encore mieux à sa servante ?

Madeleine contrefaisait la mine et l'accent, comme à l'instant d'avant lorsqu'il s'était agi de la chaudière. Marie s'en trouva quelque peu agacée, laissa dire... Elle comprenait qu'une déchirure s'était ouverte, à leur départ de Gâtine, dans la vie de Madeleine Chapeleau, et n'en éprouvait pour elle qu'un surcroît d'amour et de reconnaissance : à son âge, il était malaisé de se couler dans de nouvelles habitudes ; tout lui portait ombrage, les façons de parler, de manger et de boire, même le goût des pommes, la qualité des noix, l'odeur de la soupe ; aux yeux de Madeleine rien ne trouvait merci. « Et ils ont le toupet d'appeler ça du fromage. Et les sardines, avec cette tripaille qui leur sort toute rouge. Et le bœuf bouilli, qu'on croirait matrouiller de la filasse... » Marie écoutait avec indulgence, elle savait qu'une part de Madeleine était demeurée à la Colombière.

Elle-même se rappelait, dans ses débuts à Sainte-

Néomaye, combien elle avait été saisie par le vouvoiement de Nicolas Lebrault. Il lui semblait n'en rien avoir laissé paraître, mais le patron devinait ce qu'on croyait le mieux cacher, et lui avait dit, avec le clignement d'yeux qui mettait sur son visage un tel air de bonté et d'indulgence :

— Ne vous étonnez pas, ma petite fille. Je ne dis tu qu'à Dieu. Et aux sœurs Thibaudeau, pour ne pas leur porter ombrage...

Ainsi Nicolas Lebrault, à l'exception de sa femme et de sa belle-sœur, vouvoyait toute créature, que ce fût un chemineau ou le baron Godet de la Ribouillerie, un marchand de bêtes venu d'Espagne ou une petite servante de Gâtine. Marie s'y était accoutumée. Elle y voyait à présent la marque d'honneur et de considération qui mettait à part, entre toutes les auberges de Sainte-Néomaye, le Chêne-Vert de Nicolas Lebrault.

Sainte-Néomaye dans le val de Sèvre

Le val de Sèvre présentait le visage d'une contrée attrayante et fertile. L'eau sortait de terre, du côté de Sepvret, source à peine plus vive qu'une fontaine. A la Mothe déjà elle devenait belle rivière, et son cours prenait ensuite assez de force et de régulière puissance pour faire tourner les roues des moulins : leurs aubes grinçaient, clapotaient, cliquetaient au cours de la Sèvre, jusqu'à Niort. Elles actionnaient les meules à broyer le grain, ou les métiers à tisser la laine et le chanvre. Moulins à farine ou à foulon, ils unissaient le travail de la terre et de la machine, ouvraient les esprits au commerce, à la circulation des marchandises, brisaient quelque peu l'autarcie séculaire de la vie paysanne. On portait au Grand Moulin plus de laine que n'en avait besoin la maisonnée pour se vêtir, plus de chanvre que n'en exigeait la garniture de ses lits. Le paysan de Sainte-Néomaye repartait de la Corbelière ou de l'Epervier avec sa propre farine et ses issues — car il gardait la fierté de nourrir sa famille et ses bêtes du fruit de son travail — et il croisait sur le chemin la file de tombereaux des boulangers de Saint-Maixent ou de la Crèche, et les voitures à six chevaux des rouliers qui acheminaient bien plus loin encore la récolte de sa terre.

Avec leurs sacs de farine, quelques-uns recevaient des pièces qui marquaient le surplus. Pour d'autres, l'excédent était juste suffisant à payer la mouture. Mais qu'il reparte du moulin avec ou sans règlement de monnaie, le fermier de Sainte-Néomaye se sentait participer à la mission de pourvoir d'autres que lui en pain. Il y avait gagné, de génération en génération, une ouverture au monde que la Sèvre semblait couler au fil de son eau, jusqu'à la mer. Le chemin longeant la rivière s'appelait toujours le chemin des Saulniers qui y roulaient le sel au temps de la gabelle; Niort avait encore son port où accostaient les bateaux à fond plat qui amenaient l'air du large avec leur cargaison.

Le val de Sèvre était un lieu de très ancien passage et de vieux peuplement. Les gens instruits à l'histoire, comme l'était Nicolas Lebrault, savaient que le pavage qui jalonnait par endroits le chemin des Saulniers, était celui-là même que le savoir-faire des Romains y avait jointoyé, qu'il résistait depuis tantôt deux millénaires et verrait les siècles à venir. Ils ignoraient toutefois que les hommes avaient vécu en cette vallée, à des époques si reculées que l'imagination n'en pouvait sonder les profondeurs. Le laboureur trouvait sous le soc de sa charrue des silex tranchants, taillés d'éclats réguliers ou polis comme une lame de cognée. Il les nommait pierres d'orage, les croyait façonnées par la foudre au feu du ciel; il en consolidait les murs de pierres sèches qui entouraient son champ, leur forme aiguë s'adaptait avec exactitude au creux menaçant l'équilibre de la maçonnerie. Le coup de poing, la hache d'un ancêtre ignoré, si loin dans la nuit des temps, devenait la cale qui préservait son mur d'écroulement. Un chasseur de rennes et de bisons, un homme d'avant la Création lui venait en aide, sans qu'il en ait conscience, lui donnait la main comme faisaient ses voisins au moment des durs travaux.

Ainsi, la vallée de Sèvre unissait les hommes avec leur passé et les ouvrait sur l'avenir. Le temps était proche où le chemin de fer allait y creuser ses tranchées, y monter ses remblais, y édifier ses ponts et ses tunnels. La longue habitude de vivre sur une route d'accès en faisait accepter, et plus encore souhaiter la venue à ces hommes de la terre, malgré les inévitables expropriations, la bonne vigne ravagée par les rails et les traverses, la prairie où les vaches aigriraient leur lait dans la mamelle, avorteraient de peur au passage des trains — selon les rares opposants, mal vus de leurs concitoyens, qui les jugeaient balourds, attardés et peu clairvoyants dans leur estimation : la Compagnie d'Orléans ne dépouillait pas, loin s'en fallait, et compensait largement, l'argent roulerait, comme les trains...

La configuration du paysage avait façonné le caractère des hommes, tout comme avait joué dans les rapports sociaux la nature de son sol, tendre, perméable, où l'eau de pluie sitôt venue du ciel s'enfonçait profond, se retrouvait d'abondance à la rivière, et chichement dans les rares puits. La pénurie des sources avait rapproché les fermes. Le bourg de Sainte-Néomaye, les villages de la Chesnaye, d'Aiript et des Fontenelles les regroupaient toutes, à deux exceptions près : la métairie de Font-Ramier et celle des Ouches. Elles restaient à portée de vue et faciles d'accès. Elles ne « touchaient pas », comme on disait, mais s'intégraient au bourg sans obstacle. Seul le hasard d'un point d'eau les avait établies un peu à l'écart, les gens n'y étaient pas isolés dans l'éloignement taciturne propre à l'habitat dispersé de la Gâtine ou du Bocage.

On avait depuis longtemps oublié, à Sainte-Néomaye, que la nécessité de survie et de défense avait, elle aussi, resserré les maisons autour du château : les vallées et leurs routes faciles étaient les voies suivies de préférence par la guerre... Sainte-Néomaye avait été une seigneurie puissante, un temps au côté des Anglais, reprise à grandes pertes par le parti de Charles V, et la cloche d'alarme avait maintes fois amené à l'abri des murailles les paysans, leurs bêtes, leurs familles. Ils étaient dans l'ignorance de qui attaquait, et pourquoi. Les arbalètes et les bombardes portaient la destruction dans un combat dont ils ne savaient l'origine ni la finalité. Ils n'étaient alors que manants, serfs et vilains... Le vainqueur récupérait les survivants en butin, les renvoyait dans leur maison ravagée, sur les terres devenues siennes. Quand le vaincu d'hier reprenait à l'assaut, on revenait sous la protection des remparts, on avait changé d'ennemi et non pas de misère.

La mémoire collective n'avait pas gardé souvenir de cette dépendance et de ces calamités. Du « très beau chastel de garde avec une châtellenie de grande étendue et spacieuse » donné par lettres patentes à Louis d'Anjou, en 1443, il ne restait que peu traces, en 1852 — l'écurie aux mules du Chêne-Vert en était le seul vestige de quelque importance. Au milieu du siècle précédent, son propriétaire avait fait raser ce qui demeurait de la forteresse, et édifié une demeure dans le goût de l'époque, élégante et claire, dont le parc à l'anglaise descendait vers la Sèvre, s'ouvrait sur une perspective où la terrasse à balustres avait remplacé le pont-levis et les remparts depuis longtemps écroulés.

Le château avait perdu au cours des siècles son rôle de refuge et d'oppresseur. Il avait autrefois réuni les habitants de Sainte-Néomaye par ces fonctions ambivalentes, il devenait à présent sujet de querelles et de dissensions. Depuis un an il avait été acheté, et non reçu en légitimité d'héritage, par le baron Godet de la Ribouillerie, l'unanimité était loin d'être totale dans les jugements portés sur le nouveau venu : ces disputes et ces criailleries formaient aussi le tissu social du village, tout comme les brouilles de mitoyenneté, les contestations sur le bornage d'une terre. Deux familles restaient en chamaille depuis la génération précédente, à cause d'un poirier écorcé à vif par des chèvres, et qui n'avait plus donné par la suite la moindre récolte de poirillons aigrelets.

On oubliait, à ces chicanes inconsistantes, la cassure de haine et de sang ouverte par les guerres de religion dans la communauté villageoise, avec leur suite d'intolérance, d'excès et de persécutions. Désormais les tenants de chaque religion vivaient en bonne intelligence à Sainte-Néomaye. Seule, la mort les séparait encore tout en les laissant proches : protestants et catholiques n'entraient pas au cimetière par la même porte, le curé bénissait en haut, le pasteur officiait en bas, mais les défunts reposaient dans la même terre.

Le jour où le Grand Mousin trouva un pays

21 septembre 1852

— As-tu vu cette presse, Marie ? Pire qu'en juin.. Il n'est guère tard pourtant et...

— Sept heures et demie à peine, Madame Céline.

Marie n'avait pu résister à l'inépuisable joie de ce geste : tirer une montre de sa ceinture. Nicolas Lebrault la lui avait offerte, le lendemain de l'incendie, en lui disant :

— Les objets ne remplacent pas gratitude, petite. Cette montre a appartenu à ma mère, elle n'a guère de valeur que celle de souvenir et d'affection, ce sont les plus importantes à mes yeux, et c'est pourquoi je vous la donne. Elle n'a pas eu un caprice depuis cent ans, je crois qu'elle vous sera de bon usage...

Une semaine depuis ce jour était passée, et Marie en ce matin de foire gardait sa montre à la main, encore incrédule de la posséder. Seul, le soleil lui avait marqué le temps, lorsqu'elle était bergère. Les jours de grisaille et de pluie, un vague instinct lui disait l'heure et la durée, avec des manquements dont il lui était fait reproche. Et voilà qu'aujourd'hui elle pouvait sortir une montre, comme autrefois Adélaïde, et assurer d'un air important qu'il était sept heures et demie, à peine.

— Rentre-moi ça vivement, les foires ça tire tous les

filous de vingt lieues autour, ils te coupent une chaîne de montre avant que tu les aies vus s'approcher...

Marie renfonça sa montre avec un sentiment d'horreur : se la faire voler ? Une telle abomination serait-elle possible ? Elle regretta mille fois de l'avoir prise. Céline dut lire l'angoisse sur son visage.

— Allez, rassure-toi. Avant peu, on risque de manquer en tourteaux. Tu iras faire un saut au Chêne-Vert prévenir ma sœur et tu pourras laisser ta montre, que ça ne te gâche pas la journée !

Marie fut grandement soulagée. Elle pourrait profiter de tout et non pas considérer d'un œil soupçonneux les figures les plus avenantes, en cherchant à y deviner un éventuel détrousseur ! Elle se trouvait à tel point comblée d'être ici, avec Céline, au milieu de cette foule, de ce bruit et de ces allées-venues : elle n'allait pas se ronger le sang le jour durant !

Elles étaient installées sur le Champ de Foire, à l'emplacement réservé au Chêne-Vert, entre le parc à moutons et le perron où les marchands-drapiers déroulaient leurs étoffes. Les jours de foire, les auberges — même proches de la place — se devaient de tenir un étal sur le foirail : la pratique préférait souvent rester à pied d'œuvre plutôt que s'enfermer dans une salle. Chaque auberge avait sa spécialité reconnue, et c'eût été peine et argent perdus d'empiéter sur celle des autres : les réputations étaient établies une fois pour toutes. Les grillades d'anguilles étaient l'affaire du Lion d'Or, pour le cochon on ne connaissait que la Croix-Blanche, les fouaces ne se mangeaient que sous la bâche de Brisson, et les craquelins sur les tréteaux du café des Baulais (les mauvaises langues prétendaient qu'on n'y mangeait bon que pour y boire un peu plus d'un vin de méchant cépage, toujours près de tourner vinaigre !). Enfin, les tourteaux fromagés étaient l'apanage incontesté du Chêne-Vert, accompagnés du vin blanc de Nicolas Lebrault, le meilleur, celui que produisait sa vigne, à la vallée de Cent Ecus. Comme à l'habitude, l'aubergiste avait accablé sa belle-sœur de mille recommandations :

— Un tourteau c'est quatre parts, donc quatre

verres pas trop remplis, je préfère manquer la vente plutôt que d'imaginer qu'on se ribote avec mon vin ! D'ailleurs Joseph sera là pour surveiller, les femmes ont peut-être un penchant à céder, Joseph me rendra compte...

Joseph était assis derrière elles, agité de cet éternel tremblement qui le rendait plus faible qu'un enfant — la maladie le tenait depuis cinq ans et ne partirait qu'avec lui. Marie savait de certitude pourquoi le patron envoyait encore son vieux domestique sur les foires, avec mission de bien surveiller ses femmes... C'était pour l'assurer qu'il demeurait d'utilité et de service, et Céline — quoique Marie ne lui eût soufflé mot — comprenait aussi sans doute. Elle, l'ancienne patronne du Cheval-Blanc, rebouchait la bouteille avec un sourire désolé dès que Joseph intervenait :

— Ah ! non, mon gars ! Va voir ailleurs, si tu es en reste de soif. Pas de ça chez nous !

Lorsqu'elle entendait ce « chez nous » sonnant de fierté, Marie se rappelait les paroles de Madeleine, après l'incendie. Oui, pour sûr, elle était tombée chez du bon monde ! Et dans un beau pays... Le matin de son arrivée, le village lui avait paru riant et animé, encore n'était-ce qu'un jour ordinaire de l'été — on battait chez Thebaud, la poissonnière criait aux sardines, des enfants jouaient au palet sur la place... Comment aurait-elle pu imaginer le branle-bas qui enfiévrait Sainte-Néomaye, cinq fois l'an ? Marie fit rapidement le compte : elle vivait sa neuvième foire depuis sa venue. Celle d'aujourd'hui était de loin, pour elle, la plus plaisante de l'année, quoiqu'elle soit, en importance, largement dépassée par le 13 janvier, du moins pour le commerce des bêtes. Mais c'était, huit jours avant la Saint-Michel, le dernier accueillage de la région, et la dernière chance pour les fermiers encore en recherche de valets ou de servantes. On y venait de loin pour gager « le bon valet, mon valet ! Mais dame... au prix de Sainte-Néomaye ! ». Car seuls les meilleurs, les plus réputés de courage, d'un rendement à crever les bœufs, prenaient le risque d'attendre cette date avancée pour se louer. C'était le dessus du panier, le premier choix en personnel qui se présentait ce jour-là... Ils trouvaient vivement le patron qui topait après la discussion d'usage, et passaient le restant de la journée à arpenter le foirail, où les occasions étaient nombreuses de dépenser la pièce reçue en marque de contrat : elle pouvait monter gros, à Sainte-Néomaye. Marie venait d'entendre un gars se vanter d'avoir touché deux pistoles ! Il est vrai que c'était pour la Greux l'Abbé, cette grande ferme du côté de Celles, sur laquelle Mousin était intarissable, assurant que, là-bas, le plus énorme bâtard de chien qu'il ait jamais vu trouvait niche dans une coquille : elle venait d'un luma « plutôt menu de taille, par rapport à ceux qu'on y ramassait communément »...

Aussi Marie était-elle en doute sur les vingt francs reçus en pièce. Il les avait montrés, pour sûr, mais s'était ravisé et avait tiré dix sous de sa bourse pour payer son tourteau. Céline avait haussé les épaules lorsqu'il s'était éloigné.

— C'est toujours la même, qu'il ressort. Tu peux me croire, il repartira sans l'avoir cassée ! Son père, déjà, il faisait pareil, dans mon jeune temps. C'est des célèbres, à la Greux l'Abbé ! Et mon homme, du caractère qu'il est, tu peux croire si ça le contente, il n'est pas le dernier à en remettre, sur leurs histoires à l'abracadabra...

— Vous pensez bien que je le sais ! Quand même, ça me fait toujours rire quand il raconte les rigourdaines de la Greux l'Abbé.

— Moi pareil, remarque... Surtout qu'ils sont aussi forts pour la réussite que pour la goule !... Pas un reproche à dire. Tiens, vois-tu ces deux gars en culotte rouge qui discutent le coup avec mon mari ? Je suis sûre qu'ils marchandent les trois plus belles mules, elles viennent de la Greux l'Abbé, je parie gros qu'elles prendront la route d'Espagne. Il en escompte trois mille, mon époux, ça ne se sera encore jamais vu.

Il y avait dans la voix de Céline une fierté, une importance, quand elle se rengorgeait à tout propos en prononçant : mon mari, mon homme, mon époux, qui avait fort agacé Marie, dans les débuts. Ne pouvait-elle dire Mousin, tout bonnement, comme autrefois? A la rigueur Rebeyrolles, ou Landry, puisque c'était son véritable nom? Sa sœur faisait moins de façons en parlant de « Lebrault »... Marie avait essayé d'admettre, sans trop y réussir, que le bonheur de Céline s'exprimât dans ce mot cent fois répété, comme on dit mon Dieu, mon Dieu, dans les prières. Elle s'était même forcée de le prononcer elle-même, tâchant de n'y point laisser paraître l'envie de moquer qu'elle en ressentait, à l'idée du Grand Mousin bridé comme ses mules dans la voix de Céline : « votre mari, votre époux ».

Le patron sans doute lisait dans les cervelles aussi clair que dans ses livres.

— Vous savez, Marie, il y a place pour tous les amours dans le cœur des hommes.

Elle s'était trouvée en grande honte que Nicolas Lebrault ait si justement deviné ce qu'elle-même ne ressentait pas d'évidence; ce piquant de jalousie mis à jour l'avait tourmentée de remords tout en la soulageant d'un poids inexplicable. Depuis ce temps, elle était sans arrière-pensée lorsqu'elle disait « votre homme », et chaque fois le sourire de Céline lui répondait en reconnaissance.

— Tu es bien une des seules, ma chère petite, à ne pas me rire au nez, quand je dis mon mari, pour parler de ce grand échalas de Limousin!

Sa réflexion avait fini de délivrer Marie, appariant d'un seul coup le Grand Mousin de la Colombière et l'époux de Céline... Il suffisait d'ailleurs de l'observer, près de ses mules : pour sûr, il n'avait pas changé, toujours brassant l'air et lançant ses coups de gueule — quand les autres marchands baissaient la voix pour tenir le secret comme à confesse... Il y avait gagné la réputation d'être « un gars difficile à peigner » mais on reconnaissait qu'il pouvait se permettre de causer fort, vu la qualité de ses bêtes, et que lui au moins ne vous coulait pas « des patenôtres aux oreilles et une carne au bout de la longe ». Marie était fière, lorsqu'elle saisissait de ces conversations.

— Vous savez, Madame Céline, j'entends ce qui se raconte, moi, je suis placée pour. Votre mari, il est considéré, sur les foires. Au commencement, pas vrai, les mal-intentionnés assuraient que ça n'irait pas loin, qu'un valet et un marchand de bêtes, ça n'était pas la même paire de manches. Moi ça me contrariait, vous pensez. Et maintenant, d'après vu dire, même Rousseau-le Fils en fait grand cas, et prétend que sous peu, il sera surpassé. Trois mille ! Vous devez être contente...

— Pas si vite, pas si vite ! J'attends la fin de journée, et qu'il vide la sacoche. Parce que lui, tu le connais, il compte toujours l'œuf dans le cul de la poule...

Céline était assise, depuis un moment. Les acheteurs à vrai dire se faisaient clairsemés. Après le casse-croûte matinal, la vente ne repartirait à plein que vers midi. Marie s'étonna néanmoins de voir la jeune femme adossée contre un poteau de la bâche, auprès de Joseph. D'habitude elle restait debout — même en l'absence de pratique — et ne s'agitait jamais autant que dans ces moments où les acheteurs faisaient défaut, essuyant dix fois les mêmes verres, pliant et dépliant les torchons, chassant les miettes de tourteaux : elle assurait que rien ne faisait plus mauvais genre, pour le commerce, que d'attendre la clientèle « avec le banc vissé au derrière ». Marie lui vit soudain le visage brouillé d'une grisaille qu'accentuait la blancheur de la coiffe. Son teint de belle rousse s'était terni, gâté de taches et de cernes, sa figure avait brusquement vieilli, auprès de la soie verte de son mouchoir de cou, ce vert profond dont elle disait : « C'est ma couleur, ça me flatte la mine... » En cet instant, plutôt que de flatter sa mine, le vert la lui rendait plus blême encore et plus tirée...

— Qu'avez-vous, Madame Céline, ça ne va pas, le cœur vous barbouille ?

— Si fait, ça va. Ne t'occupe pas, ma petite, ce n'est rien...

Le vieux Joseph se leva, prit son bâton.

— Moi, avec permission bien entendu, je m'en vas faire mon petit tour de foire. Il faut que jeunesse s'amuse, pas vrai...

Joseph quittait son poste pour cause de promenade! En beau milieu de matinée, et sans prétendre partir « chercher un pied d'arbre, sauf respect »... A peine avait-il le dos tourné que Céline vomissait à grands hoquets, penchée entre la bâche et le banc. Marie se sentait désemparée, saisie d'inquiétude et de dégoût, agitée tout à la fois d'indignation et d'alarme. Elle restait bras ballants devant Céline, se trouvait l'inertie d'une bûche, et la seule utilité de masquer aux yeux des gens un tel manquement de tenue.

« Mon Dieu qu'est-ce qui lui prend? Mais c'est qu'elle est trop goulue, aussi! Deux bouts de tourteau à la suite, et ces pommes vertes qu'elle chagrignote depuis le matin! Un empoisonnement, ça mène comme ça, d'après... »

Marie n'eut pas longtemps à balancer entre la colère et l'anxiété. Céline se redressait déjà, s'essuyait avec un torchon, le bouchonnait dans l'herbe pour effacer les traces. Elle souriait, les yeux brillants, le visage redevenu lisse et frais.

— Eh bien, ma petite, c'est le moment de t'en faire annonce. Autrement, tu me prendrais comme la mère Mille-vices, qu'on trouve de son long à dégouer dans les fossés, par la chopine. Je suis en espoir de famille, Marie. Dans les débuts, ça porte au cœur, comme tu vois, sans qu'on puisse retenir, et je te fais excuse de t'avoir montré ça. Je préfère te causer de franchise, même que tu es un peu jeunette. Je sais que tu tiendras ta langue, personne n'a connaissance, sauf mon époux, bien entendu.

Marie se laissa tomber sur le banc, aussi interloquée par la nouvelle qu'elle l'avait été par le comportement de Céline. Elle cherchait réponse, ne trouvait rien, finit par demander :

— En espoir de famille? Mais, Madame Céline...

— Quoi, Madame Céline? Tu me trouves trop avancée d'âge sans doute? Tu me croyais claire, comme les vieilles volailles?

Marie se força à reprendre esprit, la voix de Céline montrait agacement et tristesse, il fallait vite la rassurer, la tranquilliser de bonnes paroles — voire au prix d'un mensonge, pour dire vrai elle était tombée juste sur la raison d'un tel étonnement.

— Non pas, pensez-vous, je vous trouve encore en belle jeunesse, n'allez pas croire...

— C'est le juste mot, « encore »... Va, tu es gentille fille, Marie, mais je sais par souvenir ce qu'on pense à seize ans sur les femmes de quarante. Et ce qui se dira, quand on viendra à savoir.

Marie se fit les plus vifs reproches sur cet « encore » malvenu, qui ajoutait à sa contrition d'avoir porté un jugement sans bienveillance sur le malaise incongru de Céline. Elle aimait trop celle qui restait dans son cœur la bonne amie du Grand Mousin, elle lui portait trop de reconnaissance pour la blesser d'une réflexion partie tout à trac, sans en peser d'avance ni pour ni contre. Madeleine avait raison de lui faire semonce sur ce point, et de se lamenter « que pour la goule elle ne changerait jamais, à peine à l'idée il fallait que ça sorte »... Dans le cas présent, elle devait se rattraper au plus vite.

— Vous me fâchez grandement ! Ou bien que vous redemandez des compliments, sans doute, comme si vous ne saviez pas ce qui s'entend partout, que vous faites jalousie de fraîcheur et de tournure à toutes les filles de Sainte-Néomaye ?

Marie fut soulagée du rire satisfait de Céline, qui faisait de la main « non, non, non » avec des yeux brillants de plaisir. Elle était consciente de s'être tirée d'un mauvais pas, il lui pointa encore une meilleure idée, et elle ajouta, se forçant aux intonations d'une femme d'expérience :

— Surtout que je sais compter. Pensez donc à la mère Rousseau. Allez, faites l'estimation : elle l'a eu à quel âge, son garçon ? Le trouvez-vous de réussite ou non, Rousseau-le Jeune ? Elle, pourtant, même dans sa prime jeunesse, ça ne devait pas être du premier choix pour l'agrément, à voir ce qui en restait ! Je ferais pari qu'elle avait la même moustache, sur ses vingt ans... Et ses deux cents livres de graisse, pas loin.

En évoquant Irma Rousseau et son beau François tard venu, Marie avait cru porter Céline à la joie, à l'oubli définitif du malencontreux « encore » jeune. Et voilà qu'elle la recevait dans les bras, en pleurs et sanglots.

— Ma petite Marie ! Si tu savais le bien que tu me fais ! Je la revois, pour sûr, la Rousseau ! Elle semblait largement la néné de son garçon. Et ce jabot à crever les corsets ! Arrête, je n'en peux plus de rire !

Marie était totalement déconcertée par la conduite de Céline qui pleurait, s'esclaffait, se mouchait, repartait en éclats de rire, versait à nouveau des larmes. Elle lui tapotait l'épaule, se rappelait les réflexions saisies à la dérobée sur les lubies et singularités des femmes enceintes, et ne savait que répéter :

— Vous allez vous faire du tort, voyons...

Céline sembla revenir au calme.

— J'avais tant peur, et sans oser le dire ! Que je ne vienne pas à bout. Que ça soit un mal-bâti, un bancroche, ou pire un demeuré. Et toi tu me mets en souvenir Rousseau-le Jeune...

De nouveau la jeune femme s'étranglait de rire.

— Pour sûr qu'il est beau ! Tout le portrait de sa mère, du côté des moustaches !

Marie fut entraînée par la contagion de la gaieté et de l'émotion.

— Attention, en parlant de la mère Rousseau, que votre héritier ne lui attrape pas son fiel ! A moi, elle me trouvait le genre galopine !

Et de repartir au fou rire qui les tenait ensemble, à présent...

— Arrête, je te dis, Marie ! Et son genre à elle, c'est quoi ? La mère gorette aux Derbord, peut-être ? Ma chère petite, comme je me sens aise, grâce à toi. François Rousseau, rien que ça ! Si je le fais seulement moitié aussi beau, le mien...

— Et comment, moitié ? Deux fois mieux, vous voulez dire !

Marie gonfla ses joues, plissa les yeux, se poussa le ventre en avant, imita la voix aigre qui lui avait sonné aux oreilles et fait reproche de « sa tignasse » :

— Parce que moi, Rousseau-le Jeune, je lui trouve le genre feignant, rien qu'à faire des manières, et manger les sous de son père avec sa politique.

— Ah ! ça c'est envoyé ! Et te rappelles-tu, quand..

Elles allaient reprendre à la joie, à la moquerie, un grand coup de poing sur la table fit trembler les verres.

— Alors, les fumelles du Chêne-Vert, êtes-vous là pour servir les hommes, ou pour ricasser ?

Céline s'avança avec calme, s'accota des deux mains à la table. En un instant, Marie la vit se transformer, redevenir la maîtresse-femme dont on disait, à Vautebis, qu'il ne faisait pas bon lui marcher sur les pieds.

— Monsieur le grossier personnage, on ne sert ici que les honnêtes gens, pas les malembouchés ni les saoulots. Virez-moi les talons, et vivement.

L'homme en resta pantois un court moment, fit quand même le geste incertain de prendre une bouteille, recula sous le regard de Céline, et s'éloigna en bredouillant des injures où Marie crut saisir « ...garce de fille Thibaudeau... revient pour faire la loi ».

— Vous n'avez pas eu peur, Madame Céline, vous l'avez joliment mouché.

— Oh ! c'est un pauvre gars, je le connais de longue main, pas méchant, mais il porte mal la boisson. Bon, ça nous a calmées. C'est ma foi vrai qu'on faisait un peu nos folles, de ma faute, remarque... Maintenant, parlons sérieusement, puisque Joseph nous a laissées, brave homme.

— Vous croyez qu'il a deviné ?

— Sûre et certaine. Sans paraître, il a de la tenue. Voilà, autant régler ça tout de suite, puisque tu sais la nouvelle. On en a discuté déjà, avec Landry. Pour le parrain, on prendra du cousinage de ma mère, un catholique bien entendu, je t'en causerai, ça s'est mélangé dans notre parenté. La marraine, naturellement, du côté de mon époux. Et comme il n'a que toi de famille, tu nous mettrais en embarras de refuser.

« Il n'a que toi de famille... » Marie se mit à pleurer, elle qui se savait difficile aux larmes, et se cacha la figure dans les mains.

— Ça ne va pas recommencer dans l'autre sens, non ? Tu en veux ou pas, de ce filleul ? Deux fois beau comme Rousseau-le Jeune... Répondras-tu, à la fin ?

Marie fit oui, oui, de la tête et s'entendit marmonner des mercis entrecoupés de soupirs et de sanglots. Céline lui écarta les mains.

— On va finir par se faire remarquer. Bon, te revoilà au sourire, n'ajoute rien, va, je comprends. Alors puisque tu nous fais bonheur d'accepter, tu vas aller le dire... à ton Mousin. Lui, il voudrait en porter nouvelle à tout le canton, de cette naissance : tu vas voir ses transports, à l'idée que Marie Therville soit la première à en avoir connaissance ! Fais-lui recommandation de brider encore sa langue. Ne t'attarde pas, si tu l'écoutes il te tiendra discours jusqu'à nuit tombée. Passe au Chêne-Vert, surtout n'oublie pas, pour les tourteaux... Et des pommes aussi, je m'en sens une envie. Des bien vertes.

— Vous pouvez faire votre tour de foire avec le fils, monsieur Martinez, sans offense. Vous départagerez mieux si mes bêtes valent leur prix. Vous me connaissez, à présent, pas un liard à rabattre : trois mille. Vous reviendrez.

— En vérité, monsieur Limousin, je vous connais. Et peut-être que non, je ne reviendrai pas, et peut-être que si, elles vous resteront. Je conviens, elles sont belles à porter la Vierge-Noire en procession, mais trop chères pour ma bourse. J'espère vous voir regagner la sagesse, je suis le seul preneur, n'oubliez pas.

L'Espagnol et son fils s'éloignèrent avec un salut. Il était assuré, « Monsieur Limousin », de les revoir d'ici une petite heure, et tout aussi certain que ce serait trois mille et qu'il n'en décrocherait pas. C'était la réputation qu'il désirait se faire, à Sainte-Néomaye, surtout auprès des étrangers. « Parce que, enfin, surestimer une bête, et puis je te parlemente, je te rogne, je te coupe la poire en deux, et à la fin du compte mon bonhomme je te couillonne : tu paies quatre pistoles de plus en croyant d'en gagner trois ! Non, ça n'est pas mon caractère. Les autres rigolaient, dans les débuts, prétendaient que premièrement je casserais le métier, et que deuxièmement je me casserais la gueule. Marchander c'était l'agrément des foires, qu'ils disaient. Mon humeur et mon agrément, moi, c'est que oui sonne oui, et que non branle non ! Dans les débuts, le cul entre deux chaises, j'ai vu tout de suite que je n'avais pas ma facilité. Surtout Céline, qui me l'a fait comprendre. “ Tu es bien dégagé sur la parole, elle disait, imbattable pour les discours, ça n'empêche qu'on te revire comme une crêpe et que tu te laisses avoir. Cause autant que tu veux, mais reste obstiné sur ta position, une fois ton prix fixé. ” J'ai bien fait de me ranger à son avis, d'autant que ça ne sort pas d'entre nous, elle ne voudrait pas que je perde face, il n'y a qu'à l'entendre : “ mon époux a décidé ”... et moi je rigole en dedans, oui ma belle, j'ai décidé ce que tu voulais. Ma grand mille fois damné, même sur les foires je n'en ai pas regret ! Quand des marchands font des centaines de lieues pour venir d'Espagne ou d'Italie, sont ravagés un mois durant sur un bateau qui les brasse à crever depuis l'Argentine, ils préfèrent mieux ramener des bêtes de mérite, plutôt que de gratter quatre sous sur des bourriques et les voir crever au chemin du retour... »

Mousin avait déjà vendu sept mules, depuis le matin, du bon choix, dans les huit cent cinquante, et deux baudets de monte, deux bourrailloux superbes qui avaient atteint sept cents. Il ne restait que les trois bêtes de la Greux l'Abbé : jamais Mousin n'en avait proposé d'aussi exceptionnelles. Tout en les étrillant pour les mettre au mieux de leur avantage, il se sentait quand même en inquiétude d'avoir levé trop haut l'estimation. Le bruit s'en était répandu comme poudre dès l'ouverture, mille francs par tête ! et le défilé de curiosité n'arrêtait guère.

— Alors, Limousin, vos mules à cent pistoles, il

paraît qu'elles vont rester à voir passer le Prince-Président, pour sa visite à Niort, le 13 octobre ?

Mousin connaissait les opinions de Frappier, l'ancien maire, qui venait de s'arrêter près de ses bêtes. Lui, il gardait son idée sur la politique : du vire au vent, du songe creux, du pousse-toi de là que je m'y mette. Le Roi, la République, le Prince-Président et sous peu l'Empereur, à ce qu'on disait : tout ça, comme il aimait à le répéter, c'était « bise mon cul, mon cul te bise ! ». Sur quoi son beau-frère lui faisait des sermons où il parlait de liberté, de droits de l'homme et de justice. Et d'un ami de toujours, Claude Durand, vigneron à Mauzé, que le Napoléon avait forcé à l'exil. Pour seule cause d'une chanson, il se trouvait enfermé d'eau de tous côtés, en compagnie d'un autre encore plus fort sur le refrain, mais pas natif de la région, un Victor ou Hector..., Mousin avait oublié le nom : parce que toutes ces affaires embrouillées de gouvernement lui rentraient par une oreille et sortaient par l'autre tout aussi vite, et il jugeait peu sensé de se faire attraper par les gendarmes, juste pour le plaisir d'une chansonnette !

Cependant, il portait grande estime à Frappier — qui partageait les idées républicaines de Lebrault. Puisque le bonhomme partait en plaisanterie sur la politique, Mousin pouvait tirer réponse du même tonneau !

— Et pourquoi pas, monsieur Frappier ? Elles sont vivaces de l'arrière-train, pour les ruades. Ça vous intéresserait, je parie, à cette occasion. Topez elles sont à vous, garanties de bon service dans le cortège à Napoléon...

Frappier secoua la tête. Il souriait, quoiqu'une amertume fût perceptible dans sa voix.

— Dans ce cas, gardez-les, Limousin. Vous pourrez comparer leur coup de sabot à celui qui m'a jeté bas il y a fort peu de temps *. Je prends l'occasion de vous dire que j'ai eu plaisir d'accueillir, sous mon mandat, un

* Après le coup d'Etat du 2 décembre 1851 et le plébiscite du 21 décembre, les élections municipales du 26 juillet 1852 virent le début de la « candidature officielle » dont les républicains étaient exclus.

administré tel que vous, qui porte honneur à notre village et au renom de ses foires. Grand merci de vous être fixé à Sainte-Néomaye et de nous avoir ramené, bien mariée cette fois, la plus charmante à y avoir vu le jour.

Il s'éloigna avec un grand salut, et Mousin se sentit au travers de la gorge un bouleversement, une émotion qui le mirent dans l'incapacité de répondre. Les paroles de Frappier donnaient enfin attache à celui que la vie, par deux fois, avait déraciné. Il était de Sainte-Néomaye, à présent, et pour toujours. Le champi de Saint-Léger-la-Montagne, le va-devant de la Colombière, avait trouvé place définitive au sein de la communauté villageoise où il vivait depuis deux années, la venue de son enfant allait l'y planter solide et profond, sur le tard il était arrivé chez lui...

Lorsqu'il avait dû se séparer de Marie, Mousin s'était trouvé agité de sentiments contradictoircs. Le bonheur d'avoir Céline à son côté, la certitude que désormais elle y demeurerait laissaient toutefois place pour le chagrin de quitter cette enfant qu'il aimait comme sienne, et pour le souci d'un gagne-pain dont la réussite était loin d'être certaine. Céline avait dû l'endurer sombre et soucieux, plus d'une fois, avant leur mariage, et toujours elle tâchait de le remonter en courage et confiance.

— Enfin Mousin, je ne te reconnais plus... Tu as toute capacité pour mener à bien ce que tu entreprends. Voyons, tirons nos plans...

Ils s'étaient mariés le 15 septembre, le plus vite était le mieux, d'après Céline, pour faire halte aux commérages et à la méchanceté. Elle avait si bien réussi à le remettre en espoir que Mousin, ce jour-là, ne ressentait rien d'autre que le plus grand bonheur de sa vie. Céline était devenue sa femme, à son bras au sortir de l'église, et c'en était fini à jamais du doute et des tourments de jalousie. Bien entendu, on n'avait fait ni noce ni cortège : une veuve, un vieux garçon, ils s'étaient mariés à messe basse, le contraire eût été malvenu.

L'auberge de Céline était restée fermée tout le jour.

Pas de noce, d'accord, mais la mariée n'allait pas servir la clientèle juste après bénédiction ! Ils avaient soupé avec Camille Bruneteau, venu d'amitié, comme témoin, et naturellement avec Odette et Jeanne, les servantes. Camille parlait de la Colombière où tout venait en décadence et qu'il quittait soulagé, pour la Saint-Michel. C'était un repas soigné, de bons amis autour d'une table, rien d'un banquet de noce avec ses abondances de nourritures, de boissons et de gaudrioles, juste une occasion de marquer le contentement. Camille ne s'était pas attardé, Odette et Jeanne étaient montées dans leur soupente à même heure que d'habitude.

Ils étaient demeurés seuls à la table, avec le vin bouché, les biscuits. La nuit était venue, Céline avait éclairé la lampe. Ils restaient là, à parler, à la fois vieux couple et jeunes mariés. Mousin passait la main sur le giron de Céline, la grosse soie de sa robe glissait contre la douceur du jupon de dessous, c'était une caresse à faire toquer le cœur, sous le jupon la cuisse ferme et chaude, le sillon de la jarretière, et ils continuaient à discuter, le lit les attendait sans hâte. Mousin se sentait un peu ivre, moins par le fait du vin que par la certitude d'avoir toute la vie pour caresser Céline, pour la porter à cette joie d'amour dont chaque fois il se bouleversait. Et l'assurance, aussi forte et empoignante, de posséder à présent dans le sacrement de mariage et non plus en péché, cette compagne emplie d'énergie et de solidité qui ferait route à son côté désormais. Sous la lumière jaune de la lampe qui les unissait et les enfermait tous deux contre le restant du monde, Mousin écoutait Céline parler de l'importance qu'aurait sa première foire, entendait le crissement des jupons où sa main pressait tant de douceurs : il n'aurait pas cru possible de connaître un jour une telle félicité.

Les premiers bruits ne l'avaient pas alerté : des appels étouffés parvenaient de la place, on y traînait quelque chose qui choquait et ferraillait contre les pierres...

— Et qu'est-ce que ça peut être, à cette heure ? Je

croyais pourtant qu'on restait les seuls à ne pas être dans les plumes, il est minuit ! On cause, on cause... Allez, viens, ma belle mariée.

Céline eut l'air sur le qui-vive et se leva brusquement.

— Je crois que... Pourvu que...

Elle lui avait attrapé la main, la serrait fort.

Le vacarme alors avait éclaté. Des cornements de trompe, des fracas de chaudrons tambourinés, des aboiements et des clappements de bêtes folles... Céline avait pâli.

— C'est le charivari, j'aurais dû me douter. Une veuve en remariage, et tout le monde à connaître qu'on s'est fréquentés loin, auparavant. Une seule chose à faire : c'est que tu sortes avec les verres, le barricot, et une bonne pièce.

Il l'avait vivement fait rasseoir auprès de lui.

— Moi, que je paie le coup à ces énergumènes ? Ecoute, Céline : même dans mes vingt ans, que j'aimais fort les malices et les babouineries, je n'ai jamais voulu me mêler à cette vexation qu'on fait aux veufs d'aller leur sonner chamaille pour cause de remariage. Je croyais que ça se perdait, d'ailleurs, parce que ça peut finir au juge de paix, le cas s'est rencontré. Est-ce qu'on est en faute et manquement par devers eux ? Est-ce qu'on doit quérir permission de ces braillards pour mener notre vie ? Ils se lasseront avant moi, s'ils attendent que je leur rince le gosier !

— Je t'en prie, Mousin, on a déjà trop tardé. Si tu ne le fais pas, ils reviendront chaque nuit pour la même sérénade. Oh ! je t'en prie...

Céline avait les yeux pleins de larmes. Il s'était vu près de céder, de mettre son amour-propre sous le bras et d'aller trinquer avec le charivari en s'efforçant d'en rire. Pour l'amour de Céline, il allait mollir et se plier, consentir à la mortification... Le tapage d'enfer s'était brusquement arrêté.

— Eh bien tu vois, ma belle, ils sont vifs à la comprenoire, ils ont vu qu'ils perdaient leur temps d'insister, avec moi !

Son soulagement avait été de courte durée. Les

cornes et les ferrailles s'étaient tues, les cris montaient à présent, s'enflaient dans le silence de la nuit, portaient l'injure et l'invective.

— Eh ! la Pagette ! Comment qu'on va faire, maintenant, quand l'envie nous prendra ? Tu nous feras savoir, le jour des foires !

— Alors ? C'est-y des mules, ou des bêtes à cornes, que ton homme va faire commerce ?

— Ma petite Céline ! Toi qui rendais si grand service ! Viens me faire une affection, on t'a bien eue en partage, avec ton Grand Mousin !

— Avec ton grand couillon !

— Avec ton grand cocu !

Céline avait saisi Mousin à bras-le-corps, sanglotait contre lui, s'affolait de honte et de chagrin.

— Tu le sais, que ce n'est pas vrai ? Tu le crois, ce que je t'ai dit ? Dès que je t'ai connu tu as été le seul, le seul ! Je me jetterai au puits, si tu doutes !

Un grand calme était tombé sur lui, un inexplicable apaisement sous l'ordure qui se déversait toujours.

— Ma follasse, mon beau trésor... Se jeter au puits ! Sur la mémoire de ma mère, je te fais serment que je te crois. Reste-là tranquille, je reviens.

— Non, ne sors pas, je te supplie !

— Ça, ne le demande pas, Céline. Je ne pourrais plus te regarder en face, si je supportais. Sois rassurée, tu vois que je suis en état de patience et de raison.

Il avait la certitude de dire vrai et ne s'en étonnait pas, lui si prompt d'habitude au bouillonnement de colère. Il se sentait ferme et assuré en refermant la porte derrière lui, placide et fort comme le bœuf Vermeil lorsqu'il chassait les mouches à coups de queue nonchalants.

Ils s'étaient arrêtés de brailler, en le voyant paraître. Lui, il s'était d'abord éclairci la voix pour faire discours :

— Les gars, j'ai à vous faire connaître que Céline Rebeyrolles est ma femme, et que du jour de maintenant, celui qui lui manquera en paroles me trouvera devant. Retournez chez vous, à présent.

Le silence, à nouveau... Et tout alors avait basculé. Il avait foncé dans le tas avec la seule envie de tuer, ça gueulait et ça s'égaillait de partout, il les rattrapait, cognait les têtes, bourrait du genou dans les parties, ses poings martelaient, faisaient pisser le sang... Un craquement de bois sec, un hurlement... « Toi mon salaud c'est le bras que je t'ai pété... Et toi fumier, je te massacre la figure, je t'étrangle et je vais te sortir les tripes, et je n'ai jamais été si heureux... »

Il avait été ceinturé par-derrière, à demi assommé par un gourdin. Il garda conscience d'être traîné dans la maison, de voir Céline, la bouche ouverte sur un cri qui ne sortait pas. Puis il était tombé dans le noir.

Les gendarmes étaient venus, le lendemain. Lui, il était sorti de sa folie d'assassin, mais il n'avait pas de remords, il se sentait le cœur soulagé, dans sa carcasse mâchurée de coups qu'il n'avait pas eu sentiment de recevoir. Céline avait les yeux gros comme le poing d'avoir pleuré, elle avait pourtant fait face, il s'était tenu au silence dans le fauteuil, il avait dû gueuler si fort en cognant que la voix ne lui sortait plus. « Non, il n'était pas en état de leur répondre, ne pouvaient-ils voir d'eux-mêmes dans quelle nature on l'avait mis ?... Oui, il regrettait, mais aussi on l'avait poussé à bout dans son honneur, ils étaient des hommes, eux aussi, ils devaient comprendre... Bien sûr, il paierait pour les soins de docteur et dédommagerait les jours de travail perdu... Il n'y avait pas mort d'homme, tout de même ! On pouvait trouver arrangement : si on allait au juge, il aurait plainte à faire, lui aussi... »

Les gendarmes avaient déclaré qu'ils admettaient en partie les arguments représentés, à l'évidence cet homme avait été jeté hors de lui, et montrait à présent de bonnes façons dans ses intentions de réparer. Personne dans l'affaire n'avait intérêt au jugement, chacun laissait des plumes quand on en arrivait à cette extrémité. Les victimes de sa sauvagerie en étaient par avance d'accord, s'il payait on en resterait là.

— Ce qui ne s'arrangera pas aussi facile, avait ajouté le brigadier, c'est l'établissement de votre homme dans la région. Son histoire de la Colombière a déjà porté mauvais effet : quitter son gage en milieu de moisson, et traîner deux servantes au même manquement, c'est mal vu. Et maintenant, estropier à moitié des gars venus pour rigolade, un peu loin poussée peut-être, mais quand même ! Il trouvera plus de fourches levées que de bêtes à vendre, dans les fermes de par ici. Il ferait mieux de voir ailleurs...

Céline s'était redressée fort, sans plus montrer à la gendarmerie de mine confite et affligée.

— Ça tombe bien, justement ! Parce que moi aussi, j'ai envie de quitter sans regret ni dommage cet endroit, où on trouve indignité au seul fait de défendre une petite drôlesse forcée par un vieux cochon ! Un pays où l'on vous prétend malfaisant et pendable de ne pas supporter qu'on y traite sa femme de putain ! Portez pas peine, on ne sera pas jetés aux chemins, on a du bien ailleurs.

L'auberge n'avait pas rouvert sa porte. Avec des précautions et des délicatesses pour ne pas entamer son amour-propre de mâle — amour-propre ou bouffissure, il commençait à s'en poser question — Céline lui avait exposé que rien ne pourrait lui faire plus grand plaisir que de revenir à Sainte-Néomaye.

— Si tu n'y voyais pas empêchement, j'en aurais tant de joie ! En héritage de nos défunts parents, ma sœur a eu les terres et moi la maison. Elle n'est pas trop conséquente, pour sûr, mais appréciable en courtilage : tout ce qu'il te faudra de bâtiments pour les bêtes. Si ça ne te pesait pas trop de quitter ce pays... Moi j'ai parlé dans la colère, aux gendarmes, et...

— De pays je n'en ai pas, Céline, rien que celui où tu es. Je prendrais le bissac pour te suivre, n'importe où que tu ailles, si j'étais sûr que c'est ton bonheur. Mais ton commerce ? Tu l'as mis en prospérité, et tu es si bien à gouverner tout ça...

— Si c'est là ce qui te tient, sois rassuré. Je laisserai passer un temps, ça ne sera pas mal que je souffle un peu, et j'ai mon idée pour la suite. Sais-tu qu'on prévoit le chemin de fer, là-bas, d'ici quatre-cinq ans ? Il y aura place pour ce que j'ai en vue.

— Et tes servantes, à leur âge...

— Ah ! là là ! Le soulagement que ça leur fera ! Avec moi, elles ont mis suffisamment de côté pour se reposer le restant de leur vie. A propos de servante, tiens, j'en connais une qui ne serait pas fâchée, non plus, de nous voir survenir ! Si seulement tu voulais...

Il avait secoué la tête sans un mot, comme on fait pour répondre non, alors que tout au contraire on veut montrer qu'on reste sans moyen et sans voix, de consentement et de reconnaissance : dans les yeux seuls se marque la différence. Céline s'était jetée sur lui, et c'était elle qui avait dit merci, et qu'elle n'en pouvait plus de la joie qu'il lui faisait.

Le village les avait accueillis. Ils en avaient connu les commérages et les jaseries.

— Savez-vous pas, la plus petite aux Thibaudeau est revenue !

— D'où donc qu'il sort, son homme ? La pauvre, elle aura guère peine à mieux tomber que pour son premier...

— Moi, je lui trouve un drôle de genre, si grand si maigre.

— C'est la Gâtine, ça, d'après qu'on y fait cuisine à la poêle sèche...

Ils n'en avaient pas souci, car ils avaient trouvé, pour leur installation, l'autre visage de cette vie communautaire et cancanière : l'entraide et la rescousse qui ne faisaient jamais défaut, l'incendie au Chêne-Vert venait encore d'en porter preuve. Sur la foire, depuis le matin, il alimentait les conversations ; à en croire ce qu'il entendait, Mousin était assuré que la main-d'œuvre serait aussi étoffée pour la réparation du dégât qu'elle l'avait été pour suspendre le ravage...

En étrillant ses mules, Landry Rebeyrolles remuait les souvenirs, et il se sentait à jamais sauvegardé de départ et de déchirement. Il avait un pays, à présent. Il y vivait avec tout ce qu'il possédait d'amour, Céline, l'enfant à venir ; et Marie Therville qu'ils avaient éloignée du malheur et de l'asservissement.

L'héritage de Jean Therville

Marie Therville, au lendemain de l'incendie, avait pris conscience que sa courte vie se trouvait jalonnée de fuites, de maisons et de lieux quittés à la hâte, dans le drame et le déchirement.

Elle ne possédait rien d'autre que des vêtements, un peu de linge et des sabots, et pour la troisième fois en huit ans elle les voyait tassés en ballot d'infortune, bouchonnés à la diable pour échapper au danger, à la haine, à l'agression. Le feu qui l'avait chassée du logis touchant l'écurie aux mules était de loin la cause la plus soudaine et la plus imprévisible de ces départs en précipitation, il n'en était pas la plus douloureuse. Malgré sa violence de destruction, elle ne le percevait qu'en écho assourdi de ses autres détachements : cette fois elle n'abandonnait que des murailles, pour le temps de remise en état. Elle n'avait qu'à traverser la cour pour trouver abri dans la maison-maîtresse, elle n'y arrivait pas en inconnue et la porte n'allait pas s'en refermer sur des adieux ou des promesses vagues d'au revoir.

Un moment, elle s'était pensée responsable du malheur, la scule flamme à pénétrer dans le bâtiment étant sa propre chandelle. Nicolas Lebrault l'avait détrompée et rassurée sur ce point : vu l'endroit où le feu avait pris, la seule explication tenait dans un tesson de bouteille oublié sur le rebord d'une lucarne, sans aucun doute par la négligence d'un muletier, lors de la précédente foire. Avec le verre de sa montre, le patron du Chêne-Vert lui avait montré comment un rayon de soleil venait de douceur à brûlure sur le dos de la main, amenait à consumer un menu tas d'herbe sèche. Il avait tranquillisé Marie : selon lui, le feu avait couvé dans ce foin qu'il avait jeté du grenier, sous une imposte vitrée. Il avait fallu que se conjuguent de malencontre le soleil, un morceau de verre et un tas de fourrage pour que l'accident survienne. Ce n'était aux yeux de Nicolas Lebrault qu'un revers, un préjudice et non pas un drame puisque nul n'y avait laissé la vie, pas même les mules, grâce à Marie. Il lui avait assuré que dans les destinées humaines existaient des orages autrement accablants, et que l'on surmontait de courage, malgré tout...

Il avait laissé sa phrase en suspens, il était homme pudique dans l'expression de ses sentiments, et son effort était perceptible lorsqu'il avait ajouté :

— Vous le savez mieux que personne.

L'après-midi, sur l'insistance de Blanche Lebrault, Marie avait dû monter se reposer dans la mansarde où elle allait coucher désormais, en attendant que soient réparés les ravages de l'incendie. La patronne avait fini par faire acte d'autorité, malgré les protestations de la jeune fille.

— Pas de discussion tu vas à mérienne, Madeleine Chapeleau me ménerait le diable à quatre s'il lui venait en connaissance que je t'ai tenue sur tes pieds le jour durant !

Marie avait en horreur ces siestes des journées chaudes. Les rares fois où elle s'y était laissée prendre, elle s'était relevée avec la bouche amère, une impression de brume et de mollesse où elle ne se reconnaissait plus. Elle s'était pliée à l'ordre de Blanche Lebrault, davantage en amitié qu'en obéissance, tout en se promettant de rester éveillée.

Le sommeil l'avait prise sans qu'elle en ait conscience, et l'avait cahotée dans des rêves changeants où la réalité s'embrouillait de détours et de mystères, où des maisons se superposaient en images éphémères, inconsistantes comme des constructions de nuages malgré la vérité et la netteté de leur apparence. Des maisons, des voix, des gestes, des odeurs, et nulle silhouette, sinon une insaisissable présence qui disparaissait lorsque Marie croyait la toucher et la reconnaître, une ombre derrière laquelle, elle en avait la certitude, se tenait la mémé Gâtard qu'elle entendait murmurer doucement, et non pas hurler en fureur : « Tu lui ressembles... Tu lui ressembles... »

La main de Madeleine sur son épaule. « C'est Sainte-Néomaye à présent Marie. Tu y as la vie devant toi. » Une voix rassurante comme la façade du Chêne-Vert, qu'elle voyait pour la première fois. Une belle maison mi-bourgeoise mi-paysanne dont la rigueur était adoucie par une treille de chasselas, et plus haut encore par une glycine.

— Entre donc ma belle petite, entre donc, Marie.

La voix de Blanche Lebrault coulait, coulait, racontait qu'elle avait tout passé à la cire justement hier... Les meubles brillaient dans un rayon de soleil qui filtrait des volets fermés en tuile, et faisait miroiter des éclats de verre. La voix disait d'entrer, elle allait se plaire ici, tu as de beaux yeux ma mignonne... « Tu lui ressembles. » Les paroles de Blanche Lebrault ruisselaient, là c'était la salle d'auberge, Lebrault l'avait montée de ses mains au temps de sa jeunesse, une belle salle et bientôt dedans une belle servante. « Tu lui ressembles... » répétait avec tendresse la mémé Gâtard.

Marie avait cru s'éveiller, elle avait mal partout, elle se sentait fiévreuse, elle étouffait dans la plume de son lit. Elle avait tenté de se lever, elle ne pouvait plus. Elle était clouée sur sa paillasse dans le coin d'écurie, à la Colombière. Elle se débattait dans une odeur de sueur,

Simon Rougier n'était qu'un poids, une puanteur sans corps et sans visage, une voix qui ordonnait de se laisser faire, qu'elle allait aimer ça, petite garce ! « Puisque tu lui ressembles... » murmurait la mémé Gâtard, derrière la grande ombre au fond de l'écurie. Les cris de Madeleine avaient chassé Simon Rougier, et le couteau de chair dont il cherchait à pénétrer Marie.

Madeleine n'avait rien pu contre l'ombre, et la voix qui maintenant hurlait, cognait, « tu lui ressembles », avait ramené à Chaussauvent une petite fille de huit ans, un matin de septembre. Une enfant qui savait depuis toujours d'où venait cette haine : d'une ombre arrivée un jour d'enfer pour y retourner à jamais dans les flammes, une ombre aux yeux bleus qui la chassait de la maison de Chaussauvent aussitôt qu'arrivée. Elle marchait sur un chemin inconnu, la petite Marie, lourde d'une charge de malheur qu'elle allait enfouir au profond d'elle, car elle avait reçu du même sang la force, le courage et l'ardeur de vivre, en héritage de Jean Therville.

Le jour où Madeleine se sentit à jamais étrangère

10 décembre 1852

— Marie ! Deux fois que je t'appelle ! Je te répète on risque manquer de pain, cours à la boulangerie ! Quatre, non, cinq...

— Je vous demande excuse, Madame Blanche, je n'avais pas entendu... J'y vais. Il en reste large, vous savez, j'en prends combien ?

— Je viens de te dire, cinq. Cinq de quatre livres, et ajoute un de six, moi je suis toujours en tourment d'insuffisance, vois-tu que Fournier n'en ait plus, avec la sauce le pain frais ça va vite, allez presse-toi, tu sais que je cause, je cause... Tu as bien entendu, cette fois, cinq pains de quatre, un pain de six, comme ça on sera...

Marie partit avant que n'arrive la suite, la patronne en effet pouvait causer longtemps. Son mari prétendait qu'elle était le quatrième moulin de la commune, à quoi Blanche Lebrault répliquait que oui, et heureusement, elle causait, parce que lui, quand ils étaient entre eux deux, l'herbe avait le temps de pousser entre ses paroles ! C'était communément un de leurs sujets de dispute, le bavardage de l'une, le silence de l'autre. Aucun pourtant ne mettait d'aigreur dans ces reproches, pas plus que Blanche Lebrault n'avait glissé d'acrimonie dans son « deux fois que je t'appelle ! ».

Marie d'ailleurs se sentait en justification de n'avoir pas aussitôt saisi l'ordre de sa patronne : il se menait plus de bruit dans la salle du Chêne-Vert qu'au soir de la plus forte foire !

Ce n'étaient pas des clients que l'auberge recevait aujourd'hui. On y accueillait, en invitation, les familles envers qui les Lebrault se trouvaient redevables de reconnaissance. Au matin de l'incendie, Nicolas Lebrault avait remercié d'un casse-croûte abondant les hommes qui s'étaient acharnés pour abattre le feu. En ce jour, on faisait honneur du rigal à tous ceux dont le travail, ou l'aide de nature, avait permis que l'écurie aux mules, moins de trois mois après son ravage, se retrouve hors d'eau, charpentée et couverte. Il ne restait à poser que le plancher du grenier, c'était affaire de spécialistes, les frères Mainard y seraient bientôt à l'ouvrage. Dès la foire du 13 janvier, l'écurie serait parée pour s'emplir de bêtes et de fourrage, et Marie allait y retrouver avec bonheur sa « maison ».

Elle ne se plaisait guère dans la chambre en mansarde où elle dormait depuis septembre. Elle avait gardé, des longues années passées à la Colombière, le goût de sortir dans la nuit pour gagner son lit. Il lui en restait une sauvagerie, assurait Blanche Lebrault, lorsqu'elle entendait Marie soupirer en montant aux étages avec sa chandelle.

— N'es-tu pas mieux à rester sous le même toit, après veillée, plutôt que de rabaler la boue de la cour avec tes cotillons, et de te trouver là-bas, en solitude, dans cette bâtisse vieille comme le temps ? Je sais que ça a été ta préférence, dans les débuts, à présent tu devrais juger que c'est autre chose, une chambre !

Marie ne répondait pas à ces réflexions étonnées et bienveillantes de la patronne. Comment lui faire comprendre, sans la blesser, qu'elle se sentait étrangère, dans cette soupente au lit trop vaste et trop mou, qu'elle y trouvait un relent de renfermé et de moisi, et que le pot de chambre dans la table de nuit lui semblait une incroyable horreur ? Heureusement Marie n'était pas sujette aux besoins fréquents. Elle n'imaginait pas descendre chaque matin avec son pot de pisse à la main, comme faisait tranquillement Blanche Lebrault. Encore heureux lorsqu'elle ne faisait pas de commentaires sur l'abondance ou la couleur : la bonne santé ou la maladie qui couvait s'exprimaient dans de telles observations.

En se hâtant vers la boulangerie, Marie se réjouissait à l'idée de retrouver bientôt l'odeur saine de la grange, le craquant de sa paillasse, la porte qui se fermait sur la terre du dehors et non pas tout en haut d'une maison, sur les dernières marches d'un escalier... Et le bruit familier des bêtes, leur souffle, leurs sabotades qui avaient accompagné ses nuits à la Colombière. Elle avait fait part à Mousin de l'impatience où elle était, à l'idée d'attendre un bon mois encore.

— C'est bizarre, tout de même. Pour le restant, je me sens aise, ici. Juste dans cette chambre, que je ne m'accoutume pas. Pourquoi, à ton avis ? C'est pourtant une vraie chambre, presque celle d'Adélaïde...

— Eh bien, c'est qu'apparemment tu es une belle jeune fille, avenante de figure et bien tournée de taille, mais que dans ton fond tu es rechignouse comme la Chapelère, et ratatinée de caractère comme une ancienne. Va jucher avec les volailles, en attendant, si tu préfères mieux !

Marie s'était sentie en colère et vexation, elle avait répliqué avec dépit.

— Merci de l'avis et du compliment. Je te demandais pourquoi, c'est tout.

— Allez, calme-toi et reviens au sourire, ça te gâte la face de frogner le nez. Moi aussi, des fois, comme la néné Marie Therville, ça m'arrive de penser à mon coin de plancher et à mon échelle de la Colombière. Pas pour le regret, Dieu non ! Comme ça, rien qu'une souvenance, on n'y a pas eu que des mauvais jours. Sauf quand une drôlesse effrontée et dépeignée m'achalait de comme et de pourquoi... Dis, Mousin ? M'expliqueras-tu, Mousin ? Sais-tu comment ça se fait, Mousin ? La poison, m'en a-t-elle fait endurer !

Elle avait fini par rire aussi fort que lui. Céline

arrivée là-dessus avait fait remarquer que l'ouvrage attendait, du temps qu'ils s'esclaffaient à leurs gamineries, et pouvait-on lui dire pourquoi?... Ce pourquoi tombé juste à point avait relancé Mousin, et Céline s'était jointe de bonne humeur à leurs plaisanteries sur cette pauvre bonne femme Therville, trop avancée d'âge pour changer de grabat, pensez donc, à seize ans...

« Ils m'ont bien mouchée, quand même. C'est ma foi vrai, que je suis un peu comme une vieille bousculée dans son habitude : la pelle à main gauche du foyer, la pincette à main droite, et grand malheur si on lui tourneboule du mauvais côté, elle ne s'en remet pas de la journée et grinche jusqu'au soir qu'elle a connu ça de toute éternité et qu'on n'a pas idée de prétendre autrement! » En poussant la porte de la boulangerie « néné Marie Therville » se promit de faire le soir même un grand sourire à la patronne, des compliments et des remerciements sur la chambre — juste assez, pour que ça n'aille pas quand même jusqu'à méprise, et qu'on lui propose d'y demeurer puisque à la fin elle s'y plaisait!

— Encore toi? Manquez-vous déjà, avec les deux tours que tu as faits ce matin?

— Non pas, pensez-vous, madame Fournier! La patronne se tourne les sangs pour rien. A mon avis il reste de quoi, trois pains de quatre, elle juge que non.

— Et où vous en êtes?

— Aux rouelles.

— Alors je te garantis qu'elle a raison. Il vous faut, voyons, vous êtes à trente-huit je crois...

Marie secoua la tête. Comme si tout le village ne connaissait pas le nombre exact de convives, depuis au moins deux semaines!

— Non, quarante-trois. Madame Blanche m'a dit de prendre...

— Quarante-trois! Ils ont bien fait les choses, au Chêne-Vert, rien à dire! Donc vous en êtes sur la rouelle, attends que je compte...

— Cinq de quatre, et un de six, Madame Fournier.

— Puisque c'est ça qu'on t'a dit, d'accord. Ah ! c'est pratique d'avoir le boulanger quasiment à sa porte, tu pourras toujours revenir, au cas où. Moi j'ai dans l'idée que trois de six ne nuiraient pas, enfin... C'est qu'il coule bien, hein ? le pain que fait Fournier, regarde-moi cette mie. Ils ont arrêté de fourneyer chez Assailly et chez Réas, ils chauffent juste pour la cuisine de goret, et au bout du compte crois-moi qu'ils s'y retrouvent sur la bourse et sur l'agrément, même si ça fait causer plus d'un, c'est le progrès je dis toujours, comme le chemin de fer...

Tout en continuant sa jacasserie, la boulangère mettait les pains sur la balance, ajustait son couperet pour évaluer la pesée manquante, et chaque fois les plateaux se contrebalançaient dans un parfait équilibre : d'un seul coup d'œil, elle avait jugé s'il fallait une lichette ou un quignon pour arriver au juste poids. Marie avait plaisir à la regarder, et cherchait à estimer par avance la taille de la pesée selon l'inclinaison du fléau, elle avait conservé goût aux calculs et aux comptes de tête. Lucie Fournier prenait son temps, le pain manquait peut-être à cette heure au Chêne-Vert, la sauce des rouelles figeait dans les assiettes, la patronne se chavirait d'humiliation, et Marie, évoquant sans trop y croire cette déroute, s'imprégnait des odeurs de la boulangerie. Dans la tiédeur venue du fournil proche, elle distinguait la senteur douce de la farine, l'acidité du levain, le parfum de croûte brunie, sur un arrière-fond de pierres chauffées, de cendres et de toile à sac. Il s'y mêlait aujourd'hui — on était samedi — un arôme de sucre et de fleur d'oranger. Marie était sensible d'odorat, toujours la première à déceler que le lait attachait à la casserole, que le rôti prenait un coup de feu : Blanche Lebrault lui assurait en riant qu'elle aurait fait un bon chien de chasse !

— C'est des brioches feuilletées qui sont à cuire, madame Fournier ?

— Ça sent à bon, pas vrai ? Toi, on te voit gourmande, toujours le nez qui frise ! C'est les gâteaux secs, la commande des jeunes de chez Ingrand, le bourrelier, pour le baptême de leur premier. Né avant terme à ce qui se paraît, un beau poupon, huit livres, enfin c'est pas mes affaires... Bon, voilà, ça va t'en faire à toi vingt-six livres au bout des bras. Tu n'as pas oublié la coche, cette fois ?

— Non, pensez-vous, j'ai l'habitude, à présent.

Marie tendit la baguette de châtaignier. Sans une hésitation, la boulangère en décrocha une autre, parmi les dizaines qui pendaient à une tringle. Elle les ajusta côte à côte, tailla au couteau les encoches jumelles, celles du pain de six plus profondes. C'était un usage devenu familier pour Marie, mais elle s'étonnait encore chaque fois de l'astuce et de la trouvaille : quand on venait payer le pain — deux fois le mois pour le Chêne-Vert — les deux baguettes rapprochées évitaient toute contestation, le même coup de couteau avait taillé avec exactitude le nombre de pains, sur la coche du client et celle du boulanger. Pour Madeleine Chapeleau, c'était une preuve supplémentaire d'indigence d'esprit et de feignantise.

— Acheter son pain ! Le payer en taillant des branches, comme font les drôles pour leurs subiets ! Comment veux-tu que j'admette ça, à mon âge, et tout ce que j'ai sué pour chauffer mon four ! Heureusement que pour le pain ils sont de l'ancienne mode, à la Grande-Métairie !

Marie reprit sa coche, salua la boulangère, il lui fallait se presser maintenant. Ses deux paniers lui tiraient les bras, mais la « pauvre vieille Therville », que Céline et Mousin avaient moquée ce matin, se sentait légère de jeunesse, ouverte au progrès comme la boulangère, heureuse de vivre dans ce village où l'on achetait le pain, et où l'on marquait la dette aux branches des châtaigniers.

Céline se trouvait besoin de bouger. Elle n'avait jamais apprécié de se tenir longtemps à un repas, elle aurait de beaucoup préféré s'agiter au service, sa sœur lui avait fait jurer de n'en rien faire, vu son état : il n'était pas question qu'elle soulève la moindre charge, qu'elle se penche, qu'elle reste debout plantée, qu'elle s'étire pour attraper un plat sur la table. D'après Blanche Lebrault, rien n'était plus mauvais que ça, porter à bout de bras, ça n'était pas le poids qui faisait, mais le mouvement de forcer, elle avait connu une femme, dans le temps, rien qu'en levant son balai pour joindre une arantelle... quel malheur, elle n'y voulait pas penser et se ronger tout le jour.

Céline se sentait parfois agacée par les angoisses de sa sœur, qui n'avait pas eu d'enfant, et l'accablait de conseils, d'admonestations, voire de semonces, sur la conduite à tenir. Elle tâchait de n'en rien laisser paraître, se refusait à gâcher la joie ressentie par Blanche à la venue prochaine de celui qu'elle n'appelait jamais que « l'héritier ». Mieux valait, après tout, supporter une tutelle un rien pesante, plutôt que d'être confrontée avec des jalousies et des rancœurs de femme stérile : Céline comprenait qu'elles étaient deux à attendre, que Blanche s'intégrait, par ses inquiétudes, à ce bonheur de porter fruit qu'elle n'avait jamais connu.

Chez elle, Céline se rattrapait. Passés les premiers mois, et malgré la corpulence où elle se trouvait à présent, elle se ressentait aussi vive et active que de coutume. Soulagée du corset et de ses meurtrissures, il lui semblait même n'avoir jamais été dans un tel bien-être de tout son corps, dont l'embonpoint, loin de l'affliger comme autrefois, lui donnait la fierté de « bien porter », et non pas de projeter en avant ce ventre pointu des femmes maigres, dont la grossesse semble une vilaine maladie qui distend le jupon... Elle avait dû mener bataille à la maison, pour arriver à cette liberté de mouvements. « Si je ne m'étais pas rebiffée, c'est qu'il aurait été pire encore que ma sœur, ce tracassin ! Pour peu, il prétendait faire le fricot lui-même. Au moins parer les légumes, qu'il disait, vois-tu que le couteau ripe, allez donne-moi ça ! Il a équarri trois patates avant de s'entailler le gras du pouce et tout me redonner, vu que je riais tant, en grommelant que ça n'était pas mieux de me secouer de même, une follasse comme moi, ça allait quoi mettre au monde ? Je lui ai répondu : grand godet, ça ne sera jamais que de ta graine s'il est fou. Ça l'a calmé de colère et il s'est crevé de rire lui aussi, à cause du baron Godet de la Ribouillerie. Quand il part sur ce nom, il continue de bon cœur, comme les chansons à ripouner ça n'a pas de fin. Bref, si je m'étais laissée faire, avec Landry c'était du lit au fauteuil, point final. Et au lit, rien. Il allait lui faire du mal, il aimait mieux périr d'envie que de risquer, j'ai vu l'heure que je n'arriverais pas à le persuader, ce qui l'avait mis n'allait pas le chasser, quand même ? Et moi justement, ça me porte davantage à l'idée, le temps me dure d'être à ce soir, tous deux, renfermés dans nos rideaux de lit. Mon Dieu ! Lui qui me dit toujours ça te chavire la figure à l'avance, pourvu qu'elles ne voient pas, ces femmes ! Non, sans doute, pas de risques, à ce que j'ai entendu elles n'y connaissent que l'obligation... »

— Où donc es-tu, Céline, je te trouve un peu l'air drôle, depuis un moment sans causer ? Et te voilà rouge d'un seul coup, n'aie pas honte, va, c'est la nature...

Céline resta un instant interdite, sa voisine avait donc deviné la fièvre cachée, l'émoi, l'envie d'amour sur laquelle elle resserrait ses jambes, comme prise en faute.

Léa Fédy continuait de même ton :

— Moi mon premier c'était pareil, je portais haut, comme toi. Des fois ça me congestionnait, ça me coupait le souffle...

Céline soupira de soulagement.

— Non, je vais très bien, et...

Elle se reprit, devant le regard étonné de Léa :

— Moi, c'est de manger longtemps, ça me donne de la rougeur. Excuse du souci, je vais voir ma sœur, ça passera.

Céline se leva et vint rejoindre Blanche, qui s'activait devant les potagers.

— Veux-tu me regagner ta place ? Je te l'ai dit, je

ne veux pas te voir à virouner partout. On est suffisamment en personnel pour se passer de toi. Dans ton état, ma petite...

— Blanche, je t'assure, je commence à fatiguer quand je reste longtemps assise. Ça me fait du bien, de me lever.

— Dans ce cas, je te l'accorde mais tu te recules un peu. Lebrault prétend que ces braises mangent tout le bon air, qu'elles donnent un gaz poison pour les poumons. Même qu'on ne le sent pas, pof, on peut tomber mort. C'est pour la raison qu'il a monté une hotte et un conduit, droit au-dessus des potagers. Mais quand les six trous marchent, comme aujourd'hui, je me méfie quand même pour toi. Et pour l'héritier. Tu fais tout pour deux, à présent, le manger comme le respire. Vois-tu qu'il naisse sujet à l'étouffement ? Vas-tu reculer, à la fin ?

Céline s'écarta de trois pas, sans hâte. La science de son beau-frère contrebalançait les exagérations qu'elle savait coutumières à sa sœur, et dans le doute mieux valait s'éloigner, sans pour autant avoir l'air d'obéir au sifflet !

— Dis-moi un peu comment ça se passe, aux tables des femmes, c'est leur avis qui compte le plus, tu dois bien te rendre compte, même si elles ne font pas de remarques en face. La soupe ?

— Que des compliments ! Tout le monde d'accord : la tête de cochon, ça fait quand même un autre bouillon que le bœuf ! Tiens, Léone Pougnard, tu sais qu'ils ont de quoi et se permettent le bouilli chaque dimanche, eh bien elle a dit : ça c'est une merveille, et qu'est-ce que c'est ce petit goût en plus des quatre épices ? Ah ! je lui ai répondu, c'est le secret de ma sœur, même à moi elle ne le dit pas.

— Je te le dirai, pour l'héritier, et tu n'en reviendras pas comme c'est bête ! Et Madeleine Chapeleau, a-t-elle fait des réflexions ?

— Rien. Elle n'a pas sonné mot depuis le commencement. Tu vois, on a cru lui faire honneur de la mettre à table, c'est Marie qui avait raison, elle aurait préféré d'être à servir.

— Je le sais, mais tu connais la Chauvine, elle n'aurait pas supporté. Attention la voilà. Alors, Madame Chauvin, ça marche-t-y comme vous voulez ?

Le changement brutal de ton égaya Céline, qui se garda cependant d'en rien laisser paraître. La vieille Alida Chauvin, depuis trente ans qu'elle était veuve, venait en journée au Chêne-Vert, pour les foires. Elle avait la toute-puissance absolue sur les autres femmes engagées à ces occasions, elles pliaient devant elle, parfois même la patronne. Céline quant à elle n'aurait pu supporter ces empiètements d'autorité, ces manières de commandement. Blanche s'en accommodait, les prétendait compensés par l'abattage dans le travail et la rigueur dans l'organisation... En maigre vengeance d'une telle tyrannie, elle l'appelait la Chauvine, dans son dos. Présentement honorée d'un « Madame Chauvin » d'encensoir, plus flatteur encore que le « ma bonne Alida » habituel, la vieille femme consentit à répondre que ça n'allait pas trop mal.

— Sauf que votre chambrère, ajouta-t-elle, attend la pâte à lever, d'hasard. Et qu'on aurait suffi à trois pour servir. Enfin, c'est pas moi qui commande. Ils redemandent de la rouelle à la deuxième tablée d'hommes.

Elle s'éloigna avec son plat, très droite et digne dans ses jupons noirs, irréprochables de netteté, quoiqu'elle ne mît jamais de devantier pour les protéger. Blanche parut soulagée.

— Oh ! là là ! J'ai eu méfiance qu'elle m'ait entendu dire la Chauvine. Heureusement pas ! Continuons, les boudins ? Je suis en souci, il y en avait trois de crevés, dans le bouillon, c'est mauvais signe.

— Parfaits. Les mêmes que faisait maman, il n'y a que les tiens que j'aime. Juste bien en viande, en oignons. Jeanne Auzanneau a dit qu'elle mettait moins de laurier, tout le monde a pris deux fois, sauf elle.

— Ils étaient assimentés en suffisance ? A force de goûter je perds le goût. Lebrault me dit toujours : tu serais sûre si tu pesais ton poivre, et pourquoi pas le chaudron, je lui réponds. Jeanne Auzanneau, elle a sans cesse à redire. Le laurier, j'en mets comme maman, pas plus.

— Rassure-toi, elle est la seule. Et pour le pâté, elle s'en est coupé deux tailles, je ne te dis que ça ! Moi j'ai pris l'entame, bien rôtie comme je préfère, je l'ai trouvé encore meilleur que de coutume, plus fin de grain.

— Là, tu me fais plaisir. C'est Marie qui a mouliné, elle a prétendu de passer deux fois la viande, comme ça se faisait à la Colombière, l'idée m'a convenu, on apprend à tout âge. C'est une bonne drôlesse que tu nous as amenée, ma petite, elle ne craint pas sa peine, et puis elle est attirante de caractère. Quand même, elle tarde fort à la boulangerie, elle et Lucie Fournier, c'est deux berdasses ensemble. Oui je sais, tu vas me dire la poêle se moque du chaudron, moi aussi quand je suis partie à causer ! Dieu merci la voilà. Je suis tranquillisée sur ma sauce. Comment l'as-tu trouvée ? Dis franchement.

Céline marqua un silence. Le visage souriant de sa sœur était crispé d'attente, sa renommée de cuisinière, son honneur de patronne étaient en jeu sur la rouelle.

— Franchement, je lui ai trouvé un goût...

C'était de l'angoisse à présent qui se lisait dans les yeux de Blanche, Céline arrêta la plaisanterie.

— Un goût de revenez-y, comme les hommes, là-bas, ils ont déjà torché le plat de la Chauvine, excuse : de Madame Chauvin...

— La peur que tu m'as fait, sale bête ! Je ne doutais pas sur la viande, mais sur les carottes, Lebrault prétend de les conserver dans le sable, je n'ai pas confiance...

— C'est simple, on jurerait des nouvelles. Pardon de t'avoir fait bisquer. Mais si tu continues à me défiler ce qu'on a déjà mangé, tu vas me couper appétit pour la suite.

— Il ne manquerait plus que de ça ! Vire un peu autour des tables, ça te fera du bien en attendant les rôtis. Et puis de même, tu verras ton Limousin. Depuis deux heures que tu ne l'as pas approché, il est en souci, cet homme. Le vois-tu qui tend son grand museau de notre côté ? Si la honte ne le retenait pas, il viendrait aisément jusqu'ici, je suis sûre.

Mousin était assis au plus loin de la cheminée, à la seconde tablée des hommes. De sa place, il voyait la salle en enfilade. Le mur mitoyen à la maison-maîtresse lui faisait face, il admirait une fois de plus l'agencement que son beau-frère y avait imaginé dans le temps de sa jeunesse, ainsi qu'il aimait à raconter. Aujourd'hui les broches ne tournaient pas, pour le repas de cochon il n'en était pas besoin, c'était au moment des foires que l'on y enfilait les volailles et les quartiers de viande, le gibier à l'occasion, les Espagnols et les Argentins étant friands de chairs fortes. Mousin convenait que l'odeur et la vue étaient engageantes, quoiqu'il préférât de beaucoup les ragoûts et le salé. A droite de la cheminée, le beau-frère avait monté six potagers et fait venir d'un pays éloigné des carreaux bleus et blancs qui jetaient bel effet sur la hotte, en bordure. Six potagers à garnir en feu, les braises du foyer n'y suffisaient pas : le Chêne-Vert était un client appréciable pour les charbonniers de l'Hermitain, Mousin ramenait parfois la provision de charbon, lorsque ses tournées le faisaient passer en pays pelbois — drôle de pays, il avait pris le nom des gens qui y vivaient, ils pelaient le bois de la forêt, et vivaient chichement de son commerce... A gauche de la cheminée s'ouvrait le four : un four et pas de fournil, un four dans une maison, ça, Mousin n'avait jamais vu, une excentricité du beau-frère à coup sûr : à force d'instruction, il en venait parfois à la bizarrerie. Le four avait marché depuis trois jours, pour les pâtés, les rôtis et les pâtisseries : il régnait de ce côté une chaleur d'enfer, la cheminée éclairée d'un grand feu, et les potagers tous en chauffe... Mousin s'inquiétait fort de voir Céline se tenir près de cette fournaise. Heureusement, la porte de souillarde qui faisait communiquer l'auberge et la maison-maîtresse restait ouverte, la follasse recevait peut-être un peu de frais par là.

A cause de la chaleur, justement, on avait laissé libres les quatre tables proches des foyers, les femmes faisaient ensuite deux tablées, elles avaient l'habitude de se cuire au fricot, et les vieilles toujours en glace avaient même apprécié d'être à l'ardeur du feu, qui restait vive encore à cet endroit. A l'opposé, tout au fond de la salle, on avait installé les hommes. Accoutumés au travail de grand air, ils se sentiraient plus aise à ne point trop chauffer, avait assuré Blanche. Aux réflexions qu'il avait entendues, Mousin constatait qu'ils étaient satisfaits d'être entre eux, séparés des « fumelles » par quatre tables vides...

Lui, il était assis en place d'honneur, entre son beau-frère et Lucien Derbord. Nicolas Lebrault passait le plus clair de son temps à naviguer dans la salle, à déboucher les bouteilles et servir à boire. Il le faisait avec parcimonie, et celui qui vidait son verre trop vite et trop souvent le regardait sans oser crier manque ; il en imposait Nicolas Lebrault, on connaissait ses théories sur la boisson, à ses yeux la qualité remplaçait la quantité ! Les femmes se servaient elles-mêmes aux potets de piquette, Mousin n'était pas loin de les envier : du cidre, du rapé, du poiré, de l'eau même, à pleines mogues, n'importe quoi lui aurait été bienvenu pour faire descendre, plutôt que cette lésinerie de vin vieux dans un verre à pied minuscule, versée avec des mines de servant de messe : « Mon Aramon 1820... Mon Chardonnay 1828... » Puis trois dés à coudre au fond du verre, et vous m'en direz des nouvelles...

Landry Rebeyrolles appréciait le bon manger, cependant le repas commençait à lui peser : une place vide à sa droite, à sa gauche le vieux Derbord qui ne pouvait tenir conversation, sauf de faire oui ou non de la tête, le pauvre homme étant trop occupé à ajuster les trois dents qui lui restaient en haut contre les deux qui branlaient en bas. Mousin se sentait isolé, en manquement de sa femme, et n'osait interpeller ceux d'en face : il avait été accablé de recommandations par Céline, attention pas de gaudriole, le beau-frère aimait la tenue, elle espérait qu'il saurait donner l'exemple. Il se tenait à sa promesse, et quoique portant Lebrault en forte estime, il commençait à se dire que « trop de moralité amenait à devenir chiant ! Un homme doit savoir se déboutonner, de temps à autre ! Le beau-frère, jamais ! ». D'entrée, il avait donné le ton :

— Mes chers amis, je suis honoré de vous recevoir, en remerciement de votre aide. J'ai encore à vous demander un service d'importance. Vu les événements que vous savez, je vous en prie d'amitié, pas question de politique. Nous n'avons pas tous ici le même point de vue, s'en manque, et c'est par égard de chacun que je vous fais cette requête.

Tout le monde respectait Lebrault dans le village, et personne ne lui voulant porter offense, on en restait aux conversations anodines, la vache avait-elle vélé, et le pépé toujours sa paralysie de langue ? Mousin sentait un embarras pesant dans les réflexions les plus insignifiantes, on commençait sur la vache mais on se méfiait d'arriver ailleurs. Dans cet environnement de contrainte, il s'affermissait aux jugements sans nuances que son beau-frère lui reprochait. « Le chemin de fer ? Méfiance, on hasarde de chavirer dans la politique. Le prix du blé ? Attention, on va y débouler. Le lavoir communal à Fontcreuse ? Halte là, ça va nous y mener... Rien qu'à foutre la merde, leur politique ! La preuve en est aujourd'hui, qu'on pourrait se trouver aise entre nous, penses-tu ! Tout le monde se tient à quatre et va à messe basse. Si untel a voté oui pour l'Empire, et que son voisin ait dit non, il ne lui amènera plus ses chèvres au bouc, peut-être ? Et Lebrault, ça lui bouscule quoi à l'existence, qu'on ait un empereur depuis un couple de semaines ? Pourquoi donc ça vous caille pareillement sur le jabot, que je lui dis, ce Napoléon Trois ? Il s'appelle Trois présentement, mais c'est le même particulier, croyez-vous qu'on en éventera la différence à Sainte-Néomaye ? Il me répond sans fâcherie, comme il ferait à un pauvre couillon de demeuré, qu'on fait attention de ne pas bousculer. Le malheureux ça n'est pas sa faute, je vois ça dans sa tête, et il me vexe plus qu'à me traiter de grand con ! »

— Ça va, Mousin ? Tu l'as trouvé comment, le pâté ? C'est moi qui l'ai passé à la mécanique, deux fois. Ça ne cause guère, par ici, pas comme du côté des femmes. Je suis certaine que tu aurais mieux été à ton affaire avec elles, pas vrai ?

Marie venait de poser deux corbeilles de pain sur la table. Elle était habillée en dimanche, pour servir, et Mousin ressentait toujours la même fierté lorsqu'il la regardait : la petite drôlesse qu'il avait vu arriver à la Colombière, avec ses loques à la frange, sa crasse et ses poux, elle était devenue cette grande jeune fille qui tirait le regard et restait pourtant dépourvue des minauderies et des tortillements habituels aux filles de seize ans, quand elles se savent belles, ou qu'elles le croient. Marie possédait une grâce de nature, une droiture, une franchise de caractère qui la préservaient des simagrées et des grimaces, même lorsqu'elle était, comme aujourd'hui, ajustée au mieux de son avantage. Mousin n'y connaissait guère en étoffes et en couleurs, il la voyait seulement brillante et bien tournée, dans une teinte qui tirait sur la croûte de pain, ou sur les châtaignes. Elle avait choisi le tissu avec Céline, à la foire de septembre : elle recevait un petit gage, au Chêne-Vert, et se faisait un surplus en allant en journées au château et à la Grande-Métairie. L'auberge restant fermée entre les foires, Blanche l'encourageait « à faire sa pelote », en vue du mariage et du trousseau. Mousin trouvait l'idée choquante et prématurée : elle était toute jeunette, sa petite Marie, et il restait de l'eau à couler sous le Pont-Neuf avant de songer aux noces !

Lui, au soir du 21 septembre, dans la joie où il était d'avoir placé ses mules de la Greux l'Abbé au prix fixé, il avait acheté des mouchoirs de cou à un marchand de colifichets. Trois mules vendues, trois femmes à parer ! Le camelot avait ri, demandé la couleur du poil, puisqu'il s'agissait de mules... Mousin lui avait fait confiance et ne le regrettait pas : Céline avait reçu le vert — un de plus ! — Blanche un gris, à ce qu'il pensait, ou peut-être un peu bleu, et Marie avait eu le mouchoir à l'éclat de dorure, qui, d'un grand hasard, s'accordait au mieux avec la robe, il le constatait. Il avait été félicité pour le choix réussi des couleurs, il avait fait le modeste et s'était gardé d'avouer qu'il n'y était pour rien.

— Alors, le Grand Mousin ne répond pas quand on lui cause ? Il va faire sa petite mérienne et piquer du nez dans l'assiette, comme le vieux Réteau, là-bas ?

Pour peu, elle avait raison, Marie Therville. Il se redressa, prit la mine sévère :

— Je ne t'ai pas répondu de suite, engeance de drôlesse, parce que tu poses deux questions d'un coup, et qu'en voilà une autre arrivée sur le compte. Premièrement, le pâté était convenable, mais ça n'est pas de mouliner qui fait le goût, il n'y a pas trente-six façons de tourner la manivelle. Deuxièmement, je suis ici avec les hommes, à la place qui convient, et des fois ça me plaît de me taire, je m'entends mieux manger. Et j'ajoute...

Il s'arrêta sous le regard de malice et de moquerie qui semblait lui dire, oui, oui, je vais te croire... et continua un ton plus bas :

— Et j'ajoute que tu as raison, ma jolie, et que sauf respect je m'emmerde. Céline me ferait sermon si elle m'entendait te dire comme ça tout cru, mais crois-moi qu'il n'y a pas d'autre mot. Pour le pâté, je te faisais bisquer, j'ai reconnu la manière : passé deux fois, comme celui de la néné...

— Ah ! quand même ! Tu me faisais affront... Prends patience, c'est plus qu'à moitié fait. Les rôtis ne vont pas tarder, et la salade, tu m'en diras des nouvelles, tout ce que tu préfères, des pissenlits et de la broussette. C'est moi qui ai ramassé, je connais les endroits où ça pousse tendre. Parce que là tu sais, il faut choisir, autrement c'est de l'herbe à lapins.

— J'ai confiance que tu sais départager le fourrage et la salade ! Bien vinaigrée, j'espère, le rôti ça n'est pas ma gourmandise, ça le fera passer. Une potée de salé, ça me rirait mieux au ventre, je te jure. Va, maintenant : si la vieille Alida nous arrive, elle te fera filer rien qu'en t'envisageant !

— Oui pour sûr... Mais de ce moment, elle est à

trancher les rôtis dans la souillarde, elle a même écarté le patron du billot. On a l'aise que tu regardes mon mouchoir de cou, comme il va avec ma tenue. Et Madame Blanche m'a dit que la couleur était juste pour ressortir mon teint et mes yeux. Qu'en dis-tu ?

Il prit son temps pour répondre, il ne voulait pas pousser l'enfant en coquetterie, on lui en ferait trop vite compliment, de sa mine et de ses beaux yeux... Il ressentait parfois une nécessité toute paternelle à lui refroidir la gloriole.

— Ce que je vois surtout, c'est que ta coiffe est à la virelitourne...

Il ajouta, contrefaisant la mine et l'accent de Marie :

— Et c'est juste pour ressortir que tu es encore une petite drôlière, qui ne sait pas abricher sa chevelure.

Il eut sentiment de n'avoir point été convaincant dans le propos, en voyant le sourire de Marie, et s'empressa de tourner la conversation.

— Céline t'a dit, pour mercredi ? On fait notre première veillée à casser les noix. J'ai donné l'invitation à quelqu'un qui a lubie de te connaître.

— Me connaître moi ? Et qui ça peut être ? Oh ! Mousin, dis-moi qui ?

Il secoua la tête en dénégation.

— Rien du tout. Tu verras. Un jeune, c'est tout ce que je te dirai, soixante-dix et guère avec...

Marie s'éloigna en riant, après avoir assuré que ça irait comme galant, si ça n'outrepassait pas les soixante-quinze ! Qu'elle était donc plaisante à vivre, elle l'avait un instant retranché à l'ennui pesant de cette longue mangeaille, à l'absence de Céline auprès de lui, imposée par les convenances. Il ne voulait pas avoir l'air de trop jeter l'œil de son côté, il risquait prêter à rire si on le devinait en inquiétude et manque de sa femme... Quand même, il ne pouvait empêcher que son regard tire souvent sur elle, il en avait conscience, et les reproches qu'il s'en faisait augmentaient son agacement. « Va-t-elle pas se détourner de ce feu, à la fin ? Un chaud et froid, c'est vite venu, comme l'autre hiver qu'elle a toussé de Noël à Chandeleur, ce serait le moment, oui, pour tout décrucher ! Mais voilà, les sœurs Thibaudeau, quand c'est parti à tailler la bavette, ça remonte à leur parenté, à leur voisinage de jeunesse, et jusqu'au cimetière en passant. C'est comme si je les entendais : “ et cette pauvre Adèle qui est morte en couches, t'en rappelles-tu, c'était en 20 ? Oui que je me souviens, tu penses elle en laissait huit. Le dernier s'est-il pas marié à une Quincarlet, d'Aiript ? Si fait, et pour revenir sur Adèle... ” C'est des propos à tenir avec une femme en espoir, ça ? Et Céline on dirait qu'elle recherche, moi ça me met en épouvante, leurs histoires. Si ça dure, je ne vais pas contenir longtemps d'aller la rasseoir, et de même elles seront deux à me gauler. Ah ! enfin, la voilà qui tourne bride. »

Il se força à ne pas la regarder, se pencha vers le vieux Derbord qui ne mangeait plus depuis un moment.

— C'était dans votre goût, père Derbord ? La belle-sœur, elle s'y entend au fricot.

— Oui, et surtout la qualité de viande qui y fait. Nous, le dernier coup, on a tué une vieille coche qui ne menait plus ses gorets à bien, faute de lait, tu vois la perte. Pauvre ami, elle nous en a fait voir jusqu'au bout : en moins d'une quinzaine tout avait gâté et pourri. Armandine a raclé le moisi et fait recuire ce qui pouvait, mais il a fallu jeter le salé, c'était une infection à te sortir de la maison quand elle a prétendu de le mettre au pot, parce qu'elle, elle sentait rien qu'elle assurait...

Mousin prit l'air de s'intéresser, hocha la tête en miséricorde, c'était lui qui avait fait les approches, il n'allait pas répondre au pauvre vieux qu'il s'en foutait, de sa truie en pourriture, et qu'en plus, rien qu'à l'idée le cœur lui soulevait.

— Oui oui, père Derbord, c'est un grand malheur, et votre patronne, on comprend que ça lui ait fait vergogne de pousser son lard au fumier.

Il promenait des regards en dessous, tout en parlant. Céline approchait tranquillement, s'arrêtait aux tables, tournait un moment, repartait. Il en avait la certitude, c'était pour venir jusqu'à lui sans paraître le rechercher.

Le vieux Derbord branlait du chef, et Mousin s'apprêtait à recevoir des détails en supplément sur la puanteur, le dégât et la perdition de viande, puisque Céline lui arrivait il supporterait tout, questionnerait au besoin sur les causes possibles d'une telle catastrophe. A son étonnement, il entendit un petit rire.

— Limousin, à propos de patronne, la tienne a l'air de venir par notre côté. Tu l'as mal piquée, m'est avis ? Et cette affaire n'est pas comme le murail de pommes, ça n'ira pas en diminuant.

Il resta un instant sans répondre, ouvrit la bouche, se rappela à toute extrémité les recommandations de Céline :

— Il paraîtrait, il paraîtrait...

Il n'en pouvait plus de se contraindre autant, et d'ailleurs elle était hors portée de l'entendre, sa belle donneuse de conseils, celle qu'il nommait en riant sa « poule cachillouse » ! Il ajouta avec fierté :

— C'est pour mars, à ce qu'on pense.

— Pour ça mon gars, on ne peut jamais être en certitude. Nous, tu vois, on a une vache, des fois ça prime, et d'autres ça tarde fort.

Mousin fut choqué du rapprochement, tenta de protester.

— Quand même, père Derbord, une vache et...

Le vieux l'interrompit.

— Ta ta ta ! Moi je te garantis que ça sort de même façon, et je sais de quoi je cause : Armandine, le troisième lui est survenu au bout de la versanne, sans guère prévenir d'avance, j'ai bien été obligé d'y ouvrir mon couteau. Te voilà blanc, mon cadet, reste donc sans tourment : c'était un beau petit drôle quand même, elle l'a ramené à la maison encatiné dans son devantier... C'est pour les chèvres que ça se passerait le plus mal, à des fois.

De fait, Mousin s'était senti pâlir et ses mains tremblaient, il les cacha sous la table. Lui qui s'horrifiait déjà à entendre Blanche et Céline évoquer telle jeune femme morte à bout de sang, telle autre dont il avait fallu tirer l'enfant tout en morceaux... voilà qu'un bonhomme hors d'âge lui mettait à l'idée que ça pouvait s'en venir d'un seul coup, en bout d'un sillon, comme une crotte posée au pied de la palisse... Il se trouvait en totale incapacité de réponse, le vieux, heureusement, continuait à causer tout seul.

— Tiens, puisqu'on est sur les fumelles, je vais te dire : sur les trois que tu as ramenées de ces Gâtines, il y en a deux bien plaisantes de fréquentation, c'est ta bourgeoise et cette Marie Therville. Mais l'autre, elle nous aurait pas fait manque si tu l'avais laissée derrière. Regarde-moi cette Chapelaude, depuis le commencement du rigal, elle a tout juste mine de porter le diable en terre.

— Alors, ma pauvre Madeleine, ça ne serait-il pas à votre convenance, que vous restez de même sans causer ? Allez, poussez-vous donc un petit, je vais me mettre à votre côté pour manger du dessert. A présent que tout est sur les tables, me voilà tranquillisée.

Madeleine Chapeleau se rapprocha de sa voisine de gauche, Blanche s'installa à l'extrémité du banc, avec un soupir de soulagement.

— C'est les jambes qui fatiguent, à nos âges. Qu'est-ce que je vous disais ? Oui, que vous n'étiez guère à la conversation. Auriez-vous pas trouvé bon ?

Madeleine posa le morceau de pruné qu'elle tenait à la main. Que répondre à cette brave Blanche, qui lui souriait, attendait des compliments sur sa cuisine, et avait cru lui marquer honneur en l'invitant à son rigal ? Elle se sentait à tel point étrangère et isolée, Madeleine Chapeleau, au milieu de toutes ces femmes et de leurs souvenirs communs... Si elle n'avait pas parlé, ou si peu, c'était juste du fait qu'aucune ne lui avait adressé la parole. Elle s'était assise là où on lui avait dit de se mettre.

— Vous serez bien, vous verrez toute la compagnie.

Madeleine aurait préféré l'autre table, avec la bru des Saboureau : deux ans à travailler ensemble, ça donnait des sujets de conversation. Elle n'était pas fière avec les servantes, Juliette Saboureau, elle ne faisait pas sa patronne à la Grande-Métairie, du moment que l'ouvrage se menait à bien, elle ne bousculait pas. Elle était quasiment du même âge que Madeleine et elles se portaient estime l'une l'autre... Mais voilà, on l'avait placée d'autorité à ce bout de table, et déjà qu'il ne lui plaisait guère de se faire servir, elle n'entendait parler que de gens inconnus, d'événements ignorés, de mésaventures ou d'incidents dont elle était exclue. « Te rappelles-tu, quand... » Ici, Madeleine n'avait rien à se rappeler, ne pouvait évoquer l'ombre d'un souvenir. Un moment, on avait commencé à parler de l'incendie, les protestations s'étaient élevées, qu'on laisse ça aux hommes ! Et c'était revenu aux te rappelles-tu... ? « Quand le vent s'était levé sur la bugeaille de Reine Juchaud, qu'on venait juste d'étendre sur le pré, et qu'on courait partout pour rattraper les morceaux ? Comme on riait, et elle qui criait : mes pauvres affaires ! mes pauvres affaires ! tout est perdu !... et la fois où Jean Dubreuil était parti pour labourer, juste en oubliant sa charrue et ses bœufs, on était drôlesses en ce temps, on le suivait partout en le huchant : Jean sans bufs ! Jean sans bufs ! le nom lui en est resté jusqu'à sa mort... »

On aurait pu croire, à les entendre, que le temps avait passé pour elles en amusements et moqueries, et Madeleine restait de glace en les écoutant. Elle, elle n'avait jamais poursuivi en riant des draps et des chemises que le vent éparpillait, elle avait eu seulement les mains gercées d'eau froide, et les reins douloureux de se pencher trop longtemps au ruisseau. Et lorsqu'elle était petite, c'était elle que talonnaient les drôles, comme ce Jean sans bufs, en lui grimaçant « Ta mère est sorcière ! Ta mère est sorcière ! »

Au milieu de toutes ces femmes réjouies, Madeleine n'éprouvait qu'un surcroît d'abandon et d'amertume, et se demandait si une fois, une seule fois dans sa vie elle avait ri, elle n'en avait pas souvenir... L'unique bonheur de son existence tenait en Marie, et c'était une joie empoignée d'angoisses douloureuses, mortifiée d'inavouables jalousies : Marie était passée près d'elle un moment, lui avait demandé si ça allait, et elle avait viré les talons sans attendre la réponse. Avec le Grand Mousin, elle était restée à causer longtemps, ils s'étaient fort esclaffés tous les deux...

Quand même, il ne fallait pas que Blanche Lebrault la juge malhonnête. Pouvait-elle savoir, l'avenante patronne du Chêne-Vert, que pour la première fois de sa vie — et la dernière à ce qu'elle espérait — Madeleine Chapeleau se trouvait conviée et non servante à un repas de fête, et qu'elle n'en éprouvait que chagrin et désolation ?

— Soyez pas en peine pour moi, Madame Blanche. Je vous en assure, tout était de réussite. Moi qui ne suis pas à choix, dame non, j'ai quand même trouvé la différence. On voit que vous avez habitude du fricot fin.

Elle eut plaisir à voir Blanche Lebrault se rengorger :

— Faut dire aussi que je suis bien aidée. Ainsi les prunés, c'est Marie qui les a faits toute seule. Elle a une main, cette petite, pour la pâtisserie ! Prenez-en donc un autre bout pour me tenir compagnie, j'en suis gourmande à craquer le lien de mon jupon !

Madeleine se resservit, après avoir refusé deux fois par politesse. « Pour sûr il est bon, ce pruné, puisque Marie l'a fait j'y devrais retrouver même goût qu'autrefois, qu'est-ce qui manque donc, pas le beurre dans la pâte, ni le sucre ni le poivre doux, ils n'ont pas ces façons de grigou au Chêne-Vert, ils mettent ce qu'il faut, alors quoi ? Leurs prunes sèchent-elles à la bonne manière ? Moi je me rappelle ces précautions qu'il fallait, de les passer au four en fin de chaleur, ensuite à l'air, mais pas trop, à cause des mouches et de la pourriture, et encore le four, tout doux, tout doux. C'en était un travail, mais le pruné s'en ressentait d'agrément. Ici, il faut que ça marche vite, c'est comme leur pain de boulangerie, à côté du mien ! »

— Vous avez gardé de la place pour le tourteau, j'espère ? Ça, c'est mon péché d'orgueil, et vous savez que je prends le fromage à la Grande-Métairie, il n'y a pas meilleur pour le tourteau fromagé je vous en garantis.

Madeleine en convint sans trop se forcer. Elle n'avait jamais été portée sur le sucré, en vieillissant elle se trouvait devenir gourmande, et appréciait ces gâteaux au fromage de chèvre, noirs comme un cul de pot, dont il se consommait des masses à Sainte-Néomaye. Blanche Lebrault continuait à parler tout en mangeant, Madeleine lui était reconnaissante de l'attention, et pensa une fois de plus : du bon monde !

— A propos de tourteau, je vais vous faire rire, Madeleine. Imaginez-vous donc qu'une fois, j'avais brassé mes jaunes, mon fromage, mon sucre, comme de coutume je goûte pour voir : pas sucré, rien, même un drôle de goût que je trouvais. Je te rajoute du sucre sans épargner, et je te rebrasse, et je te regoûte une bonne cuillerée, parce que le fromagé pas cuit c'est mon délice, une grosse grosse cuillerée, et j'ai manqué tout rendre ! Ma pauvre, tant plus que je rajoutais mon sucre, tant plus que c'était une horreur ! Alors je suis retournée à l'épicier avec mon restant de pochon et je lui ai dit : mais qu'est-ce que c'est cette abomination que vous m'avez vendue ? Eh bien, figurez-vous qu'il s'était trompé de sac et m'avait mis de la sulfate de soude *. J'ai tout jeté, bien entendu, mais ça ne m'a pas empêchée d'avoir la colique...

Blanche Lebrault riait à grands éclats de ce souvenir, Madeleine était dans la consternation à l'idée d'un tel gâchis et jugeait sévèrement une pareille légèreté d'attitude, ce qui dut paraître à sa mine.

— Allez, j'en ris à présent, mais je vous garantis que sur le moment j'étais comme vous, je vois bien que ça ne vous amuse pas ! Je vous laisse à présent, excusez, il faut que je m'occupe du café.

Madeleine la regarda s'éloigner. Elle était consciente des efforts déployés par Blanche Lebrault pour la distraire et la tirer de l'isolement, elle avait été dans l'incapacité d'y répondre, la joie et l'amusement

* Le sulfate de soude est un purgatif. Il était d'usage de se purger au moins une fois l'an, dans le monde rural du XIXe siècle, et même du XXe.

n'étaient pas faits pour elle... Elle soupira et reprit sa place, finalement à ce coin de banc elle était plus à l'aise, se sentait plus proche de partir. Elle continuait à manger son tourteau, il était doux et sucré, un délice comme disait Blanche, mais il coulait mal à présent, elle avait dans la gorge une boule d'amertume et de tristesse. Les gens avaient raison de la surnommer « la grande valette », à cause de son humeur, de sa brusquerie, de son incapacité à se mêler des intérêts propres aux femmes : ils ne s'y étaient pas trompés, à la Grande-Métairie, à part de traire les vaches et de décrasser le linge à la Sèvre, on ne lui donnait que des travaux d'homme, elle était valette et non servante... Elle regardait Marie, qui avait commencé de servir le café. « Ma petite, mon trésor, il n'y a que toi pour me consoler de l'existence. A quoi ça tient, la vie ? Quand j'étais toute drôlesse, j'entendais ma mère, si on peut dire une mère, qui parlait souvent de ce Jean Therville, elle l'avait eu en fréquentation et assurait n'avoir jamais connu une aussi bonne canaille. Et toi, ma belle Marie, tu es pourtant venue de ce gibier de potence. Oui, à quoi ça tient la vie ? A un vaurien qui s'est arrêté un jour dans notre pays de Gâtine, un gredin qui arrivait de nulle part... »

Dans la cale de La Surveillante

S'il lui restait encore quelque notion du temps écoulé, Jean Therville supputait qu'il était enfermé à fond de cale, dans ce bateau de merde, depuis près de trois semaines. Il avait pour repère hasardeux les visites que lui rendait tous les deux jours le marin qui l'avait embarqué à la sauvette sur *La Surveillante*. Le gredin n'avait alors touché que la moitié de la somme convenue ; le reste lui devant être compté lors du débarquement, il ne voulait pas laisser périr de soif et de faim son espoir de fortune...

— Si tu oublies une seule fois, crapule, une seule entends-tu, je monterai sur le pont pour y sonner un branle-bas dont tu n'auras guère temps de te souvenir, tu pendras avec moi au bout de la vergue, et les poissons s'engraisseront de nos carcasses, à moins qu'ils ne crèvent de la tienne !

Depuis bientôt vingt jours — vingt interminables nuits en vérité dans le ventre obscur de la frégate — Jean Therville restait sur ses gardes, craignait pardessus tout de tomber dans le sommeil profond qui l'eût laissé sans défense, au moindre bruit il se dressait en alerte, le coutelas à la main... Le marin n'avait jamais été menaçant, il n'était sans doute qu'un pauvre homme en émerveillement d'un magot si facilement gagné, et portait avec fidélité le biscuit, l'eau déjà croupie, quelquefois un peu de viande boucanée et du tafia. Jean Therville l'invitait toujours à partager :

— Tu me feras bien l'honneur, mon camarade, d'y porter la dent avant moi ? Et de trinquer, aussi, allons bois : notre sauvegarde à tous deux m'est fort chère ! A ta santé ! Aux Insurgents ! A ce beau Monsieur de Lauzun qui fait voile avec nous, pour porter à Versailles la nouvelle que le 19 octobre de 1781, les Anglais ont baissé culotte à Yorktown ! Bois, te dis-je...

Le matelot buvait, levait le coude à la santé « du grand cocu de La Fayette, qui s'était fait dépouiller de victoire et d'honneurs par Rochambeau. A la prospérité de ce gros cochon de Suffren, qui triquait les matelots en mer et les négresses à Fort-Royal... A la damnation éternelle de cette pute dont nous portons l'or au fond de notre bourse... ». Il était homme simple, le matelot de *La Surveillante,* il avait mis longtemps à comprendre le pourquoi de telles civilités, il lui arrivait même de rire à gueule déployée aux plaisanteries et salacités de son passager clandestin... Depuis trois jours, il ne trinquait plus, il rompait le biscuit et l'avalait en silence, tendait la gourde après y avoir bu. Jean Therville l'en raillait fort.

— Mais c'est qu'il aurait de l'honneur, ce sacripant, et qu'il prendrait ombrage qu'on le suspectât du délit d'empoisonnement ! Dis-moi, quand arriverons-nous à Brest, que je commence à compter ton dû... Nous n'aurons pas à nous éterniser en longs adieux, pour ma peau et pour la tienne !

— Dans deux jours, au plus trois, j'ai vu les mouettes. Et de l'honneur, j'en ai peut-être de reste sur toi, déserteur et maquereau, à ce que je crois comprendre !

— Déserteur je te l'accorde volontiers, mais peut-on se trouver coupable de désertion à quitter la bataille au soir de la victoire ? Quant à maquereller, tu en partagerais la bassesse et le bénéfice, si tel était le cas... Je te dirai, au jour de mon débarquement, comment j'ai bricolé les bijoux de la Saint-Apremont : s'il t'arrivait, ce dont je doute, d'être taraudé par le remords, il te suffirait de penser à cette diablesse, tu jugeras à mon récit combien pour elle le mot sonne juste.

— Garde pour toi tes crapuleries. Tu parles haut, tu es un beau monsieur qui redresse fort la crête, il n'empêche que tu sens la merde et la pisse, et que je me réjouis de la fin du voyage : dix jours de plus, et nous venions à cinq ou six te porter une becquée qui t'aurait lesté la charogne et cloué le bec pour toujours. Tu as la chance que je sois bon chrétien...

— Sur ce point donc, l'ami, nous nous trouvons en ressemblance.

— Je suis lassé de tes grands airs, que le diable t'emporte sitôt que débarqué. Je ne reviendrai plus avant qu'on touche Brest, la manœuvre est périlleuse aux côtes de Bretagne. Tu as deux bidons d'eau pour trinquer avec tes histoires.

Le matelot n'avait pas reparu. A maints indices, Jean Therville devinait l'approche de la terre : peut-être aujourd'hui quitterait-il la puanteur et l'obscurité de cette cale, il ne lui restait plus longtemps à remâcher les souvenirs et à tâter ses pièces d'or pour en supputer les joies qui l'attendaient dans une vie nouvelle...

Ce jour, il l'espérait depuis qu'il avait quitté le tas de pierres branlantes où s'épuisait le reste de noblesse des Therville, dont la ruine s'était consommée bien avant que Richelieu ne rasât ce qui restait de tours à leur château. Ils s'accrochaient encore à cet endroit où ils possédaient moins de terre que le plus pauvre des paysans, moins de considération que le dernier des manants de village. Les filles, on les mettait au couvent ; sans dot et sans trousseau, malgré l'éclat du nom elles y étaient converses, servantes de cuisine et de basse-cour. Le garçon aîné était élevé dans l'obsession de conserver la famille et la race ici, en cet endroit perdu au fond de la Champagne. Il y trouvait femme de basse naissance, qui d'autre aurait voulu s'unir à tant de noire pauvreté ? Les cadets, on les tenait de réserve un moment, puis lorsqu'on était sûr que l'aîné avait échappé aux maladies et fléaux de l'enfance, on les invitait à se faire pendre ailleurs, au monastère s'ils avaient goût d'obéissance et d'humbles travaux, à l'armée s'ils savaient se contenter du rôle obscur et menacé de la piétaille, à la rapine enfin si la poigne de fer du chef de famille les avait fait rêver de liberté et de grands chemins...

A seize ans, Jean de Therville avait ainsi reçu la bénédiction paternelle; agenouillé aux pieds de son père qui lui tenait discours sur le nom, sur la race et l'honneur, il s'était juré que pour la dernière fois il courbait la tête devant ce débris d'un autre âge. Il avait mine de respect, d'humilité, et retenait en fait de ricaner à la vue des chiffons loqueteux dont le vieil homme entortillait les ulcères de ses jambes : l'honneur des Therville, le nom des Therville et leur race lui puaient au nez la gangrène et la pourriture... Il en abandonnait sans regret le soin de maintenance à son frère Arnaud, qui délirait déjà sur les actes d'éclat d'un Therville à la première Croisade, en ramassant la glandée pour leur unique cochon : Arnaud avait vingt ans d'âge, et Jean lui reconnaissait huit siècles de prétention, de ridicule, et pour tout dire de connerie... Jean s'en était allé, un jour d'été, sans autre bagage qu'un mince baluchon de hardes au fond duquel sa mère avait plié l'acte de son baptême, il partait avec un soulagement énorme au cœur, et les dents longues sur son avenir.

Jean Therville avait assez longtemps bourlingué pour reconnaître les bruits de l'accostage, la coque avait vibré au raclement du quai, le treuil avait filé l'ancre. Le matelot ne tarderait pas; à nuit tombée ainsi qu'ils en avaient convenu, Jean Therville quitterait l'obscurité de la cale pour se fondre dans les ténèbres de Brest. Il lui semblait que la première bouffée d'air frais allait le pénétrer d'une incomparable ivresse. La seule évocation l'en plongea dans une joie si forte qu'il résolut d'ajouter quelques pièces à la part du marin, après tout il lui devait plus que la vie, la liberté...

Il tâtait les écus à l'aveuglette, dans la bourse de cuir, et il frissonnait d'horreur et de dégoût, comme toutes les fois où lui revenait en mémoire la belle Madame de Saint-Apremont, dans l'île d'Hispaniola...

Le soir où Marie Therville rencontra Heurtebise

15 décembre 1852

— Tu pourras t'en aller aussitôt la table débarrassée, ma petite, tu feras la vaisselle demain matin, elle t'attendra sur la pierre d'évier.

— Je peux la faire ce soir sans me retarder, Madame Blanche, c'est plus aisé avant que ça sèche et mon eau est bien chaude.

Marie empilait les assiettes à calotte, chacune avec son dessin différent : cinq fleurs qui ressemblaient à des marguerites pour la patronne ; pour Nicolas Lebrault un coq dressé sur ses ergots, qui chantait sous trois nuages teintés de bleu, de blanc et de rouge ; le vieux Joseph avait l'assiette de caillou, plus chargée d'âge que lui, assurait-il, où se devinaient encore des fleurs de lys parmi les craquelures ; Marie avait choisi deux oiseaux bec à bec sur un fond de feuillages et de fleurs inconnues, dont la vivacité et la fraîcheur de couleurs l'avaient attirée.

— Et puis je n'aime pas les laisser à traîner, un dégât est vite arrivé, avec le chat qui saute partout. Et ça me porterait peine de manger dans une autre assiette.

— Fais donc comme tu veux, moi c'est des vieilleries que je ne tiens guère. Si c'était mon service quatre-vingt-quatorze pièces je serais d'un autre avis, je ne suis pas encore remise d'avoir cassé le grand plat rond plat l'année passée !

Marie se retint de sourire à l'évocation de la catastrophe qui avait retranché une pièce au service d'apparat de Blanche Lebrault, la patronne en avait éprouvé un tel saignement de cœur qu'il ne passait guère de jour sans qu'elle rappelle ce défunt morceau de vaisselle, en ajoutant d'habitude qu'il restait heureusement le grand plat long et le petit plat rond creux, mais que ça ne faisait pas le même effet pour la présentation ! Marie devait alors se pincer les lèvres pour ne pas franchement éclater de rire, cette dégringolade de mots lui paraissait aussi puérile que les comptines chantées par les gamins.

— Heureusement qu'il reste...

— Blanche, tu vas retarder Marie, allez à votre vaisselle puisque vous y tenez, on doit déjà vous attendre à la veillée du beau-frère.

Avant de partir vers la souillarde avec sa pile de vaisselle sale, Marie eut le temps de saisir la petite lueur dans l'œil de Nicolas Lebrault, elle y vit une complicité et l'assurance qu'elle n'était pas seule à guoguenarder en silence des ronds, des creux, des plats et des longs... Lorsqu'elle revint pour tout ranger en place, à l'abri du péril de ce chat qui régnait dans la maison, partout chez lui jusque sur les lits, ils étaient déjà installés auprès de la cheminée. Le patron avait pris son livre et ses lunettes, sa femme brodait l'interminable nappe à laquelle elle travaillait depuis l'arrivée de Marie, Joseph restait à la table, prêt comme chaque soir à somnoler pendant la lecture. La lampe à pétrole jetait une lueur autrement vive que celle des charails et des chandelles des veillées d'autrefois, il n'était que l'odeur à lui reprocher, Marie ne s'était toujours pas habituée à cette puanteur qu'elle tâchait de combattre en se frottant les mains de cendres et de feuilles de menthe, chaque fois qu'elle devait remplir la lampe de cette huile nauséabonde.

— Tu diras à ma sœur qu'on lui fait excuse de ne pas nous rendre à sa veillée, parce que...

— Mais oui, Blanche, elle lui dit chaque fois, sois tranquillisée.

Les Lebrault, en effet, ne veillaient jamais hors de chez eux. Céline avait essayé de les en convaincre, lorsqu'elle était revenue au pays; ils ne pouvaient jamais venir : trop de vent ou de pluie, les douleurs de Blanche, ou l'obligation où se trouvait Lebrault de faire les comptes ce soir-là... Céline n'avait pas insisté et les laissait à leurs habitudes casanières. Nicolas Lebrault lisait la Bible à haute voix, il disait ensuite la prière, et la soirée finissait sur d'autres lectures auxquelles Marie prenait un plaisir extrême, comme des chansons sans musique où sonnaient des paroles qui se portaient écho, des poèmes, disait le patron, inventés par un M. Victor Hugo auquel il portait une vive admiration. « Ecoutez cela, n'est-ce pas admirable? » La patronne hochait la tête avec l'air de dire cause toujours, Joseph s'assoupissait ni plus ni moins qu'à écouter les versets de la Bible, il semblait à Marie que pour elle seule le vieux Lebrault écoulait ces phrases aussi bien cadencées, dont elle se rappelait des pans entiers en s'endormant... « dans le frais clair obscur du soir charmant qui tombe, l'une pareille au cygne et l'autre à la colombe ». Elle ne comprenait pas toujours mais se trouvait dans l'enchantement des mots.

— Partez vite, ma petite enfant... Ce soir, je lirai Victor Hugo pour moi tout seul, puisque vous êtes la seule à vous intéresser...

Personne ne protesta, malgré la pause marquée par Lebrault; la patronne montrait de grands efforts pour passer son fil au chas de l'aiguille, Joseph caressait le chat installé sur ses genoux. Le patron continua en souriant :

— Vous n'aurez pas peur, au moins? Joseph peut vous mener jusqu'arrive, si vous voulez.

Joseph fit oui oui en approbation, pour sûr il était prêt à quitter le bon feu, à affronter le froid qu'il craignait tant, et Marie se sentit une colère rentrée envers ce vieillard assuré depuis longtemps de la réponse : il n'aurait pas à grelotter dans la nuit pour préserver de peur une fille cinq fois forte comme lui, mais il faisait encore mine d'importance, il pouvait assister d'une présence masculine cette pauvre petite drôlesse qui l'aurait jeté bas d'un revers de main. Elle eut tout d'abord l'envie de répondre que oui, pour sûr elle serait aise que Joseph fasse avec elle le bout de chemin — rien que pour voir la contenance qu'il allait prendre. Elle se ravisa en le voyant si vieux, si faible, ravala l'injustice d'être considérée sujette à frayeurs puisque fille, et l'avanie qu'on lui proposât, une fois de plus le secours et la protection de Joseph. Le patron aurait dû comprendre qu'en voulant flatter son vieux domestique il faisait affront à sa jeune servante. Apparemment il n'en était rien, il insistait même davantage qu'à l'accoutumée.

— Il n'y a pas de lune, ce soir, et le vent se lève. Vous êtes certaine ?

Blanche Lebrault leva les yeux de sa broderie.

— Vas-tu pas la laisser tranquille ? Tu devrais pourtant connaître que c'est une intrépide. Pas comme moi, qui aurais peur de mon ombre...

Les deux hommes eurent le même sourire attendri, ils avaient l'air contents d'enfin trouver une faible femme, et Marie, qui savait Blanche Lebrault de caractère assuré, fut irritée par la duplicité de son comportement. Il était donc aussi facile d'abuser les hommes, il suffisait de minauder qu'on avait peur, qu'on avait si grand besoin de leur appui, pour les voir aussitôt se redresser de leur importance, comme de vieux coqs ? Marie souhaita le bonsoir à une rouée et à deux naïfs, en se promettant de ne jamais afficher pareils airs de fragilité pour s'attirer semblables sourires. La seule peur qu'elle se reconnût, tout en se gardant de l'exprimer, était le contact des garçons : elle était allée deux fois danser à l'assemblée, et depuis lors prétendait que décidément elle n'aimait pas la danse ; des mains lui avaient serré la taille un peu trop haut, des bouches avaient frôlé le coin de ses lèvres à l'ordre d'embrasser la cavalière, elle en avait senti un émoi bizarre de répulsion et d'attirance, et lui étaient revenus à la mémoire des souvenirs qu'elle voulait enterrer profond. Elle continuait d'aller aux assemblées, mais se refusait d'y danser. Céline insistait, lui représentait le danger d'une telle conduite : en restant comme une ancienne à regarder sauter la jeunesse, elle allait pour sûr chasser tous les galants et dessécher sur pied en attente de mariage. Marie recevait heureusement dans ces cas-là le secours du Grand Mousin, un époux ne se trouvait pas forcément dans le quadrille, à preuve qu'elle, Céline, était devenue sa femme sans qu'il l'ait jamais fait dindailler et cabrioler à la gavotte ou la limousine ! Dieu merci, en dehors de la danse, les garçons de Sainte-Néomaye étaient de bonnes manières, s'il arrivait à Marie d'en rencontrer en allant veiller, ils lui faisaient un bout de conduite sans risquer l'ombre d'un geste inconvenant, et lui parlaient de franche amitié.

La nuit était fort sombre en effet, le ciel sans lune et sans étoiles, le vent sentait la pluie. Marie resta un instant sur le seuil du Chêne-Vert, hésita à rentrer pour se munir d'une lanterne, décida enfin de n'en rien faire pour éviter toute reprise à la discussion, et le moindre soupçon de triomphe aux deux bonhommes, ils n'auraient pas manqué de lui faire remarquer qu'à l'habitude elle prétendait y voir la nuit, comme les chats. En vérité, ses yeux se faisaient vite aux ténèbres. Dès qu'elle arriva au Champ de Foire, elle distingua les arbres qui se détachaient noirs sur le ciel sombre ; trois fenêtres restaient éclairées à la grande maison Hubert, au fond de la place, et suffisaient à rompre l'opacité de la nuit. Plus loin sur la route de la Crèche, une lueur marquait l'emplacement de la Grande-Métairie, on y veillait aussi ce soir, Madeleine avait sans doute pris sa quenouille ; on assurait à Sainte-Néomaye ne jamais avoir vu filer le lin avec autant de finesse et de régularité. Madeleine bougonnait qu'ils n'avaient donc pas vu grand-chose dans ce pays... Marie la connaissait assez pour savoir que ce compliment l'emplissait de fierté et la consolait quelque peu des travaux des champs où on employait la « grande valette », qui y abattait autant d'ouvrage qu'un homme, mais gardait comme une blessure le regret de « sa » laiterie, de « son » four et de « ses » volailles... Madeleine avait refusé l'invitation de Céline, pour sa veillée, elle se sentait trop vieille à présent pour courir les chemins... En réalité, Marie soupçonnait une autre raison, elle avait remarqué combien Madeleine s'enfermait de solitude et de silence au milieu des rires et des conversations animées. La jeune fille soupira en tournant la Grand-Rue, elle avait l'impression de laisser derrière elle un poids de détresse et d'abandon dont elle ne pouvait soulager Madeleine, malgré l'amour qu'elle lui portait. Elle accéléra le pas, elle avait envie de se retrouver dans la chaleur et dans la vie que Céline et Mousin dispensaient autour d'eux.

La récolte des noix avait été d'exception, Mousin en escomptait une provision d'huile qui les mettrait pour deux ans à l'abri du caprice des noyers ; une fois sur deux ils fournissaient juste des noix à couteau, et quelquefois rien du tout : le plus bel arbre ne portait alors qu'une dizaine de fruits dont les écureuils s'emparaient avant maturité. Landry Rebeyrolles allait faire presser cette année, pour la première fois, et il en ressentait un orgueil que les réflexions de Céline n'arrivaient pas à abattre : elle assurait que s'il comptait la peine, le temps passé, sans parler du risque que l'huile prenne un goût douteux au bout de quelques mois, il verrait l'avantage de l'acheter à la mesure, chez Turpeau. « Peut-être qu'elle a raison, après tout, elle a de la tête et de l'instruction, Céline, elle écrit tout sur un livre de chiffres, c'est égal, j'y trouverai un autre goût quand je saucerai mon pain ! Aurais-je pu un jour m'imaginer à faire invitation de veillée pour casser mes noix ? Et arriver au moulin du Pont-de-Vaux avec mon chargement à moi, et demander au père Vivier : combien ça m'en fera, à votre avis ? Pour sûr, je sais que les noyers, c'est le pépé Thibaudeau qui les a fait venir dans son ouche. Tout ça est l'héritage de Céline, pas le mien. Moi, pauvre pâtira, je suis venu au monde tout nu, et sans elle j'en serais reparti de même... Mais ces noix, mon drôle les cassera quand je n'y serai plus, avec celles des jeunes noyers que j'ai plantés, et par le fait je les sens miennes. »

— Alors, les hommes ? Ça faiblit à casser, on dirait ? Voulez-vous pas qu'on vous remplace un peu, pour la honte ? Nous, on vous fournirait à trier, puisque vous n'accotez plus !

C'était la plaisanterie traditionnelle des veillées de noix, que Berthe Assailly venait de lancer : les femmes n'avaient plus rien devant elles, juste les tas de cerneaux qu'elles sortaient des coques cassées au maillet par les hommes. Mousin fit la réponse coutumière au maître de maison.

— Grand malheur à faire rancir l'huile ! On va conjurer tout de suite. A la croûte ! A la croûte !

Si le cassage des noix n'était pas un travail pénible, il était long et astreignant, il convenait d'y garder un rythme soutenu, et la pause en milieu d'ouvrage était toujours bien accueillie. Le patron de la maisonnée ralentissait la cadence des maillets, les femmes se trouvaient alors à manquer de besogne, parlaient d'inverser les rôles et de prendre le manche, ce qui portait la compagnie aux rires et aux sous-entendus. Le cassage, c'était l'affaire des hommes, le mouvement en était assuré et précis, le maillet dans sa modestie de taille s'apparentait quand même au marteau, à la cognée... Le décorticage s'accordait mieux aux travaux des femmes, tricoter, ravauder, trier les haricots charançonnés, à gestes rapides et menus. S'il arrivait qu'en fin de veillée elles en aient les doigts écorchés, on les plaisantait sur la tendreté de leur peau, voyaient-elles à quoi elles avaient échappé, avec le maillet elles se seraient écrabouillé l'ossement !

Céline n'était point trop vive à ce travail, choisissait les noix dont la coquille avait été quasiment émiettée par le maillet, et passait les autres dans le tas de Marie. Elle, elle avait la façon de les briser d'un coup entre ses paumes, à croire qu'elle aurait pu y réussir sans que les noix soient fêlées d'avance ! Mousin les avait observées toutes deux du coin de l'œil et s'était attendri du même cœur à la délicatesse de Céline et à la force de Marie.

Pendant que ses deux femmes, comme il disait toujours, faisaient place nette sur la table, il passa dans le cellier attenant la maison pour y tirer son cidre : les vieux pommiers Thibaudeau, qu'il avait débarrassés des mousses, des lichens, du gui et des branches mortes, avaient retrouvé une prospérité de jeunesse, et Mousin jugeait son cidre incomparable. « Mes noix... Mon huile... Mon cidre... Moi qui n'avais jamais eu en bien propre que ma montre et mon couteau, du temps que je faisais venir en réussite les récoltes des autres, je me pousse d'orgueil à ramasser ce que je n'ai pas semé, et je le dis mien. Ce que c'est, de se sentir propriétaire ! Ça me rattrape un peu dans la vexation de devoir acheter le pain, le fromage, jusqu'au cochon et aux œufs, puisque ça n'est pas dans le goût de Céline de mettre en élevage... Une chèvre seulement, je lui disais ! Tout le monde a des chèvres, la maréchaude mène un beau troupeau brouter aux palisses, et la boulangère en a quatre, plus un bouc ! Non, Céline, elle est dans l'habitude d'achetis. “ Est-ce que je tirais les chèvres, à Vautebis, et pourquoi donc que j'irais me mettre dans la crotte puisqu'on a de quoi payer ? ” Voilà ce qu'elle prétend, et qu'elle préfère le sent-bon à la violette plutôt que le fumier de cochon ! D'un côté, ça me flatte parce que je gagne assez pour la contenter dans ses fantaisies sans qu'on entame son magot, ça je ne supporterais pas, mais d'une autre façon ça me crochète, même pas élever cinq poules et six lapins, c'est des manières de château. Deux-trois fois je l'ai appelée “ Madame la Baronne ”, elle s'est presque fâchée, ça m'a remis en mauvais souvenirs, du temps qu'elle me disait de la quitter si je ne l'aimais pas comme elle était... Chère femme, ma merveille ! Je suis là tout seul et je pense à mal de toi, qui as tout laissé derrière par ma faute, des fois je me botterais le cul à me trouver autant salaud ! Est-ce qu'elle m'empêche d'aller semer mes patates, mes carottes et mes choux, aux sillons que me cède Aumounier dans ses champs ? Elle connaît que je suis toujours un paysan, malgré qu'aux malheurs de la vie je sois devenu marchand de bêtes. Elle comprend que c'est mon goût de gratter la terre, et d'aller voir pousser, même si ça n'est pas les grands beaux champs de froment de la Colombière, elle sait que ça me contente, et elle me laisse en paix sur mes cultures, quand moi je la taraude sur les toits à lapins qui restent vides ! »

Mousin quitta le cellier empli de remords. Céline trônait en bout de table, coupait les tourtières aux pommes qu'elle avait portées cuire au four du boulanger. Elle était belle comme ces reines qu'on voit aux images des colporteurs, et Mousin se trouva soulagé d'un poids de repentance : Céline ne montrait pas mine de persécutée, et présentement vantait les fromages que Marie venait de poser sur la table, sans marquer le moindre embarras :

— Vous m'en direz des nouvelles. Ceux-là, ils viennent de chez Adèle Vaury. Les tiens aussi, ils sont bons, Léa, malheureusement c'est rare qu'il t'en reste à vendre, les Fédy arrivent à passer derrière, pas vrai ?

— Et pourtant, je te jure qu'on les épargne, parce que le peu de sous que j'en tire il faut que ça me suffise pour l'épicerie. Heureusement qu'on n'est pas portés sur le café et qu'on préfère mieux le miel que le sucre ! Quand même, c'est moi qui ai le souci et le reproche, quand je prétends qu'un fromage, sec comme je l'amène, ça devrait faire deux jours pour nous huit...

Alphonse Fédy s'était coupé une forte part de fromage. Il creusa un trou dans son morceau de pain, y cala le fromage avec un air d'irritation :

— Oh toi, ma pauvre femme, tu voudrais le beurre et l'argent du beurre. Si tu savais un peu mieux te débattre, pour faire abonder...

Au soulagement de Mousin, Céline trancha la récrimination :

— Allez, Landry, tu nous sers ton cidre. Aux femmes aussi, vous verrez, c'est un velours avec la tourtière, ce cidre nouveau.

— Encore mieux, je mets les potets à disposition, chacun se sert à sa soif, sans façon...

Il fit un clin d'œil et ajouta :

— Mon cidre 52.

Tout le monde s'esclaffa autour de la table, ils avaient encore en mémoire le vin de Nicolas Lebrault, le jour du rigal. Mousin ne voulut pas abaisser son beau-frère en ridicule, et continua d'un ton sérieux :

— Elle est traître, sa tisane de bois tordu, il a raison de la mesurer. Moi, plus va, moins je supporte, je serais saoul rien qu'en me torchant avec une feuille de sa vigne !

Céline riait plus fort que tout le monde, quoiqu'en protestant :

— C'est des façons de causer devant des femmes ? Surtout de ces jeunesses comme Françoise et Marie ? Rien qu'en se... Ça je n'avais jamais entendu, mesdames, et pourtant je vous garantis qu'il en raconte des bonnes, le Grand Mousin.. enfin... mon époux.

C'était principalement lorsqu'il la faisait rire que Céline laissait échapper ce nom d'autrefois, elle avait même trouvé un mot pour ces histoires qu'il lui racontait au retour de foires ou de tournées, et prétendait qu'un jour il la ferait pâmer avec ses « grandmousineries ».

— Et d'où donc tu la tiens, cette feuille de vigne qui te monte à la tête... Ah ! là là ! je m'en étrangle... Qui te met en ribote par un si drôle de chemin ?

— Croiras-tu, elle me vient de grand loin... On disait ça dans mon pays, à Saint-Léger, même que personne n'y avait sans doute vu une feuille de vigne ! C'était un pauvre endroit d'infortune, le vin il n'en arrivait guère qu'au château. M'est avis qu'on prétendait de même pour rire de nos misères, plutôt que d'en pleurer. Malheur... De nos jours, les jeunes...

Il se fit un silence, on n'entendit un temps que le tictac de l'horloge. En évoquant Saint-Léger-la-Montagne, Mousin avait pensé à sa mère, il eut conscience qu'une ombre était passée sur son visage, personne ne riait plus. Allait-il donc, à quarante-cinq ans, devenir comme ces vieux larme-à-l'œil qui radotent sur l'ancien temps ? Il avait l'âge d'être grand-père de l'enfant qui s'annonçait, fallait-il pour autant qu'il en prenne le caractère ? Et qu'il remâche à cet innocent, avant même sa venue au monde, qu'il en avait enduré, lui, des traverses et des mauvais jours, et que la jeunesse d'à présent ne connaissait pas sa chance ?... Il se redressa, tapa sur la table.

— Et ces tourtières, tu nous les passes sous le nez, la bourgeoise, ou tu veux qu'on y goûte ? La main dessus, les gars, la main dessus, les femmes, il reste de l'ouvrage.

Il reçut comme un remerciement le sourire de Céline, les conversations reprirent, et Mousin se promit de ne plus assombrir quiconque — et surtout pas sa femme ni son enfant — aux histoires du passé. Qui d'ailleurs aurait pu comprendre que son penchant à rire lui était venu par la nécessité de survivre au malheur, et non pas d'y sombrer, comme il était arrivé à sa mère, à cette jeune morte dont il ne reverrait pas la tombe, et de laquelle il ne parlait jamais. « Landry, mon beau garçon, ça me fait tant de bonheur de t'entendre rire... »

— Ma femme, pour la tourtière aux pommes, elle décroche le pompon, sans vous vexer mesdames... Nous, ce qu'on avait de meilleur, en Limousin, c'étaient les châtaignes. Grosses comme des pommes à cidre. Ici, vous ne connaissez pas, c'est petit, c'est misère. Des marchands venaient de Paris acheter les plus belles, pour en faire un genre de friandises...

Il s'arrêta brusquement de parler. « Et te voilà reparti, pauvre couillon, les châtaignes d'ici sont bien autant grosses, enfin presque... » Il tourna la conversation.

— Sont-ils pas cons, ces gens de Paris ? Ils appelaient ça des marrons. Des marrons ! Juste bon pour les chèvres ou les moutons, et encore qu'il faut veiller à leur mesurer !

Tout le monde en tomba d'accord, ils n'étaient guère futés, les Parisiens, pour le peu qu'on en connaissait, et Lucie Fournier en profita pour raconter l'histoire cent fois rebattue mais toujours appréciée, de ce petit-neveu aux Bioche, des Fontenelles, qui travaillait au chemin de fer de Paris, et dont le drôle avait mangé une crotte de bique, quand ils étaient revenus au pays pour toucher l'héritage du défunt parrain : le pauvre innocent avait cru une pastille de réglisse...

Léa Fédy assura qu'elle en avait entendu une autre encore meilleure, elle la tenait de Mademoiselle Marie.

— Non, pas Marie Therville, elle je dirais pas Mademoiselle ! C'est la femme de chambre de la baronne, figurez-vous donc qu'elle m'a raconté, parce qu'elle est pas fière...

Le reste de ses propos se perdit pour Mousin dans le brouhaha général, le cidre, quoique doux, avait délié la langue aux plus taciturnes : même la petite Françoise parlait et riait avec Marie, en mangeant sa tourtière. C'était une jeunesse de dix-huit ans, pas trop avantagée de nature, qui allait en journées au Chêne-Vert, et dont Blanche Lebrault assurait qu'une pierre aurait eu plus de conversation. Mousin se trouvait heureux et fier de l'animation de sa veillée, il n'était que le vieux Heurtebise à se taire, au bout de la table... Céline s'était fort récriée lorsqu'elle avait reçu l'annonce de son invitation.

— Quoi, cette espèce de sauvage qui vit dans sa bauge de l'Hermitain ? Qui n'a jamais voulu prendre un aide à son travail de charbonnier ? Il n'est pas trop bien vu dans le pays pelbois, on dit sur lui des affaires que j'aime mieux pas répéter.

— On dit, on dit, c'est bien les femmes ! Il est comme moi, Heurtebise, et se fout de ce qu'on dit. « Qui parle dans mon dos parle à mon cul », voilà ce qu'il assure, et moi pareil. Tu sais que je lui dois reconnaissance.

— Ne te fâche donc pas, si tu l'as invité on ne va pas lui faire injure de nous dédire. C'est les autres qui vont trouver drôle...

Mousin l'avait admis et n'avait pas osé avouer à Céline les raisons véritables de la présence à leur veillée du charbonnier solitaire de l'Hermitain. Lui, il s'était trouvé en immédiate sympathie avec ce vieil homme, il avait plaisir à converser avec lui quand il allait prendre livraison du charbon de bois, pour le Chêne-Vert. Il lui rendait des services, lui apportait le tabac à chiquer, le sel; quelque chose l'attirait dans ce vieillard et son isolement. Il n'était pas silencieux, alors, Heurtebise : il parlait de sa forêt, de ses arbres et de ses bêtes comme d'une famille, tonnait contre les battues et les chasses à courre, ce qui leur donnait matière à discussion. Mousin reconnaissait qu'il fallait être ballot et nique-douille pour courir à vingt chevaux et trente chiens après un cerf que premièrement on n'attrapait pas toujours, et que deuxièmement on ne mangeait pas si on arrivait à le choper : la chasse à courre, c'était un amusement des monsieurs de, guère plus fin que la capture des hannetons par les petits bergers, et moins pardonnable vu l'âge des chasseurs ! Pour les battues, il ne partageait pas l'avis d'Heurtebise, on voyait bien qu'il n'avait jamais été paysan, et Mousin tâchait de lui représenter la dévastation que les sangliers pouvaient apporter aux cultures, des sales bestiaux qui vous déterraient en ravage les patates, les topines, en une seule nuit des boisseaux de perte !

— Et les loups ? Me direz-vous que battre aux loups, piéger, empoisonner, ça n'est pas rendre grand service au pauvre monde, toujours en péril de leurs crocs ? Je pourrais vous en conter, père Heurtebise, sur les loups !

— Je sais, mon gars, je sais. Mais dans cette forêt, il y a bel âge qu'on n'a pas attrapé le moindre loup, même en battue !

— M'est pourtant avis que j'en entends bauler, quand je m'en retourne tard, en passant vers la Couarde.

— Des chiens, peut-être, qui hurlent à la mort. Ou alors que les loups de l'Hermitain sont plus fins que les rabatteurs et se cognent dans des bonnes caches.

— Peut-être bien. Paraîtrait que c'est astucieux d'esprit, ces bêtes, saloperie d'engeance, et pas fragile au mal. Tenez, moi qui vous parle...

Ils conversaient tels deux vieux amis, y trouvaient plaisir, faisaient durer le chargement du charbon dans le char à bancs, et parfois partageaient le casse-croûte préparé par Céline, ou le fricot du charbonnier : à cette occasion, Mousin avait dû manger, par politesse, une fricassée de champignons. C'était noir et gluant dans l'écuelle, il avait mis longtemps à y tremper la cuillère, causait pour retarder le moment... Quand enfin il avait été dans l'obligation d'entamer à cette morve de limaces, tous les parfums de la forêt lui étaient descendus dans le gosier, c'était un inconcevable délice, il en avait repris sans se faire prier. Il s'était quand même gardé de raconter le coup à Céline, et pendant deux jours avait scruté son intérieur, en attente des douleurs d'entrailles annonciatrices d'empoisonnement.. En fait, rien de ce genre n'étant venu à la suite de cette mangeaille sauvagine, il avait eu fort regret d'avoir, dans son jeune temps, flanqué des coups de sabot dans les champignons qui poussaient d'abondance dans la forêt limousine, au lieu d'en faire cueillette pour améliorer leurs maigres repas, ordinairement composés de châtaignes ou de bouillie de seigle.

Il faisait honneur à la tourtière aux pommes, le solitaire de l'Hermitain, et, s'il n'avait encore soufflé mot de la soirée, on le voyait attentif aux conversations, la mine avenante, l'air d'un Bon Dieu descendu de son vitrail, avec sa barbe blanche et ses longs cheveux. Les « on dit, il paraît... » évoqués par Céline en grand mystère n'avaient pas dû parvenir jusqu'à Sainte-Néomaye. Mousin, avant l'arrivée d'Heurtebise, avait d'ailleurs justifié sa présence parmi les veilleurs :

— Je lui dois fière reconnaissance ! Une fois, figurez-vous donc, j'avais dételé ma jument pour qu'elle pâture en liberté, quand la chaline a éclaté sans prévenir. Et dans la forêt, ça fait un bruit d'enfer, d'après que c'est les arbres qui tirent le tonnerre à eux, et tous les rochers branlants de cet endroit... Alors, ma vieille Bretonne, que déjà un chien lui fait peur à japper trop fort, elle s'est ensauvée d'un galop de jeunesse, et va te faire lanlaire pour la rattraper. Heurtebise m'a dit : « Mon petit gars, reste là sans soucier, ta jument, je sais où elle est partie se motter. » Croirez-vous à ça ? Demi-heure après il me la ramenait, et la chaline est tombée quasiment au naseau de Bretonne qu'il tenait à la longe : nom de Dieu — faites excuse — je me suis dit elle s'en va repartir à pétarade des quatre fers ! Pensez-vous ! Il a lâché la longe, il sifflait une drôle de petite chanson, et ma jument s'est remise à brouter, aussi tranquille qu'à son ratelier. C'est vous dire que je suis en reste de service, avec Heurtebise, et ça vous explique le comme et le pourquoi de mon invitation.

Les veilleurs en avaient volontiers convenu. Ils étaient rares à s'y être trouvés pris, mais ils avaient tous entendu dire que les orages, à l'Hermitain, c'était la marmite du diable, et pour sûr Mousin avait eu de la chance à récupérer sa jument : dans le temps, c'était un attelage entier, charrette, cheval et bonhomme, que la terreur de l'orage, ou la malfaisance de l'endroit, avait précipité au fond du ravin de Chambrille, où tout avait péri... Aussi, le vieux Heurtebise avait-il été accueilli sans manifestations d'étonnement, son silence seul porterait peut-être les gens à bavardage, par la suite. Mousin se promit dc faire dire à Céline ce qu'on reprochait à ce vieillard, dans le pays pelbois ; quant à lui, il se ferait couper la langue plutôt que d'avouer à sa femme la raison véritable de son invitation : il avait souvent parlé de Marie avec le charbonnier, de cette folie qu'elle avait eue de se battre contre une louve ; Heurtebise avait eu vent de l'histoire, Dieu sait comme, et avait prétendu qu'il aurait grand honneur à faire connaissance de cette Marie Therville. Finalement, Mousin se trouvait soulagé que le vieux se taise. Marie, pour sûr, allait lui dévider ses « pourquoi » et ses « qui donc », au sujet du galant — d'âge avancé — qui lui avait été promis, il lui tournerait une réponse en gaudriole, la petite n'était pas facile à emberlificoter, mais heureusement portée au rire.

— Bien, maintenant qu'on s'est remis de force, mes bons amis, encore un petit coup de cidre et on reprend l'ouvrage.

Heurtebise ramenait les miettes de tourtière en tas, du tranchant de la main, et se les enfourna d'un coup. Il but une dernière mogue, regarda Marie.

— C'est toi, Marie Therville, la fille au loup ?

Ici, Marie se sentait pleinement la fille de la maison. Quoiqu'elle ait pris le temps de bouchonner la vaisselle avant de venir, elle était arrivée la première. Elle avait frappé à la porte trois coups rapides, c'était toujours ainsi qu'elle s'annonçait, et levé le loquet pendant que Céline lui faisait la réponse habituelle :

— N'entrez pas, mon mari n'y est pas !

« Mon mari » coltinait les pochetées de noix et prit à peine le temps de répondre à son salut : il avait l'air important et affairé, se prétendait en retard à tout préparer. Marie retint la plaisanterie qu'elle s'apprêtait à lui lancer sur l'abondance de sa récolte par rapport à celle de la Grande-Métairie, où elle avait ramassé pendant trois jours. Elle connaissait bien Mousin, quand il était dans cette transe d'enfièvrement, il déclarait lui-même « que c'était rien la peine de lui pisser le long des jambes ». Elle se garda de la moindre raillerie, certaine qu'il se remettrait vite dans ses humeurs habituelles de badinage et de contentement, si on évitait de lui fournir prétexte à s'emporter.

— A quoi je peux vous aider, Madame Céline, en attendant la compagnie ?

— A rien, petite, c'est prêt depuis longtemps. Moi, je n'avance pas vite en besogne, de ce moment, alors je m'organise en conséquence, plutôt que me mettre dans tous les états aux dernières minutes.

Mousin se redressa, fit couler de ses mains une poignée de noix, assolida d'un léger coup de pied un sac qui menaçait de dégorger son contenu.

— C'est pour moi, que tu dis ça ?

Il la regardait en dessous, l'œil froncé. Céline tapotait son devantier de soie, elle s'était fait toilette de dimanche.

— Regarde-moi ça, ma pauvre petite, j'accroche toutes les miettes et toutes les charpies, avec ce ventre... Enfin, Landry, pourquoi veux-tu que je dise ces affaires pour toi, je parle sur des que je connais, qui s'énervent de rien, tu peux voir si ça est ton portrait !

Marie se fit attentive à ne pas montrer le moindre amusement, prit l'air intéressé devant le vaisselier.

— Tiens, vous avez encore une nouvelle assiette, Madame Céline, la bleue avec une guirlande, ou bien c'est que je n'avais pas remarqué ?

Elle put enfin se laisser aller au rire en entendant la réponse du Grand Mousin.

— Eh oui, elle a une nouvelle assiette ! Mais tu peux aussi faire remarque qu'elle a toujours le même pistolet à poudre comme époux, et qu'elle sait toujours le raccrocher au clou comme une vieille pétoire. Nom de Dieu ! Les maillets !

Il partit en courant, claqua la porte du cellier, elles l'entendaient choquer des outils, brasser des instruments, en déversant des bordées de jurons, des « putain de merde, et qu'on change tout de place à prétexte de ranger ! ». Il revint dans la maison avec une brassée de maillets, les posa sur la table avec un fort soupir de soulagement.

— Si tu m'avais demandé, Landry. Il y a trois jours au moins je t'avais vu les mettre dans cette vieille poêloune — qu'on devrait finir par s'en débarrasser — pour être sûr que tu les retrouves...

— Oh ! toi, un jour je te...

Marie le vit se contraindre à regret, son visage et son attitude exprimaient un trop-plein d'amour dont elle était consciente de brider l'épanchement par sa seule présence.

Il ajusta les bancs droit à l'aplomb de la table, il les avait largement bousculés dans son agitation, tira un peu les deux chaises des extrémités, puis les repoussa, changea l'ordonnance des palissons qui attendaient les coques vides, redressa un sac et se planta enfin devant l'horloge.

— Ils n'ont pas oublié que c'est ce soir ?

— Non pas, rassure-toi. On a un bon quart d'heure devant nous. Je serais toi, j'irais voir à l'écurie, il a pas l'air trop franc, le mulet rouge que tu as ramené hier de Triou...

— Pour sûr, j'y vais, tu as raison ma belle.

Il dut s'y reprendre à deux fois pour éclairer sa lampe.

— Et fumier de chandelle, qu'on ne trouve plus acheter que de la saloperie !

Céline lui sourit avec gentillesse.

— Surtout que la chandelle, elle aussi, il faut la moucher de temps en temps. Viens donc auprès du feu, Marie, on va se prendre un peu de chaleur, en attendant. L'hiver est prime, je trouve...

Elles se retrouvèrent toutes deux devant la cheminée. Une bouffée d'air humide et froid leur était arrivée, lorsque Mousin avait ouvert la porte. Céline tendit ses pieds vers la flamme, elle portait des chaussons brodés au point de croix qui faisaient ressortir la finesse de ses chevilles, elle troussa un peu sa jupe et observa ses mollets avec complaisance.

— J'ai de la chance, ça ne me porte pas à l'enflure des jambes, ni aux varices. Cette pauvre petite bru à Morichon, qui vient pour mon ménage en grand, elle est à cinq mois à peine, l'autre jour elle m'a fait voir ! Une abomination, ça tourne à l'ulcère. Du côté de sa mère ils ont le sang malsain, porté aux pourritures. J'ai bien peur que pour elle ça n'arrive pas à bien, ça fera quand même la troisième fois qu'elle ne mène pas à bout. Moi ça va, même le soir je ne gonfle pas des membres.

Céline semblait fort satisfaite à contempler ses jambes, et ses bas de fil gris ornés d'une baguette brodée. Marie hocha la tête et répondit distraitement sur la chance qu'avait Céline de conserver le mollet bien tourné, cet avantage lui paraissait en réalité fort insuffisant à compenser le reste. La jeune fille s'étonnait à constater que, loin de porter Céline à la désolation, sa difformité actuelle semblait la combler, et qu'elle paraissait même se pousser le ventre en avant pour mieux étaler cette rondeur démesurée, tout en minaudant l'air hypocrite qu'elle était devenue bien grosse, « et voyez-vous pas que j'en tienne deux d'un coup ? ». Marie s'empressa de tourner la conversation.

— On est bien, chez vous. Quand je pense comme

c'était, quand vous êtes venue ! Vous avez joliment arrangé.

En lançant Céline sur l'aménagement de sa maison, Marie était certaine d'éviter jusqu'à l'arrivée des veilleurs d'autres répugnants détails sur les ulcères et les pourritures que la pauvre bru Morichon tenait du côté de sa mère ! Elle n'avait d'ailleurs pas à se forcer pour faire compliment à Céline, tout était à son goût dans cette grande salle où ils se tenaient et que Céline appelait la cuisine, et non pas la maison. Elle avait aussi la bizarrerie de nommer salle à manger une pièce plus exiguë, de l'autre côté du corridor, où d'ailleurs ils ne mangeaient jamais. C'était également la façon de dire au château ; en l'occurrence, les Godet de la Ribouillerie se comportaient de façon plus logique que Céline et ne prenaient leur repas que dans cette vaste pièce, où Marie jugeait qu'ils ne devaient pas se casser les oreilles à la conversation, chacun à son bout de table, vu la distance qui séparait alors la baronne et le baron !

Le Grand Mousin, lui, disait toujours : la maison. Il se faisait chaque fois reprendre par Céline : la cuisine, Landry, la cuisine ! Lorsqu'il lui arrivait de parler de cette pièce toujours fermée, avec son parquet ciré, ses rideaux à pompons et ses patins de feutre, il disait : la belle chambre, et Céline secouait la tête avec un air de découragement, en soupirant : la salle à manger, voyons ! Marie pardonnait volontiers à Céline ce petit travers ridicule, cuisine ou maison, il faisait bon vivre dans cet endroit. Les meubles et les objets n'y avaient pas seulement utilité de service, ils avaient aussi fonction d'agrément et de beauté. On ne voyait pas sur la cheminée le bric-à-brac, habituel dans les fermes, d'ustensiles de cuisine, de boîtes et de pots que la cuisinière se devait d'avoir à portée de main. Sur la cheminée de Céline, deux chandeliers encadraient une statue dorée : un ange visant d'une flèche une belle jeune fille étendue, souriante et les yeux demi fermés. Céline assurait qu'il s'agissait de l'Amour, cet ange ne s'apparentait en rien à celui des églises. Mousin se plantait souvent devant la statue et déclarait que c'était rudement bien fait : lui qui s'y entendait dans le temps à tailler des cannes, il pouvait le dire, le gars qui avait chantourné ça tenait un sérieux coup de main, on voyait jusqu'à l'ongle du petit doigt de pied à cette belle fille, et même autre chose qu'on devinait, sous le drap de lit où elle était entortillée... Céline ne cuisinait pas à la cheminée, elle ne voulait pas sentir le graillon et la fumée, ni se noircir les mains aux chaudrons et aux pots de soupe, à ce qu'elle prétendait. Elle faisait ses fricots sur un fourneau, qui était à lui tout seul un ornement, avec ses carreaux de faïence et ses barres de cuivre : la présence d'un tel appareil avait beaucoup fait causer, à Sainte-Néomaye, où l'on n'en avait jamais vu, sinon au château.

Tout ce qui aurait pu déparer un tel ordonnancement était rangé à l'abri des regards, pas question de laisser en vue même une casserole, Céline n'accrochait à ses murs que des images encadrées et des miroirs, ne posait sur son buffet que des bouquets de fleurs : même en ce mois de décembre, elle avait arrangé dans un pot bleu des monnaies du pape mêlées à de l'amour en cage, que Marie jugeait du plus bel effet. Elle avait parfois surpris Mousin en train de grommeler sur « cette foutue maison où on ne pouvait même pas pendre sa limousine derrière la porte ». Il n'empêche qu'elle le devinait aussi tout faraud de vivre en un pareil intérieur. Les commérages étaient allés bon train, dans les débuts, sur les façons et les embarras qu'elle faisait, la plus jeune aux Thibaudeau, dans ses agencements de maison, « jusqu'un tapis au pied de son lit, c'est-y pas péter plus haut que son derrière, ça, je vous demande un peu, et une table à toilette ? ». Les ricanements et les bavardages avaient cessé peu à peu, on s'était habitué, et même en certains endroits on avait vu paraître aux murs des cadres, des gravures, des objets que l'on accrochait pour « faire beau ». Marie était certaine que l'arrivée de Céline à Sainte-Néomaye avait suscité ces modestes innovations.

Elle s'apprêtait à répéter à la jeune femme que vraiment, elle avait bien arrangé sa maison, quand Mousin réapparut tout en excitation :

— Les voilà ! Ils s'en viennent ! Ça arrive du haut du bourg, et des Ouches, je vois les lanternes. Je guettais à la barrière, j'avais souci...

Céline se leva tranquillement, tapota ses jupons.

— Quel salpêtre, ce pauvre homme ! Vas-tu tenir en paix, à présent ?

Il s'était calmé lorsque les veilleurs étaient entrés, avait fait les remarques sur le temps, sur le froid, sur la pluie qui pour sûr arrivait, le vent venait du côté de Niort. Céline se tenait derrière lui pour accueillir les gens, le laissait à son rôle de patron. Il avait désigné les places et rappelé en riant qu'on n'était pas ici pour l'agrément mais pour l'ouvrage, à charge de revanche. En vérité travail et divertissement marchaient fort bien de pair en ce genre de veillée, qui réunissait hommes et femmes à la même tablée, pour une fois.

Marie avait apprécié l'histoire contée par Mousin, sur sa pauvre Bretonne éperdue par l'orage, et sauvée de se rompre les membres grâce au charbonnier de l'Hermitain, dont le nom sonnait pour elle comme dans les poèmes de Victor Hugo : Heurtebise, Heurtebise, elle se répétait ce mot dans la tête et lui trouvait une ampleur, une harmonie dignes de figurer dans les livres de Nicolas Lebrault, un beau jeune homme, un chevalier, Heurtebise... Lorsque le vieillard était entré, l'image de poésie et de jeunesse s'était envolée, et Marie s'était rappelé les paroles du Grand Mousin, le jour du rigal au Chêne-Vert. C'était tout son caractère, ce genre de plaisanterie, pourquoi ce vieil homme aurait-il eu envie de la connaître ? Ce n'était qu'une rigourdaine de Mousin, une de plus, elle l'oublia vite dans l'animation de la veillée.

Aussi demeura-t-elle saisie quand Heurtebise l'apostropha, dans l'instant de silence qui marquait la fin de la collation. La fille au loup ! Elle frissonna au souvenir, qu'avait-il, ce vieux fou, à lui remettre en mémoire cette ancienne histoire, elle était si petite alors... Heureusement Mousin répondait déjà à sa place.

— Que oui c'est elle, père Heurtebise. Croiriez-vous, à la voir si mignonne ? C'est fort comme un Turc, savez-vous, et ça laisse beaucoup de gars derrière, pour le courage. Et ça lui vient de loin, cette intrépidité et ce culot, hardi petit à la bataille, comme son grand-père Jean Therville !

Marie sentit une colère lui monter, Mousin ne lui avait pas fait les mêmes compliments, loin s'en fallait, le jour du drame, et voilà qu'à présent il ramenait encore ce grand-père Jean Therville dont on lui avait tant sonné les oreilles, dans son enfance. Elle eut le désir de rabattre à la fois la gloriole de Mousin, et l'arrogance de ce bonhomme qui l'avait décontenancée devant toute la compagnie en lui décochant cette « fille au loup ». Elle se força à regarder le vieux en face, il avait un regard gris, clair comme la glace des étangs. Elle prit sa respiration, se força à une gravité de ton dont elle n'était pas coutumière.

— Vous savez, monsieur...

Elle appuya sur « monsieur », s'arrêta un instant. Le silence était devenu lourd.

— Vous savez, monsieur, j'étais surtout innocente et insensée, vu mon âge, et je n'avais guère d'amitié que ce mouton, pour des raisons que je n'aime pas me souvenir...

Elle eut un plaisir de revanche à voir la mine tout ensemble penaude et vexée du Grand Mousin. En cet instant elle lisait dans sa cervelle qu'il s'avisait d'avoir causé sans réfléchir, et que Céline, le moment venu, lui en savonnerait fort la tête.

Elle soutint le regard du vieil homme, dut se faire violence pour ne pas baisser les yeux : il émanait de lui une force, une puissance qu'elle ne s'expliquait pas.

— A présent que j'ai avancé en âge et réflexion, je pense surtout que j'ai été bien folle de me risquer contre cette bête qui ne m'attaquait pas...

Heurtebise avait toujours la même expression d'impassibilité ; l'image de la glace, de sa froideur coupante revint à l'esprit de Marie, elle eut l'envie d'en briser le miroir en éclats.

— Et je vais vous dire aussi ce que j'en ai réfléchi, depuis le temps : cette louve, elle vivait comme le Bon

Dieu l'avait faite, à manger de la viande et non pas l'herbe, comme mes moutons. Elle n'en était pas plus fautive que moi je ne suis blâmable de ce Jean Therville, qui a fait les quatre cents coups, et dont je porte le nom.

Tout le monde s'exclama de rire autour de la table, cette Marie, ces idées qu'elle avait, croyez-vous qu'elle a tourné une bonne malice ! Elle, elle eut soudain l'impression qu'ils étaient seuls en face l'un de l'autre, que les yeux du vieillard brillaient juste pour elle d'une chaleur cachée, et que nul autre qu'elle n'entendait sa réponse :

— Petite, j'aurai plaisir à te revoir. Je ne cherchais pas te faire injure sur tes actes, non plus que sur ton nom. Et sache que ni le mal ni le bien ne sont jamais tout entiers dans la même créature, que ce soit au peuple des loups, ou dans le cœur de Jean Therville. J'ai entendu parler de lui, et je connais les loups.

Le tonnerre de Brest

Ils étaient déjà loin quand le tonnerre de Brest ébranla les échos. Le canon de la forteresse annonçait l'évasion des prisonniers, la population entière allait se mettre en chasse. Jean Therville connaissait l'importance de la prime offerte à cette occasion, une manne à saisir tant la pauvreté était grande chez les habitants de ces régions. Ils n'étaient pas mauvais bougres, n'avaient nulle détestation ni malignité envers ceux qu'ils traquaient et n'y voyaient qu'un gibier dont on leur offrait bon prix. Le marin se laissa choir au fossé.

— Pourquoi continuer, puisque de toute fin ils vont nous pendre ? Je n'en peux plus, je les attends ici. Je suis las à ne pouvoir mettre un pied devant l'autre, s'ils tardent quelque peu je serai mort avant leur arrivée, et je prie Dieu qu'il veuille m'accorder cette grâce.

Jean Therville s'assit auprès de lui, tira de sa chemise une gourde plate.

— Bois un coup, mon camarade. Nous voilà encore embarqués sur la même galère... Tu m'avais fait monter sur *La Surveillante,* il me serait indigne de t'abandonner sur *La Chiourme.*

Il rit très fort de sa plaisanterie, le marin soupira après avoir bu une gorgée.

— Je ne saurais te comprendre. Tu m'as maintes fois menacé de me faire suspendre à la mâture, et voilà qu'à présent tu prétends de vive force me garder la vie, alors que tu doublerais les minces chances de sauver ta peau en me laissant à ce bord de chemin. Qu'attends-tu donc de moi ? Tu sais qu'ils m'ont fouillé, et qu'il ne me reste pas un liard sonnant de l'or que tu m'avais compté.

— Et que m'importe, compagnon ! Ils n'ont pas osé porter la main sur moi : tu m'as fort reproché durant la traversée de répandre une odeur de merde, les soudards de la forteresse ont sans doute, autant que toi, le nez délicat... Et surtout — je te prie de croire que je ne bouffonne plus — tu avais, lorsqu'ils nous ont mis le grappin, la mine fort basse et coupable qui incite à contraintes, sévices et brutalités. Et moi...

Le marin semblait quelque peu ragaillardi, que ce fût du fait de la gnôle, ou du discours de Jean Therville.

— Et toi, je vais te dire ce qu'il en était de ta contenance : tu étais tant redressé que tu paraissais les avoir arrêtés, et non pas le contraire... Tu époussetais ce qu'il reste de dorure sur ta guenille d'uniforme bleu, et tu prétendais en appeler à Monsieur de La Fayette, qui les ferait pourrir aux fers lorsqu'il viendrait à savoir comment les gens d'armes du port de Brest traitaient les héros d'Amérique !

Jean Therville convint que le portrait lui paraissait assez ressemblant.

— Reconnais qu'à cette attitude — fort ridicule je l'admets dans la position où j'étais alors — nous avons au moins gagné que je conserve ma bourse quand toi tu perdais la tienne ! Et que nous fûmes, par cette arrogance de paroles déversées sur de prudentes crapules, serrés dans un cachot fort peu gardé de soldats et de grilles, ce qui nous a permis de recouvrer la liberté avec, tu en conviendras, beaucoup moins d'astuce que pour sortir de Bastille !

Le marin secoua la tête, un instant distrait par la faconde de Therville, il n'éprouvait à nouveau que découragement et désespérance.

— Pour ce qui est de la liberté, je te l'accorde, nous l'avons regagnée, la question est de savoir pour combien de temps. En ce qui concerne la bourse, il n'est que la tienne à être demeurée dans ton gilet. Quand bien même nous échapperions à ces croquants lancés à courre contre nous, m'imagines-tu, moi, Thomas Martin, pauvre marin de Normandie, regagnant Honfleur sans un liard en poche, juste en me prétendant le frère de lait de Monsieur de La Fayette ? Laisse-moi mourir en ce fossé, te dis-je, et va-t'en, tu commences à me lasser aussi fort que lorsque tu prêchais dans la cale de *La Surveillante*.

Jean Therville le releva à grandes bourrades.

— Frère Thomas, l'abbé Therville va te bénir à coups de pied au cul, si tu continues en patenôtres de cet acabit. Et tiens-toi chanceux que je ne t'aie pas mis mon poignard à la gorge, pour te faire ravaler l'injure que tu viens de me porter ! Fais ton choix sans tarder : ou nous nous séparons sur l'heure et tentons la chance chacun de notre côté, ou nous restons ensemble un temps, pour la cavale. Quelque parti que tu choisisses, tu t'en iras avec la moitié des écus de ma bourse, ce qui te mènera sans encombre aux Normands, si tu échappes aux Bretons... Et sois certain qu'à l'arrivée il te restera de l'or en suffisance pour armer à ton profit une baleinière, dans le port d'Honfleur. Ah ! Je devrais te tuer pour m'avoir cru capable d'une telle bassesse ! Décide vite, les chiens sont lâchés.

Le marin se leva, son visage n'exprimait qu'incompréhension, interrogation et doute.

— Quel genre d'homme es-tu donc, Jean Therville, je n'en puis trancher... Si ton âme monte au Paradis, elle y passera son éternité à semoncer le Bon Dieu et ses saints, et si l'Enfer t'attend tu chercheras à tirer le Diable de la fournaise. Non, pour sûr, je n'ai jamais rencontré un gaillard tel que toi, et je suis prêt à te suivre. C'est à Fécamp que je me porterai, un trois-mâts morutier, et...

— Pour l'heure, Thomas Martin, tu n'es point en vue de Terre-Neuve, il est temps de courir. Je ne tiens pas à connaître trop tôt l'au-delà qui m'est promis, quoique les images que tu m'en as dépeintes s'accordent fort justement à ma personne. Tirer le

Diable de l'enfer ! Si je meurs aujourd'hui, grâce à toi je me serai au moins offert avant de trépasser une bonne ventrée de rire !

Thomas Martin n'était point si las et prêt à rendre l'âme qu'il l'avait prétendu en se jetant dans le fossé. L'escalade des mâts et la manœuvre des voiles lui avaient durci le jarret, et seul le découragement l'avait un instant abattu : sans faiblir ni souffler il suivait Jean Therville, il leur fallait au plus vite s'éloigner de la côte et de ses habitants, que la misère avait faits naufrageurs, pilleurs d'épaves et chasseurs d'hommes...

Le soir où la prison se referma sur une chanson

7 février 1853

— Ma pauvre petite, ça n'est pas moi qui vais me mettre en travers pour que tu ailles gagner tes quatre sous au château, j'espère au moins qu'ils te mettront ta cape à sécher, d'ici que tu reviennes : elle sera bonne à tordre dès que tu auras tourné le Champ de Foire, il mouille comme vache qui pisse, pour ne pas changer...

— Soyez tranquille, Madame Blanche, je n'ai guère de route à faire. A ce soir. Et vous, ne vous tirez pas trop les yeux à la broderie, on se croirait déjà nuit.

En sortant du Chêne-Vert, Marie rabattit le capuchon de sa pèlerine, presque à se cacher le visage. Le mois de février débutait dans les pluies incessantes, depuis Noël on n'avait pas connu d'autre temps que celui-là. La seule différence des journées se marquait dans la façon dont se déversait l'eau du ciel : parfois, c'était une épaisse brouillasse qui pénétrait tout de froid et d'humidité, on respirait de l'eau, on mangeait du pain ramolli dès le sortir du four, on se glissait le soir dans des draps visqueux et glacés. Le plus souvent, comme en ce jour, c'étaient de violents abats que poussait le vent d'ouest, ils claquaient aux vitres, se glissaient en longues flaques sous les portes des corridors et trempaient en moins de rien tous les vêtements qu'ils transformaient en pesantes guenilles.

On commençait à se trouver en souci pour la foire du 24 février. Par le fait de ce temps pourri, celle du 13 janvier n'avait connu qu'une mince affluence, le commerce n'y avait guère été florissant. L'absence des baladins qui l'animaient habituellement s'était conjuguée avec un moindre apport de bêtes et de clientèle, et Nicolas Lebrault, que son caractère ne portait pas aux vaines récriminations, avait dû reconnaître que, contrairement aux autres années, il avait mangé de l'argent un 13 janvier, et qu'on pouvait craindre le pire pour la prochaine fois : tout semblait indiquer qu'on en tenait encore pour longtemps.

Ce déluge faisait d'ailleurs à Sainte-Neomaye le sujet des conversations. Les semailles pourrissaient en terre, le fourrage fermentait dans les granges et se prenait d'une moisissure provoquant au bétail coliques et faiblesses, le lait et le beurre portaient l'odeur forte des choux détrempés. Pour les paysans, 1853 serait une année de rien. Jusqu'aux moulins, dont l'eau était pourtant la force vive, qui avaient débraye leurs roues et cessé de moudre ! Lorsqu'on s'arrêtait à mi-côteau pour contempler le désastre, on les apercevait comme des bêtes noyées, le flot battant leurs murailles jusqu'à hauteur d'habitation : les meuniers venaient se ravitailler au bourg dans leurs petites barcasses à godille. Le boulanger assurait pouvoir tenir un mois sur sa provision de farine, il n'en allait pas de même dans certaines fermes, où l'on commençait à pétrir le pain noir des mauvais jours. C'était la première fois que Marie se trouvait dans cette épreuve de tout un village, elle s'en ressentait affligée et solidaire, participait de son mieux à l'entraide, visitait chaque soir la vieille Alida Chauvin, empêchée de sortir par une fluxion de poitrine, lui rentrait son bois, tirait l'eau de son puits et lui portait un pot de soupe... Passés les premiers jours où cette lente montée des eaux lui était apparue comme un spectacle d'une grandiose nouveauté, Marie s'en désolait et partageait les angoisses engendrées par un tel fléau, que nulle astuce et nul courage ne pouvaient contenir. C'était de cette impuissance surtout qu'elle s'oppressait : on pouvait combattre le feu, les bêtes malfaisantes, les maladies ; l'action et la lutte, même inefficaces ou dérisoires procuraient au moins le sentiment de ne pas se laisser emporter sans réagir par le malheur et la fatalité. Avec l'eau, rien de tel : elle s'élevait, s'enflait, avec une tranquillité et une assurance qui laissaient les humains démunis, dépourvus, inutiles. Même aux prières du dimanche, on sentait le découragement. Le curé était un brave homme, il connaissait ses paroissiens et vivait à leur rythme. Il avait, dans son premier prêche de janvier, évoqué la punition de Dieu, le déluge de quarante jours dont il les avait autrefois accablés, mais il avait vite abandonné dans cette idée de châtiment du ciel, et se contentait de dire « Prions, mes frères... ».

Le Pont-Neuf, heureusement, restait praticable, alors qu'en une semaine le Pont Saulnier et le Pont de la Fontenelle, quoique plus récents, avaient été fortement endommagés, puis recouverts par les ruisseaux du Mareuil et de l'Hermitain. Marie avait demandé à Nicolas Lebrault pourquoi le plus vieux des ponts, justement, s'obstinait à résister. Ils s'accordaient au mieux, l'aubergiste et sa servante, l'une dans son appétit de savoir et l'autre dans son goût d'explications et d'enseignement.

— C'est que voyez-vous, Marie, malgré son nom, le Pont-Neuf porte sept cents années d'âge, pour le moins, et le grand savoir des maîtres artisans de ce temps-là. N'avez-vous pas remarqué la forme de ses arches, aux basses eaux ?

— Si fait, et j'ai pensé au contraire que ceux qui l'avaient construit ne s'y connaissaient guère en calculs et mesures ! C'est tout de guingois, comme les mailles de mes chausses quand j'apprenais la brocherie : une grande à côté d'une petite, une toute élargie auprès d'une resserrée, à la va comme je te pousse et comme je peux !

Nicolas Lebrault avait souri avec indulgence, et sa femme avait haussé les épaules.

— Ma pauvre petite, tu ne sais pas ce qui va te

tomber dessus, en évangile de maçonnerie ! Lancer Lebrault sur les histoires de ce temps-là, c'est risqué !

Il avait secoué la tête avec un air de patience et de supériorité.

— Laisse donc, ma pauvre Blanche ! Pour une fois qu'une femme s'intéresse à autre chose qu'à ses casseroles et sa toilette !

La réflexion avait dû cependant le vexer quelque peu — en vérité elle n'était pas sans fondement. Nicolas Lebrault s'embarquait souvent dans des explications contournées et grandiloquentes, qui portaient Marie au regret de l'avoir questionné, sans y mettre cette malice et cette vivacité qui rendaient si plaisantes pour elle les réponses que faisait le Grand Mousin à ses interrogations. Elle continuait cependant, elle aimait savoir le pourquoi des choses.

— Contrairement à ce que vous en jugez, Marie, les pontonniers de ce temps-là, comme dit ma femme avec mépris, ont tout apprécié, évalué et proportionné selon la force des eaux et la puissance des courants. Mais ce serait pour vous trop savant et confus à envisager, il vous suffit d'en constater le résultat.

Il avait quitté la pièce avec dignité, et Blanche avait soupiré de soulagement.

— Eh bien ma petite, tu ne sais pas à quoi tu viens d'échapper, sans moi il te sortait ses paperasses et sa mine de plomb ! Tout comme je t'ai épargnée d'une belle corvée, quand il prétendait de t'apprendre à lire. Heureusement que Céline et son Limousin se sont portés de mon côté, parce que toi tu étais disposée à te laisser faire !

Marie n'avait pas répondu, elle gardait justement au cœur le regret de ne pas s'être « laissée faire », de ne pas avoir tenu tête aux questions pressantes de Blanche Lebrault, qui la sommait de dire à quoi ça lui servirait dans la vie, est-ce qu'elle lisait, elle, et pourtant elle avait appris !... Et aux assurances du Grand Mousin, jurant ses grands dieux que de savoir lire ne la rendrait pas plus leste d'esprit, elle en était suffisamment avantagée de nature !... Et aux affirmations de Céline qu'une fille, sachant compter avec autant de capacité, n'avait nul besoin de se casser la tête à l'instruction de lecture. Nicolas Lebrault en était d'ailleurs tombé d'accord avec eux trois, et Marie s'était laissée convaincre à regret. Les livres des veillées, la belle voix de l'aubergiste rythmant les poèmes de Victor Hugo, adoucissaient la déception. Ils avaient peut-être raison : savoir les lettres n'aurait sans doute été pour elle qu'un luxe inutile, un ornement d'esprit certes agréable, mais sans réelle nécessité. Elle essayait de s'en persuader, sans vraiment y réussir. Le Bon Dieu, dans sa pleine bonté, aurait dû lui mettre ensemble dans la tête cette faculté de comptes difficiles où elle se distinguait, et la connaissance immédiate de la figure des mots. C'était trop demander, probablement, et Mousin, un jour qu'elle lui en faisait réflexion, lui avait répondu que ça lui suffisait pour se pousser d'orgueil, déjà qu'elle se quarrait comme un pou sur une rogne de savoir aussi bien compter, elle aurait été intenable de prétention avec la lecture par-dessus le marché, et les galants de s'ensauver devant une pareille calamité !

En se hâtant vers le château, Marie se disait qu'à l'évidence les travaux qu'on allait lui commander de faire durant la semaine ne demandaient que de la vivacité, de l'endurance et de l'huile de coude, il n'était pas dans son caractère de s'attarder aux regrets stériles. Elle contourna la façade sur la cour d'honneur pour atteindre la porte de service et s'arrêta, malgré la pluie qui redoublait, devant le paysage de désolation : l'eau boueuse charriait des débris, seule la cime des peupliers émergeait, il lui sembla même voir une vache au fil du courant, le ventre gonflé et les pattes raides, comme des broches fichées dans un peloton de laine. Une telle catastrophe remettait à sa vraie place l'envie de lecture qui lui avait trotté dans la tête, en chemin.

Elle frappa à la porte de la cuisine. Rose, la cuisinière des Godet, entrebâilla la fenêtre.

— Surtout n'entre pas, dans l'état que tu es, tu me saloperais mon carreau.

Ne pas entrer, elle en avait de bonnes, cette poison de

Rose, une gouttière se déversait juste à l'aplomb de la porte. Marie s'écarta d'un pas.

— Et qu'est-ce que je fais alors ? Je m'en retourne ?

— Oui c'est ça, et on te paiera à te tourner les pouces. Va dans la remise, effrontée, tu trouveras des socques et un parapluie. Surtout laisse ta cape, j'ai assez de drapeaux à faire sécher au feu, tu la remettras de même ce soir, à ton âge on n'est pas fragile.

Emile, le mari de Rose, qui unissait les fonctions de cocher et de jardinier, se précipita pour ouvrir la porte.

— Entre vite, voyons, ne l'écoute pas. Quel temps ! A ne pas mettre un radical dehors ! Ma pauvre enfant, te voilà dans une belle nature !

Rose referma la fenêtre d'un air furibond, sans rien dire. Marie les salua et se garda, quoiqu'elle en eût l'envie, de demander à Emile ce qu'était un radical, et conclut que c'était une race de chien inconnue d'elle. Elle regardait la flaque d'eau et de boue qui s'épandait autour de ses pieds, et se disait que pour sûr, ce soir, le cocher du baron mangerait la soupe à la grimace !

— Ça n'est guère raisonnable, Landry, de te mettre en chemin par un temps pareil. Je vais être en souci toute la journée...

Mousin finissait de monter le laçage de ses galoches de cuir. Dans les premiers temps, il avait fort regretté ses sabots, ses sabarons et sa paille, et pesté contre ces chaussures montantes dont il prétendait qu'elles lui étranglaient les os de chevilles, lui donnaient la démarche d'un affligé, et qu'il pousserait vite au brulôt cette fantaisie de Céline. A présent, il reconnaissait l'avantage de ces brodequins, ça tenait au pied, protégeait d'eau comme de froid, et dégageait autrement l'allure, il fallait vivre avec son époque. Il prit le temps de faire une solide nouette à ses lacets avant de répondre à Céline, qui marchait de long en large dans la maison avec une expression d'énervement sur le visage. Ce n'était pas bon dans son état, la contrariété, il devait au plus vite la rassurer et la persuader de l'obligation où il était de se rendre à Niort. Il tira devant la fenêtre du jardin la chaise basse où Céline aimait s'installer, tapota le coussin brodé, comme on fait pour inviter un enfant, ou un chat, à s'installer.

— Premièrement une, tu vas t'asseoir. Doucement, ma grosse, pour pas l'écrouler du même coup.

Céline, sans se dérider, eut ce retroussis de lèvre qui présageait l'envie contenue de rire. C'était seulement dans leur intimité qu'il lui donnait ce nom, et elle, qui autrefois aurait fait feu des quatre fers s'il lui avait seulement dit combien il l'aimait, dans son épanouissement de belle femme, se trouvait maintenant réjouie des réflexions qu'il lui faisait sur sa taille et son poids. « Comme c'est bon, tout ce qui se passe de secrets dans le retirement d'un homme et d'une femme... Aurais-je pu croire un jour connaître autant d'agrément, à faire paroles d'amitié avec des mots d'offense et d'avanie ? Ma grosse, ma catuche, ma couniasse, tout ça que je lui dis d'amour et qui l'emplit de contentement. Et elle, dans nos draps de lit, qui me bouleverse le sang de mots déshonnêtes, ceux qu'on ne sort qu'entre hommes, en gaudriole, et qu'elle jette dans l'émouvement de son corps. Tout ça caché, réservé, renfermé, rien que pour nous deux. Même des fois la journée, qu'on tire le verrou, et cogne toujours si tu veux entrer, y a personne... Il faut la voir après si on lui demande : où donc que tu étais, Céline, je me suis portée chez toi sur les trois heures ? Rien à paraître sur sa figure, le Bon Dieu sans confession, elle s'était trouvé l'envie de prendre l'air, du côté de Fontcreuse, elle avait des impatiences dans les jambes, ça lui faisait du bien à se bouger. Des impatiences dans les jambes ! Aujourd'hui, de ce temps de cochon, ça serait juste le moment à lui tranquilliser, ses impatiences ! Halte-là, Limousin, c'est toi qui vas te mettre en animation, et ça n'est pas le jour. »

Il s'accroupit devant elle, posa les mains sur son ventre. Il se chavirait toujours à y sentir vivre, bouger, cogner... Il aurait voulu qu'elle reste en attente des années, il se désolait presque de voir approcher le terme.

— Ecoute-moi donc, sacrée grommelasse ! Tu sais bien que c'est aujourd'hui que je dois traiter avec Favriou pour l'engagement d'un commis. On en a décidé ensemble, souviens donc que c'est toi en personne qui m'as donné l'idée. Un boute-en-train *, c'est net de rapport, seulement ça n'est pas moi qui m'en vais le présenter au cul des mulassières, j'ai autre chose à faire... Le fils Favriou a ses treize ans, il est en âge d'aider son père, qui par ce fait se sépare de son commis, un petit gars sérieux, je l'ai vu à l'œuvre, ça doit se faire aujourd'hui ou jamais, je ne vais pas me le laisser filer au nez. Ou alors c'est toi qui mèneras l'étalon, bonjour messieurs-dames, où c'est qu'elle est votre jument, Bayard va lui faire monter le sentiment... C'est ça que tu veux ? Pour ça, il faudra que tu t'apprennes à siffler !

Il fut soulagé du rire de Céline.

— Oui grand sot, et le ramener en lui expliquant que son instrument, ça n'est pas encore aujourd'hui qu'il s'en servira ! Sérieusement, c'est la route à faire qui me tracasse.

— Justement ! Je ne connais pas grand-chose aux sacrées lubies de votre rivière de malheur, m'est avis pourtant que le Pont-Neuf ne tardera guère à passer dessous, et non pas dessus ! Après, dame, pour joindre Niort, il faudra faire le grand tour par Mougon. Réfléchis, ma Céline : ce petit Germain Monnet, on n'aura pas l'embarras de le loger, vu que sa marraine le prendra chez elle, à Aiript. C'est à compter, aussi, des fois un étranger dans la maison, ça peut faire gêne...

Céline secouait la tête, l'argument avait porté. Elle n'avait pas plus que lui l'envie de trouver quelqu'un en tiers dans leur intimité.

— Et vers quelle heure tu comptes rentrer, à peu près ?

* La mule est le produit (stérile) de l'accouplement d'une jument et d'un baudet. On présente d'abord à la jument un étalon, dit « boute-en-train », et lorsque la jument est prête à l'accouplement, on substitue un baudet au cheval. Le « siffleur » était censé aider à cette mise en condition contre nature !

— Si je continue de même à discuter le coup, sûrement à grand nuit ! Non, rassure-toi, on se trouve à l'auberge des Trois-Chapeaux, une petite heure à discuter parce que faire plus vite serait malpoli, et hue Coquette je m'en retourne. Disons vers trois-quatre heures, mais fais-moi promesse de ne pas te ronger le sang si je passe cinq !

Céline se jeta sur lui avec des transports et des baisers et des mignoteries, il dut se dégager, elle n'en finissait pas en au revoir et conseils de prudence.

— Dirait-on pas que je pars à faire sept ans d'armée ? Allez, reste à ton coin de feu, tu as bien encore de quoi t'occuper, même que le trousseau de l'héritier suffit déjà pour en mailloter dix ! A ce soir, la femme et le drôle. Tous deux ensemble, hein ? Ne m'en profite pas pour l'amener d'avance ! Grand dommage que Marie soit prise au château, elle serait venue passer le temps avec toi.

— Oh ! d'un jour comme aujourd'hui, je me préfère encore toute seule. Ça te soutiendra, j'ai comme cette idée, si je pense à toi. Mets ta limousine, surtout... Tu vas avoir l'eau en plein la figure, pour aller. Et n'oublie pas...

— Et pense à ci, et prends garde à ça, et souviens-toi de pisser si l'envie t'en prend, et gare ton grand nez qui s'en va fondre, d'hasard, comme un pain de sucre, voilà qui ferait perte à ta mine ! C'est-y Dieu possible, une gringuenaude de femme comme la mienne ? Allez, à ce soir, je me sens monter la bile en t'écoutant. Je te fais défense de sortir sur le seuil, tu me tiendrais encore discours.

Il claqua la porte avec force, il savait avoir mis suffisamment d'amour dans son regard pour que Céline ne se méprenne si sur le geste d'impatience, ni sur les paroles d'irritation. Il courut jusqu'à la remise, où il avait attelé Coquette dès le lever du jour. Il avait fait l'achat d'un cabriolet de rencontre, à la structure légère, qui avait en première main appartenu au docteur Jamain, d'Augé. Il n'avait eu qu'à faire changer les cuirs pourris de la capote et du tablier pour se trouver en possession d'une voiture rapide, bien suspendue, et propre à garantir des plus fortes pluies — du moins lorsqu'elle n'avançait pas vent debout, ce qui allait être le cas ce matin. « Ça n'est quand même pas en peur de mouillerie que je me sens tout drôle pardedans ? Céline, avec ses tracas et son saisissement, elle va pas me foutre en chiasse ? Et crainte de quoi, pauvre couillon, n'as-tu pas reçu sur l'échine tout ce qui peut tomber du ciel, l'eau, la grêle, même la neige dans ton jeune temps ? Crois-tu donc qu'aujourd'hui il s'en va cherre de la merde ? Secoue-toi les puces, Limousin ! De ta personne tu restes maigre et droit comme à tes vingt ans, mais dans les boyaux de tête ça ramollit et s'abedoune, à tant te faire dorloter ! Je te dis méfiance, mon cadet. Heureusement, aux Trois-Chapeaux il y a toujours des bons lurons, se trouver entre hommes, des fois, ça remet en place le tempérament ! »

Malgré les exhortations qu'il se faisait pour résister, il ne put s'empêcher de lorgner vers la fenêtre, en passant la barrière. Derrière les vitres brouillées d'eau, il aperçut le visage de Céline. Elle agitait la main en au revoir, et la pluie qui ruisselait sur les carreaux lui donnait l'air de pleurer d'un inconsolable chagrin.

— Puisque Marie Therville a fini les cuivres, je la prends avec moi, Rose. J'ai roulé les tapis du vestibule, il faut qu'elle passe mon carrelage aux cristaux de soude avant ce soir, moi j'ai mon argenterie à terminer. Avec Alexandrine, vous pouvez suffire, je pense...

Marie prit l'air absorbé par son ouvrage, le ton laissait présager une imminente prise de bec entre la cuisinière et Firmin, le valet de chambre du baron. Leurs conflits continuels et leurs chicanes d'autorité étaient pour elle une matière à distraction. Madame Rose avait toute puissance dans la cuisine, Firmin ordonnait au ménage dans le château. Ils avaient pour habitude de se tirailler Marie, tous deux la prétendant engagée à son propre office, et menaçant toujours d'en appeler à l'arbitrage de Madame la Baronne, ce qu'ils s'étaient gardés de faire jusqu'ici, chacun craignant sans doute un jugement en sa défaveur. Rose avait l'avantage de l'âge, sa réputation méritée de cuisinière bourgeoise, et l'appréciable auréole d'avoir servi quarante ans le comte de Talaru, ancien propriétaire du château, dont la table était renommée. Firmin, lui, se glorifiait que sa mère ait nourri le baron de son lait, et Rose en profitait pour assurer qu'il avait donc têté du mauvais côté : le baron était bel homme et son valet rien qu'un freluquet !

Rose fourgonna un temps les braises du fourneau avant de répondre, tira une marmite à l'écart du foyer, en rapprocha une autre à grand bruit, en grommelant sur le bois mouillé que lui avait apporté son incapable d'Emile.

— Vous savez épeler, Firmin ? Ou alors vous faites semblant, quand vous prenez le temps de lire votre journal, largement le temps, je peux dire... Cochonnerie de fourneau, mon consommé bouille trop fort ! Alors jetez donc un œil sur le menu de jeudi, vingt-cinq couverts et le grand service, et voyez si Marie ne me fait pas besoin pour ma mise en place. Avec ce qu'Alexandrine est capable de faire, jugez vous-même !

Marie n'avait plus la moindre envie de rire. L'orage s'annonçait sur Alexandrine Garandeau, qui se tassa un peu plus, le nez sur les oignons qu'elle coupait. Elle avait toujours l'air résigné à toutes les avanies et de ce fait semblait les attirer, Marie était parfois tentée de la secouer, et s'en faisait ensuite reproche.

— Regardez-moi ça, Firmin, je lui ai pourtant dit : en julienne, les légumes ! Dirait-on pas qu'elle prépare une potée ? Ces trognons qu'elle me fait, pour les marinades, je vous demande un peu ?

Firmin consentit un sourire, moitié fiel-moitié sucre.

— De fait, ma pauvre Rose, votre chevreuil me semble maltraité par avance.

— Je ne vous le fais pas dire, quant au filet de bœuf !...

Firmin s'assit en bout de table, prit un air d'accablement, hocha la tête en regardant Alexandrine. Rose parut se radoucir, Marie comprit qu'ils avaient trouvé un terrain d'entente et une victime. Avec les années, elle se trouvait capable d'analyser les comportements et les pratiques de son entourage, et dans le cas présent c'était une image fort noire des rapports humains que lui donnaient Firmin et Rose.

— Que voulez-vous Rose, je ne suis pas responsable des bontés de Monsieur Pierre...

Il s'arrêta un instant, Marie avait l'habitude de ce silence par lequel Firmin marquait sa supériorité de rang, il laissait sonner « Monsieur Pierre » aux oreilles de Rose qui devait, quant à elle, dire Monsieur le Baron, comme les autres domestiques.

— Mais je conçois votre embarras, ma bonne Rose, devant ce que je vois. Faites-nous donc chauffer un petit café, ça embaumait toutes mes pièces quand vous l'avez grillé ce matin. On va le prendre à l'office, pour discuter tranquilles, et trouver une solution à nos malheurs...

Rose ronchonna un instant, que ce n'était guère le moment, qu'elle allait tomber folle avant jeudi de tous ses tracas, mais qu'enfin il avait raison, un café lui remettrait le cœur en place, avec deux ou trois macarons qui avaient pris un coup de feu et ne pouvaient se présenter en salle à manger.

Ils quittèrent la cuisine en parlant à voix basse, et Firmin prit soin de fermer la porte de l'office. Marie se trouva d'un seul coup soulagée et poussa un soupir de contentement. Alexandrine ne changea nullement d'attitude ni d'expression : voûtée, accablée, elle continuait à couper ses oignons en tâchant d'y faire plus petit, avec maladresse, Marie était dans l'obligation de le reconnaître. Elle essayait de renifler ses larmes, elle était l'image du malheur et semblait si vieille, en cet instant ! « Elle a six ans de plus que moi, tout juste, elle touchera ses vingt-trois en septembre... »

— Ne t'occupe pas de leur mauvaiseté, Alexandrine...

Marie parlait à voix basse tout en continuant à couper les carottes, elle avait remarqué le regard de Rose et tenait pour certain que la cuisinière avait jaugé le tas, avant de quitter la pièce, et saurait faire de même à son retour. « Le chat parti les souris dansent » était son dicton favori. Elle assurait aussi que ce n'était pas aux vieux singes qu'on apprenait à faire la grimace, formule qui paraissait à Marie tout à fait adaptée au physique de la vieille femme. Alexandrine s'arrêta de hacher les oignons.

— Tu es gentille, Marie, mais des moments je n'en peux plus, je vois trop de misère...

— Continue ton ouvrage, voyons ! Autrement tu t'en vas entendre le vieux singe et le chat parti ! Tiens, regarde comme il faut s'y prendre : ton oignon dans ce sens, quatre coups de couteau mais gare les doigts, tu le détrevires, hop, quatre autres coups, et les petits bouts viennent tout seuls...

Elle poussa vers Alexandrine les deux oignons qu'elle avait coupés tout en parlant, se remit aux carottes « en julienne » — au château on donnait des noms ronflants aux choses les plus simples !

— Merci, moi je n'ai pas la main déliée pour toutes ces cuisines de complication. Comme ça, c'est mieux tu trouves ?

Marie eut le cœur serré par l'expression d'angoisse de la jeune femme, avec toujours ce mélange d'agacement et de pitié qu'elle ressentait vis-à-vis d'elle.

— Oui c'est bien, cache les autres dans le dessous. Pourquoi tu restes ici à travailler, qu'on te traite si mal ? C'est la bonté du baron, comme il dit Firmin ?

Alexandrine secoua la tête.

— Oh ! Monsieur le Baron, il ne m'a seulement jamais causé, sauf juste après... juste après le malheur, pour me gager. Non pour sûr, de lui je n'ai pas à m'en plaindre, de la baronne non plus, des fois elle dit à Rose de me donner des restes... Rose, elle me les jette presque à la figure, enfin quand même elle obéit. Ça tombe bien qu'ils n'aiment pas le gras, dans le personnel, nous ça nous fait davantage profit, même le petit il aime ça, le gras de bœuf, il en est gourmand à se rendre malade, des fois... Je dispute la grande, quand ça arrive, parce qu'enfin, je lui dis, tu lui passes tous ses caprices...

Alexandrine semblait se remettre un peu, à parler de ses enfants. Ce qui n'était pour Marie qu'une calamité supplémentaire dans la vie de la jeune femme paraissait tout au contraire la consoler. Elle tenta de la maintenir dans ces dispositions.

— Ils ont quel âge, tes drôles, tu me l'as dit déjà je crois, j'ai oublié.

— Aurélie a ses six ans du mois dernier, et Charles attrapera son année à fin mars. J'ai de la chance que mon premier ait été une fille, vois-tu que ce soit le contraire ? Elle me le garde bien, et puis le soir je retrouve la place balayée. Je ne veux pas qu'elle prépare la soupe, j'ai peur qu'elle s'ébouillante, elle fait trop déjà pour son âge. Elle me dit que si, elle est capable. Je l'ai laissée faire, un soir, pour me rendre compte. Eh bien je te jure qu'elle est avisée, juste un peu d'eau froide au fond du pot, elle l'a posé sur le trois-pieds, et ensuite à la coussotte elle l'a empli, mis le chou, les raves, et tu sais ce qu'elle m'a dit ? « Les patates, ce sera après, papa il gueulait fort quand elles s'écrabouillaient. » Mon pauvre homme !

Alexandrine s'était remise à pleurer, et Marie se trouvait cette fois dans l'impossibilité de lui apporter la moindre consolation. Son mari était mort au mois d'août, encorné par le taureau qu'il menait pour une saillie. L'orage menaçait, la mouche était mauvaise. Il avait été tué sur le coup. Alexandrine se reprit :

— Ça n'adoucit pas mon chagrin, mais quand même... On a été bon, pour moi. Aumounier nous logeait dans une pièce de vieille maison, c'était compris dans le gage de mon pauvre Victor. Il aurait pu me mettre dehors, rien ne l'obligeait, eh bien il me la laisse sans affermer, avec un bout de pâtis derrière, juste en échange que je tire ses vaches. Et Monsieur le Baron, rien ne le forçait de me prendre en charité, avec un travail assuré toute l'année. Trente-cinq francs par mois, j'aurais tort de me plaindre, versés recta deux fois l'an ! Parce qu'autrement, en journées par-ci par-là, un coup en bugeaille, un coup en tuerie de cochon, c'était loin du compte. Ici, j'ai mon fixe, c'est pour te dire la raison que je supporte tout. Que veux-tu que ça devienne, une femme toute seule ?

Marie se sentit à nouveau monter un échauffement de colère. Le veuvage d'Alexandrine n'expliquait pas à lui seul cette attitude d'abandon et de soumission. Elle n'avait guère été heureuse en son ménage, à ce qu'on racontait. Victor Garandeau était connu comme un homme brutal et fruste, on disait la jeune Alexandrine « sujette à batteresse » dès les premiers temps de son mariage. A présent qu'il était mort — et certes d'une mort horrible — elle se lamentait sur son pauvre Victor, avec une inconséquence où Marie voyait plus de sottise que d'hypocrisie, davantage de mollasserie que de fausseté. Elle préféra rester silencieuse, dans un désordre d'irritation et d'apitoiement.

« Que veux-tu que ça devienne, une femme toute seule, et gna-gna-gna ? Ça peut couper les oignons de façon convenable, et d'une. Ces pièces qu'elle est en train de tailler ! On la croirait en recherche de se faire gauler !... Madame Céline, elle a été veuve en jeune âge, elle aussi ! C'est vrai qu'elle avait du bien, et pour sûr ça doit changer la disposition. N'empêche, la connaissant comme je la connais, si elle avait été dans la nécessité de travailler chez les autres, elle aurait fourni satisfaction. Et la vieille Alida, alors ? Avec elle, on peut justement comparer. »

Marie, depuis qu'elle la visitait chaque soir, s'était prise d'estime pour Alida Chauvin, qu'elle craignait fort lorsqu'elle la connaissait seulement à régenter le Chêne-Vert, pour les foires. Elle n'était point si vieille qu'elle y paraissait, elle avait cinquante-cinq ans. Ses cheveux blancs, sa coiffe de veuve et ses vêtements noirs lui en faisaient porter dix de plus. Marie avait connu sa fierté, son énergie, dès la première fois, lorsqu'elle avait toqué à la porte avec son pot de soupe. Blanche Lebrault l'avait d'ailleurs prévenue, elle devait s'arranger pour lui faire accepter, qu'elle se débrouille, elle avait la langue assez affutée pour y parvenir.

— C'est-y que vous m'auriez entendu crier charité ? Remporte-moi ça. Tu diras à ta patronne que je me nourris sur la fièvre, de ce temps. Et si j'avais faim, j'ai une bourgne pleine de mes noix. Avec un chanteau de pain qui me reste, ça fait profit.

Elle s'était interrompue sur une quinte de toux, et Marie avait compris la justesse des avertissements de Blanche Lebrault, l'affaire n'allait pas être aisée. Elle avait posé le pot sur la pierre du foyer, comme pour se débarrasser d'un fardeau encombrant.

— Ouille, mais c'est que ça brûle !

Alida restait silencieuse, droite dans son fauteuil, devant les trois tisons entrecroisés dans la cheminée. La terre battue de la maison était balayée, les rideaux du lit fermés. Le pot de soupe semblait la seule source de chaleur dans cette pièce humide et froide. Marie fut prête d'abandonner, de repartir avec sa marmite, elle se sentait en faute sous le regard de la vieille femme. Elle s'était forcée pour insister :

— Vous savez, la patronne, elle est en souci de...

— Tire-toi ici la petite chaise, on te croirait un chemineau qui demande son pain. Je n'en veux pas, de ta soupe, mais tu me fais politesse de venir, assieds-toi donc.

Marie avait cru deviner l'ombre d'une faiblesse : en prétexte de bonnes manières, Alida Chauvin lui montrait qu'elle était, dans sa solitude, heureuse au moins de la visite qu'on lui faisait. Il fallait avancer avec prudence, prendre le ton coutumier d'une conversation banale, en venir par détours à faire accepter la potée, sans qu'elle paraisse une aumône.

— Ce temps, croyez-vous ! On n'en connaît plus d'autre manière.

— Ne m'en parle pas, le vent tire toujours de Niort, d'après la girouette.

— Oui, et le Pont-Saunier est tout démanché.

— Ce sera pareil qu'en 30, crois-en ce que je te dis. Trois mois, ça avait duré. Tout en perdition.

Marie commençait à épuiser les considérations d'usage sur le temps.

— Ce soir, c'est encore plus pire, et d'un froid, ce qui tombe ! Pour le coup, je vais vous rentrer un peu de bois et vous tirer une goulée d'eau. Le patron, il me savonnerait les oreilles de ne pas le faire, vous le connaissez.

Alida avait secoué la tête, sans que Marie puisse déterminer de certitude si le hochement signifiait qu'elle connaissait Lebrault, ou qu'elle acceptait l'offre. Elle ne lui avait pas laissé le temps de préciser davantage et attrapé le seau — presque vide — sur la pierre d'évier. Lorsqu'elle était revenue, avec l'eau ras du bord et la brassée de bois, elle s'était empressée de parler la première.

— Votre bûcher est bien abrité, ça va éprendre vite, et...

— C'est ça, une goulée d'eau et un petit de bois ? Enfin, tu es bonne fille, je reconnais que ça me rend service, grand merci.

— De rien, pensez-donc !

Pour ce qui était de la soupe, la situation n'avançait guère, et Marie se voyait la rapporter au Chêne-Vert en avouant son incompétence pour cette mission difficile. Il n'était pas dans son caractère de si vite se reconnaître vaincue.

— Votre garçon, vous avez de bonnes nouvelles ?

Le fils Chauvin avait fait la guerre en Algérie, et Marie savait qu'il y était demeuré, depuis quinze ans : on avait donné des terres aux soldats qui acceptaient de rester dans ce pays lointain, qu'on prétendait pays de sauvages lorsqu'il était évoqué dans les conversations. Il n'était guère que Nicolas Lebrault pour assurer qu'il n'en était rien, ils avaient là-bas des mœurs et des croyances différentes, respectables d'après lui tout autant que d'autres, à quoi Blanche rétorquait que pour les femmes, quand même... Il en tombait d'accord, mais ajoutait avec malice que sur ce point il fallait plutôt les plaindre que les blâmer, une seule femme c'était déjà suffisant pour faire souci !

— Des bonnes nouvelles, oui, justement hier. Oh, il n'a pas le temps d'écrire long et souvent, sept cents boisselées tu imagines ! Pour le moment, ça ne rapporte guère, pour beaucoup d'ouvrage, mais il a bon espoir sur la vigne, et les pommes d'orange. Dans cinq ans, le Bon Dieu me garde jusque-là ! il reviendra peut-être, pour m'apporter la connaissance de ma bru et de mes petits-enfants, deux gars et une fille. Mais il faut gros de sous, l'an dernier déjà il pensait venir, ils ont eu les sauterelles...

Marie ignorait quelle relation pouvait exister entre ces bestioles vertes et le voyage manqué, elle se garda de questionner, elle sentait qu'elle avait trouvé une brèche dans l'enfermement de la vieille femme.

— Madame Blanche, elle dit toujours : mon Dieu cette chance qu'elle a, Alida — faites excuse Madame Chauvin, je cause comme la patronne — cette chance qu'elle a, Alida, d'avoir un garçon si bien placé, on peut dire qu'elle l'a fort élevé dans la réussite, celui-là !

— Oui je sais, Blanche Lebrault, elle se trouve à plaindre, d'être restée sans mettre au monde, pauvre femme ! Heureusement sa sœur...

— Ça n'est pas pareil, quand même. Et ça ne suffit pas à lui lever les soucis qu'elle a de ce moment, pour la foire de fin de mois. Et qu'est-ce que je vais faire sans Alida si elle n'est pas remise sur pied, j'entends ça du matin au soir ! Oui pour sûr elle est à plaindre, et elle comptait surtout que vous repreniez force, avec son bouillon bien garni en viande. Enfin pas vrai, je vais lui annoncer ça comme je pourrai, la pauvre, mais je ne lui dirai pas que votre garçon a écrit, ni que...

— Mets-moi donc une bûche dans mon feu. Pas si grosse, voyons, celle-là fera la journée de demain. Je vais te dire, ma petite : je garde la soupe, approche-la des braises, et merci pour le dérangement. Seulement, ça ne sera pas la peine de revenir si Blanche Lebrault ne passe pas où je veux. Tu viens tous les soirs pour l'eau, le bois, la soupe, d'accord, mais tout ça sera mon gage pour la prochaine foire. A prendre ou à laisser. Elle sait que ça sera pas besoin de discuter.

Marie était repartie sur cette demi-victoire, dont Blanche Lebrault l'avait cependant félicitée.

— Eh bien ma petite, je n'en attendais pas tant, tu t'es joliment débrouillée, je prévoyais qu'elle te gar roche la soupe au travers de sa place ! Son gage pour le 24 février, entendu. Ça lui fera au moins à manger trois fois le jour, du temps qu'on aura besoin d'elle. Depuis que son homme est mort, elle a trimé, tu peux pas imaginer, et toujours en semblant faire marcher tout le monde, même la patronne, tu as pu te rendre compte ! Ensuite son gars qui la laisse. Mais la fierté la tient redressée, elle crèverait plutôt que demander de l'aide. Que lui as-tu raconté, pour qu'elle consente cet arrangement ?

— Je lui ai... Je lui ai causé de... Un peu de menterie, quand même !

— Je me doute, toi la goule te va pas à mérienne ! Cette Marie, damer le pion à la Chauvine ! Et quoi donc, allez dis-moi, tu seras pas disputée, au contraire.

Marie n'était point trop rassurée quand même, elle avait baissé la tête.

— Je lui ai prétendu que vous trouviez... enfin, que vous assuriez qu'elle avait de la chance... pour son garçon, j'ai dit. Faites excuse.

Blanche Lebrault, contre toute attente, ne s'était pas récriée. Elle était restée un moment silencieuse avant de répondre.

— Tu n'as pas fait une trop grosse menterie. Viens que je te bise, tu as de la tête et du sentiment. C'est quelqu'un, Alida Chauvin !

D'avoir évoqué cette femme emplie de force d'âme et de susceptibilité, qui tenait tête avec courage aux traverses de la vie, Marie se sentit moins coupable de s'agacer à l'inertie d'Alexandrine. Si elle s'était trouvée plus souvent avec elle, peut-être aurait-elle pu la soutenir d'exemple, la remonter en vivacité, à tout le moins lui montrer comment se tirer au mieux de l'ouvrage qu'on lui commandait, et l'épargner ainsi des vexations qui l'enfonçaient chaque fois un peu plus dans le découragement. Mais son travail au château était trop épisodique pour qu'elle puisse entrevoir d'amener un jour Alexandrine à l'énergie, sinon à la combativité. La jeune femme, Marie en avait la quasi-certitude, courberait toujours l'échine, en remerciant sur le gras de bœuf qui donnait les coliques à son petit dernier, en se lamentant sur trop de misère et de malchance, avec le regret de l'heureux temps où son « pauvre homme » la rouait de coups sous prétexte des patates trop cuites !

Marie avait fini depuis un moment. Elle ramassa les épluchures dans un panier — les oiseaux de la volière en étaient friands, Emile assurait qu'ils entretenaient ainsi la vivacité de leurs couleurs. Un regard au fourneau lui indiqua qu'il était temps de le garnir en petit bois, il fallait un bon feu pour faire suer les légumes de la julienne, elle avait observé comment Rose procédait. Elle en profita pour tirer à l'écart la marmite de consommé, qui devait tout juste frémir pour ne pas se troubler. Alexandrine avait terminé, elle aussi, et demeurait inerte devant son tas d'oignons massacrés, autant de pluches par terre et sur son devantier que sur la table... Marie s'apprêtait à l'avertir de se mouver un peu, de faire place nette, de bouchonner devant elle, au moins ! Il était trop tard, Rose et Firmin s'en revenaient, la mine déridée, ils semblaient être pour une fois tombés d'accord autour de leur café et de leurs macarons — nullement brûlés, d'après ce que Marie en avait vu.

— Ma bonne Rose, il est heureux que vous en ayez convenu : voyez-moi ce gâchis, et dites-moi si je n'ai pas toutes les raisons de l'écarter des pièces de réception. La seule fois où je l'ai mise à frotter le carreau du vestibule, elle m'a salopé aux cristaux de soude tout le bas de la commode Louis XV, la marqueterie a décollé, Monsieur Pierre a su m'en faire remarque.

— J'en tombe d'accord ! Et puisque vous m'assurez de me renvoyer Marie Therville dans trois petites heures, ça ira. Moi je vais tâcher de m'arranger avec cette souillon. Pour une fois, Marie, j'admets que tu aies garni le fourneau sans mon ordre, ça va m'avancer, heureusement pour toi tu as eu l'idée de tirer le consommé...

— Du train qu'elle va, ma bonne Rose, je tiens pari qu'un jour elle sera capable de vous remplacer. Viens petite, puisqu'il faut nous presser. Prends ton chaudron, ta brosse et tes sinces, j'apporte les cristaux de soude.

Rose s'était renfrognée à la réflexion de Firmin, et Marie fut assurée que l'entente et la paix allaient être de courte durée, entre celui que Madeleine appelait « l'emmanché », et le dragon qui régnait aux fourneaux !

Le vestibule était d'imposantes dimensions, un billard en occupait le centre, tout comme au château du Theuil. Ce n'était pas d'ailleurs la seule ressemblance entre les deux maisons, le personnel y portait aussi les mêmes noms. Marie en avait fait la remarque à Rose, un jour que la cuisinière semblait dans une heureuse disposition d'humeurs.

— On voit bien que tu ne connais guère au monde, ma petite. C'est pareil dans toutes les bonnes maisons. Rose, la cuisinière. Le cocher, c'est Emile. Pour le valet de chambre on dit Firmin, et la femme de chambre : Marie. Moi, de mon petit nom, depuis le temps je l'ai presque oublié, je m'appelle Blanche, comme ta patronne.

— Alors pourquoi on vous a changé de couleur ? Blanche, ça sonne aussi bien que Rose, à mon avis.

— Il t'en reste à apprendre, à ce que je vois ! De cette façon, les maîtres n'ont pas à s'emmêler dans les noms, quand ils changent de personnel, c'est pratique. Mon mari, c'était Amédée, dans notre jeune temps, il y a bel âge que même moi je lui dis Emile !

— Et Firmin, c'était quoi, avant Firmin ?

— Tu commences à me tanner, c'est Firmin, point final, et pour toi s'il te plaît, Monsieur Firmin. Et Madame Rose, n'oublie pas non plus.

« Monsieur Firmin » posa le pochon de cristaux auprès du chaudron d'eau chaude.

— Pas d'éclaboussures sur les meubles, hein ? Les cristaux, ça attaque. Je te recommande particulièrement ma commode en bois de rose, juste réparée à cause de cette idiote, Monsieur Pierre est trop bon, à la fin ! La charité chrétienne il dit ! Ça a des limites quand même, ensuite c'est moi qui ai le souci, je t'en collerai de la charité chrétienne pour cette feignasse ! Et ma console dorée aussi, pas la moindre goutte, compris ? Enfin toi, tu es plutôt délurée, tu ne t'en tires pas mal. Et aussi, tu es piquante à regarder, parole d'homme, je te trouve mignonne dans cette position, hé hé !

Marie avait commencé à passer le carreau à la brosse, à quatre pattes sous le billard, trop lourd pour être déplacé. Le ton l'alerta, tout autant que les paroles. Si elle ne connaissait pas le monde, comme Rose le lui assurait, d'expérience elle connaissait la vie, et les hommes — certains hommes du moins, elle se gardait de généraliser. Elle se releva tranquillement, fit tomber de haut la brosse dans le chaudron de lessif.

— Excusez, Monsieur Firmin, j'espère que votre culotte est moins fragile aux cristaux de soude que votre commode et votre console à dorures. Si ça n'était pas le cas, j'expliquerai moi-même à Mademoiselle Marie, elle s'occupe de vos affaires je crois, j'irai lui dire que je vous l'ai gâtée, par la surprise que vous m'avez faite à me trouver si mignonne... Surtout quand je frotte le carreau par terre.

— Non, ça n'est rien, je vais passer à l'eau tout de suite. J'ai dit ça en plaisanterie, que vas-tu penser là ?

— Je l'ai compris de même, pour sûr ! Pensez-vous, quand on va se marier avec une aussi belle personne que Mademoiselle Marie ! Et j'ai vu dire aussi, vous savez comme on cause à Sainte-Néomaye, que Madame la Baronne faisait une jolie dot à sa femme de chambre. Alors imaginez, ça m'a saisie, que vous me trouviez plaisante à regarder... A grappe-chat sous le billard, en plus !

Firmin avait tout juste l'air de se poser la question : est-ce que c'est du lard ou du cochon, expression qui faisait beaucoup rire Marie dans la bouche du Grand Mousin. La jeune fille arrêta le ton de persiflage, consciente qu'il fallait une fois pour toutes remettre en place les ardeurs de Firmin, appuyer la malice et la comédie d'arguments plus consistants.

— Entre quatre-z-yeux, n'y revenez plus, que ce soit en gestes ou réflexions. J'aurai vite fait de m'en retourner au Chêne-Vert, où on peut sincer tranquille, mais soyez assuré que je ne viderai pas la place avant d'avoir dit pourquoi. Pour cette fois ça passe, tout juste, parce que j'estime Mademoiselle Marie. A votre avis, je continue mon ouvrage ou je m'en vais faire mes au revoir et merci ?

— Mais quelle idée voyons, je te répète c'était juste un badinage ! Puisque ça te rebiffe tant, je m'en garderai à l'avenir. Quitter le château ! Quand tu donnes toute satisfaction ! Allez, continue, je vais faire les appliques du grand salon. Quand tu en auras terminé — rince trois fois n'oublie pas — tu retourneras à la cuisine.

Firmin traversa le vestibule, sembla se raviser et revint vers Marie. Il avait l'air piteux, soudain.

— Je te demande, en service : pas un mot à Rose, n'est-ce pas ? Ça n'était pas bien méchant, quand même ?

Marie fut désarmée de courroux face à cette mine penaude, elle était certaine que l'avertissement avait porté et se mit à rire.

— Eh non, je ne dirai rien.

Elle fronça les sourcils, prit l'œil sévère et ajouta :

— Pour ce coup, je ne dirai rien. Mais au deuxième...

Firmin poussa un soupir de soulagement.

— Ça n'arrivera pas, je te jure. Tu es une bonne fille, Marie, et tu n'as pas froid aux yeux, ça je peux te le dire ?

Marie se remit au travail en pensant que ma foi, il avait presque fini par lui paraître sympathique, tant l'alarme se lisait sur son visage. En vérité, il ne l'avait point si fort outragée en lui faisant ce compliment un peu leste, mais c'était la suite qu'elle craignait, elle avait voulu couper court sans attendre des câlineries plus précises. Elle gardait en souvenir un jeune commis, sur le Champ de Foire, dont elle avait un temps écouté avec agrément les louanges : d'aussi beaux yeux il n'avait jamais vus, et cette tournure de corsage, et cette finesse de taille qui faisait justement ressortir ce... Il avait malheureusement joint le geste à la parole. « La main aux fesses, il n'y a pas d'autres mots. Je me demande s'il est remis de l'avire-mouches que je lui ai envoyé, celui-là ! Moi, c'est des manières que je ne peux endurer. Tout le monde riait, sauf lui bien entendu. Madame Céline, elle a voulu me soulager de colère en m'assurant que ça ne tirait pas à conséquence, les garçons étaient portés à jeter la main, et je n'avais pas fini à distribuer les calottes, si je partais dans cette disposition de sauvagerie ! »

Marie, naturellement, n'avait pas reçu la leçon sans répliquer.

— Eh bien moi ça ne me convient pas. Tant qu'on m'abordera de même, je répondrai par une politesse pareille. Sur la figure et plus vivement. Non mais ? Est-ce que moi je m'en vais leur tâter le bas d'échine, même que je les trouve jolis garçons, des fois ?

— Allez, tu changeras un jour d'idée, Mademoiselle la sainte Néomaye ! Montre-moi tes pieds ? Non, pas encore, Dieu merci !

— Mes pieds ? Que dites-vous, je n'y comprends plus rien, à vos histoires, et pourquoi vous m'appelez par ce nom de pays, tout d'un coup ?

— Allez, ne torse pas le bec, je vais te dire. Dans le temps, il paraîtrait que...

Et Céline lui avait raconté, en riant beaucoup, l'histoire de la jeune fille qui avait donné son nom au village. Le seul de toute la France à s'appeler ainsi, avait-elle précisé d'abord.

— Imagine-toi. Elle était bergère. Comme toi dans ton petit âge justement. Et belle, à ce qui se paraît, à tournebouler tous les hommes à son approche. Juste en semblance de toi, par le fait ! Alors, un jour que le seigneur de l'endroit allait l'attraper et la...

Céline s'était arrêtée, consciente sans doute d'évoquer pour Marie un souvenir précis. Elle avait continué, sur un ton de gaieté un peu forcée.

— Tu vas voir, c'est là que c'est drôle ! Elle s'est mise

à faire sa prière : Mon Dieu, Mon Dieu, qu'elle disait, sauvez-moi de ce malheur ! Sainte-Vierge, à mon secours !

Marie s'était obligée au sourire, à vrai dire ce récit ne lui paraissait pas donner matière à s'esclaffer, mais elle tentait de montrer à Céline — et s'en persuader elle-même par la même occasion — que son attitude présente vis-à-vis des garçons ne provenait nullement d'une ressouvenance, d'un arrière-goût d'horreur. Elle avait pris un ton de badinerie :

— Prier le Bon Dieu, dans ces cas-là, ça n'est peut-être pas autant profitable qu'un bon coup de sabot ! C'est par cette raison que vous regardez mes pieds ?

Céline avait paru soulagée.

— Cette Marie, quelle bonne pièce ! Juste de ton avis, ma petite, mais attends le reste. Tu sais ce qu'il est advenu ? Eh bien il lui a poussé une patte d'oie, et pour le coup, le seigneur ne l'a plus tant trouvée de son goût, ça lui avait coupé l'envie d'aller au champ les bergères ! Une patte d'oie ! Crois-tu pas qu'on nous en fait avaler, des fariboles ?

Marie n'avait pas relevé les « fariboles ». Céline, elle le savait, n'était venue à la religion catholique que pour les besoins de son premier mariage. Elle n'était pas trop portée sur la croyance, elle n'allait à la messe que par goût de toilette, prétendant qu'on n'avait point tant occasion de se mettre sur son trente-et-un !

— C'était comme un miracle, quoi ? Nous en Gâtine on avait saint Martin, encore plus fort : il avait coupé une patte à son cheval pour le ferrer aisément, et une fois fait, hop, la patte s'est remise en place !

— Que ça soit d'une oie ou d'un cheval, moi je prétends... Bah, chacun ses idées, pas vrai. Le Grand Mousin, enfin mon homme, il est comme toi, il gobe tout quand c'est parole de curé. Pour le cheval, quand même, m'est avis qu'il serait en hésitation, vu son métier !

Tout en rinçant le carrelage du vestibule, Marie, quoiqu'elle se gardât de mettre en doute la réalité de la patte d'oie miraculeuse, se persuadait que le Bon Dieu, probablement, n'était plus dans les mêmes dispositions qu'à l'ancien temps, qu'il valait mieux ne point trop lui demander d'intervenir en ces occasions, et qu'elle avait eu fort raison en se chargeant elle-même de remettre en place Firmin, sans attendre le secours du ciel !

Elle jeta un regard autour d'elle pour juger de son travail. Elle aimait l'ouvrage bien faite, prenait plaisir à en apprécier le résultat. Les rosaces noires et blanches du carrelage avaient perdu leur grisaille ; la commode non plus que la console n'avaient reçu la moindre goutte d'eau de soude. A coup sûr, cela pouvait y faire ravage, Marie en jugeait à la brûlure de ses mains. La peau y était devenue toute fine et ridée, comme il arrive au très grand âge. Elle avait des mains de vieille, soudain. Heureusement, Madeleine lui avait donné un pot de pommade verte pour adoucir, en grognant sur « ces saloperies de nouveautés qu'ils te font tripoter, au château, pour leurs nettoyages, et qui te sabent la peau sans donner mieux d'effet que la cendre, d'hasard ».

L'horloge du vestibule marquait quatre heures et demie, elle avait terminé plus vite que prévu et revint à la cuisine, où Rose se trouvait seule. Elle garnissait de biscuits des moules aux formes biscornues : des côtes, des festons, des fleurs en avaient rendu l'astiquage difficile à Marie, le matin même.

— Eh bien, ma petite, je n'ai rien à te donner d'ouvrage. Je dois monter mes bavaroises avant ce soir, pour qu'elles se prennent au frais d'ici jeudi, c'est trop délicat pour que je te confie. L'idiote, j'en suis débarrassée : la nounou est venue la quérir pour démerder les drapeaux de Monsieur Charles. En revanche, demain, viens donc dès six heures, ce sera la plumasserie, tu te chargeras des poulardes et des faisans. Si je lui laisse, à l'autre, elle arrache autant de peau que de plumes, et après comment veux-tu que je mette mes truffes ? Elle fera les poulets, pour les suprêmes, vu que pour ça il faut lever la peau. Pour le moment, les mains dans le caca, c'est juste ce qui convient à cette incapable ! Seulement voilà, Monsieur Charles, il ne chiera jamais assez pour l'occuper à journée entière ! Allez, au revoir, petite, tu rallongeras la journée de demain, en compensation : six heures, n'oublie pas.

Marie prit sa cape, bien chaude et sèche — Emile l'avait pendue près du fourneau — et refréna l'envie de rire qui la prenait, comme chaque fois où l'on disait devant elle « Monsieur Charles », en parlant d'un poupon de six mois.

— Bonsoir, Madame Rose, je serai à l'heure, n'ayez crainte.

— J'y compte ! Veux-tu un petit bout de biscuit, tiens, trempé dans la crème...

— Non pas, grand merci, je n'ai pas faim. Allez, à demain.

En vérité, c'était l'évocation des drapeaux de « Monsieur Charles » qui enlevait à Marie toute envie de goûter à ces biscuits mous, et à leur crème d'une couleur brunâtre. Elle avait sur ce point le cœur délicat.

Lorsqu'elle sortit du château, il lui sembla que la pluie tombait plus fort encore que le matin, ce n'était pas pour demain qu'arriverait l'embellie ! Il faisait presque nuit, déjà, la Grand-Rue était déserte. Par ce temps, il fallait se trouver dans l'obligation, pour sortir... Elle entendit des pas derrière elle, en arrivant au Champ de Foire. Une femme arrivait, sans cape, sans manteau, elle courait sous la pluie, échevelée, et Marie crut s'entendre appeler, avec des gémissements et des sanglots. Elle s'arrêta et pensa d'abord : qu'est-ce que c'est cette folle, je ne l'ai jamais vue...

Elle ne reconnut Céline qu'au dernier moment, la reçut dans ses bras. Elle ne saisissait pas ce qu'elle disait en mots hachés de désespoir : Marie, Marie, prison, mourir... Céline s'arrêta net de pleurer, son visage était de pierre, et bien plus encore que les larmes, donnait idée d'une impensable douleur.

— Landry est en prison. Favriou est venu me le dire.

Elle s'assit sur le perron des drapiers, et Marie eut la seule réaction de la couvrir de sa cape, trop interdite pour prononcer un mot. Céline continuait à parler, les yeux fixes.

— En prison, parce qu'il a chanté...

Il vint à Marie l'envie de discuter, d'assurer que ce n'était pas possible, que Céline n'avait pas compris. Elle en fut empêchée par le regard de la jeune femme : le Grand Mousin était vraiment derrière des barreaux.

— Venez...

Elle entraîna Céline vers le Chêne-Vert. Elle était dans un total bouleversement d'émotion et de chagrin. Il lui revenait en mémoire ce jour d'été, où le Grand Mousin en ribote avait chanté Mardi-Gras sur la tombe de Guérineau, au château du Theuil. Céline s'était remise à pleurer, des gémissements à fendre le cœur. Marie ne se trouvait que la force de prier : « Mon Dieu, n'importe quoi qu'il ait chanté, le Grand Mousin, vous savez qu'il est bon chrétien et homme de droiture. Pour cet enfant qui va venir au monde, innocent de tout, mon Dieu, je vous supplie qu'on ne puisse jamais lui faire injure de son père, comme moi j'ai enduré tant de coups et reproches, par le seul fait d'avoir pour grand-père ce Jean Therville, que je n'ai jamais connu. »

Madame de Saint-Apremont

— Ami Thomas, ce sont les remparts de Josselin que nous apercevons là-bas. Nous n'avons plus mine de fuyards mais d'honnêtes cavaliers, nous pourrons y passer la nuit en quelque auberge. Ne te sens-tu pas une faim aux entrailles ? Une sècheresse de gosier ? L'envie de te détendre la carcasse dans la plume ? Et une ardeur dans le membre, qu'une jolie fille te saura plus agréablement calmer que la veuve Poignet ?

— Je suis à peine apaisé dans la crainte d'être poursuivi, rattrapé et cravaté de chanvre, et n'ai guère eu le souci de chatteries, je te l'avoue, depuis qu'est commencée notre carapate ! En vérité, je pense qu'un bon lit me fera aussi bien l'affaire si je n'y ai pas de compagnie !

— En l'occurrence, je te prie de me croire, l'appétit vient en mangeant ! Fais-moi confiance une dernière fois, je te la choisirai charnue, grande et tachée de son, pour te donner souvenir et avant-goût de tes payses. J'ai eu commerce une fois, à Caudebec, avec une forte garce rousse et chaude autant que le soleil...

Thomas Martin hocha la tête, se rappelant qu'en Normandie, il en était aussi des sèches et des maigrelettes. Jean Therville semblait faire naître sous ses pas les belles créatures, les aventures inouïes, les plus folles extravagances. Le marin ne savait plus s'il était dans la hâte de quitter cet homme de démesure, ou dans la mélancolie de se séparer bientôt de cet excentrique compagnon : même s'il arrivait en âge extrême, il n'en rencontrerait nul autre de tel acabit !

Ils avaient couru des lieues et des lieues, ne s'arrêtant qu'à l'urgence de besoin naturel, ou pour boire aux ruisseaux. Quand Thomas Martin fléchissait, demandait grâce, jurait ses grands dieux qu'il allait abandonner et attendre que les argousins le viennent prendre, Jean Therville le redressait de vive force, le harcelait de bourrades assorties d'encouragements et d'injures.

— Quitte à crever d'étouffement, mieux vaut que ce soit à la course plutôt qu'à la corde ! Encore une heure, compagnon, et nous serons à l'abri de la chasse. Si tu ne te lèves pas sur l'instant, c'est de tes propres tripes que je m'en vais te pendre ! Courage, ami, nous y sommes bientôt parvenus... Bougre de femelle, vas-tu allonger le compas ? Il fallait donc que je tombe sur le giton du capitaine !... Souffle profond, mon gars, un effort encore et nous y sommes...

Ils couraient sur de larges croupes battues des vents, escaladaient à grande peine ; la fatigue quoiqu'il en prétende taraudait aussi Jean Therville. Ils se laissaient ensuite débouler sur des pentes où la végétation d'ajoncs griffait leurs membres, et remontaient encore, interminablement, s'obligeant à de longs détours lorsqu'ils apercevaient un toit, une fumée, quelque signe de vie et de présence humaines.

Jean Therville enfin s'était de lui-même arrêté, en poussant un grand cri :

— Regarde, ami, regarde ! Vois-tu cette ligne sombre, du côté de l'est ? C'est à cette forêt que je t'amène, nous y passerons la nuit sous le couvert. Et je te promets pour demain matin la fin de notre échappée : nous repartirons de ce lieu dans un tout autre équipage ! Un mien ami qui y gîte en un manoir retiré se fera honneur de nous procurer des chevaux.

— Oh ! dans l'état où je me trouve, je te suivrais aussi bien en enfer : pour peu que tu m'y promettes le repos je serais assez fou pour te croire ! Quant au mauvais pas d'où tu m'as sorti, j'ai fini par oublier que c'était toi qui m'y avais fourré, tant j'ai la tête chavirée, autant de tes discours que de l'épuisement !

— Va, je t'accorde quelque répit, je connais l'endroit où nous sommes, il ne s'y trouve âme qui vive de cinq lieues à la ronde. Il n'est que les fantômes des trépassés à hanter dit-on cette lande, les korrigans, les farfadets, et l'Ankou du char de la Mort. Ils sont moins à craindre, je t'en donne ma parole, que ne l'étaient nos poursuivants ! Vive Dieu, Montjoie Saint-Denis ! comme ont crié mes ancêtres... Nous leur avons mis dans le cul !

Et le marin vit Jean Therville, redressé de toute sa taille, faire en riant un bras d'honneur dans la direction du soleil, qui se couchait loin vers l'ouest, du côté de Brest et de sa forteresse, de ses cachots et de ses potences... Le poing fermé choqua sur le muscle du bras avec un bruit vivant de force, de jeunesse et de victoire. La trivialité de geste et de paroles s'assortissait d'un tel panache que Thomas Martin de nouveau se demanda, sans trouver réponse, à quel genre d'homme il avait pour un temps lié son destin...

Ils avaient marché vers la forêt, et non plus détalé comme des bêtes poursuivies. La lune s'était levée avant qu'ils n'atteignent la lisière. Une lumière d'un autre monde s'épandait sur la lande, et le marin s'en trouvait oppressé : c'était une nuit de bateaux-fantômes, telle qu'il en avait vécu à la vigie, quand l'ombre des noyés remonte du fond des eaux pour y attirer les vivants... Le moutonnement des collines, sous la blancheur de la lune, semblait comme une mer figée et d'autant plus maléfique. Jean Therville se taisait. Thomas Martin voulut rompre enfin ce silence, propre à faire surgir les spectres.

— Puisque nous voilà dans l'accalmie, c'est le moment de me conter d'où vient ton or, ne crois-tu pas ? Tu m'en avais promis l'histoire avant que de débarquer...

Il s'attendait au rire, à la polissonnerie d'une croustillante histoire, il se rappelait les termes : « Cette pute dont nous portons l'or, cette diablesse... » Jean Therville resta un moment silencieux, lui passa le bras aux épaules.

— Mon pauvre gars, si tu t'attends à être ragaillardi par ce récit, tu vas comprendre vite ton errement, mais tu y jugeras au moins combien sont plus à redouter les vivants que les morts. As-tu quelque jour abordé l'île d'Hispaniola ?

— J'ai tout autant que toi roulé ma bosse, Therville, et oui, maintes fois j'ai posé sac à terre dans cette belle contrée. Le Cap français est un fort joli port, et n'eut été le climat on pouvait s'y croire au pays : j'ai rencontré rue Dauphine ou rue Saint-Louis de très courtoises et accueillantes dames, mais nulle d'entre elles ne m'a bâillé d'écus. Pour t'avouer, c'est tout juste l'inverse qui m'est advenu !

Thomas Martin rit fort, il trouvait sa plaisanterie bien amenée, et Therville à nouveau commençait à lui chauffer les oreilles de ses grands airs : il s'était fait le magot d'une mère-maquerelle à Cap français, et il allait à présent en chier une montagne !

— Ecoute encore, et garde pour la fin ton envie de rire, s'il en reste. La Royale était encalminée là-bas, non par faute de brise, mais pour raison sournoise de la discorde et de la zizanie entre Messieurs les amiraux. Il ne passait point de jour sans que Grasse tonnât contre « ce branleur d'Estaing », et point d'heure sans que d'Estaing se lamentât sur « cette crapule de Grasse » !

— Oui, je connais l'histoire, et nous autres, durant le temps qu'ils se bouffaient le nez au soleil d'Hispaniola, nous claquions des dents sous la pluie et les brumes de la baie de Chesapeake !

Jean Therville haussa les épaules et montra de l'agacement.

— Le propos n'est pas là, laisse-moi en venir au terme ! J'étais de la garde d'honneur, sur le *Ville de Paris*, et toutes les fêtes du gouverneur se flattaient de notre présence. Je l'avoue, j'y ai d'abord trouvé quelque passe-temps et profit, dans l'inaction où nous étions forcés. La femme du gouverneur, Madame de Saint-Apremont, était fort chaude et belle, alors que son époux se trouvait au dernier état de décrépitude... Elle montrait pour nos rencontres autant d'astuce que d'appétit, et moi-même y ai connu des transports mémorables. Jusqu'à ce jour du bal, en l'honneur de Messieurs les officiers d'état-major. Tu n'ignores point, connaissant la contrée, la multitude d'esclaves noirs qui...

— Certes, et je me suis toujours demandé de quelle utilité leur pouvaient être ces singes à face de suie !

Jean Therville s'arrêta, et Martin s'effraya de voir, sous les rayons de lune, tant de colère et mépris dans ses yeux.

— Des hommes, tu m'entends, des créatures de Dieu, avec une âme plus claire peut-être que la tienne ! Brisons-là, si tu es en pareilles dispositions...

— Ne te fâche donc pas, je n'ai fait que reprendre ce qui se dit communément, et suis tout prêt à croire en leur humanité, puisque tu me l'assures !

Cette retraite, en vérité, était due à la frousse bien plus qu'à la persuasion : Jean Therville en cet instant paraissait assez redoutable pour que Martin admît sans discuter que les esclaves nègres fussent de même nature que lui.

— J'abrège le récit. Ce soir-là, l'esclave qui commandait aux cuisines ayant par mégarde gâché la cuisson d'un bœuf, elle le fit jeter tout vif dans le four en place de la bête ! Dussé-je vivre cent ans, j'entendrai toujours ses cris. Il faut l'éternité de souffrances pour mourir en un four, Thomas Martin, l'éternité de hurlements d'une indicible douleur... Et tous les singes à face de suie, comme tu les appelles, écoutaient en silence mourir leur frère, avec au premier rang ses enfants et sa femme. Car ces bêtes ont des sentiments, Thomas Martin, un cœur et des tripes comme toi !

Des larmes coulaient sur la face de Jean Therville à l'évocation de tant d'horreur. Le marin se jeta embrassé contre lui, en pleurant à son tour.

— Pardonne-moi, compagnon. A coup sûr ce sont des hommes. Dieu m'absolve d'en avoir douté...

Jean Therville se calma, reprit son récit à voix basse.

— Alors, quand cette abominable voix s'enflait toujours, ils se sont mis à chanter : ils demandaient au Père éternel d'accueillir Nathaniel en son paradis, ils chantaient l'atroce agonie de Nathaniel, et leur chant était une si belle musique que jamais plus il ne me sera donné d'en entendre d'aussi mélodieuse. Ils se sont tus lorsque les cris ont cessé de monter, et sont tombés à genoux. Je ne l'ai pas tuée, par la seule crainte de subir le même sort que l'esclave, et cette lâcheté me restera toujours en travers de la gorge. Le bal a continué, et d'aucuns se sont plaints que la réussite en eût été quelque peu gâchée par un aussi stupide incident *. C'est le lendemain que je suis revenu pour lui détrousser ses bijoux, les diadèmes, les colliers, les bagues, dont elle se montrait tant orgueilleuse et infatuée ! En prenant soin, pour que nul autre n'en fût soupçonné, de lui laisser un mot de ma signature qui lui clouait le bec, par les menaces précises que j'y faisais de donner des preuves concrètes à notre intimité, dans le cas où il lui prendrait idée de se plaindre. Elle était fort malade, tant de dépit que de colère, lorsqu'enfin la flotte a levé l'ancre pour Yorktown. Crains-tu toujours la rencontre d'un farfadet, Thomas Martin ? C'est alors que tu n'es jamais passé aux Mornes du Diable, dans l'île d'Hispaniola, où l'on jette les corps des esclaves suppliciés.

* Ce « stupide incident » est une réalité historique, rapportée par Claude Manceron dans *Le Vent d'Amérique* (Editions Robert Laffont).

Le jour où Marie et Louis virent passer les oies sauvages

13 mars 1853

La demie de six heures sonnait lorsque Marie entra dans la maison. Nicolas Lebrault et sa femme y étaient attablés pour leur premier repas. Blanche Lebrault se leva, elle était pâle, les traits tirés.

— Et comment ça se fait que tu sois en retard de même ? Je t'ai remis la soupe au chaud...

— Mais, Madame Blanche...

— Tu n'as guère appétit, je sais, eh bien tu fais comme nous, tu te forces. Ça n'est pas le moment d'attraper un mal de faiblesse.

— Ce n'est pas ça, aujourd'hui je...

Nicolas Lebrault fit claquer sa langue, il montrait de l'agacement.

— Enfin Blanche, depuis le temps ! Le deuxième dimanche de chaque mois, tu sais bien qu'elle reste à jeun, avant la messe, pour cause de communion.

Blanche remit le pot de soupe sur le bord du potager et haussa les épaules. L'aubergiste fronçait le sourcil lorsqu'elle se rassit à la table, elle soupira et se passa la main sur le front.

— Ma pauvre petite, je ne voulais pas te faire affront.

Elle se frappa la tête avec accablement.

— C'est tout dévirolé, là-dedans, depuis que ce

malheur est survenu ! Tout juste si je me sais dimanche, alors tu penses, le deuxième de mars... Fais excuse, ma petite, et ne te retarde pas.

— J'ai le temps encore, pour sept heures.

Lorsque Marie Therville communiait, une fois le mois, elle allait à la messe basse, et se trouvait toujours en grande hâte de revenir manger au sortir de l'église. Blanche Lebrault — à la condition que son mari ne soit pas dans les parages — l'en taquinait sans méchanceté, lui demandait si elle avait mieux dit sa prière avec le ventre à gargouiller de manque, et il arrivait à Marie de répondre sur le même ton que oui bien, il suffisait de tousser au bon moment... Blanche lui approchait alors le fromage, le pain, la galette à la poêle.

— Et quelle différence ça fait, veux-tu me dire, que tout ce bon manger soit par-dessus l'hostie, et non par en dessous ?

— Moi je n'en sais rien, c'est comme ça. Portez pas peine, je me rattrape ensuite !

— Pour ça, je m'en aperçois ! Enfin, pas vrai, on s'est assez étripaillé dans le temps sur la croyance, chacun ses idées comme il dit Lebrault. A-t-il fait communion, le beau-frère ?

— Oui, et tel que vous le connaissez, il s'est pas attardé après que le curé ait marmusé « itémissaeste » ! Lui, il devrait communier à la grand-messe, les cantiques couvriraient ses jargotis de panse ! Ça venait jusqu'au côté des femmes, un moment Lucie Fournier m'a poussé le coude, tant ça portait fort !

Il semblait à Marie qu'une éternité avait coulé, depuis ces collations de retour de messe, que jamais plus Blanche ne s'assiérait auprès d'elle en prétendant que ma foi ça lui redonnait comme un rebec d'appétit, rien qu'à l'idée des boyaux du beau-frère criant famine de soupe, en attente du Bon Dieu !

Lorsqu'elle était rentrée au Chêne-Vert avec Céline, ce terrible lundi de février, elle s'attendait aux hurlements de Blanche, à l'attaque de nerfs, elle connaissait l'affection que se portaient les deux sœurs, et les soins excessifs dont l'aînée entourait l'état de « sa petite ». Blanche Lebrault s'était levée du coin de feu, avait dit presque à voix basse :

— Laissez-nous, les hommes.

Joseph était sorti en trébuchant tant il y mettait d'empressement, Nicolas Lebrault avait paru hésiter un instant.

— Va-t'en, Lebrault...

Il avait obéi à l'intonation tout autant qu'au regard, sans demander la moindre explication, à l'encontre de toute habitude. Blanche avait ramassé la nappe qu'elle brodait depuis trois ans, avec tant de plaisir et de minutie, coupé le fil d'un coup de dent et jeté l'aiguille. Céline tremblait, claquait des mâchoires, sa sœur avait tenté sans y parvenir de l'asseoir devant la cheminée, et s'était mise à la bouchonner avec la nappe. Marie avait voulu parler.

— C'est que...

Blanche Lebrault avait levé la voix à ce moment.

— Taise ta goule ! On en causera après. Là, là, ma petite, doucement ma Céline... Toi, Marie, tu vas dans ma chambre, dans la garde-robe tu prends de mes affaires, n'importe ce qui te tombe sous la main, fais vite. Les chemises, dans le petit cabinet. Surtout grouille, elle est enfondue jusqu'aux os ! Ma mignonne, ma Linette...

Marie avait traversé le corridor, Joseph et le patron assis sur la première marche d'escalier s'étaient écartés pour lui laisser le passage. Lebrault avait eu un mouvement de menton, comme on fait pour demander en silence : et alors, qu'est-ce qui se passe ? Marie était encore sous l'emprise et l'ascendant du « taise ta goule » jeté par Blanche Lebrault, si peu encline aux comportements d'autorité.

— Je vais prendre des affaires sèches, ça presse.

Elle avait farfouillé dans la garde-robe de la patronne. Tout y était d'un ordre irréprochable, une odeur mêlée de racine d'iris et de menthe montait des effets que Marie brassait, décrochait, rejetait : elle était dans un tel bouleversement qu'elle ne savait discerner au coup d'œil les vêtements propres à ranimer la chaleur en Céline, et la préserver, s'il en était encore temps, du danger encouru par le fait du refroidissement, ajouté à un tel choc d'émotion. Elle s'enrageait de son incapacité, se traitait de gourde et de malavisée, tirait une jupe de faille noire et la laissait tomber sur le plancher. « N'importe quoi, qu'elle m'a dit ! C'est du chaud, quand même, qui fait besoin ! Je mets tout en décadence, là-dedans... Non, pas ça non plus, c'est une méchante étoffe de soie ! Des chausses en laine, aussi, qu'il lui faut. Mon Dieu, ce tas d'affaires à la valdrague ! » Elle se força au calme, à la réflexion, en voyant les vêtements épars sur le plancher. « Bon, voilà un jupon de droguet et le bianchet pareil, ça ira, Madame Céline pour sûr ne fera pas de cas à la couleur. » Dans le petit cabinet, elle prit sans hésiter, en plus d'une chemise, les bas de laine, le jupon de dessous en pilou, rajouta de sa propre initiative une camisole en flanelle, et une palatine noire en tricot dont Céline se récriait toujours lorsqu'elle la voyait sur sa sœur, en prétendant qu'elle lui rajoutait vingt ans d'âge ! A quoi Blanche répondait « que la beauté ne se mangeait pas en salade, quand le temps virait à la mouillasserie, elle ne pouvait s'aider de son bras droit si elle ne s'échauffait pas l'os d'épaule avec cette bonne palatine qui venait de leur mère »... Céline alors riait, assurait à Blanche qu'elle allait devenir, à s'encatiner de la sorte, « comme la mémé Thibaudeau, te rappelles-tu, qui attrapait l'enrhumure rien qu'au vent d'un trou de serrure » ! En prenant cette palatine, objet de tant de moqueries et de malices, Marie se demandait comment pouvait se briser si vite la joie d'exister, de s'aimer, de se réjouir en plaisanteries...

Lorsqu'elle avait descendu l'escalier en précipitation, consciente d'avoir tardé fort, elle avait trouvé Nicolas Lebrault tout seul, arpentant le corridor. Il l'avait regardée sans poser la moindre question. Elle l'avait ressenti dans une telle attente qu'elle avait jeté à voix basse, en passant devant lui :

— C'est Mousin. Il est en prison.

Il avait répondu sur le même ton :

— Merci, Marie. Vous ne m'avez rien dit.

Céline était toujours debout, devant le feu. Sa sœur finissait de la dévêtir, et Marie avait baissé les yeux. La chemise mouillée se plaquait sur le ventre distendu, sur la poitrine lourde. La belle femme si orgueilleuse de sa personne, coquette et parée dès le matin comme en cérémonie, elle était devenue cette créature pitoyable d'indécence et de difformité, le malheur se mesurait pour la jeune fille dans cette chair dévoilée, plus que nue sous le linon de la chemise brodée, ajourée, festonnée, qui pendait en chiffe détrempée et soulignait, par sa richesse de parure, la disgrâce de corps et l'égarement d'esprit où Marie entrevoyait Céline.

Blanche Lebrault s'acharnait sans y parvenir à dénouer le ruban qui fermait l'encolure. Tout à son bouleversement, elle était fort loin d'imaginer la consternation de Marie, et sa honte surtout, de trouver Céline en tel état de déroute et d'impudeur.

— Aide-moi donc enfin, Marie ! Ce temps que tu as mis là-haut ! Donne-moi mon ciseau, tu vois bien que je n'arrive pas...

Céline alors s'était animée, ses yeux avaient perdu leur fixité. Elle s'était écartée de sa sœur.

— Laisse, Blanche.

— Elle se reprend, grand Dieu merci, elle revient ! Ma belle petite, on va t'ôter cette chemise et vite te rhabiller chaud, à nous deux. On causera après. Vas-tu enfin te mouver, Marie, te voilà comme une bûche !

— Non pas, Blanche, je vais m'y suffire tout seule. Va-t'en, Marie, reviens dans un moment.

— Enfin Céline, que vas-tu nous faire une histoire, elle est tout de même en âge...

Céline avait secoué la tête.

— Ne reste pas là. Je vous appellerai, toi et Nicolas. Tu peux lui dire...

Avant de quitter la pièce, Marie avait rencontré le regard de la jeune femme. Il s'y lisait le même désespoir, mais elle y discernait aussi une dignité revenue, un éclat d'amour-propre retrouvé. Céline avait repris son attitude coutumière de prestance et d'énergie, elle était belle en sa chemise mouillée, et Marie s'était sentie en grand remords d'avoir pu, l'espace d'un instant, la trouver tout à la fois misérable, abaissée, disgraciée en cette nudité incongrue... Elle avait la certitude que Céline l'avait percée à jour et elle en éprouvait autant de regret que de reconnaissance.

Marie s'était retrouvée avec le patron, dans le corridor. Il se tenait debout à la porte vitrée qui donnait jour sur le jardin, et plus loin sur le Champ de Foire. Il ne s'était pas retourné à l'approche de la jeune fille. La nuit n'était pas encore à plein tombée, la pluie battait toujours les carreaux. L'eau, la grisaille, les arbres noirs que le vent tourmentait étaient tout juste à l'image du chagrin, du malheur. Voyait-il un bout de ciel, le Grand Mousin, derrière les murs de la prison ? Regardait-il à cette heure passer les mêmes nuages ? Etait-il dans la rage ou dans l'accablement ? Marie avait vu des gravures, dans les livres de Nicolas Lebrault : un prisonnier arrimé de chaînes et de boulets, un pot d'eau, un bout de pain, des rats, et toujours une méchante lucarne haut placée et fermée de barreaux...

Elle s'était retenue de pleurer à l'idée de Mousin enfermé, attaché peut-être ! Lui qui se prétendait déjà à l'étroit dans une maison, qui prenait le pas de course pour aller seulement de la table à la porte, et répétait toujours : « Je veux voir l'air, moi, il me faut le dehors, c'est mon tempérament ! » Nicolas Lebrault tapotait une vitre en cadence, il avait cette manie quand il était plongé en réflexion. Sa femme assurait que lorsqu'il était parti dans ses tambourinades, c'était signe que quelque chose lui tournait dans la tête, et elle ajoutait, sans que d'ailleurs il semblât l'entendre, « qu'il l'énervait, mais qu'il l'énervait donc, à rabâter de même ! » Ce soir-là, Marie elle aussi trouvait presque scandale à ce rythme joyeux, dans un moment si fort chargé de drame.

Nicolas Lebrault s'était arrêté, avait secoué la tête comme pour en chasser une idée importune.

— Savez-vous s'il était pris de boisson ? Il aura peut-être fait trop de tapage, dans ce cas on le gardera deux ou trois jours, pour leçon...

— Rien. Je ne sais de rien. Madame Céline m'a dit seulement : il a chanté. Pour la saoulerie, soyez tranquille, je vous garantis que...

— Et quoi chanté ?

— Je n'ai pas eu idée de demander plus long, par le saisissement. Mousin il chante... par exemple ma Jeannetoun, ou le Roi Renaud. Des bêtises aussi, à des fois, vous le connaissez. Ça n'est pas du joli-joli, enfin quand même : on ne ferme pas les gens au cachot pour raison de malpolitesse, ou alors il faudrait en crocher beaucoup !

Nicolas Lebrault faisait non-non de la tête durant le temps qu'elle évoquait les chansons de Mousin. Lui non plus, à l'évidence, ne croyait pas qu'il ait été arrêté pour avoir chanté « L'envie me démange, d'aller en vendange, dans ton petit panier Lisette ! ».

— Je suis de votre avis, Marie, et je crois me douter.

Le visage du patron était grave et tendu. Marie s'était alors souvenue des lectures de veillée, des explications données par Nicolas Lebrault — pour elle seule, ainsi qu'il le soulignait en soupirant.

— Mon Dieu ! Vous ne voulez pas dire qu'il a chanté cette chanson de votre ami, ce monsieur Claude Durand qui connaît Victor Hugo ?

— J'en ai peur, hélas ! Comment a-t-il pu se fourrer là, lui qui ne veut rien savoir sur la politique ? Dans ce cas, ce sera...

Il avait été interrompu par l'appel de Céline, qui avait entrebâillé la porte de la maison.

— Viens, Nicolas, il faut qu'on cause à présent.

Marie était entrée derrière lui, et Céline, avant de refermer la porte, lui avait pris la main.

— Ma pauvre petite, je t'ai donné une belle vision...

Marie avait protesté fort, tenté de mettre dans sa voix assurance et persuasion.

— Ah ! oui, pensez, tourneboulée comme j'étais, si je me suis occupée...

Céline n'avait pas répondu et s'était assise à la table, avec un geste d'agacement envers sa sœur qui la suppliait de se mettre au coin du feu, au moins, avec un chauffe-pieds qu'elle allait lui garnir en braise... Sa chevelure, encore mouillée et toute épandue sur ses épaules, lui faisait une couronne dorée dans le contre-jour de la lampe, brillait en ondulations serrées sur la laine noire de la palatine. Marie la regardait et doutait, à la trouver de nouveau en splendeur malgré cette vêture informe et terne, d'avoir vu un instant en place de Céline une grosse femme avachie et tremblante. Elle avait eu la certitude que Céline allait faire face, que le Grand Mousin en ce moment même pensait à elle, et qu'il la voyait non pas plaintive, larmoyante, abattue, mais au contraire comme elle paraissait à Marie, pleine à nouveau d'énergie pour mener bataille. Et belle, resplendissante d'éclat et de jeunesse, malgré la quarantaine proche, et la vieille palatine noire, et le ventre enflé d'une vie à venir. Il y avait tant d'admiration dans les yeux de Marie que Céline avait dû lire en ses pensées, et l'avait remerciée d'un battement de paupières.

— Marie t'a raconté, Nicolas, et toi Blanche tu ne m'as pas laissé le temps de dire, vu l'état que j'étais. Je vous ai tous mis en inquiétude, autant sur moi que sur Landry, et...

Céline s'était touché le ventre, d'un geste empreint de dignité et de délicatesse.

— Et sur lui... Je vous demande excuse.

— Vas-tu me dire, à la fin, c'est le reste, que je sois dernière à savoir !

Avec son inconséquence coutumière, Blanche Lebrault semblait avoir oublié qu'elle avait elle-même ordonné à Marie de se taire.

— Landry est en prison. Les gendarmes lui ont mis la main dessus, aux Trois-Chapeaux. Favriou est venu m'en porter l'annonce, tu sais que...

Blanche Lebrault s'était levée, dans un tel mouvement de surprise et d'indignation que sa chaise était tombée par terre avec fracas.

— Et comment, en prison? Une honte pareille à notre face! Tu vois, ma petite, quand on ne sait pas d'où ça sort... Déjà rien que ce nom, Landry Rebeyrolles, veux-tu me dire à quoi ça semble? Vois-tu l'offense pour la famille, un étranger chez nous, un malfaiteur? Et ce petit malheureux que les drôles iront courser par les chemins, en le traitant de graine d'assassin!

Nicolas Lebrault avait relevé la chaise, fait rasseoir sa femme avec une brutalité que Marie ne lui avait jamais vue.

— Vas-tu t'arrêter de débagouler, dégât de fumelle!

La grossièreté n'était pas non plus dans son naturel, il fallait qu'il soit arrivé au dernier degré de la colère pour se laisser aller à de tels écarts de langage. Blanche n'était point mauvaise personne, Marie la connaissait fort attachée à son beau-frère, et l'extrême angoisse où l'avait plongée l'arrivée de Céline pouvait seule expliquer l'injustice et la dureté de ses paroles. Elle s'était mise à pleurer, avait embrassé sa sœur.

— Grand mille fois pardon, ma petite Céline. Tu dois bien connaître que je ne pense pas tout ce mal que j'ai dit. Nicolas, à toi aussi je t'ai fait insulte par tant de bêtise, mon pauvre homme...

Elle avait sangloté plus fort.

— Ce ton que tu m'as causé! Jamais tu ne m'avais traitée de même...

Nicolas Lebrault semblait s'être repris de calme et de raison.

— C'est que jamais non plus tu ne m'en avais fourni occasion. Oublions qu'on s'est laissé porter trop loin de paroles, tous les deux. Nous voilà patte à patte. Tiens, prépare un vin chaud, sans épargner le sucre et les épices.

Blanche s'était levée, avec un air de soulagement, elle allait pouvoir s'activer dans une tâche ordinaire.

— Tu as raison, ça remontera cette pauvre petite. Causez fort, au moins, que je vous entende, même en ferlassant mes casseroles. Parce que je sais toujours pas pourquoi...

— Je peux le faire, moi, Madame Blanche, si vous voulez.

— Que non pas, ma petite Marie. Je suis tant émouvée que ça me fera du bien à me brasser, et de me sentir bonne à quelque chose, en place de dire des sottises que j'en ai si grand honte !

Ils étaient restés un moment en silence autour de la table. Nicolas Lebrault avait recommencé son tap-tap-tap obsédant. Personne n'avait songé à fermer les volets. Marie avait pensé qu'elle se trouvait de trop entre eux, qu'il lui fallait à présent les laisser en famille, à s'expliquer tranquilles. Ici, on la traitait bien plus en fille de la maison qu'en servante, il n'empêche ; elle n'y était, elle aussi, qu'une étrangère, et entendait encore : tu vois, ma petite, quand on ne sait pas d'où ça sort...

— Bon, je vais vous fermer les volets, et puis j'irai me coucher. Demain, il faut que je sois rendue dès six heures, au château.

Céline s'était récriée, mais que pensait-elle, devant elle on n'avait rien à cacher, et Nicolas Lebrault avait ajouté que pour sûr elle n'était pas de trop, il fallait se resserrer dans le malheur. Il s'était enfin adressé à Céline :

— Que t'a dit Favriou, exactement ? A-t-il pu te raconter par le menu ?

— Il m'a parlé un bon moment, oui, mais dans le saisissement où ça m'a mis quand j'ai entendu : en prison... je n'ai pas tout suivi ce qu'il disait. Surtout que j'avais depuis le matin un pressentiment de malheur. Enfin Nicolas, veux-tu me dire le sens que ça peut avoir, d'être agrippé par les gendarmes pour avoir chanté ?

La voix de Céline montait à l'aigu, elle se ressaisit et continua plus calmement.

— C'est juste ça que j'ai retenu : pour une chanson. Ma pauvre femme, qu'il a dit, il s'est mis dans un beau pétrin votre homme, et les trois autres avec lui, je n'ai rien pu les empêcher de gueuler cette bon dieu de chanson, et d'un peu j'étais embarqué avec eux... Oui, c'est ça, trois autres avec lui, ça me revient.

— Et quelle chanson, il t'a raconté ?

— Non pas, je ne pense pas. Ah ! si, voilà, je me remets, une chanson de vin, ça me semble, de vigne, une affaire comme ça...

— Le Chant des Vignerons ?

— C'est ça tout juste, le Chant des Vignerons. Pas possible, enfin, il faut autre chose qu'il m'ait pas dit, ça n'a ni queue ni tête d'être en prison pour chanter sur la vigne ou sur les laboureurs...

Blanche était revenue près d'eux, avec les mogues et la casserole de vin chaud. L'odeur de la cannelle et des clous de girofle montait, Marie avait revu l'image de prison, le pain sec, les rats...

— Bois, ma petite Céline. Je suis de ton avis, ni queue ni tête, demain il sera de retour, ton Mousin. Il a été attrapé avec d'autres, des pas intéressants d'hasard, tu as entendu ce qu'a dit Favriou, pour un peu ils le ramassaient dans le paquet lui avec. Non, moi ça me tranquillise cette histoire de vigne. Allez bois, c'est du bon. Et demain, je te promets que Lebrault, il en débouchera meilleur encore, pour trinquer avec le beau-frère !

Marie avait croisé le regard de Nicolas Lebrault, s'était trouvée flattée d'y lire une connivence attristée : elle était la seule à savoir, comme lui, ce que représentait ce chant. Le patron lui en avait expliqué tous les mots, lui avait montré ce qu'il exprimait d'ardeur républicaine, et revenait toujours à lui parler de son ami Claude Durand, de Mauzé, qui en avait écrit les couplets. De ce fait, il se trouvait à l'exil en compagnie de Victor Hugo, et la voix de Lebrault résonnait à la fois de fierté et de mélancolie quand il évoquait son camarade éloigné des siens et de ses vignes, mais rehaussé par le prestige de se trouver là-bas en compagnie « du plus grand poète de tous les temps, Marie. Et vous savez ce qu'il dit du père Durand — j'en ai par détours des nouvelles — eh bien il prétend, ce sont ses propres mots : le Chant des Vignerons est historique, il vivra longtemps après son auteur. Quels hommes, Marie ! Ah ! je suis bien heureux de trouver enfin quelqu'un à qui je puisse parler d'eux. Ici, vous le constatez, nulle autre que vous ne s'intéresse... ».

De fait, le soulagement visible de Céline et de sa sœur montrait assez combien Lebrault avait raison.

— Ecoute, Céline, et toi aussi Blanche. Cette chanson, c'est mon ami Claude Durand qui...

— Mon Dieu, Lebrault ! Ne me dis pas que c'est ce fou, que sa malheureuse femme a caché durant quatre mois dans des barriques, en le changeant chaque jour...

Nicolas Lebrault avait secoué la tête, paraissant hésiter un instant entre l'accablement et la colère.

— Oui, justement ce fou, ma pauvre Blanche, qui a choisi de défendre ses idées de justice plutôt que de rester tranquille en son coin, à gratter ses vignes et élever son vin ! Ce fou que Victor Hugo salue bien bas ! Ce...

Blanche l'avait interrompu, oublieuse déjà de s'être fait remettre en place l'instant d'avant.

— Et qui traîne les mondes dans la prison, rien que de chanter ses babouineries !

Céline alors avait pris la parole, après un geste d'apaisement envers sa sœur.

— Nicolas, peux-tu me la dire, cette chanson ? Si tu savais comme j'ai regret de ne pas t'avoir écouté...

— Je ne vais pas te la chanter, d'abord parce que je n'ai pas une bonne voix comme ton homme, ensuite par qu'elle se dit sur l'air du « Grand drinn-drinn », et que de mon avis cette musique désavient les paroles. Voilà comment elle commence.

Et Nicolas Lebrault s'était mis à réciter, sur un ton de grandeur et d'éclat :

Bons villageois, votez pour la Montagne,
Là sont les Dieux des pauvres vignerons...

Il s'était arrêté dans sa déclamation.

— Dites-nous le refrain, Marie, pour leur montrer...

En vérité, Marie se sentait plus embarrassée que comblée par l'honneur que Nicolas Lebrault semblait lui faire.

— Vous croyez que je peux ? Pas si bien que vous, quand même... Alors voilà :

Bons, bons, vignerons,
Aux prochaines élections,
Il faut, campagnards,
Elire des Montagnards.

— Bien, petite, bien. Ce que je me demande, c'est comment ton mari, Céline, s'est laissé prendre à chanter ça, lui qui gronde toujours sur la politique, juste bonne à tondre la laine sur le dos du pauvre monde. Que ce soit roi, république ou empire, pour lui c'est vaut-rien avec vaut-guère !

— Et qu'est-ce que ça veut dire dans ta chanson, Nicolas, la montagne et les montagnards ?

Nicolas Lebrault avait pris l'air de supériorité qui agaçait souvent Marie, lorsqu'elle aussi demandait des éclaircissements sur un point difficile à saisir.

— Eh bien, ma chère Céline...

Marie avait déjà compris pourquoi Mousin avait chanté les Vignerons, tandis que Lebrault poursuivait son explication.

— Ma chère Céline, la Montagne et les Montagnards, que l'on écrit je te prie avec majuscule, ce sont les républicains les plus ardents, les plus généreux, que l'on surnomme ainsi depuis la Grande Révolution, celle de 1789, comme nous l'apprennent les chroniques de...

Il s'était interrompu brusquement, Céline hochait la tête l'air de dire : eh oui, tu as trouvé ! C'était elle qui avait renoué le fil...

— Tu comprends, Nicolas, Mousin il n'a pas d'instruction, il a vu tant de misère en son jeune temps. Et son pays, c'est justement la montagne, alors lui, il a cru de chanter une histoire qui disait du bien de l'endroit où il est né, et des gens de là-bas, pour une fois. Ça lui changeait des pochetées d'avanies qu'on lui a jetées pour être venu d'ailleurs. Sans reproche à toi, Blanche...

Blanche Lebrault était restée la bouche ouverte sur une protestation que sa sœur avait interrompue avant de recevoir le chapelet de grand mille fois pardon !... que Marie sentait venir. Au regard de Céline, elle avait compris que la jeune femme allait garder un moment sur le cœur l'étranger, le nom, la honte et la graine d'assassin ! A coup sûr, Blanche Lebrault n'avait pas fini d'entendre : sans reproche à toi...

— Il est bon, ton vin chaud, Blanche. Il me remet un peu. Nicolas, crois-tu que c'est grave ? Ça doit pouvoir se prouver devant le juge, quand même, que Landry n'a pas vu à mal dans cette chanson.

Nicolas Lebrault battait sur la table sa cadence de cavalerie, et sa femme s'était gardée d'en exprimer son agacement habituel. Le silence, tout juste troublé par ce crépitement sourd, avait duré longtemps. Marie s'était levée pour fermer les volets, puis s'était rassise à la table où Céline avait commencé de renouer ses cheveux. Elle paraissait tout absorbée à cette tâche, la bouche emplie d'épingles qu'elle tirait à mesure.

— Et pourquoi donc tu te recoiffes, vas-tu pas imaginer de revenir chez toi ? Je vais te faire ta tresse de nuit, tu couches ici, pas question.

— Non Blanche, n'insiste pas. C'est chez nous que je veux être pour l'attendre, au cas qu'ils s'aperçoivent vite de leur écart.

Blanche Lebrault avait levé les bras au ciel, c'était-y Dieu possible, Marie allait sortir les draps et chauffer la bassinoire, un peu de soupe, de la fleur d'oranger et hop au lit, ma mignonne, sans discuter. Non mais !

Céline piquait tranquillement les épingles dans sa chevelure, éprouvait de la main la solidité de son chignon.

— Oh ! je ne discute pas, Blanche ! Je rentre chez nous, c'est tout. Il faudra que tu me prêtes aussi un bonnet et une cape.

Elle exprimait tant de certitude et d'évidence dans sa réponse que sa sœur n'avait plus tenté de la dissuader. Elle avait seulement soupiré :

— Tu fais ce que tu veux. Heureusement que la maison touche aux Denis, du côté de la vallée. C'est des gens de service, si des fois tu avais besoin...

— Pas avant fin mars, largement, et d'ici là il me sera revenu Pas vrai, Nicolas ?

— Je veux le croire, je veux le croire. Tu as raison de rentrer chez toi...

Ainsi le vieux Lebrault, tout en réfléchissant, au rythme inopportun de son tapotement machinal, n'avait donc rien perdu de la conversation ! Marie l'avait souvent remarqué, on le croyait ailleurs parti dans ses pensées, et tac, d'une réflexion il vous montrait qu'il avait gardé durant ce temps une oreille pointue sur l'entourage.

— Voilà ce qu'il faut faire. Et je vous prie de ne pas demander pourquoi, le moment est trop grave pour risquer un faux pas. Moins vous en saurez, et mieux vous pourrez lui porter aide.

Un tel raisonnement paraissait à Marie plus que boiteux, en tous les cas injuste, et irritant. Elle avait quant à elle la certitude de se comporter de meilleure efficacité si elle connaissait les tenants et les aboutissants de ses actes. Blanche Lebrault hochait la tête en approbation, mais Céline semblait moins convaincue, elle n'était pas femme à se laisser mener les yeux fermés.

— Tu crois ça, Nicolas ? M'est avis au contraire...

Blanche s'était alors interposée :

— Ecoute ma petite, c'est des affaires embrouillées, la politique. Les femmes n'ont pas la tête pour. S'il te dit, tu peux le croire.

Céline avait eu un geste d'accablement.

— Bien obligée ! Va, Nicolas, je t'écoute.

— Te voilà raisonnable. D'abord, très important, ne pas se montrer trop en inquiétude. Les gens doivent nous voir dans le chagrin, pour sûr, mais rien de plus : il faut que tous on semble acertainés qu'il s'en va vite être relâché, pour erreur. Cette fausse mine de tranquillité n'étonnera personne, vu qu'on sait Rebeyrolles...

Il fit sonner le nom et reprit :

— Vu qu'on sait Landry Rebeyrolles écarté de la...

L'angoisse à nouveau se lisait dans les yeux de Céline, qui avait paru un moment revenir en confiance.

— Parce que ça n'est pas la vérité ? Tu crois qu'ils peuvent le tenir longtemps ?

— Hélas oui, je mentirais à la face de Dieu si je

t'assurais du contraire *. C'est la raison pour quoi je te prie de ne plus rien me demander, non plus que vous autres, parce que je serai comme une tombe à vos questions. Blanche tu as du meuble à menuiser, je crois ?

— Du meuble ? Que me racontes-tu, c'est tout le moment.

— Oui justement. On laisse passer deux-trois jours, et on fait porter la demande à Vix. Vendredi au plus tard les frères Mainard seront ici.

Céline et Blanche s'étaient récriées d'une même voix, il les avait sans ménagement invitées à se taire, voulaient-elles oui ou non qu'il tente quelque chose ? Si Marie n'avait pas connu la hauteur d'estime que Lebrault portait au Grand Mousin, elle aurait pensé que ma foi, le vieil homme se plaisait à tirer les fils d'une devinette embrouillée dont lui seul connaissait le nœud et la réponse. Elle n'était point tant sûre qu'il n'y ait, dans cette supposition quasi-sacrilège, une pointe de vérité ! Quoi qu'il en soit, elle se tenait prête à marcher sans barguigner dans la voie de détours et de faux-semblants tracée par Lebrault, mais quitte à se faire rebuffer par la suite, elle se promettait de chercher à comprendre lorsque Mousin serait tiré du trou.

— Ma chère Marie...

Elle avait donc deviné juste ! Lorsque Lebrault entamait ainsi son discours, elle était en certitude qu'il se régalait d'avance sur la suite.

— Ma chère Marie, vous allez être la pièce-maîtresse de cette manœuvre. Je vous sais assez fine pour y réussir...

Il avait marqué un temps d'arrêt, et Marie s'était tenue les yeux baissés. « Moi de même, je vous connais assez ficelle pour deviner ce que je pense de ce moment,

* Dès 1850, on poursuivait ceux qui chantaient le Chant des Vignerons « pour troubler la paix publique en excitant le mépris ou la haine des citoyens les uns contre les autres ». Ce chant devint, à la fin de l'empire, une sorte de ralliement pour la jeunesse républicaine, y compris à Paris. (Cf. *Histoire des Deux-Sèvres*. G. Picard. Editions Brissaud-Poitiers.)

mieux vaut que je vous regarde pas, vieux renard à sermons ! »

— Et assez attachée à mon beau-frère pour vous ranger sur mes avis sans en demander raison, pour un coup !

Une pause à nouveau, et cette fois Marie avait cherché à rencontrer son regard, en s'appliquant à une expression d'innocence et de soumission sans réserve. Elle avait lu de la satisfaction dans l'œil de Nicolas Lebrault. « Moi qui me jurais si fort de ne jamais me mettre en défaut de sournoiserie ! Par le fait, m'y voilà fourrée ! Assurément le jeu en vaut la chandelle, mais ça me pèse au cœur. Enfin, c'est pour Mousin. »

— Notez, ma petite enfant, que j'apprécie votre curiosité d'esprit, je vous demande d'en faire oubli à cette occasion. Les frères Mainard vont donc s'installer pour faire ton enfilade, Blanche : tu es en espérance de la voir depuis vingt ans.

La mimique de Blanche Lebrault portait la marque de son désarroi. Elle soupira, comme se parlant à elle-même : « Oui, oui pour sûr... Mon Dieu, ces quatre gars... » Ce meuble de parade, elle le guignait depuis longtemps ; à chaque grand ménage de foire elle démontrait à Marie « l'effet que ça jetterait, ma petite, une enfilade en loupe d'orme à la place de ce vieux pétrin aux pieds berlaudés ! C'est cossu, c'est bourgeois, une enfilade... ». Et voilà que l'espoir lui en arrivait justement en ce jour de malheur, avec, en pesée de supplément, l'idée des quatre frères menuisiers à mener leur tapage !

— Et s'ils ont un chantier en train, veux-tu me dire ?

— Ils le laisseront, je t'en donne parole. Je t'ai dit de me laisser causer. Marie, durant le temps qu'ils passeront au Chêne-Vert... c'est malaisé à ouvrager, la loupe d'orme... et c'est malaisé aussi ce que j'ai à vous demander. Il faudra... Il sera besoin...

Sa langue avait l'air moins déliée, et Marie commençait à s'intriguer fort sur le rôle qu'elle allait jouer dans cette affaire.

— Voilà. Il faudra que l'on vous croie portée d'affection sur Louis, qu'on en cause dans le pays, qu'on vous voit tous deux aux veillées, qu'il vous mène à Niort un jour, une autre fois au marché de Saint-Maixent... Bref, qu'on vous pense être tombés d'accord, et que vos allées et venues semblent celles de deux promis.

Céline et Blanche se regardaient avec l'air de penser : le voilà toqué, pauvre homme, et Marie, malgré les promesses auxquelles elle s'était obligée, ne put contenir de poser une question.

— Vous voulez que je le prenne pour bon ami, c'est ça ?

Lebrault avait pâli comme sous une injure.

— Enfin, Marie, me connaissez-vous si mal ? Il sera dans le secret, et je me porte garant de sa tenue. Ce sont les réflexions de ses frères qui pourront sans doute vous choquer, mais c'est hélas ! le prix à payer. Et quand tout le monde sera dans la certitude de votre entente, au premier dimanche de beau temps, il vous amènera, en prétexte d'une promenade d'amoureux — excusez-moi ma petite enfant — en un lieu que je vous dirai à ce moment. Votre présence auprès de lui écartera tous les soupçons : ce qui s'est passé aujourd'hui montre assez combien la police de l'empire est redoutable.

Le premier dimanche de beau temps, il avait fallu l'attendre six semaines. Aujourd'hui, après la messe, Marie allait partir, « en prétexte d'une promenade d'amoureux », vers la forêt de l'Hermitain. L'enfilade était terminée depuis une quinzaine, Céline approchait de son terme et Mousin restait toujours en prison.

Louis Mainard arriva à onze heures, et arrêta sa jument devant la porte de la maison-maîtresse. A l'habitude, les quatre frères venaient dans une grande charrette bleue, tout juste suffisante à contenir leurs bissacs d'outils : chacun d'eux tenait à posséder ses propres instruments et n'admettait aucun partage en ce domaine ; les seules chicanes et conflits à venir briser leur entente portaient sur « ma varlope, que ce cochon de Benjamin a encore bousillé la lame » ou sur « ma scie à main, que ce bon à rien de Jean-Baptiste a esquinté la voie... ». Marie, pour les avoir observés au travail, pensait qu'il eût suffi de marquer à leurs initiales les bouvets, les guimbardes et les guillaumes pour éviter toute contestation — les jeunes gens étaient instruits presque autant que Nicolas Lebrault — elle n'avait pas osé en exprimer l'idée, estimant qu'en définitive ils devaient prendre plaisir à leurs chamailles.

Aujourd'hui, en place de la vieille charrette, Louis conduisait un char-à-banc léger et fignolé de détails. Le coffre qui servait de siège était capitonné de cuir noir, clouté de cuivre, et les ridelles vernies portaient des motifs réguliers, brûlés à la pointe de feu. Le jeune homme s'était soigné lui-même d'apparence, costume noir, chemise à plastron et cravate rouge à trois tours, bouffante à la mode de ville. Marie, le voyant descendre de voiture, le jugea d'un coup d'œil tout à fait convenable dans son rôle de faux promis, il ne manquait à Louis que le chapeau pour paraître presque un « monsieur ». Il avait gardé la haute casquette d'ouvrier dont ses frères et lui-même ne se séparaient qu'à la table, par politesse, mais celle qu'il portait aujourd'hui était visiblement casquette de dimanche. La visière présentait la rigidité du neuf, et non pas cette cassure molle indiquant le long usage, et le peu de soin qu'on prenait de ce couvre-chef de travail : du même geste, Pierre, Jean-Baptiste, Louis et Benjamin Mainard mettaient leur casquette sur le banc et s'asseyaient dessus... Celle que Louis venait de retirer pour faire salutation n'avait sûrement pas reçu d'aussi désinvoltes traitements, tout au contraire il la gardait sur le poing fermé pour en épargner la forme, comme une coiffe posée sur sa marotte.

— Bonjour à tous, le beau temps est avec nous ! Tu es prête Marie ? Marraine Ecotière nous attend vers midi pour manger chez elle, à Douhault. Je la sais dans tous ses états à l'idée de faire ta connaissance. C'est bon pour nos affaires, ça...

Céline était venue au Chêne-Vert passer en famille cette journée décisive pour le sort de son mari, elle interrompit le jeune homme.

— Tu crois vraiment, Louis ?

— Oui pour sûr, ma marraine, comme bonne personne on ne trouve pas mieux, mais son surnom c'est Mille-Goules, oh ! jamais du pointu ni du malveillant, enfin mérité quand même. Le bruit de notre venue a déjà passé la Mothe, je suis certain. Soyez assurée, sans que personne se doute, je pourrai encontrer le seul capable de... de vous aider, votre homme et vous. Installe-toi donc, Marie.

Il lui tendit la main pour monter, il avait des façons de prévenance auxquelles Marie n'était pas faite encore, plus habituée aux « allez ouste, monte là-dessus » jetés par Mousin. Avant qu'elle ne s'asseye, il épousseta même le siège avec sa casquette, la brossa du coude avant de se recoiffer, puis chassa de la main les traces laissées sur sa manche. Louis Mainard était, comme disait toujours Madame Blanche : « un gars à précautions, pas besoin de passer derrière lui pour ramasser la sciure et les rifles, tout le contraire de Pierre qui met un chantier, rien qu'en collant un rollon de chaise ! ». Louis fit claquer son fouet.

— Allez hue ! A ce soir ! Soyez pas en tourment si on rentre à la brune, j'ai des bonnes couvertes dans le coffre, Marie n'attrapera pas la fraîcheur.

Ils roulèrent un moment en silence, saluèrent au passage deux ou trois vieilles debout sur leur seuil de porte. Marie, en les voyant rentrer précipitamment dans la maison, avait la certitude qu'elles portaient la nouvelle au restant de la famille, elle croyait les entendre :

— Vous sauriez jamais qui je viens de voir passer, ça s'en allait grand trot vers les Quatre-Chemins.

— Et qui donc, néné, pour te détrevirer de même ?

— La chambrère à Lebrault, et un des frères Mainard. Tout seuls. Dans un beau char-à-banc.

— M'était avis qu'on en causait. Dame pas vrai,

ils sont en âge. Combien que ça lui fait à lui, c'est-y pas le plus vieux ?

— Non pas ma fille, c'est le troisième, le vieux c'est Pierre. Enfin, tout seuls, trouves-tu pas que c'est des façons ? Ça se perd de nos jours la moralité, j'aurais jamais cru ça de Lebrault.

— C'est la jeunesse d'à présent, ma pauvre mère. D'après vu dire, ils sont invités à manger chez sa marraine à lui, une Ecotière, t'as bien connu ? Sortie de Saivres...

Marie se ressentait indifférente à ces commérages, elle s'en réjouissait plutôt, puisque c'était justement l'effet recherché par Nicolas Lebrault : à l'évidence, il avait réussi sur ce point. Elle espérait seulement que la confiance affichée par Louis au moment du départ n'allait pas déboucher sur l'échec de ce plan tortueux, dont elle ignorait les éléments si elle en connaissait les détours — pour les avoir vécus depuis six semaines. Elle ne voulait pas s'abaisser à questionner le jeune homme, pas plus qu'elle ne l'avait fait en leurs précédents tête-à-tête, au risque d'une remise en place empaquetée de sourire et de politesse, et d'autant plus blessante par ce fait. On lui avait demandé de marcher sans connaître le but, ainsi qu'au lendemain de ses huit ans lorsque son père lui avait dit : « Viens, Marie, embrasse ta petite sœur... » On lui avait commandé d'agir sans chercher à comprendre, et elle s'y tenait quoiqu'elle eût lourd sur le cœur d'un tel assujettissement. « Une pièce-maîtresse il a prétendu, le patron. Tout comme on dit d'un morceau de charpente ou d'un timon de charrette ! On te cheville et on t'arrime à l'endroit voulu, et tu n'as pas à demander ce que tu tiens ni ce que tu tires. Déjà beau, sans doute, de connaître que c'est pour sortir ce bagouillard de Mousin de la pétrasse où il s'est jeté !... Non, de ce coup je vais trop loin à la colère. Il ne s'est pas jeté, le pauvre on l'a poussé, et de grande injustice ! Pour sûr, Madame Céline voit juste, il a cru seulement de chanter une jolie chanson. Le mauvais sang qu'il doit se faire, à voir le temps passer ! Elle, bonnes gens, elle n'a plus de figure tant elle dépérit et se ronge sans dire. Alors moi, auprès de leur malheur à tous deux, je ne vais quand même pas rechigner sur la méchante histoire d'être traitée comme un bout de bois ! »

Les dernières maisons de Sainte-Néomaye étaient loin déjà derrière eux. Ils arrivaient en vue du village d'Aiript, accroché sur la pente de sa vallée sans eau. La vue était superbe : après les pluies incessantes des deux derniers mois, l'embellie était arrivée subitement. Le vent avait soufflé de sud toute la semaine, apportant une douceur d'air qui gonflait les bourgeons, sortait les premières feuilles et fleurissait les talus.

— C'est drôle, quand même, qu'il n'y ait pas de ruisseau dans ce fond. Il faudra que je demande la raison au patron...

Marie cherchait ainsi à briser le silence qui lui devenait pesant, et porteur d'idées moroses. En vérité, il lui importait peu de savoir aujourd'hui pourquoi cet endroit, qui ressemblait si fort dans sa configuration au Val de Sèvre, ne présentait à la vue ni rivière ni peupliers...

— Il y a eu, dans le temps ancien, mais l'eau s'est enfoncée et perdue sous la terre, à ce que prétendent des savants.

Marie hochait la tête, cherchant à prendre un air d'intérêt.

— Oui oui, je comprends.

— Tu comprends, mais ça n'est pas ce qui te tracasse ce matin, pas vrai?

Elle fut soulagée d'avoir été percée à jour par son compagnon. Nicolas Lebrault, en même occasion, l'aurait étourdie de « ma chère Marie... » en se lançant dans des éclaircissements dont elle n'avait que faire en la circonstance.

— Non pour sûr. De ce moment, ça ne me porte guère intérêt de savoir comment une rivière peut se cogner sous la terre. Je disais de même juste pour causer...

— Je ne suis guère bavard, c'est ça que tu as dans l'idée sans doute? Ecoute, Marie : je suis dans l'embarras pour toi de cette situation, et je ne sais par quel bout m'y prendre pour commencer à...

— Ça ne fait rien, ne t'occupe pas. Tiens regarde, les oies qui remontent, elles sont en retard cette année.

Un vol d'oies grises passait haut dans le ciel, au-dessus de leurs têtes. « On dit bête comme une oie, et ma foi on n'a pas tort : sur la terre, les pirons, c'est la plus sotte engeance d'animaux, ça s'évolaille en piaillant dès qu'on les approche ! Et là-haut, ces oiseaux sauvages, ils sont rangés comme s'ils obéissaient à l'ordre de quelqu'un. Quand Mousin rentrait des champs en disant “ j'ai vu passer les oies ”, pour lui c'était toujours trop tard ou trop tôt, il en prévoyait la sécheresse ou la gelée, ou la pluie des mois durant. Jamais bon signe, en tout cas. »

Louis avait arrêté la jument, le cri des oies parvenait jusqu'à eux, et le jeune homme leva son fouet comme pour un salut.

— Fais vite un vœu, Marie ! Mon grand-père Hippolyte assurait que c'était un bon présage de voir passer les oies au grand soleil. Parce que tu remarques dans l'ordre qu'elles se mettent, pour voler ? C'est la première lettre de victoire.

Marie ferma les yeux pour mieux se concentrer sur le souhait que le Grand Mousin revienne au plus vite à la liberté. Dans le même temps, elle pensa que les menuisiers et les paysans ne s'ajustaient guère dans leurs croyances, mais qu'elle préférait quant à elle accorder foi au message de bonheur du pépé Hippolyte...

Le repas chez marraine Ecotière s'était passé le mieux du monde. La vieille femme était peut-être surnommée « Mille-Goules », en l'occasion elle avait montré qu'elle savait aussi demeurer mesurée en paroles et discrète en questions. Quoiqu'elle montrât toute sa joie de voir son « petit fia » en compagnie, elle n'avait demandé aucune des précisions que Marie attendait avec quelque inquiétude : et pour quand ce sera, et ferez-vous ménage à Vix ou à Sainte-Néomaye, et qui c'est de tes frères qui sera garçon d'honneur ?

Elle s'était tenue à des considérations sur le temps, sur la nourriture et la toilette, avec des façons de politesse qui enchantaient Marie.

— L'eau s'est-elle retirée, par chez vous, mademoiselle ?

— Asseyez-vous donc, je vous prie, vous prendrez bien de ma liqueur aux noix, c'est du doux...

— Quel beau coiffi, cette Malvina ! Ça vous fait avenante, mademoiselle Therville, même que vous n'avez pas besoin de ça pour être mignonne...

— Ma tourtière de Pâques, je la fais au poulet. Du côté de la Sèvre c'est au lapin, je crois ? Ça me porte joie que vous avez l'air de trouver bon, mademoiselle...

— Pour le dessert, je vous ai fait des casse-museau, tu en étais gourmand dans le temps. Tu crois qu'elle aimera, la demoiselle ?...

Louis avait assuré que oui, la demoiselle allait aimer, et le repas avait semblé court à « Mademoiselle Therville » qui jamais ne s'était entendue appeler d'aussi flatteuse façon. Elle avait l'air dans un tel bonheur, la marraine de Louis, que Marie s'était toutefois attristée par avance de l'inévitable déception qui attendait la vieille femme : dans un proche avenir, il lui faudrait bien admettre que cette présentation cérémonieuse n'aboutissait pas aux noces !

— Tu sais, nénène, j'ai une nouvelle à t'annoncer.

— Je me doute que oui, mon petit fia, on va trinquer !

Et marraine Ecotière avait resservi Louis en vin, il l'avait arrêtée du geste.

— Pas si vite, pas si vite ! Dans un mois, je pars à faire mon tour de France.

Elle n'avait pas répondu tout de suite, elle avait reposé doucement la bouteille, comme en crainte de casser quelque objet fragile et périssable. Marie, heureusement, avait été mise en la confidence juste avant d'arriver à Douhault, « pour que tu n'aies pas la mine saisie, oh ! pas de me voir partir, ne va pas croire... ».

— Et quand c'est-y que tu penses revenir ?

— Quatre, cinq, six ans peut-être... La route est longue chez les Compagnons du Devoir.

La vieille femme avait hoché la tête, le chagrin se lisait sur son visage, et la résignation.

— Alors comme de juste, ça n'est pas...

Elle semblait se parler à elle-même et cependant Marie avait deviné la suite. « Non, marraine Ecotière, ça n'est pas pour demain, le mariage, et il faudra même un jour vous faire à l'idée que c'est jamais, mais ça vous laisse le temps, six ans. »

La marraine de Louis s'était arrêtée, avait laissé la phrase en suspens et repris sur un ton plus ferme :

— On va trinquer quand même, où donc je serai à ton retour, alors autant qu'on le fasse aujourd'hui. A votre santé, mademoiselle.

Marraine Ecotière avait embrassé fort Marie, au moment du départ.

— A nous revoir peut-être, ma belle petite, mais pour ça il n'y a que le Bon Dieu à savoir. Tu passeras avant de t'en aller, Louis, un détour à Douhault ça ne porte guère loin, quand on s'en va pour centaines de lieues !

— Oui, nénène, et au retour aussi, avec ma boucle à l'oreille, pour te faire honneur.

— C'est donc ça, mon gars ? C'est de devenir compagnon bouclé, comme le vieux Polyte, qui te pousse aux chemins ? Comment c'est-y qu'on lui disait, déjà, aux Compagnons ?

— Poitevin-Liberté chérie. Mais pour ça, motus et bouche cousue, secret de famille !

— Eh oui, ça me revient. Tu vois, la mère Mille-Goules, elle sait se tenir la langue, à des fois : j'avais même oublié Poitevin-Liberté chérie. Et j'aurai attention d'oublier encore, de nos temps.

La vieille femme avait eu soudain un sourire de malice.

— Toi, mon petit fia, prends garde qu'on te baptise au nom de Poitevin-Sottise à la tête ! Comptes-tu l'âge que tu auras, quand tu reviendras au pays ? Allez, ce coup-ci, au revoir pour de bon. Partez, tant qu'il fait beau à la promenade.

Louis avait recommandé à Marie de l'attendre en cet endroit, et il était parti en jurant promesse de ne point la faire morfondre trop longtemps. Avant de s'éloigner, il avait étendu une couverture sur une roche.

— Tu seras mieux aise, et tu ne risqueras pas de saveter ta jupe sur la mousse : ça fait des taches gâtées à retirer, surtout sur une si belle étoffe. Les clochettes sont fleuries, un bouquet pour Madame Céline ça la remontera d'espoir. Mais reste en vue de Fanny et du char-à-banc. Ça n'a pas l'air, on se perd vite dans cette forêt. Et puis si quelqu'un te rencontrait en solitude, ça flanquerait à bas tout notre échafaudage. Ici, personne ne risque de te voir.

Marie, une fois de plus, s'était engagée sur la plus stricte observance des ordres, qui dans le cas présent semblaient davantage des conseils que des commandements. Depuis trois heures qu'était commencée leur équipée, elle avait pu apprécier les formes et les précautions dont le jeune homme faisait preuve à son égard. Elle allait certes cueillir des fleurs, les amoureux du printemps s'en revenant toujours avec un bouquet, mais il lui précisait avec délicatesse qu'elles étaient destinées à porter Céline sur l'espérance. Elle ne devait pas se salir les effets avec les traînées vertes de l'herbe ou de la mousse, comme il arrivait aux jupons des filles retour de promenade, mais il lui assurait que c'était juste en raison des dégâts quasiment irréparables qu'elles risquaient de causer à sa tenue.

Marie avait cueilli une grosse botte de clochettes, qu'elle avait entourée de feuilles, comme une collerette autour d'un visage. Le parfum, la couleur bleu-mauve, le vert vif du feuillage lui évoquaient Céline, son sent-bon, son regard, et la teinte qu'elle préférait pour ses mouchoirs de cou. Un gage d'espérance, elle voulait y croire, comme au vol des oies sauvages. Afin de lui donner encore meilleure allure, elle assujettit son bouquet avec un brin de jonc noué serré autour des tiges. « C'est mollasse, comme fleurs, sitôt cueilli ça s'évaille, il faut rassolider sinon ça semblerait davantage à la pauvre Alexandrine qu'à Madame Céline. Et puis ça m'occupe les mains, je commence que le temps me dure, Louis tarde fort, je trouve... »

Elle regarda sa montre : une heure à peine était passée depuis que le jeune homme l'avait laissée, avec le char-à-banc et Fanny à l'attache, dans ce coin de forêt retiré et sauvage Il avait dû mener la jument par la bride un long moment, écartant devant ses naseaux les branchages qui la faisaient renâcler. Lorsqu'il était parti, le paysage avait paru se refermer. Il tombait en cet endroit une lumière d'église, Marie entendait des craquements au passage de bêtes invisibles, des battements d'ailes qui semblaient frotter soie contre soie, avant de se poser hors de sa vue. Elle n'avait pas peur, elle se trouvait oppressée d'être ainsi en attente dans un monde étrange, inconnu d'elle, et qu'elle ressentait de ce fait vaguement ennemi.

Lorsqu'ils étaient entrés dans l'Hermitain, Marie avait découvert une futaie aérée, traversée d'allées forestières, un endroit riant sous le soleil de printemps, accueillant certes pour les amoureux : ils avaient aperçu au loin, dans une coulée d'arbres ouverte sur le ciel, un couple qui marchait en se donnant la main. A mesure que l'attelage s'enfonçait plus profond, l'environnement se modifiait, les arbres s'élançaient moins haut, se rapprochaient, se tordaient en formes tourmentées, s'étouffaient de fourrés qu'il fallait contourner. Ils étaient enfin arrivés dans un lieu quelque peu dégagé, barré d'un grand charme déraciné dont le bois s'effritait en plaques noires. Ce n'était pas une clairière, rien qu'une trouée sombre dans la forêt, avec une roche qui dépassait de terre et semblait une grosse bête endormie. Marie se releva, se dirigea vers la jument ; cette bonne Fanny, par sa présence, la ramenait à un entourage connu et rassurant, aux chemins, aux villages, aux champs où la vue portait loin.

C'est alors qu'elle entendit les voix : deux hommes

s'approchaient, ils parlaient sans qu'elle saisisse les mots, une voix claire répondait à une autre plus étouffée. Ils se turent soudain, elle discerna le bruit de leurs pas assourdis par les feuilles mortes, et pensa un instant saisir le fouet.

— On ne t'a pas fait peur, Marie? J'aurais dû te hucher de loin...

Louis venait d'apparaître, entre deux buissons de houx, et derrière lui Marie reconnut Heurtebise, le charbonnier de la veillée aux noix. « Dieu merci que je n'ai pas attrapé ce fouet ! La fille au loup, comme il disait, elle aurait eu belle mine à attendre ce pauvre vieux et ce brave garçon en pied de guerre. »

— Non, pense donc, j'avais reconnu ton son de voix.

— Tant mieux, tu m'enlèves un poids.

Il semblait si fort en confiance sur la parole de Marie qu'elle rectifia aussitôt :

— Si, j'ai eu peur. Mais pas longtemps, heureusement. Et même, tu vas rire de ma sottise, je m'apprêtais à prendre le fouet...

Heurtebise la fixait, de ce regard difficile à soutenir dont elle avait déjà éprouvé l'éclat, le soir de la veillée.

— Pour combattre encore un coup, je ne me suis pas trompé sur toi, petite. C'est clair, c'est franc, c'est fort, une drôlesse comme ça ! Tu vois, si tu n'avais pas reconnu ta peur en sincérité, je serais reparti sans attendre, parce que je t'aurais pensée versée dans la menterie, ou dans l'inconscience, et rien de tout ça ne me convient. Allez, Louis, tu lui expliques.

Louis parut emprunté, mal à l'aise. Heurtebise le regardait en silence, le jeune homme finit par se décider.

— Voilà, Marie. Comment te dire? Causer ça n'est pas ma meilleure façon... Heurtebise, c'est lui...

— Je le vois bien, que c'est lui ! On s'est rencontrés de veillée. Je l'ai tout de suite reconnu.

— Non, ce n'est pas ça que je veux dire. C'est à cause de lui, enfin c'est grâce à lui que... parce que...

Le vieux observait Louis non plus avec cette intensité presque intolérable, mais avec une mine de grand amusement.

— Pour sûr, mon petit gars, la parole ça n'est pas ta meilleure figure ! Ce qu'il essaie de dire : j'ai le moyen de faire sortir notre ami de prison et...

Marie était fâchée de voir tourner Louis en ridicule, elle interrompit le vieil homme en criant presque.

— Et aussitôt ils le reprendront ! Ou alors il faudra qu'il se cache jusqu'au bout de ses jours ! Si c'est ça, votre idée !

— Eh ! Du calme, ma belle. Je peux le faire sortir de prison par un jugement rapide, avec le secours et protection des lois, et non pas au moyen d'une scie pour couper ses barreaux ! Non, ne parle pas. Tu verras bien vite que c'est toute vérité. Je conçois ton étonnement : depuis le jour qu'on l'a fermé, ce Limousin, on t'a demandé à faire des choses où tu ne comprends goutte, et d'amitié pour lui tu les as faites. Aujourd'hui, par exemple, tu ne devais pas savoir qui donc Louis venait voir, parce qu'on tient en mépris les femmes et les filles, et par ce fait elles en deviennent méprisables, et on dit : vous voyez bien, elles ne sont bonnes que pour torcher les drôles et tremper la soupe.

Louis avait osé interrompre le discours, sur un grand effort.

— Pas moi, père Heurtebise, tout le contraire. Mais j'avais fait promesse de ne rien dire à...

— Je sais, mon gars, et ne t'en fais pas reproche. Moi j'ai eu dans le temps de ma jeunesse une femme. Oh ! on n'était pas mariés en bénédiction de Dieu, mais je te dis que cette femme-là, jamais je n'oublierai sa force d'âme, de corps et d'esprit. On était deux au même plan, comme un couple de loups... Ce n'est pas ça que je veux te dire, Marie Therville. Louis avait juré de se taire, il a tenu. Moi j'ai seulement attesté de ne jamais donner le nom de celui qui se trouve au bout de la ficelle que je m'en vais tirer. Mais je tiens à orgueil que tu saches, fille au loup, que c'est moi Heurtebise, charbonnier de la Charbonnerie, qui donnerai le branle. Parce que je suis sûr que tu en garderas autant qu'un homme l'honneur et le secret.

Marie avait conscience de vivre un instant de grandeur et d'exception, Louis se grattait le front.

— Et que répondre à Nicolas Lebrault, il s'en va la questionner...

Heurtebise secoua la tête avec l'air de chasser une mouche importune.

— Elle ne dira rien, jamais, à personne. Lebrault, tel que je le connais, c'est toi seulement qu'il interrogera sur notre rencontre. Elle, il l'a mise en rôle d'une bonne amie de mascarade, et il ne lui viendra pas l'idée que j'aie pu en juger d'une autre sorte. La Charbonnerie, petite, ce sont des hommes qui se sont réunis par serment dans l'ombre et le mystère, et que l'on pourchasse sur leurs idées de justice et d'égalité...

— Tout comme Claude Durand, alors ?

— Un peu, pas tout à fait. Lui et ton patron Lebrault, ils vont de même côté que nous, mais par un autre chemin.

— Mais pourquoi on vous laisse en paix, vous, puisque de partout on vous connaît pour être charbonnier ?

— Tu as le raisonnement pointu, Marie Therville, et ça me convient. Vois-tu, ce n'est pas de rôtir le bois dans mes meules d'argile qui mène à la Charbonnerie. Il n'est que le nom à ressembler, parce que dans le temps les membres de la Société se noircissaient la figure pour mieux s'enfoncer dans la nuit. Si je peux être de secours à notre ami Limousin, c'est que des hommes haut placés sont des nôtres, sans pour autant avoir métier de charbonnier. Je te vois songeur, Louis. Tu me crois sans doute fort imprudent, pour un tenant de société secrète...

— Non, pas du tout, père Heurtebise, qu'allez-vous penser !

— Je songe que je mets sans inquiétude mon sort entre ses mains, j'y suis en sûreté. Elle en sait à présent ni plus ni moins que toi, veux-tu me dire la différence ? Non pas, épargne-nous la seule réponse véritable, la différence elle tient juste là où tu penses.

Louis, de fait, ne répondit rien et Marie crut le voir rougir : il semblait tout embarrassé sur cette différence dont elle avait parfaitement compris la nature.

— Ne te frappe pas de mon langage. Tu es un jeune homme de droiture et de parole : à toi aussi je vais faire cadeau de mon existence. Venez, enfants, vous douterez avoir vu ce que je m'en vais vous montrer. Ma vie sur votre silence. Parce que c'est ainsi qu'elle est morte, ma belle femelle : à coups de pierres lancées par les braves gens. Elle avait vingt ans et c'était loin d'ici, dans une autre forêt...

Ils ne doutaient pas de ce qu'ils avaient vu. Mais le souvenir en était à tel point incroyable que Marie avait la certitude que jamais ils ne l'évoqueraient, pas plus qu'ils n'en parlaient sur le chemin du retour. « Ma vie contre votre silence. » Tout comme elle, sans doute, Louis pensait que la moindre allusion à ce qu'ils venaient de vivre porterait menace à Heurtebise, le ferait périr sous les jets de cailloux, ainsi qu'il était arrivé à celle qu'il nommait sa belle femelle, avec un accent de désespoir et de passion...

Il leur avait d'abord ordonné de les suivre. Il semblait connaître le moindre détour de la forêt, et quoiqu'il les entraînât toujours vers plus profond, vers plus touffu, aucune branche ne les agrippait, nulle racine ne les faisait trébucher.

— Vous retrouverez votre chemin en vous guidant sur la jument qui fera grand bruit à richâgner de peur...

Ils étaient enfin arrivés au pied d'un entassement de roches.

— Restez-là à m'attendre.

Ils l'avaient vu escalader les pierres, avec une force et une agilité qui lui donnaient une allure de vive jeunesse. Marie s'était dit que, sans doute, il n'était point si âgé qu'il semblait. Il avait disparu derrière les rochers.

— Quel âge il a donc, le sais-tu, Louis ?

— Soixante-quinze, à ce qu'on prétend.

Il reparaissait déjà. Une charge brune en travers des épaules rendait sa descente moins alerte, il ne lui restait qu'une main pour s'agripper et retenir : c'était un vieil homme qui était revenu au regard de Marie, portant un chevreuil mort dont il tenait les pattes croisées sur sa poitrine.

— Il s'est déboulé ce matin dans le ravin, et il est allé crever au fond d'un trou. A présent, obéissez à mon ordre sans un battement d'œil. Tenez-vous contre cet arbre, ne bougez pas, ne vous ensauvez pas surtout, car vous en péririez sans que j'y puisse empêcher. Quand je partirai de mon côté, attendez un petit moment, et puis en allez-vous sans inquiétude. Et souvenez-vous des pierres qui l'ont hachée toute vive, à vingt ans : parce qu'il arrive, dans les grands hivers de désolation, que ce soit des volailles en place de chevreuil, et je n'en ai regret ni honte, nous autres on ne dépouille pas les endroits de misère, seulement les belles fermes des châteaux, les métairies de gros propriétaires. C'est là qu'on se sépare. Regardez, et mettez entre peau et chemise, la vie durant, ce que vous avez vu. Dans le pays, on me prétend garou sans trop y croire. Si l'on avait certitude que je sois meneur de loups, je serais en péril de mort. Portez seulement nouvelle à la femme rousse que son homme sera revenu dans la semaine, et que je lui souhaite une fille... C'est une fille que j'ai retirée de son ventre, quand je l'ai retrouvée froide, déchirée... Elle n'était grosse que depuis cinq lunes, l'enfant n'a pas vécu. Une fille...

Marie avait oublié la présence de Louis à son côté. Elle s'était adossée à l'arbre, figée d'attente, avec la vision d'un ventre ouvert au couteau pour sortir une vie de ces entrailles mortes, une fille conçue depuis cinq lunes, trop faible encore pour prendre souffle.

Heurtebise s'était avancé en milieu de clairière, il avait posé le chevreuil à ses pieds. Son visage avait basculé vers le ciel, et de ses mains en entonnoir autour de sa bouche montait un son modulé, tout à la fois rauque et sourd, qui s'enflait à l'aigu sans augmenter de force, repartait en notes graves que l'on croyait ne plus entendre tant elles roulaient profond, se haussait de nouveau sans paraître rompre le silence. Une bête hurlait avec douceur dans la clairière, et c'était le vieux Heurtebise, et son faible cri emplissait la tête inexplicablement.

La scène était à ce point irréelle que Marie n'avait ressenti ni frayeur ni surprise lorsque le premier loup avait surgi et s'était assis comme un chien devant l'homme qui appelait, appelait toujours... Pendant que les bêtes arrivaient de partout, la frôlaient parfois en passant, sans lui porter plus d'attention que si elle s'était soudain changée en arbre, elle avait pensé aux histoires contées à voix basse et vaguement saisies, aussitôt rejetées dans le noir des légendes, avec le cortège des sorcières et des fadets, des galipotes et des garous. Aujourd'hui, un meneur de loups, à vingt pas d'elle, se roulait entre les pattes d'une louve grise qui lui mordillait le cou, et une meute de vingt bêtes gambadait sous ses yeux, autour d'un vieil homme et d'un chevreuil mort.

Heurtebise s'était relevé en jetant un cri bref, il avait ramassé le chevreuil et s'était dirigé vers les fourrés, en entraînant les loups à sa suite. Une dernière bête s'attardait à flairer les traces, il l'avait rappelée d'un jappement, elle avait obéi comme un chien en faute qui file doux à l'ordre de son maître.

Il leur avait fallu longtemps pour calmer la jument. Lorsqu'enfin elle s'était arrêtée dans ses hennissements fous, elle était demeurée agitée de frissons qui couraient en longues vagues sur sa robe pommelée. Louis l'avait bouchonnée en silence, le jour baissait lorsqu'ils avaient quitté la forêt.

Ils traversèrent Aiript presque à nuit tombée, ils n'avaient pas encore prononcé une seule parole. Marie craignait qu'en se taisant ainsi jusqu'à Sainte-Néomaye, refermés tous les deux sur l'impensable vision qui les habitait, ils ne puissent l'un comme l'autre présenter un visage accordé à la bonne nouvelle dont ils étaient porteurs. Il leur fallait parler avant leur arrivée au Chêne-Vert, se refaire une figure d'ordinaire et de quotidien, effacer de leurs yeux le moindre reflet de ce qu'ils venaient de voir, avant de pouvoir dire d'une voix assurée que Mousin allait revenir, Dieu merci...

Elle se força pour engager conversation, comme elle l'avait fait le matin même en arrivant à la vallée d'Aiript. Elle avait appris à connaître Louis, durant ce temps de fausses amours : s'il mettait bonne grâce à répondre, il était rare qu'il entamât lui-même le propos.

— Ainsi donc, tu t'en vas partir au tour de France ?

— Oui bien, j'avais ça dans l'idée depuis bel âge, et ça tombe tout juste en bon moment pour toi, à cause de... pour le fait que...

— De ce qu'on dit sur nous à cette heure ! Tu es gentil, Louis, mais j'en m'en serais débrouillée, même avec toi restant au pays, c'était une affaire très simple à borner : on s'est accordés un temps et puis à toute fin on s'est trouvés mal appareillés. Et javassez un bon coup là-dessus, jusqu'à trouver une autre pâture. Pas plus difficile que ça...

— Tu es juste comme il t'a dit, Marie, si forte, si batailleuse. Crois-tu qu'il...

« Causer à tout prix, mais surtout pas de lui, jamais. Je sais qu'il ne passera pas un seul jour de ma vie sans que j'y repense, ne parle pas du vieux Heurtebise, Louis... »

— Et depuis quand ça te tient, cette envie de partir ?

— Sans doute des histoires que racontait notre grand-père, sur son temps de compagnonnage. Il en avait connu, des gens et des pays !

— Le vieux Polyte ? Celui des oies sauvages ? Et de son drôle de nom, c'était quoi déjà... Poitevin ? Poitevin-Liberté chérie. D'où ça peut venir, un surnom pareil ? Et pourquoi tu lui as dit bouche cousue, à ta marraine ?

Marie, en vérité, ne s'interrogeait pas plus sur le Poitevin-Liberté chérie qu'elle ne s'était, à l'aller, intéressée à la rivière qui s'était pris un jour fantaisie de couler sous terre ! C'était un sujet de conversation qui évitait de revenir à Heurtebise, à ses loups, à son amour massacré à coups de pierres, à sa sauvagerie et à sa fierté « Moi, Heurtebise, charbonnier... »

— Ça tire de loin, une histoire si vieille, mais qui pourrait porter tort à la famille, de ce moment... Il paraît que le pépé, au siècle passé, il était un des chefs d'une bande... des gens qui s'appelaient entre eux « les Enfants de la Liberté », et qui ont foutu le feu au château de Beauregard, sur la paroisse d'Azay *. Alors lui, il s'est fait baptiser de ce nom, aux Compagnons du Devoir. Liberté chérie, parce que c'était un chant de Révolution qui disait ça... « Liberté, Liberté chérie, combats avec tes défenseurs... » Il nous la chantait souvent cette chanson. Moi, je n'y crois pas bien à son histoire de château brûlé, ça n'est pas le genre des Mainard ; nos idées ça oui, on est fermes dessus, mais porter le dégât c'est une autre affaire ! Mes frères aussi sont en doute, sauf Jean-Baptiste. Lui, il assure que lorsqu'il aura un drôle, il l'appellera Chéri, vu qu'on ne lui supporterait pas Liberté, par les temps qu'on vit.

Marie finit par rire de bon cœur, à l'évocation de Jean-Baptiste — le plus joyeux luron des quatre frères — qui lui semblait si éloigné de mariage et de paternité, et pensait cependant baptiser « Chéri » un fils encore à naître, pour le souvenir d'un improbable incendiaire de château.

— C'est qu'il en racontait, notre grand-père Polyte ! Et tiens, de te voir rire ça me revient : il parlait quelquefois d'un Therville, un gaillard fort comme un cheval, bordier dans la Gâtine perdue, et qui menait le diable à quatre durant la Grande Révolution. Ça nous amusait fort, avec mes frères, et c'est la raison qui me fait souvenir en ce moment — pour une fois que je te fais rire... Il disait, le pépé : « Terre-Ville, Terre-Ville, pas étonnant qu'il était fichu pésan, à s'appeler de

* *Les Enfants de la liberté*, « roman historique » de L. T. Redien, parut en 1910 à l'imprimerie-librairie-reliure Canon, de Lezay. Hippolyte restait le seul survivant des trois chefs, dans ce récit qui doit sans doute plus au roman qu'à l'histoire ! Le fils de Jean-Baptiste reçut bien réellement le prénom très inusité de Chéri...

même, sûrement pas de la terre, qu'il venait ! Mais pardon-excuse, pour le discours et l'intrépidité c'était un gars de première ! » Vois-tu qu'il soit de ta famille ? Un nom comme ça, je n'ai jamais entendu par chez nous...

L'arrivée de Jean Therville en Gâtine

Jean Therville ressentait des courbatures, éreintements et exténuations des quatre membres et de l'échine, en quittant l'auberge à l'enseigne de la Truie qui File, la seule où ils eussent trouvé à se loger dans la ville de Josselin, et Thomas Martin présentait une mine allongée et défaite.

— Tu m'avais promis bonne chère et bonne rinçure, tu t'étais fort vanté de me choisir une fille pour garnir ma couche. A la suite de quoi, Therville, on nous a servi de la bouillie de blé noir asséchée en galette dans une graisse rance, quelques bolées d'un cidre aigre dont j'ai eu mon cœur de Normand retourné, et je n'ai trouvé que ton encombrante présence dans le châlit que nous avons dû partager. Et celle des puces qui m'ont tiré à vif un bon litre de sang durant la nuit...

— Crois-tu donc que j'aie été en meilleur agencement ? Tu ne cessais de ronfler que pour gueuler : pitié, Seigneur, pitié de lui !

— Tu sais à quel malheureux je pensais en mes rêves...

— Je le sais, et il te faudra désormais vivre avec, je l'ai voulu ainsi, Thomas Martin. Pour ce qui est des puces, elles sont moins agitées et trémoussantes que toi en un lit. Ma parole : au moins dix fois j'ai balancé à t'assommer, et te jeter sur le plancher pour finir la nuit tranquille. Et je te rappelle que c'est moi, hier au soir, qui ai reçu la main de cette belle fille en travers de la figure, pour lui avoir serré de trop près la corselette. Par Dieu, je n'oublierai pas que les Bretonnes ont la poigne et la moralité aussi roides que les têtons ! C'était pour toi que je tentais l'abordage, mon camarade, et m'en voilà remercié par des récriminations sur les galettes, le cidre et les puces, quand moi j'ai les membres moulus d'une nuit en ta compagnie, et l'amour-propre mortifié d'un soufflet que j'ai essuyé à ta place.

Thomas Martin se désenfrogna vite, il voyait pointer le sourire et devinait la feinte dans la colère de Jean Therville.

— Estime-toi donc heureux que la mère, non plus que l'aïeule, ne soient venues à la rescousse pour t'en porter deux autres de revers ! A les entendre piailler en leur jargon, il était fort visible que ni l'une ni l'autre génération ne te voulaient de bien. C'était encore la fillette, qui semblait la plus clémente et miséricordieuse à ton égard, et paraissait tenter de mettre au calme les deux furies. Oui, réjouis-toi grandement de ta chance, car si quelque mâle de la famille s'était trouvé là présent, tu n'échappais pas à la broche ou à la lardoire qui t'auraient jeté *ad patres* aussi bien qu'une épée : triste fin pour un héros d'Amérique, que se faire transpercer comme un animal de boucherie...

Il ne restait nulle trace de gaieté dans l'œil de Jean Therville.

— La différence n'aurait pas été grande, ami. C'est justement de boucherie que nous revenons. J'ai déserté par choix, tu y as été amené par force, mais nul doute que nous ayons les mêmes souvenirs. Te rappelles-tu les derniers jours ? La victoire était certaine de son camp depuis un mois, on l'avait déjà célébrée à Philadelphie. Tous ceux qui sont tombés durant ces interminables semaines, tous les vivants qui se présentaient pour combler les vides ouverts par la mitraille, et se trouvaient fauchés à leur tour : qu'ils aient été anglais, insurgents ou français tels que nous, je te l'affirme, ils sont morts comme au billot de boucherie. Tout cela pour que soit réglée de grand arroi la parade finale, pour que la cavalerie des vaincus s'avance au son des fanfares, que les Anglais défilent comme en triomphe entre les rangées de leurs vainqueurs au garde-à-vous !

— C'était un moment de grandeur et de liesse, Therville, et tu en parles sur un ton d'amertume et de rabaissement dont je me trouve choqué. Que faisais-tu aux rives d'Amérique, si tu ne croyais pas en une juste cause ? Moi, j'ai hurlé de joie à m'en déchirer la gueule, en cet instant.

Jean Therville resta un moment silencieux. Il était homme d'une seule pièce, Thomas Martin, la colère et l'incompréhension se lisaient sur son visage, il répéta plus fort :

— Qu'allais-tu faire là-bas, en ce cas, je te somme de répondre sans tes embrouilles et tes embarras habituels !

Jean Therville arrêta son cheval et sauta à bas. Ils avaient dépassé Josselin d'une lieue... Thomas Martin restait en selle.

— Ne te fâche pas, compagnon, tu seras plus vite affranchi de mes embarras et de mes embrouilles que je n'en serai délivré moi-même. Je croyais à la justesse de la cause insurgente, j'y crois toujours, et moi aussi j'ai crié : Liberté ! Victoire ! Amérique ! C'est le soir même que j'ai déserté, à la pensée de ce sang inutile dans lequel les ennemis d'hier marchaient du même pas. J'ai quitté l'Amérique sur tous ces morts en trop, par le biais heureux de t'avoir rencontré. Pied à terre, mon camarade ! Voici le temps venu de nous séparer. Il nous reste à partager notre bourse, ainsi que l'andouille et le chouchen que mon ami Kerjean a glissés dans mes fontes ! Deux chevaux, nos frusques et nos bottes, c'était trop peu pour lui de générosité et de bonnes manières, il nous a nantis d'une andouille de deux pieds de long...

Thomas Martin demeurait ferme sur sa monture.

— Tu peux donc moquer de tout, gredin...

Jean Therville mit un genou en terre, s'inclina dans un geste tout à la fois empreint de noblesse et d'humilité.

— De presque tout, en vérité, et d'abord de moi-même. Jamais de l'amitié, non plus que du courage, ni de l'injustice.

Il se releva en riant, frappa un grand coup sur la cuisse de Thomas.

— Andouille et Liberté, compagnon ! Fais-moi la grâce de descendre de ta jument.

Ils s'étaient séparés dans la tristesse. Les provisions — andouille, beurre salé et pain noir — que Kerjean avait ajoutées à ses largesses leur avaient séché le gosicr. Ils avaient bu à grandes lampées le chouchen à la douceur trompeuse, qui les avait portés aux épanchements de cœur et à la mélancolie.

— Qu'est-ce donc que tu me fais boire, Therville ? Est-ce cidre ou vin doux ? La tête m'alourdit et me tire à l'arrière.

— C'est l'effet bien connu de la plus vieille liqueur à porter l'ivresse, le miel fermenté des abeilles, avec juste assez de leur venin pour te chatouiller là, dans l'arbre de vie...

Jean Therville avait flanqué un grand coup du plat de la main sur la nuque de Thomas Martin avant de continuer.

— Et pour ainsi te faire choir noblement, face au ciel, et non pas le groin dans la boue, comme un porc.

Le marin s'était étalé sur le dos en riant.

— Bête brute, que ne t'ai-je tué quand je te tenais dans la cale ! Pourquoi ne me suis-tu pas, vers la Normandie ? Tu n'as point mine d'Occitanie ou de Provence, pour vouloir à toute force descendre vers le sud ! Viens avec moi, Therville, le cœur me fend de te quitter.

— Pareillement en moi. Et pour un peu, je me laisserais tomber de désespoir à tes côtés. Debout, fillasse ! A chacun son destin, le mien n'est pas de pêcher la morue. J'ai des vues sur Bordeaux, où un ami faisait commerce de vin. Je te l'avoue cependant, un jour peut-être je me porterai à Fécamp, et je crierai à tous les vents : connaissez-vous Thomas Martin, grand capitaine terre-neuvas, je me languis de le revoir, en réussite et prospérité...

Jean Therville arrêta le ton de persiflage.

— J'aurai toujours souvenir de toi, et je t'en assure sans la moindre vapeur d'ivresse. Adieu ou au revoir, c'est Dieu seul qui le sait.

Il leur fallut un long moment encore pour se résoudre à séparation. Thomas voulait à toute force échanger de monture, représentant à Therville que la route étant plus longue pour Bordeaux, il allait se détruire le fondement sur ce cheval fou, noir comme tous les diables de l'enfer et de si haut garrot. A quoi Jean Therville répondait, avec le même entêtement d'ivrogne, qu'il voulait savoir son ami Martin de bonne assiette sur une jument docile, à l'ensellure large comme un fauteuil. Après une dernière embrassade mêlée de larmes, chacun d'eux avait pris sa route, avec de grands adieux de bras, jusqu'au tournant de chemin qui les avait définitivement arrachés l'un à l'autre.

C'est à Cholet que Jean Therville avait senti le danger. Il n'avait dû d'échapper aux gendarmes royaux qu'à l'allonge du cheval fou... Il s'était alors écarté des grandes routes, s'était enfoncé dans une région de landes et de bois, avait tourné longuement dès qu'il apercevait une bourgade de quelque importance pour en éviter les pièges et les risques... Recherchaient-ils un déserteur, les argousins ? Ou le détrousseur de la Saint-Apremont, débâillonnée par un providentiel veuvage ?

Il était arrivé dans un village de médiocre taille qu'une foire animait. Il avait soif et faim, il était entré dans une auberge qui portait une croix blanche pour enseigne, après avoir failli renverser une vieille femme fort emplumée de chapeau, et vive au maniement de canne.

Il avait demandé le nom de ce pays à l'aubergiste.

— C'est Vasles, mon beau monsieur, et nous fêtons aujourd'hui la Sainte-Catherine.

Le jour où le Grand Mousin pensa mourir

9 avril 1853

— Mon pauvre homme, vas-tu donc virouner la journée entière ? A quoi ça sert de te cailler le sang ? M'entends-tu, Landry ? Mousin ! Cheval gâté ! Hou-oh-ru !

Landry Rebeyrolles s'efforça de répondre à la plaisanterie de Céline, s'arrêta en hennissant. Le cœur n'y était pas, il se remit à arpenter la maison, compta ses pas. « Huit de la table au fourneau, en faisant petit, douze pour aller de la fenêtre à la porte du cellier, des grands. Et six moyens de la table au corridor... Et merde, je vais-t-y passer ma vie comme ces écureuils que les drôles attrapent et foutent dans une cage d'osier pour tourner une roue ? J'ai assez brandeluché en rond durant six semaines pour faire virer tous les moulins de la Sèvre, pour sûr, c'est temps que je m'arrête. »

Il tira une chaise près de la fenêtre du jardin, s'assit devant Céline, qui le remercia d'un regard. Le soleil du matin faisait briller les fils de soie qu'elle crochetait. Sur sa table à ouvrage, un minuscule bonnet de dentelle et de satin était posé sur une marotte. Elle coupa son fil, fronça son ouvrage entre les doigts.

— Tu vois, juste ça qui manque au chrémeau : les trois roses de soie. Une sur le dessus de tête, regarde cet effet... et les deux autres là, et là, sur les côtés de joue.

Mousin hochait la tête, se trouvait en faute de ne rien répondre. Depuis qu'il était revenu, il avait ainsi des absences, des distractions, et l'attente de cette naissance qui tardait semblait prolonger pour lui son temps de cachot. Passés le bonheur et le soulagement de son retour à la liberté, de ses retrouvailles avec Céline, il s'obsédait sur cet enfant qui ne venait pas, qui restait prisonnier lui aussi, et il avait vaguement conscience d'échapper, par le biais de cette idée fixe, à des questions qu'il lui faudrait bien un jour se poser, à des évidences qu'il ne pourrait éternellement contourner...

— Vois donc ce beau temps, Landry. Ça me semble parti pour durer ce coup-ci.

— Oui, pour sûr...

« Si tu savais comme je m'en fous du temps qu'il peut faire, à peine si je vois qu'il fait soleil. Moi qui ai tant miséré de renfermis, durant six semaines... Et qui me trouvais si fort en alarme et souci, et en manque de toi, ma chère femme... Voilà qu'à présent je ne trouve que te dire oui ou non, en y forçant, à grand-peine et embarras. " Oui pour sûr ! Que non pas ! " Est-ce que c'est dans ma ressemblance de te répondre de même en branlant la tête, et pour savoir le reste devine si tu peux ? »

— Tu sais qu'ils font bugeaille à la Grande-Métairie, elles n'auront pas de peine à faire sécher, les femmes...

— Que non pas...

Céline secoua la tête, comme en découragement de s'atteler à une tâche au-dessus de ses forces. Elle reprit son écheveau de soie dorée, son crochet. Mousin se sentit en grande honte devant cette douceur et cette résignation, si peu dans le naturel de sa femme. Il lui remarqua soudain le visage amaigri, la bouche triste aux coins tombants, soulignée de deux plis qu'il n'avait jamais vus. « Ma toute fraîche, ma beauté, ma belle furie que je te disais des fois, voilà que je t'amène à faire silence au lieu de renâcler, à te rider de chagrin et de souci, à te pencher sur ton ouvrage comme une vieille sans espérance. Pauvre con malfaisant que tu es, Limousin, ne lui as-tu pas porté assez de peine ? »

— Que non pas, ma Céline, et tu sais pourquoi elles vont avoir soleil, les Sabourelles, pour sécher leurs draps, leurs jupons de dessous, leurs queues de chemises et leurs bonnets de nuit ? Et leurs culottes, si des fois elles en mettent ?

Il voyait Céline tendue dans l'attente, dans l'espoir de le trouver enfin revenu à ses humeurs coutumières. Au brillant de son œil il devinait qu'elle n'osait encore y croire, qu'elle pensait à une embellie passagère vite balayée de nuages, qu'elle se disait : tout à l'heure il a essayé quand je lui ai commandé d'arrêter son tournis, et puis il est reparti pour se taire, dans ses allées et venues de bête malade...

— Puisque tu sembles pas savoir, tant ignorante que tu es, je vais t'en porter connaissance : parce qu'on assure que les belles femmes ont toujours beau temps sur leur lessive. A-t-il mouillé sur la tienne à des fois ? Grand mille fois non ! Et par ce fait de bugeaille à la Grande-Métairie, nous voilà en tranquillité sur trois jours de soleil. A cause que la néné Saboureau, hé ! hé ! Et surtout, surtout, Madeleine Chapeleau. Allez té, pour elle je remets deux jours de plus, même la semaine entière, tellement qu'elle est attirante, Madeleine. Et de bon caractère aussi, chaque coup qu'il lui tombe un œil.

Il se sentit un grand élan d'amour et de reconnaissance, en voyant Céline accueillir tout naturellement sa gaudriole. A trop montrer sa joie de le retrouver en ses dispositions habituelles de discours et de plaisanteries, elle aurait souligné combien lui avaient été pesantes ces journées d'enfermement taciturne où il s'était tenu depuis qu'il avait été relâché, après le jugement rapide où il n'avait rien compris, sinon qu'on le libérait, lui et les trois compagnons de trinquerie et de chansons... Non, Céline répondait en souriant, comme de reprendre le fil d'une conversation, d'un badinage un instant interrompus.

— Tu sais, Landry, je me fie mieux sur Marie que sur Madeleine, pour nous garder le soleil : elle fait la bugeaille elle aussi chez les Saboureau. Dix-sept ans elle va joindre cette année. Et tant plus va, tant plus qu'elle devient belle...

Céline soupira, s'arrêta un instant.

— Pas comme moi, tu vois, je me défais de ce moment, je me fripe, mon bon temps est fini.

Mousin eut un serrement de cœur, une bouffée de remords taraudant. Sa belle Céline, sa merveille...

— J'ai fait quoi d'affront au Bon Dieu, pour qu'il m'appareille avec cette couniasse ? Ça se chiffonne et se détruit, ça se plissotte et ça se tape comme une vieille pomme ! Ça laisse les dents sur du pain trempé, ça perd à poignées la chevelure ! Merci, mon Dieu, merci, vous aviez déjà fait miracle d'amener le petit Jésus à la Sainte-Vierge, ça suffisait largement pour toute une éternité de vie de Bon Dieu, et maintenant comme autre merveille vous allez faire accoucher une pauvre vieillarde de centenaire, merci Notre Père et tous les Saints du Paradis.

Elle riait Céline, la bouche et le regard revenus en jeunesse. Les plis au long de ses lèvres, et au coin de ses yeux comme une griffure, c'étaient juste les marques du rire et de la joie de vivre retrouvée.

— Vas-tu arrêter dans tes jurements et tes sacrilèges au Bon Dieu ? Tu auras de quoi dire au prochain confesse, toi qui n'y rates jamais un mois. Les grenouilles de bénitier, elles cancasseront fort à te voir si longtemps les pattes de derrière dépasser le rideau du confessionnal...

— C'est que je dois rendre compte de tes péchés, qui sont bien gros et bien vilains, en plus des miens qui sont tout menus-menus. C'est ça qui me passe du temps, vu que toi, une fois l'an vite torché ça te suffit de sacrement...

Mousin arrêta la comédie, prit la main de Céline.

— Et je te cause sérieux. Tu es toute belle, ma femme, et ça aux yeux de tous. Mais du jour, et c'est pas pour demain, que tu les auras véritablement ces rides et ces plissures, et ces taches de peau qui viennent avec l'âge et qu'on appelle les marguerites de cimetière, à mon regard tu seras toujours belle, et je te le dirai en sincérité. Ça ne sera que pour moi peut-être, mais tu seras belle...

Il vit des larmes dans les yeux de Céline, voulut couper court à l'attendrissement qui le prenait lui aussi, tant il se trouvait en certitude sur son affirmation.

— Et c'est ça que tu regretteras, d'hasard, qu'il n'y ait plus qu'un vieux Limousin, pour trouver plaisante à voir la vieille Céline...

Céline coula la tête sur son épaule, ferma les yeux.

— Non, mon vieux Limousin... Je ne serai pas en regret.

— Eh là donc, pas si vite, pas déjà... Attends un peu tes relevailles, je te la montrerai, ma vieillesse !

La porte qui s'ouvrait les détacha de leur étreinte de tendresse. C'était Blanche qui entrait, sans frapper, comme à son habitude.

— Je vous y prends, les amoureux ! Je voulais venir plus de bonne heure, je me suis retardée de causer avec Marie, avant qu'elle parte en journée chez Saboureau.

— Bonjour, belle-sœur. De causer avec Marie, ou de causer à Marie, qui vous a retenue ? Asseyez-vous donc quand même.

Blanche Lebrault tira une chaise, se joignit à leur groupe, devant la fenêtre.

— Ça me semble qu'il est revenu dans ses vents de moquasserie ton homme, ma petite Céline. Je ne sais pas si je m'en vais rester. Vois donc ce que j'avais fait, en plus que de causer, parce que je me disais : je demeurerais bien ressouner avec eux autres, vu que Lebrault est tout le jour au diable vert dans une vigne loin perdue, à la Croix Barret, pensez un peu...

Tout en continuant son bavardage, Blanche Lebrault soulevait le coin d'un torchon blanc, qui masquait le contenu de son panier. Mousin n'écoutait plus, saisissait « encore toute chaude... » « le lapin fricassé d'hier au soir... ». La belle-sœur racontait en détails et détours qu'elle apportait une tourtière de Pâques « et avec les œufs de la poulette grise ». Céline non plus n'avait pas trop l'air à la conversation, semblait à l'écoute d'autre chose, tendue sur une idée rien qu'à elle, il fallait l'inconséquence de Blanche lancée à javasser pour ne pas s'apercevoir qu'elle était loin Céline, en ce moment, à des écarts et des lieues de cette tourtière « bien saisie de pâte, comme tu aimes... ».

— Et de même, vu que la sage-femme de Breloux passe toujours à midi, elle fera collation avec nous, c'est-y pas une bonne idée ?

Par le fait c'en était une, et Mousin se reprit d'intérêt pour la tourtière et le flot de paroles de Blanche. Depuis dix jours, sans manquer, Louise Gaboriau visitait Céline, en attente de cette naissance qui se faisait désirer un peu trop longtemps à son goût. Mousin trouvait un réconfort à la présence quotidienne d'une femme de grande réputation dans sa partie, il savait qu'à Sainte-Néomaye on en riait sous cape, « croyait-on pas accoucher une madame, la sage-femme c'était pour les faiseuses d'embarras, ou alors pour les cas où ça vient mal, en tout dernier espoir, quand Alida Chauvin assure qu'elle n'y peut aboutir ». C'était lui qui avait imposé sa volonté, pour une fois, et Céline s'y était pliée après forte discussion. « Et pourquoi pas le docteur de Saint-Maixent, qu'elle disait, ou l'officier de santé de la Crèche, ça ferait encore mieux rire les gens. Moi je n'ai pas démordu, je lui voulais la sage-femme, pour sûreté, pas pour inquiétude. Est-ce que je suis du genre à faire venir un docteur rien que pour un pet retourné ? Non, alors ? Alida Chauvin, je ne dis pas qu'elle soit pas capable, non, elle lave les morts, elle met les drôles au monde, d'accord, mais toi tu auras la sage-femme... L'histoire du pet retourné, sans doute, qui l'a fait rire. Entendu pour Louise Gaboriau, elle a dit, mais ça va nous coûter gros... Et alors, que je lui ai répondu, toi et l'héritier ça ne vaut pas d'éparer une goulée d'argent ? »

— Sûr que c'est une bonne idée, belle-sœur. Ça lui sera une politesse, à cette femme, de l'inviter manger votre tourtière.

Céline secoua la tête, Mousin la trouvait pâlie de nouveau, sans cette gaieté dont il l'avait ranimée l'instant d'avant.

— Elle ne passera pas aujourd'hui. Elle est en grand

souci sur une petite femme de François, toute jeunette, son premier. A quarante sous depuis deux jours, et ça n'avance pas.

— Et quoi donc quarante sous, ma Céline, que racontes-tu ?

Blanche Lebrault répondit en place de Céline, avec une mine de supériorité.

— La matrice. L'ouverture de matrice. On dit vingt sous, quarante sous, pour marquer l'avancement du travail... A cent sous, c'est près de sortir.

Mousin n'eut pas le temps de s'horrifier à de tels détails. Céline se levait, la main au ventre, regardait entre ses pieds.

— Je perds les eaux. Va chercher Alida Chauvin, Landry.

C'était long, un jour de lessive, c'était interminable et exténuant... Marie avait l'impression de manier le potin depuis une éternité, il s'était alourdi au fil des heures, à chaque mouvement il tirait davantage... Ses bras étaient devenus balancier de pendule, une pendule à battre le temps pesamment, à soulever la fatigue, à la déverser brûlante sur le linge entassé dans les ponnes à bugeaille. C'était l'éreintement qui s'écoulait en jets par les becs ménagés à la base des grands bassins de pierre, c'était l'épuisement qui bouillottait doré sur le foyer, le harassement qu'il fallait puiser pour arroser le linge... A la couleur du lessif, Marie jugeait qu'il faudrait une bonne heure avant qu'il ait gagné la teinte rousse annonciatrice du terme et de la réussite, une heure encore à suer, à respirer les vapeurs de feu, à trimer en silence : depuis longtemps déjà elles ne parlaient plus, Juliette Saboureau, Madeleine et Marie... Jusqu'en milieu d'après-midi elles avaient pu causer, échanger des réflexions, pas trop longues pour ne point ralentir : la langue et les bras ça n'était pas réputé pour marcher de bonne compagnie, dans les travaux de force. Mais enfin, comme elles se trouvaient à trois pour arroser deux ponnes, celle qui descendait pour souffler un moment faisait conversation avec la néné Saboureau. A présent, le silence... La néné disait seulement : « Ma pauvre, je sais ce que c'est... » quand l'une ou l'autre venait s'asseoir près d'elle.

Marie était arrivée en retard, à la Grande-Métairie. Blanche Lebrault hésitait, atermoyait, s'éternisait en scrupules sur la quantité de petit linge à envoyer blanchir aux ponnes de la néné Saboureau.

— J'ai crainte que ça fasse de trop. A ton idée ?

Sans même attendre la réponse, elle continuait à exposer ses alarmes et anxiétés, avec sa démesure coutumière.

— Parce que je sais rien quoi enlever. Si tu vois à la mine de la néné Saboureau que ma pochetée est trop forte, tu tries ce que tu veux, ce que tu feras sera bien.

Marie avait empoigné le ballot de linge, Blanche Lebrault l'avait arrêtée dans son geste.

— Tu tries ce que tu veux, je te répète ce sera bien, mais tu laisses les mouche-nez, mes camisoles, et surtout, surtout la mousseline de baptême. Parce que la bugeaille de la Grande-Métairie, elle fait un doux, sur le linge ! Et en plus, c'est l'odeur. Quoi donc qu'elle met, la vieille, pour produire si bon effet ? Tu me...

— Elles auront commencé sans moi, Madame Blanche...

— Et penses-tu, ça n'est pas de causer cinq minutes... Oui je te disais que tu me rendrais fier service si tu arrivais à lui faire cracher, pour l'odeur. Mais ça j'y compte pas trop, c'est des affaires qui se propagent pas. Ça fait une grosse balluche, quand même. Prends la brouette, accache bien dessus pour aplatir, que ça paraisse pas tant épais. Comme ça, tu vois, en donnant mou, mieux éparpillé...

Blanche Lebrault défaisait les nœuds du ballot, brassait le linge, refermait moins serré, tapait du plat de la main. Aux yeux de Marie, c'était peine et agitation inutiles, le paquet changeait de forme et de consistance mais non point de volume. Elle avait l'habitude de ces énervements de dernière heure qui tourmentaient sa patronne chaque fois qu'on faisait lessive à la Grande-

Métairie, c'est-à-dire deux fois l'an. Blanche Lebrault se tarabustait toujours d'envoyer trop de petit linge, son balluchon allait être le plus bouffi, les autres voisines invitées elles aussi à porter blanchir du menu linge aux ponnes des Saboureau ne manqueraient pas de commérer, et pourquoi pas de colporter qu'au Chêne-Vert on n'avait pas les armoires garnies en suffisance pour attendre une année sans demander aux autres : elle assurait avoir grand honte à envisager pareil affront !

— Vous avez bien tort de vous tracasser pour ça, Madame Blanche. Vous savez comme ils sont de service, jamais ils font de réflexions. Et Juliette Saboureau, elle vous portera tout pareil son paquet, quand on coulera la lessive du Chêne-Vert, en juillet...

Marie s'épuisait en arguments, piétinait d'attente, elle avait en abomination le moindre retard, préférait se trouver à pied d'œuvre une heure d'avance plutôt que cinq minutes à la traîne.

— Et je sais bien ma petite, mais moi je n'ai pas cette odeur, je me trouve en reste sur eux. En tout cas, si tu dois laisser qu'une seule pièce, que ça soit la mousseline de baptême : même que je serai pas à l'église ce jour-là...

Marie avait fermé les yeux sur un sentiment d'impuissance, comme dans ces rêves où elle s'empêtrait dans la lenteur et les détours, alors qu'une tâche inconnue demandait qu'on la fasse au plus vite « Encore heureux que vous n'y serez pas, au baptême, à vous attendre on risquerait le baptiser à la chandelle... » Elle avait dû manquer tout un pan de discours à cette évocation, s'était reprise à écouter une phrase entamée depuis un moment, sans aucun doute.

— ... et toujours rien. Faut croire qu'il se trouve benaise là où qu'il est. Paraît que c'est mauvais signe pour être un gars. D'après, c'est les filles qui sont feignantes à venir. Et toi, vas-tu pas te presser, la néné doit t'attendre assise sur son banc, depuis qu'elle est plus assez forte sur ses jambes elle reste quand même auprès, pour gouverner. Dépêche-toi donc à la fin.

Marie demeurait silencieuse face à tant d'inconsequence.

— Tu devrais déjà être rendue, que fais-tu là à dodailler la tête ?

— C'est que je vous écoutais, Madame Blanche, juste ça qui me retenait.

Elle se trouvait suffisamment en confiance avec sa patronne pour enfin trouver réponse et moquerie au bavardage de Blanche Lebrault, à ses phrases qui se tiraient l'une l'autre, revenaient au point de départ, repartaient en directions imprévues. C'était une bonne personne, la patronne du Chêne-Vert, la première à rire de ses petits travers.

— Bien envoyé, ma petite ! Ma bonne drôlesse, si tu savais comme ça me fait du bien au cœur, d'être revenue à causer et ricasser de tout et de rien, depuis qu'ils l'ont remis à la liberté, le beau-frère. Du coup me voilà bouquée, tiens, c'est moi que je vire les talons... A ce soir, ma mignonne.

Le jour était presque levé lorsque Marie était arrivée à la Grande-Métairie. Elle s'était tout de suite dirigée vers la buanderie, sans passer par la maison. Les scrupules de Blanche Lebrault la privaient aujourd'hui du grand bol de café que la néné Saboureau agrémentait d'une trempette de gâteau, les matins de lessive, en assurant que rien ne donnait autant famine que de faire bugeaille. « Allez, régalez donc, mes enfants, moi dans la jeunesse j'aurais mangé mon homme tout cru, ces moments-là ! » Marie s'amusait à cette image d'une vieille femme édentée qui s'était ressentie en appétit de dévorer Auguste Saboureau, dans le temps... Elle se trouvait une attirance vers ce couple d'anciens, quatre-vingts largement dépassés tous les deux, qui parfois se tenaient la main comme deux promis, à la veillée. Souvent, elle avait entendu la néné Saboureau assurer :

— Je ne demande qu'une chose au Bon Dieu, oui, une seule : c'est qu'il nous donne la chance de partir en même temps. Et si l'affaire lui est pas faisable, alors que Guste s'en aille le premier, parce que je ne peux pas endurer l'idée du chagrin qu'il aura, si je le laisse derrière...

Le vieux bonhomme hochait alors la tête, et Marie avait l'impression que lui et elle étaient seuls à comprendre la force et la générosité d'une telle prière. Les autres, même ceux de la famille, en riaient plutôt par en dessous, avec un air entendu qui signifiait : oui pour sûr, tu aimes mieux passer la dernière un point c'est tout, vieille farceuse ! Madeleine n'était pas en reste pour souligner une pareille cocasserie, et elle assurait par ailleurs à Marie qu'il y en avait « deux autres d'aussi risibles, et qui allaient devenir plus pires encore, c'était le grand échalas de Limousin et la Céline ».

Ainsi que Marie l'avait prévu, le travail était déjà commencé lorsqu'elle avait pénétré dans la buanderie.

— Faites excuse, Madame Saboureau, me voilà en retard...

— Dame, ma pauvre enfant, tu t'en es punie toute seule, parce qu'on t'a pas attendue pour le petit café.

La néné Saboureau était assise sur une bancelle, appuyée au bâton qui ne la quittait plus. Elle souriait à Marie, et ses gencives nues amenaient à son visage un air de petite enfance.

— On t'a pas attendue à cause qu'aujourd'hui il faudra vous débattre à trois seulement, avec ma bru et Madeleine. Faut pas compter d'avoir un seul homme pour venir deux-trois coups arroser notre bugeaille. Parce qu'après ce temps de chien, les malheureux, ils ont deux fois d'ouvrage qu'ils y peuvent faire, ils en sont rendus à courir plutôt que de marcher pour essayer de venir à bout.

Marie rencontra le regard de Madeleine qui lui disait en silence, avec un éclat de dureté, que ça y était, la mère Sabourelle était partie à chanter louanges de « ces bons gars qu'elle avait donc, à la Grande-Métairie »...

— Les bons gars que j'ai donc, à la Grande-Métairie ! Leur journée finie, crevés harassés qu'ils étaient, ils m'ont assis tout le linge dans les ponnes, hier au soir. Et tiré l'eau...

Elle s'était tournée un peu vers Madeleine, la néné Saboureau, tout en s'adressant à Marie.

— Et crois-moi qu'ils y ont fait aussi bien qu'on aurait pu faire, les tuiles au fond des ponnes, les sacs de cendre, le gros linge dessous, pour finir au petit... Madeleine, prends donc le ballot du Chêne-Vert, il est pas gros ça semble... Oui, des bons gars que j'ai.

— C'est ce qu'on dit partout, Madame Saboureau. Je remplace votre bru au potin, à présent ?

— Pas si vite, pas si vite ! Elle est loin d'être lassée déjà, cette petite, pas vrai Juliette ?

Juliette Saboureau se récria que non, elle n'était point en fatigue, et Marie se retint de rire sur la « petite » à peu près de même âge que Madeleine, et grand-mère depuis longtemps.

— Toi Marie, premièrement tu garnis le foyer, m'est avis que ça languit à chauffer.

Elle gouvernait, la vieille femme, ainsi que l'avait prédit Blanche Lebrault, elle tenait l'œil à tout, et c'était à elle seule de décider qui s'arrêtait pour souffler, et qui continuait d'arroser les ponnes. Marie s'était promis d'attendre les ordres, de ne pas empiéter sur son autorité en insistant pour saisir le potin...

— Bon, ça va repartir vite, tu t'es bien pris pour choisir le bois, je guettais, tu sais... A présent, va donc à la maison voir à mon pauvre Guste, qui s'est donné un tour de reins ce matin, bonnes gens, rien qu'en m'aidant à passer mes chausses.

Marie s'était tournée vers la porte, pour attendre la suite. « Ne pas lui rire au nez, surtout ! Mon Dieu ce vieux bonhomme en train de lui enfiler ses bas, à la néné Saboureau... Il suffirait que Madeleine m'envisage pour que j'éclate. »

— Il reste du café, je suis sûre, le pot est dans la cendre, il sera demeuré chaud...

Cette fois, Marie avait regardé la vieille femme en face. « Comme elle est brave personne ! Et moi qui ne vois rien qu'à ça, Guste Saboureau de genoux pour lui monter ses chausses ! Et crac dans l'échine en se relevant... »

— Je vois que ça te porte au sourire, l'idée de ce café. Si des fois il allait mieux, Guste, en s'aidant sur toi d'un côté, et un bâton de l'autre, il pourra peut-être arriver à joindre jusqu'ici, chas-petit, doucement. Et sinon, tu lui fais un brin causette, il s'est donné du gros souci pour l'homme à la petite Thibaudeau. Tu lui raconteras comment ça s'est passé, mais essaie quand même à toute force de me le ramener.

Marie était partie vers la maison, avec le remords d'avoir pu un instant ricaner en son for intérieur sur le tour de reins du pépé Guste, et sur la jarretière de sa mariée. Elle s'était promis de le convaincre. « Soyez tranquille, néné Saboureau, je m'en vais vous le béquiller, votre amoureux... » Il s'était laissé faire sans trop prier, il ne pesait guère lourd au bras de Marie. Elle l'avait fait asseoir auprès de sa femme.

— C'est aimable à toi, Guste, de venir à nous désennuyer. Ça va-t-y mieux ? Mon Dieu qu'il pue, l'onguent de Madeleine, mais grand merci à elle de t'avoir soulagé. Marie, tu remplaces Juliette à présent..

Il semblait à Marie qu'une éternité avait passé, depuis ce temps. Elles avaient mangé sur place, chacune leur tour, des fins morceaux, flatteurs à l'appétit, avec les injonctions de la néné Saboureau de reprendre et reprendre encore, elles allaient se trouver en besoin de forces d'ici ce soir. Le vieil homme, Marie l'avait reconduit à la maison, après la collation. Il avait reçu tous les éclaircissements voulus sur l'emprisonnement de Rebeyrolles.

— Ça m'étonnait grandement d'un si bon gars, mais tu vois ma petite, sans offense à Lebrault que j'estime, l'Empire c'est l'ordre, ils n'ont pas mis longtemps à revenir de leur erreur.

Marie ne parlait plus en maniant le potin, mais elle se trouvait quand même en état de penser qu'il n'était nul besoin au patron de lui faire la leçon hier au soir, sur ce qu'il fallait dire ou taire. « Sa chère Marie, elle en connaît davantage qu'il pense, Nicolas Lebrault. Elle sait trier toute seule les explications à donner aux mondes, mais ça, j'ai grand peur qu'il l'admettra jamais, ma chère Marie... »

Juliette Saboureau était partie mettre la soupe, après avoir promis d'apporter une lampe, le soir tombait. Il ne venait qu'une mince clarté de la porte ouverte. Malgré l'obscurité, Marie le reconnut avant même qu'il n'entre : Mousin traversa la buanderie en courant, sans un mot ni regard pour la vieille Saboureau, il arracha le potin des mains de Madeleine, il avait les yeux fous, il l'entraîna dehors et Marie l'entendit qui disait d'une voix déchirée :

— Vite, je t'en supplie, je t'en supplie... Madeleine...

Il restait assis dans le noir, sans avoir l'idée d'allumer la lampe. Il n'était que la lueur du feu pour éclairer la maison. Le fourneau ne suffisait pas à chauffer autant d'eau qu'en réclamait Alida Chauvin, Blanche avait pendu un chaudron à la crémaillère de la cheminée.

Landry Rebeyrolles se sentait devenir une bête repliée sur une impensable douleur, un renard ventre ouvert à la fourche, qui se recroqueville et tremble longtemps avant de mourir, sans que personne ne songe à l'achever. Il arrivait que l'animal vive encore lorsqu'on repassait, le soir, à l'endroit même où on l'avait chopé. Et dans ce temps, lui comme les autres, il disait alors :

— Voyez-moi donc si c'est dur à crever, ces saloperies de bête. Les tripes qui lui sortent, et pas encore mort... Dieu merci, en voilà un qui ne mettra plus ravage dans la volaille !

Il s'obsédait sur ces bêtes qu'il avait tuées, ne savait plus si c'était lui qu'il reconnaissait dans cette interminable agonie, ou si c'était Céline, ou bien encore l'enfant. Tout mourait en silence et atroces souffrances dans sa tête, il entendait grincer un pied de chaise... « Il faudra bien qu'un jour je m'avise à le recoller. » De la chambre haute, au-dessus de sa tête, il ne venait aucun bruit, seulement des pas, de temps en temps : les savates de feutre d'Alida Chauvin traînaient doucement, les sabots de Madeleine toquaient plus fort contre le parquet... Et rien d'autre. Depuis le matin, pas un cri. Il s'était subitement ressenti besoin de hurler, parce que crier c'était vivre, c'était l'envie de résister à vivre qui sortait, et ce silence dans la chambre haute n'était rien d'autre que celui de la mort. Il n'avait pas crié, il avait poussé un long gémissement, juste avant de mourir le renard devait se plaindre de même façon. Puis il avait entendu les pas de Madeleine qui arrivait derrière lui, il s'était tu. Il ne s'était pas retourné, il attendait la mort qui s'approchait en silence, juste au bruit des sabots de Madeleine.

Elle n'avait pas posé de questions, malgré la colère qu'elle ressentait. Elle courait, tirée par un insensé qui lui agrippait la main, elle suait de lessive, d'essoufflement et de rage. Elle avait fini par trébucher contre une pierre, elle était tombée sur les genoux. Mousin s'était enfin arrêté, une lueur de sagesse avait semblé revenir dans son regard, il l'avait relevée avec douceur. Sans lui lâcher la main, comme s'il avait eu crainte qu'elle s'échappe et se sauve, il avait alors marché à pas raisonnables, et non plus dans cette course folle où elle ne pouvait suivre. Il s'était mis à parler en traversant le Champ de Foire.

— Il n'y a que toi, Madeleine, que toi d'espoir. La vieille Alida n'y peut plus rien, c'est à toi que j'ai pensé...

L'idée n'avait pas traversé l'esprit de Madeleine, durant qu'il la traînait si vite. Elle avait pensé : « Une brûlure, un membre démanché, et ce grand fi de garce de sang bouillant, il vient m'arracher de même, sans politesse ni rien, sans dire bonjour à personne ni du cul ni de la goule, parce que sa Céline s'est renversé la soupe sur le devantier, ou s'est détreviré un pied dans ses bottines de belle dame à manières... » Et voilà qu'il lui parlait de la vieille Alida qui n'y pouvait plus rien. Du coup, elle s'était arrêtée en plein milieu de Champ de Foire, avec la pensée qu'heureusement le noir était venu, et que personne ne pouvait les entrevoir : lui, tirant toujours, et elle plantée sur ses pieds à ne vouloir avancer plus loin.

— Alida Chauvin ? Que me dis-tu malheureux ? Ça n'est quand même pas pour ça que tu es venu me chercher ?

— Si fait, Madeleine. Viens que je t'explique en chemin. Je t'en fais prière... Viens, je te dis !

Il y avait de nouveau cet éclat de folie dans les yeux du Grand Mousin, et Madeleine y avait lu bien plus de menace que de prière. Elle l'avait suivi, escomptant le raisonner : quoiqu'ils aient souvent entre eux des disputes et des vents d'orage, elle le reconnaissait parfois comme un homme de bon sens, il allait finir par comprendre que dans la circonstance elle y pouvait moins encore qu'Alida Chauvin, qu'elle se trouvait en totale impuissance, elle conjurait les brûlures, soignait les tours de rein, reboutait les démanchures de membres, mais pour une naissance...

— Et la sage-femme, alors ? Ça se disait partout qu'elle passait tous les jours, même que ça faisait causer...

— Elle n'est pas passée, justement aujourd'hui.

Il avait l'air de se calmer, parlait sur un ton raisonnable qui montait Madeleine en espoir de lui faire comprendre son erreur.

— Justement aujourd'hui. Je l'ai envoyée quérir à François par le fils Denis. J'avais dit qu'elle laisse l'autre, nom de dieu, et qu'elle vienne à Céline tout de suite...

— Comment ça, qu'elle laisse l'autre ?

— L'autre qui accouchait. Elle l'a foutu dehors, Jean Denis. Il s'en est retourné en me faisant commission qu'elle passerait quand l'autre... quand la femme aurait venu à bout, mais que ça n'était pas avant moitié de nuit, largement.

— Et alors ? C'est partout que ça se trouve de nos jours, à présent que les femmes font tant de manières pour si peu... Fallait que t'envoies chercher ailleurs.

Elle s'encolérait, Madeleine. « Ce grand pétrâ, qui couinait partout la sage-femme pour sa Céline, il voulait rien entendre parler de personne, qu'une sage-femme, et il est même pas capable d'en trouver une autre quand ça lui fait défaut... »

— Crois-tu que j'aie pas fait ? A Saint-Maixent, à la Mothe, à Mougon, jusqu'à Augé parce que le docteur consent à faire ça, des fois que ça va mal. J'ai rameuté tous les gars que j'ai pu, ils sont tous revenus sur la même parole : peut-être à grand nuit, et encore pas sûr.

Madeleine s'était arrêtée, elle ne bougeait plus, elle avait suffisamment de force pour résister, il n'allait quand même pas la tirer par les chemins, la traîner à terre comme une chèvre crevée !

— Je serai rien de secours je te dis, mon pauvre gars. Alida Chauvin, elle est plus...

— Ecoute-moi bien la Chapelère !

Il parlait d'une voix sourde, plus sonnante de colère que s'il avait hurlé.

— A la Colombière, c'est toi qui tournais les veaux dans le ventre des vaches, quand ça se présentait pas dans le bon sens. Et quand tu n'arrivais pas, tu démembrais et tu dépiéçais, tu tirais les morceaux et la vache des fois se remettait. Alors c'est ça que tu vas faire, parce que tourner il n'est plus temps. Elle est à bout, à bout, comprends-tu ?

Madeleine s'était mise à le suivre, dans l'horreur et le saisissement.

— Ça je ne pourrai pas, Limousin, je te jure que non. Ça je n'arriverai pas à...

— Si, que tu arriveras. As-tu pas déjà fait, dans le temps ? Crois-tu qu'on n'a pas su, grosse autant que t'étais, à plein ventre de neuf mois, et puis un jour plus rien ? Tout vivant pour sûr qu'il était, celui-là, tout prêt à pousser d'existence, le champi de Madeleine Chapeleau. Qu'en as-tu fait, dis-le donc ? Hein, comment que tu l'as...

Mousin s'était brusquement arrêté de déverser l'horreur, il était tombé à genoux devant elle, il la serrait dans ses bras, roulait sa tête sur le ventre de Madeleine en pleurant.

— Pardon, pardon à toi, grand pardon, Madeleine. Oh ! je t'en prie, viens-t'en à son secours...

Elle l'avait suivi, il sanglotait toujours des « Pardon, Madeleine ». Elle le suivait, il lui tenait la main sans serrer, et elle lui parlait doucement.

— Je l'ai pas tuée, non, seulement je l'ai laissée mourir. C'est pareil aux yeux du Bon Dieu, va, je sais ce qui m'attend. C'était une fille, l'âge de Marie qu'elle aurait. Ce que je revois toujours, mon pauvre Mousin, c'est les petites mains, et les doigts tout bien faits qui bougeaient, qui bougeaient...

Elle s'était dirigée vers la chambre. Mousin était resté en bas, la tête affalée entre ses bras sur la table, et en montant l'escalier, elle l'entendait qui pleurait toujours et qui répétait :

— Pardon, pardon ! Oh ! je t'en prie, Madeleine...

Il ne se retourna pas. Le bruit des sabots s'était arrêté, derrière lui. Il entendait la respiration de Madeleine, haletante, oppressée...

— O maï, mo maï, ent ei tu * ?

Il ne savait plus d'autres mots que ceux de son passé, il se retrouvait loin dans le temps au pied du lit où sa mère venait de mourir, les yeux ouverts, blanche dans le noir de ses cheveux.

— Mo fenno, mo fenno **...

Il fut tiré vers l'horreur du présent par Madeleine qui était maintenant devant lui, le forçait à relever la tête. Il ferma les yeux à la vue du sang qui marquait ses vêtements délavés de lessive.

— Il faudra nous mettre tous les trois dans le même trou, c'est juste ça que je veux. Sinto-Viergo, Sinto-Viergo...

— J'ai arrivé, Limousin, j'ai...

* Oh ! mère, ma mère, où es-tu ?
** Ma femme, ma femme...

— Elle n'est pas ?... Elle n'est pas ?...

Il avait hurlé de nouveau, il secouait Madeleine qui le repoussa.

— Elle a perdu du sang, beaucoup. Elle se remettra, peut-être pas vite, mais le sang ça ôte le mauvais. Je suis sûre qu'elle se remettra.

Il se releva dans une impulsion violente qui le tirait vers cette chambre où Céline vivait encore. Madeleine le fit rasseoir avec brutalité.

— Pas déjà. Attends qu'on vienne t'appeler.

La poigne de Madeleine, la voix de Madeleine le ramenèrent à l'enfance, autant qu'à l'instant d'avant le désespoir. Il se rassit, il était secoué de frissons. Il vit passer sa belle-sœur, elle écarta de la main Madeleine qui voulait l'aider à dépendre le chaudron, puis elle l'embrassa, sans un mot, malgré le mouvement de recul de la servante. Elle repartit sans avoir prononcé une parole, elle n'avait eu que ce geste, et ce regard de reconnaissance éperdue. Il s'avisa que depuis le moment où le cauchemar avait commencé, il n'avait pas entendu Blanche se lamenter ni pleurer une seule fois, pas plus qu'il n'avait perçu le moindre cri de Céline, juste ces ahans d'effort et de tension qui lui tordaient le cœur, et s'étaient arrêtés à l'arrivée de Madeleine. Sa belle-sœur était descendue de temps en temps, elle portait des linges, des bassins, elle lui disait d'une voix sans timbre que ça n'allait pas, que ça venait par les pieds, qu'Alida Chauvin perdait espoir, que Céline n'avait plus de forces... Et elle repartait, dents serrées et visage de pierre, pour apporter ce qu'on lui demandait, de la charpie, de l'eau... Il était donc le seul à avoir perdu contrôle et raison, le seul à geindre et à gueuler, et il avait porté l'insulte à cette femme qui venait de sauver Céline, en lui jetant à la figure les noirceurs et les misères de sa malheureuse existence.

— C'était... c'était quoi, Madeleine ? Je m'en fous, tu sais, et si tu ne veux pas dire...

— Et comment, c'était ?... C'est un beau petit gars que tu as. J'ai arrivé, je t'ai dit. Pas à massacrer, à sortir vivant. C'est une femme dure au mal, ta Céline, j'aurais pas cru. Il a crié tout de suite, mais il est violet encore un peu, d'étouffement. Alida le frotte, de ce temps...

De nouveau, Landry Rebeyrolles sentit monter la folie. Il s'était endormi, on allait le réveiller en lui disant que c'était fini, qu'il fallait avoir du courage mon pauvre gars...

— Mais j'ai rien entendu, c'était tout mort là-haut !

Madeleine haussa les épaules d'un mouvement où il discerna un mélange de mépris et de pitié.

— Tu n'as pas pu entendre parce que c'était toi qui brâmais, qui piaulais, ça venait jusqu'en haut, si j'avais eu le temps j'en aurais eu grand honte. Tiens, écoute-le donc à présent s'il jette de la voix...

Les cris du nouveau-né se mêlaient à des sanglots et des paroles précipitées que les larmes à nouveau entrecoupaient, il reconnut le débit de sa belle-sœur, et il entendit enfin un gémissement profond, il entendit comme en amour le bonheur de Céline...

— Il est beau, il te ressemble pas. Gras et raboulot. Les cheveux rouges malheureusement. Bon, je vais m'en aller à présent. Surtout attends qu'on vienne te chercher, m'est avis que tu peux au moins faire ça ?

— Non, reste encore Madeleine, je veux te...

Il fut interrompu, la porte s'était ouverte à grand bruit. Il distingua le visage du docteur d'Augé, se leva pour le saluer. Il se sentait ahuri, flageolant, et le docteur se méprit sur son intention.

— Surtout pas, pas le père ! C'est en haut ?

Sur un signe de tête de Madeleine, il monta l'escalier en précipitation, et Mousin se rassit après avoir tiré une autre chaise devant le feu.

— Ne me laisse pas tout seul, Madeleine. J'ai tant à te dire et ça vient pas... Tiens, je m'en vais éclairer la lampe.

Il dut s'y prendre à deux fois tant il tremblait, Madeleine s'était assise juste au rebord de chaise... Il entendit un pas dans l'escalier, quelqu'un le dévalait quatre à quatre, son cœur fit un bond douloureux. Le docteur Jamain se jeta vers Madeleine, la tira sous la lampe.

— Tes mains, nom de Dieu, montre tes mains !

Elle semblait ne pas comprendre, Madeleine, et restait bras ballants. Le docteur dut lui saisir les poignets, il tournait, examinait, retroussait les manches.

— Qu'étais-tu en train de faire, avant ?

— Je faisais bugeaille depuis ce matin, et quand lui il est...

— La malheureuse femme, c'est ça qui la sauvera. Quand la vieille Chauvin m'a dit : une servante, docteur, une servante de ferme qui y a réussi, mon sang n'a fait qu'un tour !

Il laissa retomber les mains de Madeleine comme deux objets et continua sans plus la regarder :

— Parce que vous comprenez, Rebeyrolles, la crasse, le fumier, c'était la fièvre puerpérale assurée. Dieu merci, la lessive...

Madeleine s'était redressée, elle avait rabattu ses manches et toisé le docteur.

— Monsieur le Docteur, avant Sainte-Néomaye, j'étais chambrère chez Aimé Lhoumeau, de la Colombière, vous avez peut-être entendu parler. Un homme instruit, on l'avait même demandé pour porter des conseils à la ferme-école du Petit-Chêne, juste avant sa mort. Pour tourner les veaux, Monsieur le Docteur, il me faisait laver les mains longtemps, et rincer à l'eau-de-vie. La saleté fait venir la pourriture de chair, il m'a appris ça, Monsieur le Docteur. Aimé Lhoumeau, de la Colombière, près de Vautebis...

— Ne vous vexez pas, ma brave femme, j'en ai tant vu si vous saviez... Et vous, Rebeyrolles, il faudra vous tenir tranquille, comprenez ce que je veux dire. Un premier à quarante ans c'est de la folie, alors hein ? ceinture pour les autres.

— Pour ça soyez tranquille, plus jamais de ma vie je n'y...

Le docteur ne le laissa pas finir et quitta la pièce en assurant qu'il en avait pour dix minutes pas plus, et qu'alors ce père inconscient pourrait contempler son œuvre, et que non il n'avait jamais vu ça, un enfant de vieux tourné par une servante habituée à véler les vaches, et si tout se terminait bien, c'était preuve qu'il y avait un Bon Dieu pour les irresponsables ! D'en bas, ils l'entendaient encore grommeler en entrant dans la chambre...

Ils restèrent un moment silencieux après l'algarade, Madeleine regardait ses mains. Mousin s'avisa que jamais il ne l'avait entendue à tenir aussi long discours, et qu'en réponse, tout en l'appelant « ma brave femme », le docteur Jamain lui avait dit « vous ». Il avait dû percevoir lui aussi la fierté qui sonnait dans la voix de Madeleine : il m'a appris ça, Monsieur le Docteur...

— Tu l'as bien mouché, le docteur ! Et quoi c'était, cette histoire de ferme-école, jamais je n'avais vu dire...

— Il avait dit à personne. Rien qu'à moi. Au château du Petit-Chêne *, du côté de Mazière. Il hésitait de dire oui, ça le tracassait fort, il m'en causait souvent, oh ! comme ça, d'hasard que ça le soulageait de pas garder pour lui, tu peux songer que ça n'était pas pour prendre mon avis... Et puis il est mort.

Madeleine pencha la tête, resta un moment silencieuse à quelle vision, quels souvenirs ? A quoi pensait-elle donc, en soupirant si fort ?

— N'empêche que c'était quelqu'un, Aimé Lhoumeau. Je sais que là-dessus on est de même avis, Limousin.

C'était pour Landry Rebeyrolles tout le mystère des femmes en Madeleine, et soudain il voyait en elle une sœur de Céline. L'une qui piaillait sur une coupure de rien du tout, pour une bouffiole de moustique elle le réveillait la nuit afin qu'il la frotte au vinaigre, ça me cuit, ça me mange, gratte-moi donc Landry... Et elle venait de souffrir martyre, d'approcher la mort sans jeter un seul cri. Et l'autre, qui n'avait connu que de plier aux exigences d'un homme dur et impérieux, elle dévidait son nom comme une noblesse, en étalant à

* La ferme-école du Petit-Chêne, à Mazière-en-Gâtine, fut la première école d'agriculture en France.

« Monsieur le Docteur » le savoir et les connaissances d'Aimé Lhoumeau, de la Colombière.

— Oui pour sûr, Madeleine, c'était un homme de capacité, des comme lui on n'en verra plus...

Madeleine faisait oui oui de la tête, il crut voir des larmes dans ses yeux. Le mystère des femmes... Cet attelage de malheur, d'un côté « j'ordonne » et de l'autre « j'obéis », Landry Rebeyrolles pensa qu'elle en avait tout de même regret, la pauvre Madeleine. La mort l'avait défaite de son maître, l'avait enlevée de servitude, mais sans doute, et dans le même temps, elle avait brisé le seul lien par lequel Madeleine avait pu se sentir une existence, et pourquoi pas, certains moments, comme un bonheur...

De nouveau Madeleine s'était levée pour partir, il la fit rasseoir en lui prenant les deux mains avec douceur, et les conserva dans les siennes tout en parlant.

— Ecoute, Madeleine. Je garderai toujours remords de ce que je t'ai craché à la face tout comptant.

Madeleine arracha ses mains de l'étreinte, elle avait repris cette face de dureté un instant effacée.

— Marche donc, j'en ai vu d'autres. Dans le temps tu ne m'as guère épargnée, rappelle-toi. Même que tu n'allais pas jusqu'à...

Elle s'arrêta, regarda ses mains sans rien dire. « Ce que je vois toujours, mon pauvre Mousin, c'est les petits doigts tout bien faits qui bougeaient, qui bougeaient... »

— Madeleine, je sais que jamais tu ne pourras donner pardon à ce que je t'ai...

— Va, je suis pas grand-chose pour me permettre de garder rancune. Et puis, j'ai Marie, à présent... Pour pas longtemps peut-être, elle se fait grande, et tant attirante. Et moi je suis une vieille bonne femme toujours à richougner, comme elle me dit.

— Justement, Marie... Tu sais qu'on devait la mettre marraine. Alors je suis certain de parler pour elle comme pour Céline : c'est toi qui le porteras à baptiser, ce drôle. Entends-le, c'est grâce à toi qu'il crie de vivre, alors je te le demande en honneur pour nous tous, et en pardon pour moi : accepte d'être sa marraine. Dis que oui, Madeleine.

Il devina son refus avant même qu'elle ne parle. Son visage était fermé, son regard passait loin au-dessus de la tête de l'homme en face d'elle. Elle ne lui répondait pas, elle parlait toute seule, elle était déjà sortie de la maison. Debout devant le feu, elle s'était cependant enfuie loin du bonheur, loin des honneurs, il savait qu'il ne pouvait la retenir.

— Non, mon gars. Je n'ai rien ni personne à présenter au Bon Dieu. Rien. Rien qu'un péché si grand qu'il ne sera jamais pardonné...

— Madeleine, une vie pour une autre, ça te comptera au Jugement. Notre Seigneur a dit...

Il avait conscience de l'inutilité de ses efforts, du ridicule où il se plongeait à s'empêtrer dans des paroles de curé... Madeleine d'ailleurs ne l'avait pas écouté, elle continuait à parler sans faire le moindre cas de son interruption.

— Elle, ma belle Marie, elle est innocente de toutes les fautes d'avant elle, et même si c'est la plus grande abomination, que le fils tue le père, elle n'en a pas le poids sur elle, ma petite Marie, elle n'en a que le nom : Therville... Et de ça le Bon Dieu ne pourra quand même pas lui faire reproche !

Landry Rebeyrolles eut juste le temps de penser que Madeleine déparlait d'émotion et de fatigue, on l'appelait dans la chambre, il courut comme un fou vers sa femme et son fils. « Que le fils tue le père... » Les mots lui revinrent un instant en mémoire, lorsqu'il tomba à genoux devant le lit où Céline souriait, son enfant sur les bras, et puis il se laissa aller à cet indicible bonheur de la retrouver.

Le dernier galop de Jean Therville

Jean Therville projetait de laisser passer la menace, lorsqu'il était descendu à la Croix-Blanche, pour la Sainte-Catherine de 1781. Tout danger écarté, il était certain de repartir vers des horizons plus conformes au destin qu'il envisageait : les quais de Bordeaux, le négoce des vins vers l'Angleterre, et pourquoi pas les vignes et le grand domaine dans les gravières des bords de Gironde ? Cependant, il avait d'abord trouvé satisfaction à se poser en héros devant tant de bons croquants médusés. Les bateaux, les combats, les charges et les canonnades... Ils ne se lassaient pas de l'écouter, pas plus que Jean Therville ne se fatiguait à jouer l'inépuisable acteur de cette geste dont lui n'était pas dupe : il en était tout à la fois marionnette et tireur de ficelles, mais les applaudissements, les cris d'effroi et les clameurs d'admiration montaient vers l'un et l'autre rôle, une félicité réciproque s'établissait entre le conteur et l'auditoire, dont Jean Therville était comblé.

Le vin coulait, et la nourriture abondante, et l'or aussi mais il n'en avait cure. Lorsqu'au matin il arrivait que la Croix-Blanche fût déserte, il montait le cheval de Kerjean, piquait des deux malgré l'épuisement de sa monture et poussait jusqu'aux villes proches, Parthenay, Niort, Saint-Maixent. Ce qu'il y saisissait au hasard de conversations l'incitait à regagner au plus vite l'abri de Vasles, des landes et des bois de la

Gâtine : il avait peu à peu acquis la certitude qu'on ne recherchait point un déserteur, c'était le voleur d'Hispaniola que l'on traquait ; on parlait d'une prime insensée pour qui mettrait la main sur un marin qui avait raflé les bijoux d'une belle dame, dans les grandes îles du sucre. Son nom, quel était donc son nom ? A force de passer de bouche en bouche, il se déformait, devenait méconnaissable, puis soudain reprenait consonance inquiétante : un Grand-terre... Un Jean Villain... Un Villeterre je crois...

Il avait décidé de demeurer à Vasles, aucun bruit de cette nature n'y étant parvenu. Un an peut-être, et à Dieu vat, il pourrait lever l'ancre une fois passée la tempête. Il avait eu la fierté de conserver son nom, et son acte de baptême, au fond du sac. Therville. Je m'appelle Jean Therville. Parfois, lorsqu'il se trouvait pris de boisson, il laissait échapper « de Therville », se gonflait de vanité à répéter, à appuyer sur la particule. Les vapeurs d'ivresse dissipées, il se traitait par-devers lui de sinistre ganache, il revoyait son père et son frère Arnaud accrochés à leur blason lézardé, et suants de morgue...

— Je suis un paysan comme vous, mes gars.

Il leur donnait cette assurance avec la crainte de ressembler un jour aux « de Therville », et le remords d'avoir fait sonner dans sa voix cette noblesse qu'il avait fuie en même temps qu'elle le rejetait.

C'était dans un de ces jours d'humilité, de dégoût de lui-même, qu'il avait accepté l'invitation de Jean Gâtard à venir faire la connaissance de sa famille, à Chaussauvent. Il y possédait un bien modeste, assurait-il, mais venu depuis la nuit des temps de ses pères et aïeux, il s'y trouvait libre et prospère. Le piège s'était refermé sur Therville. Il n'avait connu que des putains, des filles faciles, des femmes expertes aux jeux d'amour. Et la dernière qu'il avait chevauchée, c'était la Saint-Apremont. Elle avait troussé ses jupons de mousseline sur une fournaise blonde, au premier regard altéré qu'il lui avait jeté. La petite Louise Gâtard l'avait fort excité, avec ses quinze ans pudiques, son corsage menu boutonné jusqu'au menton, sa virginité farouche qu'il avait mis deux semaines à bousculer. Il n'était pas encore lassé de ses effrois, de ses reculs, de ses prières et de ses déroutes lorsque la nécessité était apparue de l'épouser au plus vite...

Dans tout ce qu'il se reconnaissait de débauches, de débordements et d'excès, il était demeuré un catholique de bon aloi, le sacrement du mariage l'avait définitivement cloué en Gâtine. Quelques années plus tard, la Révolution avait enfoncé dans le silence — et pour elle heureusement dans l'oubli — Madame de Saint-Apremont, ses bijoux et ses sbires : Hispaniola avait secoué ses chaînes, Toussaint Louverture avait libéré ses frères esclaves, et Jean Therville n'était plus prisonnier que de lui-même, à Chaussauvent. Il avait vécu dans l'exaltation les secousses et les convulsions de cette fin de siècle : marié, certes, et père d'une navrante descendance : un idiot, un épileptique, une fille d'ingrate tournure... Mais aussi, et comme en compensation, emporté dans ce grand remous de société dont la démesure était enfin à son image. Des élans fous le portaient de l'un à l'autre camp, il était toujours saisi d'emballement pour le parti menacé, d'exaltation pour celui que le sort trahissait, d'enfièvrement pour conforter, soutenir, voire sauver les victimes quelle que soit la couleur de leurs bourreaux. Il avait au cœur l'image et la vénération d'une République juste et magnanime, il se dressait contre elle lorsqu'elle lui paraissait faillir. Il exécrait la royauté et toute tyrannie, il se trouvait aux côtés des cœurs d'étoffe rouge lorsque Turreau écrasait la Vendée sous le feu de ses colonnes infernales...

L'ordre de l'Empire l'avait ramené à la médiocrité de Chaussauvent. La naissance de son fils Pierre était alors survenue comme un heureux présage : l'enfant était plein de promesses, de vive intelligence et de belle santé. Il atteignait quatre ans bientôt, il allait être temps de l'enlever à l'amour étouffant de sa mère, le jour était proche où lui, Jean Therville, pourrait enfin modeler un fils à son image, celui-là serait Therville, et non Gâtard.

En ce jour de profond hiver, de pierres gelées à fendre, en ce froid noir de février 1806, la robe de l'étalon fumait dans l'air glacé. Jean Therville le matait de ses cuisses serrées, du mors tenu à court, des éperons prêts à labourer les flancs dès que la bête semblait prête à renâcler. Il chevauchait aujourd'hui encore sa jeunesse, ses espoirs, il était empli de forces et de puissance, il venait d'arriver, l'avenir s'ouvrait à lui.

L'étalon noir allait effacer la médiocrité d'existence, sabrer les petitesses de vue, à jamais balayer l'insignifiance, la pusillanimité, les piètres entreprises et les projets transis de son beau-père, qui jamais n'allait plus loin dans ses desseins d'avenir que de balancer pour savoir s'il convenait de mettre des raves en place des choux, sur tel ou tel lopin de terre ingrate ! En avait-il poussé des geignements et des invectives, Jean Gâtard, lorsqu'il s'était agi d'honorer les billets que son gendre avait signés, pour l'achat de cette bête de race ! Jean Therville avait eu beau lui démontrer, d'arguments étoffés, que l'étalon lui avait été cédé pour cause de ruine à deux fois moins que son prix, le vieux Gâtard s'obstinait à vociférer, à menacer, à pleurer regret sur ces trois méchants enclos qu'il avait dû vendre : car ce vieillard, Jean Therville devait le reconnaître, avait à sa façon mesquine et étriquée un certain sens de l'honneur, et voulait préserver son nom de flétissure ; les Gâtard, disait-il, n'avaient jamais fait le tort d'un sol à quiconque, et il avait fallu qu'arrivât chez eux ce bandit de grands chemins, ce discoureur d'enfer, pour que lui Jean Gâtard, tout au rebours de ses ancêtres, en vînt à dépecer son bien pour ne pas manquer à parole donnée !

— Beau-père, je vous en fais serment, dans moins de trois années nous achèterons tout Chaussauvent, et les terres à l'entour, et nous trouverons quelque ruine à relever pour vous y établir châtelain... Tous les châteaux de l'environ battent misère — cet étalon en donne preuve — et seul l'embarras du choix nous portera problème...

— Pour le choix, quant à moi, il ne me reste...

Il était parti sans avoir terminé son propos. Jean Therville s'était retrouvé seul en face de sa femme Louise, de son regard, de son silence — il eut fait beau voir qu'elle se permît la moindre critique ! Mais ses yeux noirs étaient si fort chargés de désapprobation et de haine que Jean Therville avait tourné les talons, et jeté d'un ton las, en haussant les épaules :

— Allez, ma pauvre Louise, vous ne serez jamais que Gâtard, et non Therville.

Il l'avait entendue répondre, et il était resté dans l'étonnement de cette audace :

— C'est la seule prière que je fasse encore.

Il n'avait pas daigné répliquer, il était parti pour débourrer le cheval une première fois. Il avait vite été jeté bas, il était revenu démonté. Il n'avait trouvé que Louise à la maison, mais il se sentait dans un tel état d'excitation et de joie qu'il n'avait pu s'empêcher d'en faire part à la seule personne qui se trouvât en face de lui :

— Quelle bête superbe ! Et s'il est encore quelque peu ombrageux, vous verrez, ma chère, comment je m'en vais le dresser ! Ses montes nous vaudront de l'or...

Elle s'était tue, comme à son habitude. En ce jour de février, il s'avisait que les dernières paroles qu'elle lui avait adressées, c'était pour l'assurer qu'elle priait Dieu de toujours demeurer Louise Gâtard. Les pauvres gens, les pitoyables gagne-petit et traîne-misère ! Un jour, il leur faudrait bien reconnaître enfin la justesse de ses vues à lui, Jean Therville, la sûreté de ses ambitions, l'ampleur et la réussite de son projet... Un jour, ces gratteurs de terre infertile, ces semeurs de seigle, ces mangeurs de pain noir et de fromage allaient recevoir preuve que Jean Therville était d'une autre race, de la lignée de ceux qui risquent et non pas qui subissent : l'étalon noir n'était que le premier élément du haras qu'il projetait d'établir, et il se promettait de ne point trop accabler les Gâtard sous l'éclat de sa réussite, il se jurait d'avoir une attitude généreuse et clémente, et de ne pas leur rappeler qu'il avait dû essuyer reproches, menaces et malédictions pour les élever malgré eux à ce point de fortune !

Jean Therville, en ce matin glacial de l'hiver 1806, se ressentait en printemps de vie. Le galop enfin calmé du cheval noir et le rythme puissant de sa course lui portaient la promesse d'un avenir forgé à sa mesure, l'arrachaient au regret si souvent remâché de s'être un jour arrêté en ce coin perdu de Gâtine...

Il arrivait au bois des Trois-Chênes, il cravacha l'étalon noir pour mesurer sa puissance et sa docilité, la bête s'enleva et franchit l'obstacle d'un orme abattu qui barrait le chemin. Jean Therville poussa un cri de victoire :

— Pierre Therville, mon fils, l'avenir est à nous !

Il s'enfonçait dans le bois, il avait mis l'étalon au pas lorsqu'il les aperçut. Que faisaient-ils si loin de Chaussauvent, son beau-père Gâtard, et son fils Jeantet l'innocent ? En les voyant s'approcher, Jean Therville fut saisi de honte et de dégoût à mesurer la ressemblance qui les unissait, lui et son fils aîné : le jeune colosse à la tête emplie de brume, dans la faible lumière de ce matin d'hiver, s'avançait vers son père comme s'avance le reflet d'un miroir...

Il arrêta le cheval noir, attendit qu'ils arrivent auprès de lui. Comme s'il voulait conjurer le malaise qui l'avait empoigné à la vue de son fils, il jeta d'un ton allègre, en mettant pied à terre :

— L'heureuse circonstance, que de nous rencontrer en ce lieu écarté ! Nous allons prendre ensemble le chemin du retour !

Jean Gâtard le regarda un moment en silence, une lueur dans les yeux que Therville n'avait jamais vue.

— Non pas, gredin, nous repartirons à deux.

Puis il se tourna vers Jeantet, tendit le bras et lui montra la tête de Jean Therville.

— Frappe, frappe ! Jeantet, bon garçon...

Il vit la masse s'élever, il entendit le choc lorsqu'elle

retomba, avec tous les arbres de la forêt, avec le soleil d'hiver soudain éclaté dans son crâne, avec tout le poids de son fils parricide. Il eut notion de longuement s'écrouler, de tournoyer dans une lumière éblouissante et mortelle, il n'en éprouva que de l'étonnement.

Le jour où Marie atteignit ses vingt ans

27 septembre 1856

Il était presque six heures lorsque Marie sortit de sa maison, cette chambre accolée à l'écurie aux mules, où elle se plaisait tant. C'étaient les rayons du soleil levant qui l'avaient éveillée, à sa grande honte : à l'habitude elle était plus matinale ! Heureusement, la patronne lui avait recommandé hier au soir de prendre une bonne dormie, en ajoutant :

— Ma pauvre petite, c'est qu'il nous fait mener un train d'enfer, Lebrault, avec sa vendange juste après la foire ! Ça ne peut pas attendre, c'est mûr à point avec cette chaleur qu'on a eue, et vite et presse il nous ferait crever...

— Quand même non, Madame Blanche, il est loin de nous bousculer comme vous semblez dire !

— Oui oui, l'air de rien, toujours à la douceur, n'empêche qu'il pousse au cul, excuse ça m'a échappé, croirait-on pas qu'il veut arriver à Noël avant tout le monde ? Enfin, demain ça coupe aux Bons Journaux, à deux pas, tu pourras feignanter jusqu'à six heures si le cœur t'en dit. Parce que d'abord et d'une la pièce n'est point grande, ensuite et de deux, c'est le dernier morceau, après il causera tout seul avec ses cuves, Lebrault. Et troisièmement trois, vous serez pas loin de treize à la douzaine pour venir à bout de l'ouvrage, ainsi donc sur le coup de midi vous en aurez fini, et vous viendrez ressouner au frais, dans la maison. Dieu merci je n'aurai pas le tintouin de charger la mue avec la mangeaille, comme pour les Cent Ecus, rappelle-toi donc cet aria que c'était...

Le discours avait duré longtemps, Marie bâillait en tâchant de ne point trop montrer, trois éléments précis émergeaient de la flopée de paroles : c'était le dernier jour de vendanges, ils seraient treize, et commenceraient le travail un peu plus tard. Le « quatrièmement quatre » n'était pas venu, ou encore lui avait échappé... Elle avait dormi d'un trait, assommée de fatigue.

Elle s'arrêta un instant, après avoir refermé sa porte. On sentait que le jour serait chaud comme au cœur de l'été, et pourtant une impalpable différence de lumière disait l'automne : des feuilles avaient roussi déjà, une odeur de fruits emplissait l'air, des poires au-delà de maturité, des raisins gonflés de sucs, des prunes pourrissant dans l'herbe. Les guêpes bourdonnaient dans la treille en façade de la maison-maîtresse... Comme chaque année, à cette saison de passage, Marie se ressentait une vague tristesse, un regret, une nostalgie. Elle s'admonestait ferme, se forçait au sourire, avait garde de ne rien laisser deviner, dans l'espoir qu'en cachant aux autres cette angoisse confuse et cette mélancolie, elle finirait bien par l'oublier elle-même. La conduite était appropriée, sans doute : dans la journée elle se retrouvait dans son état habituel d'énergie et d'optimisme, et puis le soir, lorsque le soleil se couchait à travers une brume qui n'était pas encore brouillard froid de l'hiver, quand le parfum des fruits montait plus fort, et l'odeur de la soupe aussi... alors venait à nouveau ce pincement de cœur qu'elle ne s'expliquait pas.

L'arôme du café l'accueillit, lorsqu'elle entra dans la maison. Blanche Lebrault était intraitable sur sa qualité, le faisait prendre à Saint-Maixent, il n'était que « l'Epicerie parisienne » pour griller aussi juste à point, « partout ailleurs ma pauvre petite tu passerais du pissat de baudet sur de la graine de trèfle que ça ferait du pareil au même ! ». L'odeur du café revigora Marie, il n'y avait que les coings posés à mûrir sur la fenêtre pour apporter encore un parfum d'automne...

— Eh bien ma mignonne, je vois que tu t'as bien remis, hier au soir misère, tu avais les yeux tombés au fond de la tête, par la fatigue, je t'aurais crue en mauvais jours, même à savoir que toi tu as ça sans jamais faire des manières... Oui, te voilà toute fraîchotte, ça tombe bien parce qu'on est aujourd'hui...

Marie disposait les assiettes sur la table, sortait le pain de la maie, disposait les terrines de pâté, le fromage.

— On est treize vous m'avez dit, plus vous quatorze... Ça me fait drôle de plus compter Joseph.

— Eh oui que veux-tu, pauvre homme a-t-il langui avant de mourir, déjà un an c'est-y possible ! Tu me demandes pas ce qu'on est, aujourd'hui ! Juste je m'en suis aperçue hier au soir quand Lebrault prenait son almanach, une chance !

Marie s'apprêtait à entendre d'une oreille distraite, sans vraiment écouter. Quel événement inaccoutumé marquait donc ce jour, quelle affaire remarquable allait être développée en détails et profondeur ? Etait-ce la journée de cuire le raisiné, la lune de l'almanach indiquait-elle d'autorité qu'il fallait bouturer les géraniums, recueillir les graines de passerose ? De toute façon, pour Blanche Lebrault, tout était sujet d'exception, la patronne du Chêne-Vert déversait les dictons comme une inépuisable source, et une jeune fille à la mine « toute fraîchotte » devait aujourd'hui lui être de nécessité pour amener la réussite de telle ou telle entreprise.

— Eh bien je m'en vais te le dire, même que tu bades du bec avec les idées ailleurs, ça va te réveiller. Ma petite, c'est le jour que tu attrapes tes vingt ans. Vingt ans, juste au moment qu'on finit vendange. Deux jours avant Saint-Michel on n'avait jamais vu ça, enfin ça n'est pas la question, tu as vingt ans aujourd'hui ma belle.

— Et comment vous l'avez su ? Moi je connaissais

vers Saint-Michel, mais avant ou après, pensez si je m'occupe de mon jour de naissance... Vous êtes certaine ?

— Pardi ! Pour te faire marraine de Jean-Landry, jamais je m'habituerai à un nom pareil, mais qu'il est donc mignon ce bougre d'arsenic, il a fallu qu'on demande ton acte de baptême à Vasles. Née le 27 septembre 1836, à Chaussauvent de Vasles, de Pierre Therville et de... Enfin le reste n'a pas d'importance, aujourd'hui c'est le 27, voilà.

Quelque chose montait en Marie, une impression confuse encore, il lui fallait creuser, retourner, remuer le souvenir tandis que Blanche Lebrault continuait à parler en souriant.

— On dit anniversaire, pour marquer. Tu sais bien les simagrées qu'ils ont chez ma sœur pour chaque 7 avril, on n'en fait pas plus pour le drôle du château. Dieu garde, s'ils m'entendaient dire le drôle en causant de leur Monsieur Charles ! Et que le temps nous pousse, misère, la prochaine année il aura ses quatre ans, notre trésor... Et toi, bonnes gens, quand j'y pense tu avais juste tes huit ans, pauvre petite rigueni, gagée bergère chez les autres... Bon anniversaire, ma chère mignonne.

Marie ferma les yeux. Une femme affable et bien intentionnée venait de lui apprendre qu'elle avait aujourd'hui vingt ans tout juste, vingt ans le bel âge disaient les chansons des assemblées, vingt ans la fleur d'amour, où sont donc mes vingt ans ? Elle aurait dû ressentir de la joie, c'était une amertume qui soudain lui venait au cœur, un vertige qui lui brouillait la tête, dans l'odeur des coings mûrissants et des poires blettes elle se retrouvait douze années en arrière, à Chaussauvent. La mélancolie d'automne, elle venait d'en saisir l'évidence, c'était la trace ancienne, effacée, oubliée mais toujours présente sans qu'elle le sache, de ce matin de Saint-Michel où son père l'avait prise par la main, où ils avaient marché tous deux dans le chagrin et le déchirement sur les chemins de septembre, et de ce premier soir qu'elle avait passé dans une maison inconnue où cuisait de la soupe, où des fruits mûrissaient... Enfouie au profond d'elle-même, la tristesse arrivait chaque année en même époque, sans qu'elle en discerne les causes.

— Tu as huit ans, à présent Marie... Gagée bergère à la Colombière... Je reviendrai, Marie... Veux-tu d'autre soupe, petite ? Mange une pomme, une Clochard, elles sont sucrées cette année.

Ainsi, ce n'était pas la lumière voilée de l'automne, ni le parfum des vergers mûrs qui lui portaient ce tourment assourdi, cette tristesse inexplicable et incommuniquée. C'était l'abandon de son père qui lui revenait à la même saison, porté par les mêmes senteurs, par l'éclat déclinant des jours. C'était le visage dur et fermé d'une mère sans au revoir, c'était la haine et la violence d'une grand-mère au bâton toujours levé en menace, c'était Chaussauvent qui lui pesait au cœur à l'approche d'octobre.

Dans le même temps qu'elle éprouvait la douleur de ces souvenirs retrouvés, elle en ressentit un violent soulagement. C'était là, au fond d'elle-même depuis si longtemps, et cela venait de crever comme un abcès tenace et ignoré. C'était un mal brûlant et du même coup une délivrance. A présent, elle était certaine de pouvoir faire face aux ombres du passé, aux souvenirs que ses huit ans avaient effacés pour survivre. Elle avait atteint l'âge de femme et la lucidité, elle allait chercher à comprendre comment ce père qui l'aimait tant l'avait laissée derrière, pourquoi elle n'avait jamais dit, ni même pensé « ma mère », et pour quelle raison la mémé Gâtard, morte depuis longtemps sans doute, n'avait jamais été pour elle qu'une furie armée d'un bâton qui frappait aux endroits où cela faisait le plus mal... Marie s'apprêtait à une recherche patiente et pour ainsi dire détachée : sa vie était ici, ses affections, ses joies, ses projets d'avenir.

Elle se sentit soudain légère, heureuse, délivrée. Son existence passée avait jeté un pont vers le présent, au jour de ses vingt ans ; elle restait la même mais se trouvait plus forte d'avoir entrevu ce chemin.

« Le beau-frère, il m'a joué un tour de cochon, pas d'autre mot ! A quarante-neuf ans, me voilà au rang des vieux, des femmes et des drôles, en train de ramasser le raisin avec ma guignette ! Putain, c'est-y donc nigeassant, et tu coupes et tu jettes et tu recommences jusqu'à ton bout de rang... En plus de t'emmerder à longueur de temps ça te gâte à l'échine, si tu te redresses trop souvent tu te fais surpasser par des petites jeunesses toutes lestes et dégagées. Il est fini, Limousin, l'âge où tu les crevais tous derrière toi en binant les topines, en démariant les betteraves... Les vieux, les vrais vieux comme le père Derbord, ça leur est guère malaisé de rester courbassé, vu qu'ils marchent déjà la tête aux pieds, même en voulant se mettre droit debout. Et les jeunes, ça se penche et ça se relève comme un bois vert. Cette idée qu'il a eue, Lebrault, de m'écarter du portage ! Non non, il a prétendu, pas vous Rebeyrolles, pour les hottes on a des petits gars costauds, à présent vous couperez, c'est mieux de votre âge ! De mon âge, je t'en foutrai ! Et dire que d'un jour près je réchappais à la contrainte. Parole, la prochaine année j'en garderai leçon, et je me trouverai des affaires pressées de règlement au temps de sa vendange, à Lebrault !... »

— Ça va à ton idée, le Grand Mousin ? Tu te plais dans les vignes, je vois rien qu'à ta mine. Méfie-toi, va-devant, pour ce coup m'est avis que te voilà va-derrière !

Occupé à cette tâche qui l'excédait par sa monotonie, la tête loin partie à des pensées moroses sur son âge et ses capacités, Landry Rebeyrolles ne s'était pas aperçu que Marie venait de le dépasser. Ils coupaient sur la même rangée de ceps, ils avaient attaqué chacun son côté au même instant, sur le signal de Nicolas Lebrault, et voilà que Marie le narguait, elle l'avait gagné de vitesse et le regardait en riant, elle était en avance de trois pieds au moins sur lui. Il lui jeta un coup d'œil, sans arrêter le va-et-vient de la serpette.

— Et les grives, derrière toi avec ce que tu laisses, elles s'en vont devenir tant grosses que des canes d'Inde. Sacré poison de fille, va donc, sans t'occuper de ceux qui s'y connaissent au travail bien mené. Tu l'entendras, ton patron Lebrault, quand il va fourrer son nez pour voir si personne n'en laisse à perdre, de son sacré bon dieu de sauvignon de merde...

Marie remonta vers lui, sans se presser, et se pencha vers le côté du rang où il coupait. Elle avait mis un grand chapeau de jonc sur son mouchoir de tête — le soleil plombait fort, passée la fraîcheur du matin — et cela lui faisait au visage comme ces auréoles de lumière autour des saints, sur les vitraux d'église. Comme il la trouvait belle, cette grande fille qu'il n'avait pas engendrée, comme elle lui était chère, cette paternité de rencontre et de hasard ! Un autre enfant était venu de lui, de sa semence de chair, de l'amour de Céline, sa naissance n'avait rien changé à son affection pour Marie, il était pour toujours deux fois père, et sa femme n'en prenait nul ombrage, c'était elle souvent qui rappelait :

— Tu vois Landry, sans cette petite, où donc nous en serions à présent ? C'est grâce à elle qu'on est venus sur le tard à s'accorder sur l'idée de mariage, et qu'on est tant heureux...

Marie fourrageait dans les feuilles, de son côté à lui, sur un cep dont il avait terminé la récolte. Deux coups vifs de guignette, et elle lança dans son baquet les grappes de raisin.

— Tiens, mon pauvre, celles-là tu ne les avais pas vues. A toi aussi, même que tu es beau-frère et moi juste chambrère...

Une troisième grappe tomba dans la baquette de Mousin, petite et mal venue, portant quand même reproche d'être restée derrière.

— Même que tu es « mon beau-frère Rebeyrolles », comme s'il en avait des fois un autre et qu'on puisse douter, tu l'entendras toi aussi, son sauvignon 56 laissé pour les oiseaux. Parce que je te l'apprends : mon cher Rebeyrolles, 1856 sera un vin de longue garde, un peu riche en tanin peut-être mais que je prévois rond en bouche, à la condition de soutirer souvent.

Mousin retint le rire qui lui venait, Marie reprenait

les exactes intonations de Lebrault chantant cantique sur son vin, avec des mots qu'il trouvait quant à lui du dernier ridicule et totalement dépareillés de leur objet : du vin c'était du vin et pas de la piquette, c'était une affaire à boire, à trouver bonne à l'occasion, et non pas à monter en évangile ! Il continuait à couper sans se dérider d'apparence, conscient toutefois que Marie n'était pas dupe — mais il lui convenait de ne point céder trop vite à se reconnaître en défaut sur trois grappes oubliées. Deux gamins se poursuivaient, en ayant garde de se redresser : le feuillage épais de la vigne les cachait aux yeux de Nicolas Lebrault qui faisait le va-et-vient incessant, pour surveiller : il se trouvait présentement dans un rang éloigné, et la petite jeunesse en profitait pour prendre une ventrée de raisin.

— Foutez le camp, vermines ! Vous allez voir la chiasse que vous aurez aux tripes, avant ce soir !

Les deux garçons s'éloignèrent en assurant qu'ils sauraient se torcher tout seuls, si le cas en était, et Mousin se remit à couper en grommelant que s'il les attrapait, c'était à coups de pied au cul qu'ils pouvaient s'attendre d'être torchés, la jeunesse d'à présent, pas croyable ce que ça se permettait...

— Les vendanges d'avant, quand tu portais la hotte, tu étais moins grognassou. On t'entendait chanter à longueur de jour. Quoi donc déjà ? Tiens, par exemple, ma Lisette avec ta serpette et ton petit panier...

Un porteur de hotte arrivait près d'eux, du côté de Marie. Mousin vida son baquet, à bout de bras pardessus les ceps, avec la fierté de montrer qu'il avait encore assez de muscle pour balancer trente livres sans que le gars se penche.

— Mazette ! Vous me flanquez ça comme une poignée de grain à la volaille, Monsieur Rebeyrolles !

Mousin fit un clin d'œil à Marie, le cœur lui revenait sous un tel compliment, assorti du « Monsieur Rebeyrolles ».

— Tâche donc de me rester en face, à présent. Et

d'aller tout doux tout doux, à cause de ce vieux va-derrière qui peut plus suivre. De même, on pourra causer un peu, ça fera mieux couler le temps.

— Oui, tout justement, j'ai des affaires à te demander.

— Tu me parais toute vivace et badinette, à matin. Pas comme hier au soir. A voir ta mine je me disais elle va nous passer dans la nuit, et puis non, la voilà revilée, la chambrère du Chêne-Vert. Et elle vient faire leçon au pépé Mousin, et qu'il laisse aux oiseaux, et qu'il grince la face, qu'il grommelle les petits mignons de drôles, qu'il va pas trop vite à l'ouvrage et qu'il ne pousse plus la chanson... Enfin tout ça c'est de ton âge, ma jolie. Et quoi donc tu veux me demander, du pas trop conséquent pour réflexion, j'espère, vu que la vendange à Lebrault j'en suis crevé vassé et que ça me sort les idées de la tête. Juste si je sais encore ton nom, alors tu vois.

Il s'avisa que Marie semblait absente à ses plaisanteries, qu'elle n'avait pas ri sur le « pépé Mousin », et que soudain une expression tendue, au visage de la jeune fille venait contredire ce qu'il lui avait exprimé l'instant d'avant sur ses humeurs de gaieté et de badinage.

— Tu sais l'âge que j'ai, Mousin ?

Il ne répondit pas, continua à couper, comme absorbé à trousser les feuilles pour traquer le moindre grappillon. « C'est le reste, à présent. J'en aurai deux à me tanner la peau sur l'âge qu'elles ont ! Vois-tu pas ces trois rides à mon cou, Landry ? Mes dents, même en frottant avec la poudre ponce du docteur Mary, elles deviennent jaunes un peu, surtout la dent de l'œil, au côté droit... Et ça n'était pas suffisance, voilà la deuxième qui s'y met ! Elle aura quoi en décadence, celle-là ? Ça pète de jeunesse et ça me demande si des fois j'ai connaissance de son grand âge. A des moments, j'y perdrais patience, déjà que je n'en suis guère fourni ! Même que je les préfère belles et fraîches, et Dieu merci qu'elles le sont toutes deux, ça commence de me chauffer les oreilles, ces manières qu'elles font sur leurs agréments... »

Il se redressa, regarda fixement la jeune fille, et prit l'air de découvrir une épouvantable évidence.

— Ma pauvre petite, misère de nous ! Je m'en étais trouvé d'aperçu depuis longue date, mais ça, pas vrai, ma langue le disait à mes dents, et jamais grand jamais j'aurais osé te dire, ça me soulage que tu causes la première : grand dégât, te voilà pas loin de tes vingt ans !

Marie riait en l'écoutant, elle continuait à couper les grappes. Visiblement, elle n'était pas tracassée de vieillesse et de délabrement en lui demandant s'il connaissait son âge. Il en fut soulagé, il lui aurait rebuté de voir sa petite Marie lamenter sur les ans qui passaient, sur ses rides à venir et la couleur de ses dents. Il l'aimait avec sa simplicité et sa franchise presque garçonnières, alors même qu'elle possédait dans leur éclat tous ses attraits de belle fille. Chez Céline seulement il supportait les coquetteries, et ces façons de minauder qu'elle prenait pour mieux tirer les compliments.

— Ce n'est pas ce qui me tabusse, non, de prendre de l'âge ! Je voulais te dire Mousin : c'est aujourd'hui que j'ai vingt ans.

— Eh alors, que veux-tu que ça me fasse effet ? C'est-y qu'on va te pouponner comme ton filleul, fais risette mignon, montre à papa tes belles quenottes, trois ans qu'il a ce trésor, cette vermine, ce monstre... C'est-y ça que tu veux pour tes vingt ans ? Et d'abord, comment tu l'as su, pour aujourd'hui ?

Ils étaient arrivés en bout de rang, les baquets débordants de leur récolte, il leur fallait attendre un porteur pour reprendre l'ouvrage. Mousin frottait ses reins douloureux, s'alarmait quelque peu du visage grave de Marie, où ne paraissait plus la moindre trace de gaieté malgré l'évocation d'un filleul tant chéri.

— Je l'ai su de Madame Blanche. Mon acte de baptême, pour être marraine de Jean-Landry.

— Bonne affaire, ça fera toujours ça de moins à tracasser pour le jour de tes noces. Moi, pour joindre le mien à Saint-Léger-la-Montagne, c'était une chicane à perdre la tête, la croix et la bannière que c'était ! Sans l'instruction de Céline on se mariait aux fossés...

Marie retrouva un instant le sourire, avec la bouche retroussée d'un côté et la tête penchée qui la faisaient si charmante dans ses moqueries.

— Parce que ça n'était pas déjà fait ? Les mondes sont chétis, ça se disait partout...

Il la menaça de la main en fronçant le sourcil.

— Tu la vois celle-là, effrontée ? Depuis quand tu n'en as pas reçu, de la giroflée à cinq branches ?

— Depuis longtemps pour sûr. Ça fait depuis douze ans. Et c'est justement la raison, enfin c'est pour ça que... Voilà, Mousin, je te cause sérieux : mon père, tu le connais, toi. Tu as été à Chaussauvent quand... quand on a dû quitter la Colombière. Tu les as tous vus, lui, et la mémé Gâtard, et aussi, comment dire, ma... ma mère. Alors je voudrais que tu me racontes sur eux. Ça m'est venu d'un coup, comme ça, quand ta belle-sœur m'a porté connaissance que j'avais mes vingt ans aujourd'hui.

Le jeune Assailly arrivait avec sa hotte, Landry Rebeyrolles se trouva un répit pour ruminer sa hargne, et loin de s'émousser dans cette pause, il la sentit qui bouillonnait, s'enflait, montait et débordait en lui comme il arrive au lait oublié un instant de trop sur la braise. Il dut se faire violence pour assourdir sa voix, dès que le jeune homme se fut quelque peu éloigné.

— As-tu perdu raison et sentiment en touchant tes vingt ans, pauvre folle que tu es ! Pour le coup que j'ai véritable envie de te foutre une roustée, parole, juste la honte qui me retient devant le monde. Je te croyais attachée à nous autres, à présent, et de le savoir ces idées à la tête ça me détrevire les intérieurs. N'as-tu pas suffisamment pâti à cause d'eux, dans ton petit âge, ces moins que rien du tout qui t'ont tallée de coups et...

— Pas mon père, pas lui...

— Lui c'était plus pire encore, il les laissait faire. Alors le peu que j'en connais, tu n'en sauras pas miette, à tes vingt ans ou tes quarante si j'y suis encore, je ne t'en dirai rien. Je lui ai vidé mon sac, à ton père, avant qu'on s'en vienne t'amener au Chêne-Vert, et c'était du pas propre et il a rien osé me répliquer. Alors, je n'ai pas envie de débagouler ça une fois encore, mais je te le dis tu me graffignes le cœur à penser encore sur eux. Rien qu'une chose, tiens, que je m'en vais t'apprendre, ça va te pousser au chagrin, sûr, et tu pourras lui faire dire une messe : ça fait trois ans, j'ai vu dire qu'elle était morte, la Gâtarde, ta bonne mémé Gâtard, vieille tarze-à-crever... Et merde, je me suis entaillé la main, de la colère que tu me fais prendre !

Il releva la tête, il n'avait pas regardé Marie du temps qu'il rageait et tempêtait sur son inconséquence, sa déraison et son ingratitude... Marie l'envisageait tranquillement, il y avait comme un amusement dans ses yeux, et surtout une lueur attendrie qui n'exprimait ni chagrin ni regret, seulement l'affection et la reconnaissance — pour lui, c'était pour lui qu'elle avait ce regard, il avait retrouvé sa fille de cœur, et non l'enfant de mauvais sort et d'infortune engendrée par Pierre Therville, il en éprouva un intense soulagement.

— Ça n'a pas d'importance, Mousin, ça n'en a plus. Pardon si je t'ai porté peine. Je sais où est ma vraie famille.

Il voulut secouer l'émotion qui lui serrait la gorge.

— Fant de garce, adroit comme un cochon de sa queue... C'est boucherie que je fais, pas vendange ! Regarde ça, si ça pisse !

— Donne que je t'encatine, j'ai un mouchoir tout propre. Le patron ferait beau, de te voir saigner sur le sauvignon 56 ! Voilà, une belle poupée... Pressons-nous, on est à la traîne, tu sais qu'il nous faut finir ce matin. Oh ! écoute, il va passer... Celui d'onze heures.

Un roulement profond et scandé s'approchait, venant du côté de Saint-Maixent. Tous les vendangeurs laissèrent en plan baquets, hottes et guignettes, même Nicolas Lebrault se porta en hâte vers le mur de pierres sèches qui bornait la vigne, du côté de la vallée. Depuis près de trois mois les trains roulaient sur la ligne, leur passage restait encore un spectacle inépuisable de curiosité, leur régularité rythmait à présent la vie de tout le village. Ils s'accoudèrent au bord de la murette, des visages paraissaient derrière les vitres des wagons, tous les jeunes firent de grands moulinets de bras pour dire bonjour aux voyageurs... Landry Rebeyrolles et Marie remontèrent ensemble, lorsque le train eut disparu dans la courbe, vers la Crèche, laissant seulement une fumée que le vent dispersait. La jeune fille lui poussa le coude.

— Mon cher Rebeyrolles, le sauvignon 56, il se gardera longtemps, et cela par le fait que la fumée, comme vous le savez, ça conserve le jambon, la saucisse, et donc le vin de la même occasion...

Il se remit au travail d'un cœur léger, il avait retrouvé Marie Therville, gaie, vive à la moquerie, et non plus l'enfant martyrisée, perdue dans les ombres et le malheur de Chaussauvent.

Nicolas Lebrault remontait le coteau, après le passage du train. Les vendangeurs s'étaient remis à la besogne, avec un regain d'activité, comme si la puissance, la vitesse de la locomotive lancée sur sa route de fer leur avait fait prendre conscience d'une lenteur ancestrale inscrite dans leur histoire, les avait précipités d'un seul coup dans le siècle des machines, des bielles et des pistons. Ce n'était pas la première fois que Nicolas Lebrault s'en faisait la remarque : l'ouverture de la ligne, le 7 juillet de cette année 1856, quoique toute récente avait modifié le rythme de la vie ; elle n'avait pas encore bouleversé les notions d'espace et de distance — seuls le baron Godet et le maire avaient pris le train — mais pour tous elle avait morcelé la durée, le lent effilement des heures, elle découpait le temps avec une précision et une force qui laissaient loin derrière les ambiguïtés du soleil, les retards ou la précipitation du curé à sonner les angélus, les caprices des pendules... On entendait rouler le « quatre heures vingt-cinq », et dans les courtes nuits d'été il tirait de la paillasse les traînards. A présent on avait la notion des minutes, et non pas seulement des quarts et des demies. Il passait même, en fin de matinée, un « midi sept » qui sifflait l'heure de la soupe, et apprenait ainsi aux insouciants, aux nonchalants, qu'une heure ne se coupait pas en quatre comme une pomme, mais en soixante minuscules fragments qu'il convenait de ne pas gaspiller. On avait pris l'habitude de vérifier les montres dans la maisonnette du garde-barrière, où un régulateur était remonté, contrôlé, ajusté à la seconde près, chaque semaine, par un employé de la Compagnie d'Orléans.

Le jeune Charles Assailly dépassa Nicolas Lebrault en courant. Il gravissait la pente — les tombereaux chargés de bailles se tenaient en haut du coteau — il soufflait sous le poids de la hotte.

— Doucement, petit gars, m'est avis que je vois une grappe verte là-dedans. Et pourquoi donc courir de même ?

— Le onze heures vient de passer. Il reste une heure et guère avec, pour venir à bout.

— On s'en reviendra le tantôt si besoin est. Ça ne vaut rien de macher le raisin avant le pressoir. Tout le meilleur du jus qui s'écoule sur votre échine. Surtout celui-là, presque il faudrait le couper graine à graine, comme ils font dans des endroits. Mon ami Claude Durand...

— Celui du Chant des Vignerons, que l'Empereur a donné permission de s'en retourner chez lui, vers le dimanche d'Hosanne ? Ça a fait une belle quarre chez nous autres, entre mon père et le pépé, ils en sont demeurés trois mois sans se causer. Il est acharné sur ses idées de République, pépé, vous avez bien connaissance qu'il a appelé son bourricot Badinguet ? Et mon père, lui, tout le contraire. Faites excuse, Monsieur Lebrault, je vous ai coupé parole.

— De même vous reprenez souffle, mon garçon. Mon cher ami Durand, comme je vous disais, il m'assurait toujours qu'aux Bons Journaux, si je l'écoutais, ce n'était pas de vin que je ferais récolte, mais d'un véritable nectar, parce que ce versant de coteau qui prend si bien le soleil on y trouve, à ce qu'il prétend, la même caillasse qu'à Sauternes. L'an prochain, s'il se trouve en liberté de circuler — parce que ce n'est pas le cas présentement, il est fort surveillé — je prendrai son conseil, oui pour sûr.

Le jeune Assailly fit un clin d'œil de malice.

— J'en toucherai parole au bourricot de mon pépé, qu'il le laisse aller venir à sa fantaisie, cet homme.

La plaisanterie était dans le goût de Nicolas Lebrault, fine, sans grossièreté, avec la marque d'un tempérament frondeur que le jeune homme tenait de son grand-père.

— Brave garçon, le temps viendra où notre malheureux pays s'honorera d'hommes tels que vous. Allez donc, maintenant. A marcher, et non pas à courir.

Nicolas Lebrault regarda longuement sa vigne... Vendanger grain par grain, des jours durant, à mesure de mûrissement et presque de pourriture, ainsi que le lui conseillait Claude Durand : l'idée l'en séduisait chaque jour davantage. Doucement, prenant son temps, à deux pas du chemin de fer. La vitesse, la machine à vapeur, les hommes rapprochés par la science, tout cela portait satisfaction à l'esprit de progrès qui était sien. Mais il refusait que se perde en route le lent cheminement de la terre et des récoltes, l'aboutissement du travail longuement parachevé, la qualité subtile apportée par le temps aux œuvres pour lesquelles on ne l'avait pas mesuré : du temps pour que le vin se bonifie dans l'ombre de la cave, du temps pour édifier le Pont-Neuf sur la Sèvre, pour bâtir une église, pour broder une nappe. Du temps que l'on retrouvait en incomparable bouquet dans les bouteilles, en patine sur les monuments et les ouvrages qui traversaient les siècles... Il croyait en la sagesse des hommes, il leur faisait confiance pour garder de bonne amitié, de juste équilibre, la marche vers l'avenir et les traditions du passé.

Il s'arrêta à mi-coteau, en bout du rang où son beau-frère et Marie Therville coupaient. Il les remarqua à même niveau, en conversation animée sans pour autant que le travail en souffre. Il s'était attaché lui aussi à cette jeune fille, si vive et curieuse, et si fort avide de connaissances. Mais jamais avec lui elle n'avait cette attitude dégagée de contrainte, cet abandon joyeux qu'il lui voyait face à Landry Rebeyrolles. Ils riaient tous deux à quelle histoire, à quelle réflexion lancée par l'un ou l'autre ? Il en ressentit comme un agacement dont il se fit reproche.

— Rebeyrolles ! Venez donc au bout du rang, j'ai à vous parler.

Il eut conscience d'avoir laissé passer dans sa voix une sécheresse et une autorité qu'il s'empressa d'adoucir.

— Vous me rendriez grand service de venir voir aux tombereaux, le chargement s'équilibre mal, j'ai crainte que mes vieilles mules n'arrivent pas à les arracher.

— Oui bien, beau-frère. Les tombereaux, ça me connaît mieux que la guignette ! Et toi, feignasse, tu te remues le cotillon pour couper le peu de reste. Tu m'entends, la mère Therville ? Les deux côtés que tu fais, grand honte à ta face si je vois un gars poser la hotte pour t'aider.

Marie l'assura en riant qu'il pouvait partir sans se ronger les foies, elle repasserait même derrière lui, « hein, rappelle-toi donc », et de nouveau ils se mirent à rire, tout leur était plaisir, tout leur était bonheur, et Nicolas Lebrault se trouvait à la fois exclu et attiré par cette joie de vivre, à laquelle sa nature forgée de sérieux et de réserve n'avait jamais goûté. Il entraîna son beau-frère à l'écart.

— En réalité ce que j'ai à vous dire, mon cher Rebeyrolles... Non, ne souriez pas, l'affaire est grave.

— Oh ! une idée qui me passait en tête, rien du tout, allez donc, je vous écoute sans rire à cette fois. Des moments, je me dis que vous me prenez pour un sans-souci, un gobeur de mouches, une tête cabeurnotte. Avec le temps, vous devez quand même assavoir que je peux me faire convenable quand ça convient.

A vrai dire, Nicolas Lebrault jugeait que les deux caractères se trouvaient réunis en son beau-frère. Un couteau à deux lames ce Rebeyrolles, et selon circonstance il sortait l'une ou l'autre, la riante ou la sévère, la sérieuse ou la bouffonne...

— Je le sais, soyez-en assuré. Si j'en jugeais autrement je ne vous aurais pas donné ma confiance et celle de nos amis, depuis que des circonstances... malheureuses vous ont amené à changer de vues sur la politique.

— Dites ma connerie et n'en parlons plus.

Lebrault s'offusquait toujours à la crudité du langage, il préféra ne pas faire cas de l'interruption.

— Demain, il vous faudra aller à Niort. Moi, que l'on sait occupé au pressoir, mon voyage risquerait de faire poser des questions et des doutes que je préfère éviter...

— Pour sûr qu'on se demanderait quoi donc il va vendanger... le bon, bon vigneron ! Faites excuse, beau-frère. Vous êtes en droit de penser que je cherche présentement la trique pour me faire rosser. Sérieusement, qu'avez-vous me donner d'ouvrage ?

Nicolas Lebrault rencontra le regard de son beau-frère, droit dans les yeux, empli de détermination. Il ne comprenait guère cet homme dans son penchant à la plaisanterie, il se déconcertait souvent de ses persiflages, de ses grossièretés et de ses colères, et cependant il reconnaissait en lui un être de courage et de droiture en lequel il avait mis toute sa confiance, son estime, au bout du compte son affection : en abordant le couchant de sa vie, Nicolas Lebrault découvrait le paradoxe de l'amitié, qui le rapprochait d'une personnalité tout à l'opposé de la sienne.

— Ils se réunissent demain, à Niort.

Nicolas Lebrault baissa encore la voix.

— J'ai rencontré un gars de la Marianne *, hier au soir. Ils ont à transmettre un message de la plus haute importance à ceux de la Militante. Trois chamoisiers de Niort sont menacés de déportation. Il n'est que vous à pouvoir assurer la liaison, les courriers de poste sont surveillés étroitement. Trouvez à toute force une raison

* La Marianne, dans le nord des Deux-Sèvres, et la Militante, dans la région niortaise, étaient des sociétés secrètes d'opposition au Second Empire.

de vous porter à Niort, demain. Je vous confierai ce soir une sacoche, vous y détiendrez la liberté de trois hommes. Le plus coriace, cela va être d'imaginer un fondement valable à ce déplacement si brusque de décision !

— Topez-là, sans inquiétude.

Landry Rebeyrolles avait saisi son beau-frère par le bras, le ramenait de vive autorité vers les vendangeurs dont ils s'étaient un moment éloignés. Lebrault en conçut quelque appréhension, essaya de faire passer dans son regard bien plus qu'une prière, une injonction impérative à se taire. Elle portait loin, la voix de Rebeyrolles, et elle tirait l'attention par ces histoires et ces réflexions que Nicolas Lebrault jugeait le plus souvent saugrenues, voire déplacées, mais qui valaient à son beau-frère une réputation de joyeux drille fort appréciée à Sainte-Néomaye. Son alarme fut de courte durée.

— Ça me porte en rassurance, beau-frère. Voyez, moi qui n'y connais rien en vinasse — pardon excuse — je me disais : rien de bon que ça va faire, cette fumée et ces saloperies de charbonnailles que les trains graillonnent en passant le long de votre vigne, té, comme ces malpolis qui ont la crache et visent entre vos sabots.

Comme Lebrault l'avait prévu, le discours de Landry Rebeyrolles avait arrêté les porteurs de hotte, redressé les vendangeurs, on s'esclaffait déjà à la comparaison, en avait-il de bonnes, ce Limousin, avec lui le temps n'était guère durable...

— J'aurais bisqué pour vous, oui bien, de voir toute cette vendange des Bons Journaux poussée au fumier pour cause de chemin de fer. Du coup, vous me soulagez d'un poids, j'osais pas vous en dire nouvelle. Eh ! Père Derbord ! Disez-le donc au beau-frère, ce que je vous ai donné en connaissance, à matin...

— Oh ! toi, mon petit gars, tu es un sacré dégourdi ! Et comment donc, c'est-y que Lebrault ne savait pas ?

— Voyez que non, père Derbord. Je n'ai eu certitude qu'à grand nuit, hier au soir, et dame ce matin, le beau-frère il avait d'autres chats à fouetter, et moi pas vrai, d'autres mules. Comme bêtes, ça s'assemble guère.

Le vieux Derbord riait, et Nicolas Lebrault s'étonnait à nouveau — sans en éprouver cette fois d'irritation — de cette faculté que possédait son beau-frère de déverser les plaisanteries, de propager l'amusement, alors même qu'il s'agissait de camoufler une action d'importance où se jouait le sort de trois hommes.

— Allez, père Derbord, c'est-y sa bouillasse de fumée qu'il va me cracher à la face, le chemin de fer ? Dites-donc au beau-frère.

— Hou que non, du meilleur à tâter que ça, saloperie de poussier ! Vois-tu pas que ça me tient l'œil moitié fermé d'en avoir reçu ? Et pourtant, misère, je n'avais point couru comme vous autres à regarder passer ces diligences attelées l'une l'autre ! Vous verrez le ravage, le jour que ça va détrevirer * !

Le père Derbord faisait visiblement durer le plaisir de se trouver seul dépositaire d'un secret qui semblait arranger la mission pressante de Rebeyrolles. Nicolas Lebrault se garda de montrer la moindre impatience, une question mal venue n'aurait fait que retarder les éclaircissements. Il avait la certitude que son beau-frère jouait de cette lenteur paysanne de discussion, de cette façon qu'avait le vieux Derbord de ménager l'intérêt, de faire languir sur l'aboutissement.

— Une tuerie de gens, que ce sera, mes pauvres enfants.

Leur conversation avait amené auprès d'eux des oreilles attentives, des regards de curiosité.

— L'Empereur, pour cette affaire de trains, il écoute des mauvais mondes, pauvre homme il n'a pas encore vu toutes les mouches qui le piqueront ! D'après que ce serait sa femme qui le pousse, m'étonne guère, lui tout seul aurait mieux avisé.

Le calcul était adroit, de la part de Rebeyrolles,

* Cinq ans plus tard, en 1861, un déraillement faisait sept morts et de nombreux blessés dans la Tranchée de Sainte-Néomaye.

Lebrault venait d'en prendre conscience : ce soir la nouvelle aurait fait le tour du village. A la mine de son beau-frère, il y voyait un propos délibéré, dans le but d'escamoter mieux encore la besogne dont il était chargé. Lebrault et le père Derbord — quoique conservant de bonnes relations de voisinage — se trouvaient fort opposés sur le chapitre des idées : l'un avait planté l'Arbre de la Liberté sur le Champ de Foire, en 1848, l'autre y avait porté la hache, en 1850... Oui, c'était une manœuvre habile de Landry Rebeyrolles, que de se faire couvrir par un tenant de Badinguet pour sauver trois républicains. Lebrault en cet instant se réjouissait du fait que son beau-frère, venu à la politique à la suite d'insouciance et de légèreté, en soit arrivé à développer d'aussi fines et pénétrantes stratégies.

Le père Derbord dut enfin juger que son auditoire se trouvait suffisamment fourni.

— Ce petit gars, Lebrault... Enfin c'est façon de causer, vu qu'il est grand à faîter les paillers sans échelle... Ce petit gars, il s'en va demain traiter avec ceux de la ligne, les gros, les monsieurs, les chieurs d'encre. Ils ont dépassé Niort, à présent. C'est la grande plaine, là-bas, et ça remblaie et ça juche à monceaux et tas de cailloux. Et quoi c'est donc qu'il leur y faut, pour faire monter leurs beurouettes à quatre roues ?

Nul ne rompit le silence que le vieux avait ménagé à dessein, et Lebrault comprit l'heureux concours de circonstances qui venait à point nommé favoriser leur entreprise.

— Des mules qu'il leur faut, parce qu'ils en ont plus en suffisance. Mon petit gars, même que je ne suis pas pour cette invention du diable, je te le dis tout comme je le pense : c'est un honneur envers nous autres d'ici qu'on t'aie choisi pour cette fourniture. Et pour toi m'est avis que c'est une sacrée bonne affaire à toper. Je te souhaite chance pour demain.

Le père Derbord promena son regard sur les vendangeurs et dut se trouver satisfait des manifestations d'étonnement, des approbations et des murmures qui marquaient l'effet produit par la nouvelle.

— Ce qui faudra que vous m'expliquiez un jour, Lebrault, c'est comment donc qu'ils bricolent à leur attelage, pour que la beurouette monte quand la mule descend. Guère étonnant qu'ils en crèvent autant, malheureuses bêtes...

— Tout au contraire, mon cher Derbord, tout au contraire ! C'est par un système ingénieux de poulies et de plans inclinés que... Mais ce n'est guère le temps, le midi sept va passer avant que nous ayons fini notre ouvrage. Pendant manger je vous éclaircirai ce point. Venez donc, Rebeyrolles, voir à mon chargement.

Ils s'éloignèrent. Landry Rebeyrolles sifflotait, et Nicolas Lebrault jugea qu'en tout état de cause son beau-frère avait lieu d'être doublement satisfait.

— Bien joué, Rebeyrolles. Inutile que je vous recommande de n'en toucher le moindre mot à Céline, n'est-ce pas ? Vous connaissez les femmes, outre que la politique les dépasse, elles sont dans l'incapacité de se tenir la langue. C'est la raison pourquoi j'ai gardé la petite Therville dans l'ignorance de ce qui s'est passé à l'Hermitain, voilà trois ans, avec notre cher Heurtebise. J'avoue qu'elle s'est tirée au mieux de ce qu'on lui demandait. Surtout ne voyez aucun mépris pour nos chères compagnes dans ce rappel au silence, mais hein ? vous connaissez les femmes...

Rebeyrolles dégagea son bras, secoua la tête en approbation.

— Pour sûr que je les connais. Et sans offense, peut-être mieux que vous, Lebrault.

Pour une fois, Nicolas Lebrault consentit de répondre à ce qu'il jugeait une allusion un peu leste.

— Je n'en doute pas un seul instant, et voyez-vous, mon cher beau-frère, je m'honore quant à moi de n'avoir jamais connu que ma bonne Blanche...

La fin de la vendange marquait un moment de joie pour Marie. Ce n'était point le fait d'en avoir terminé avec une tâche pénible qui la réjouissait, c'était l'impression toujours rassurante et porteuse d'optimisme d'avoir rentré une récolte, d'avoir mis à l'abri, d'avoir garanti l'avenir. Au Chêne-Vert, il était peu d'occasions pour elle de retrouver ce sentiment de sécurité qu'elle avait connu à la Colombière, lorsque les greniers, les granges et les caves s'emplissaient des provisions que le travail de la terre avait apportées, ces entassements, cette abondance qui l'avaient comblée après la misère et les cueillettes sauvages de Chaussauvent. Blanche Lebrault la plaisantait sans méchanceté sur ce qu'elle appelait ses « manières d'écureuil qui voit venir l'hiver ».

— C'est-y donc qu'on te nourrit pas en suffisance ? Cette idée d'aller aux nouzilles, le dimanche, au lieu de faire promenade avec les jeunesses de ton âge !

— Il y a tant de noisetiers, dans les bois sur la Corbelière ! Et tout ça qui se perd, juste les petits drôles qui les cassent encore en vert, saccagent les branches sans penser plus loin, moi ça me fait tort de voir tout ça venir à rien. Et c'est fin de goût, convenez... La piquette de prunelles que j'ai prétendu faire l'année passée, j'en suis d'accord, ça n'était guère valeureux. Mais les noisettes, les roses surtout, ça se garde longtemps sans ratatiner et tourner rance comme les noix.

Blanche Lebrault finissait par l'admettre, assurait à Marie qu'une fille aussi avisée qu'elle serait une perle dans un ménage, celui qui allait la prendre, hein, même si ça n'était pas pour les noisettes et la piquette de prunelles...

— Moi que veux-tu, ajoutait Blanche Lebrault, je suis comme ma sœur ou peu s'en manque, rien que d'élever mes poules et engraisser les cochons ça me suffit comme ferme, et si c'était que de moi, ces bêtes elles crèveraient de vieillesse. Alors tu penses, le fruitage...

Le plaisir que Marie prenait à amasser, à conserver, l'avait amenée peu à peu à avoir la haute main sur les menues récoltes du Chêne-Vert. A part les noyers du pâtis, quelques salades et des fines herbes dans le jardin, il n'était guère que des arbres fruitiers à y pousser : des poiriers de plein vent, des pommiers encombrés de gui, des cassissiers étouffés de bois mort, des cognassiers et des pruniers que la mousse et les lichens n'empêchaient pas de fructifier. Marie en surveillait la venue à maturité, ramassait à bon escient, faisait sécher, cuisait, éliminait la pourriture. Une perle, répétait Blanche, lorsqu'elle offrait la liqueur de coing, le vin de noix ou le pruné... Nicolas Lebrault appréciait ces vertus ménagères.

— Avant votre venue, ma petite enfant, tout ça se perdait quand les cochons n'en voulaient plus !

— Tu peux causer, lui répliquait sa femme. Toi, à part ta vigne...

Le patron du Chêne-Vert, en effet, se prétendait aubergiste au hasard de naissance, mais par-dessus tout vigneron. Il se rebutait aux autres travaux de la terre, il assurait ne pas avoir la main et consentait tout juste à planter et biner quelques rangs de pommes de terre, pour ne pas perdre face aux yeux de la population villageoise. « Acheter la trouffe » était le symbole unanimement reconnu de la feignantise, on ne l'acceptait que des gens de la haute ; on admettait que le jardinier du baron fasse culture d'orangers et de citronniers dans les serres, de rosiers et de géraniums sur les massifs, mais le maréchal-ferrant comme le boulanger auraient été jugés avec la dernière sévérité s'ils avaient agi de même sorte. Nicolas Lebrault accordait cette concession aux habitants du village, et laissait Marie — « puisque vous aimez cela ma petite enfant » — en assurer l'arrachage et la récolte, en brouetter les chargements et surveiller l'état de conservation. Les autres légumes étaient fournis en abondance par les paysans qui louaient les anciennes terres Thibaudeau. Lebrault était un homme de générosité et de désintéressement qui ne réclamait jamais les termes, acceptait tous les retards, voire les oublis, admettait toutes les excuses sur les aléas du temps. Marie avait souvent entendu de vives discussions à ce sujet entre le Grand Mousin et son beau-frère.

— C'est avantageux pas vrai pour Perrocheau, d'avoir ces bonnes terres de l'Assemblée contre trois sous s'il en tombe, et quatre baquets de carottes ! Et des mojettes que j'oubliais, dans les bonnes années...

— Mon cher Rebeyrolles, c'est à moi d'en juger. Il me paraît normal, et je dirai plus : moral, que le travailleur de la terre en recueille davantage de fruit que le propriétaire.

— D'accord, d'accord ! On vous détrousse comme au coin d'un bois, et vous dites grand merci. Si j'étais que de vous...

Chacun restait sur ses positions. Mousin ne rabattait pas que son beau-frère se faisait avoir et comment ! et le patron Lebrault lui répondait qu'il préférait vivre en accord sur ses idées de justice plutôt que de manger le pain gagné du pauvre monde, et s'engraisser à la sueur des malheureux. Lorsque Blanche Lebrault intervenait, c'était toujours en défense des positions de son mari.

— Du moment qu'on a assez de quoi pour vivre...

Lebrault alors triomphait.

— Vous voyez, Rebeyrolles, même une femme peut vous donner leçon !

Mousin finissait par rire, assurant que dans ce domaine il en avait une qui s'en chargeait, et largement, et double ration des fois ! Lorsque Céline se trouvait assister à la conversation, il ajoutait :

— Que voulez-vous, beau-frère, on est tombés tous deux sur le même caillou, c'est de la pésanne dégénérée, les sœurs Thibaudeau, ça n'a pas de coulisse à la bourse, ça achèterait du vent s'il s'en vendait chez les marchands...

Nicolas Lebrault montrait une tout autre attitude en ce qui concernait sa vigne et son vin : même sa femme devait batailler ferme pour qu'il consente à soustraire quelques seaux de sa récolte, en vue de cuire la provision de raisiné. C'étaient des soupirs à fendre l'âme du temps qu'il triait les grappes sacrifiées, il s'arrachait le cœur en donnant son raisin pour en faire de la confiture. Céline en réclamait également, qu'il fournissait d'aussi mauvaise grâce. Mousin n'était pas fort sur le sucré, mais il appréciait l'acidité râpeuse du raisiné. C'était Marie qui venait chez eux le préparer,

Céline consentait à brasser une heure ou deux, et laissait à la jeune fille la suite de l'opération — qui portait souvent jusqu'aux heures du petit matin. Mousin s'en régalait encore tout chaud, c'était le raisiné de Céline puisqu'il avait cuit chez elle...

— Ma chère femme, ton raisiné, je m'en ferais péter la sous-ventrière. Me voilà devenu mangeur de vin gagné, comme il dit le beau-frère, et de ce coup je m'en vais engraisser de la sueur du pauvre monde !

— Celle de Marie en tous les cas. La malheureuse, toute la nuit à congestionner sur ce chaudron...

— Non, pensez-vous Madame Céline, vous savez bien que j'aime faire à ça, voyez-donc tous ces pots, ça me fait plaisir à regarder.

— Tu l'entends ? Pour sûr qu'elle aime fricoter, la Marie-Brasse-bouillon. Puis ce qui compte, c'est comme pour labourer, c'est le premier sillon. Après ça va tout seul.

Il avait l'air si fier de donner de l'importance au rôle de Céline que Marie ne le détrompait pas, appuyait même : le délicat de la cuisson c'était d'évidence le commencement. Céline la regardait de connivence et de reconnaissance, elle, elle savait que c'était tout juste le contraire.

— Quand même, Madame Céline, je le trouve un peu chien votre beau-frère, à donner son raisin. La prochaine année on tâchera moyen qu'il nous en fournisse un peu plus. Qu'on tire au moins trente pots d'une livre...

Marie et Mousin marchaient l'un près de l'autre, derrière les tombereaux. Le cortège abordait la Grand-Rue, on sortait sur les pas de porte pour évaluer la récolte de Lebrault, il semblait à Marie que le patron ralentissait les mules à plaisir, dans le but de faire admirer l'exceptionnelle qualité de sa vendange aux Bons Journaux.

— Mousin, je pense que cette année on n'aura pas trop de peine à recevoir notre suffisance, pour le raisiné.

— Possible, possible. Je crois avoir vu dire que cette année, justement, les poules auront des dents... Tiens, vois donc qui nous vient.

Céline arrivait, tenant Jean-Landry par la main. Elle marchait dans une étroite venelle comme il en existait beaucoup à Sainte-Néomaye : tous les chemins convergeaient vers le Champ de Foire, et se raccordaient entre eux par ces passages sinueux qui longeaient les jardins, les maisons et les cours. Ils s'arrêtèrent pour les attendre.

— Quand c'est-y donc qu'il aura l'air d'un gars, mon garçon, autrement qu'à regarder s'il porte un gland ou des rubans à son bonnet ?

Comme les enfants de jeune âge, quel qu'en soit le sexe, Jean-Landry était vêtu d'une robe. Celle qu'il portait aujourd'hui marquait un jour de fête, l'étoffe couleur prune était soulignée de livrées brochées qui se retrouvaient sur le béguin, dont le fond s'ornait du gland de soie noire et dorée qui affirmait le garçon et non la fille sous cette parure. Jean-Landry était un enfant souriant et potelé dont les cheveux roux frisaient serré. Céline les lui coupait souvent, la force des petits mâles s'émoussait si on leur gardait une longue chevelure.

Marie considérait son filleul comme la merveille du monde, et se trouva choquée de la question de Mousin.

— Et comment, qu'il aie l'air d'un gars ? Tu voudrais faire rire le monde en lui mettant une culotte comme aux singes savants du Champ de Foire ? Il n'a pas encore quatre ans, ce trésor. Vu qu'il est grand et fort, la prochaine année peut-être il quittera ses robes. Moi je regretterai, Madame Céline aussi pour sûr. Après c'est moins mignon à attifer.

— Pour l'agrément de vue, je ne dis pas. Mais vois-le : pour courir il sera plus libre. Té, qu'est-ce que je t'avais dit ?

Jean-Landry avait lâché la main de Céline dès qu'il avait aperçu son père. Il était tombé de son long, la venelle étant raboteuse. Céline le releva tranquillement, épousseta la robe, rajusta le bonnet. Mousin s'était précipité.

— Il s'est fait du bobo le petit mignon ? Bobo tête ?

Bobo menines ? Je te le disais, Céline, qu'il garde son bourrelet !

Marie retenait de rire en entendant Mousin qui l'instant d'avant souhaitait son fils habillé jeune homme, et pour le moment radotait bobo menines et bobo tête, en regrettant de le voir depuis longtemps séparé du bourrelet de paille qui protégeait son crâne des bosses, lorsqu'il faisait ses premiers pas.

— Landry, voyons ! Pourquoi pas le promenou tant que tu y es ? Et je ne veux pas qu'on lui parle de cette façon, j'ai déjà assez de peine avec ma sœur sans que tu t'y mettes. Tu peux prendre modèle sur le beau-frère, quand il parle à son neveu : jamais un mot de patois, jamais ces bétasseries qu'on dit aux petits enfants.

— Oui, ma belle, promis que j'essaye d'y causer comme un instruisou, à l'héritier. Mon cher Jean-Landry, j'espère que tu ne t'es pas... Voyons, comment donc il tortillerait ça, Lebrault ? Que tu ne t'es pas blessé, mon cher enfant, en bourdant... en heurtant ce nom de... ce malencontreux caillou. Voilà. C'est-y mieux de même ?

Céline et Marie riaient, l'enfant se jeta sur son père avec des cris de joie.

— Papa ! Mon papa ! Pourquoi tu causes comme tonton Nicolas ?

Mousin se récria qu'il était donc fin futé, ce bougre de petit berdassou ; Céline l'arrêta d'un froncement de sourcils. Elle tenait par-dessus tout que l'on emploie avec son fils un langage correct et châtié, et lorsque Mousin avait devant l'enfant ses écarts de parole coutumiers, elle faisait chaque fois remarquer le déplorable exemple, heureusement compensé par la rigueur de Nicolas Lebrault. Marie jugeait que Céline allait un peu loin dans ses idées d'éducation bourgeoise, et que l'oncle Nicolas, s'il parlait à Jean-Landry comme s'adressant à un adulte, le faisait moins rire que son père... Cependant, malgré ces réserves, elle se trouvait en admiration devant le résultat : son filleul, pour la conversation et le raisonnement, se trouvait largement d'avance sur le jeune Monsieur Charles, le fils du baron, qui dépassait Jean-Landry de huit mois pour l'âge, mais cognait encore sur le corsage de la nounou en hurlant :

— Moi veux lolo ! Moi veux lolo !

Le petit s'accrochait à la main de Marie, à présent, et trottinait à son côté. Céline avait pris le bras de son mari, juste un geste léger du bout des doigts, comme pour marquer une retrouvaille, elle le touchait un peu, le sentait là près d'elle. Le bonheur, une famille... Le pincement revint, au cœur de la jeune fille, elle refusa de se laisser aller de nouveau à l'amertume des souvenirs.

Ils marchaient tous les trois au rythme de l'enfant. Les vendangeurs arrivaient déjà au Champ de Foire qu'eux se trouvaient loin derrière, en face du château. Une réception s'y donnait ce jour, en avant-goût des fêtes qui allaient marquer le début de la chasse à courre. Jean-Landry s'arrêta devant la grille, ainsi qu'il en avait l'habitude chaque fois qu'il passait la Grand-Rue.

— Elle est belle, la maison château. Les chiens, où ils sont ?

Ses parents et Marie se retirèrent un peu à l'écart : on acceptait la curiosité d'un enfant, on se serait scandalisé de l'indiscrétion des adultes. Les portes du vestibule étaient grandes ouvertes, il en venait des bruits de conversation, des tintements de verres. Mousin était adossé au mur, à quelques pas de la grille.

— Et quoi donc qui l'attire, ce drôle, à boulitter à cette barrière chaque coup qu'il passe devant ?

— Tu sais bien, Landry, depuis l'an passé quand il a vu le départ de chasse. Ça se souvient pointu, à cet âge, et puis il a de la remarque.

— Rappelle-le. Moi ça me lève la peau d'échine, leur chasse à courre, et allez donc, tout à l'agât sur leur passage ! Et sont-ils cons en plus, de sonner la trompette pour attraper des bêtes qu'une feuille tombée fait ensauver de peur ! Rappelle-le, ton drôle.

— Laissez, Madame Céline, je m'en vais le chercher. Si le baron t'entendait parler de trompette, mon pauvre Mousin...

— Eh quoi, faut-il que je lui demande permission de lâcher un vent si le cœur m'en dit ?

Céline riait fort tout en protestant sur la grossièreté. Marie prit Jean-Landry par la main, le tira en arrière. L'enfant résistait.

— Allez viens, mon bonhomme. Les chiens et les chevaux, ce sera demain.

— Le petit garçon aussi a un cheval ?

— Non pas, Monsieur Charles a tout juste un cheval de bois, et moins beau que le tien. Allez viens, je te dis, papa et maman sont loin devant.

Ils rejoignirent Mousin et Céline, qui les attendaient devant la boulangerie. Jean-Landry répétait en chantonnant :

— Monsieur Charles ! Monsieur Charles ! Marraine elle dit comme ça au petit garçon de la maison château.

— Oui, mais quand on est entre nous deux, je lui dis Charlot. Comme toi des fois je t'appelle Drillot...

Mousin s'était arrêté, avec un regard enjoignant à la jeune fille de ne pas le contredire.

— Elle te fait accroire, ta marraine. C'est pour rire ce qu'elle te dit, hein, Marie ? Tiens mon mignon, demande à maman comme elle l'appelle, le petit baron ?

— Elle l'appelle Monsieur Charles, voyons ! Fais voir que tu es grand garçon et ne redis jamais ça, on te trouverait un tout petit poupon, si tu répétais.

— C'est vrai, marraine ?

— Oui bien, ton papa a raison, c'était juste pour te faire rire...

A l'expression de Mousin, Marie venait de s'aviser que les temps n'étaient pas de se mettre à dos les gens du château, sur une telle vétille ; ils tenaient à ce qu'on marque dans le langage la différence de rang où se trouvait leur Monsieur Charles. « Promenez donc Monsieur Charles dans le parc, il apprécie votre compagnie, ma brave Marie. » C'était d'ailleurs un bon petit, le jeune baron, il riait aux histoires de Marie, s'amusait de la voir transformer un coquelicot en poupée, s'intéressait à la confection d'un petit panier de jonc qu'il remplissait de brins d'herbe, de cailloux... « Tu veux que je te fasse un sifflet, Charlot ? — Lolo veut, Lolo veut... » Marie convenait en cet instant de son inconséquence, il était heureux que « Charlot » ait la langue moins déliée et la parole moins claire que Jean-Landry !

Ils étaient arrivés au Champ de Foire, l'enfant marchait tout seul à présent, à quelques pas devant eux.

— Je reconnais, Mousin, ça n'est pas le moment de tirer l'attention. J'ai été tenue à l'écart, bien entendu, mais j'ai vu hier au soir arriver maître Ricard, juste au moment que j'allais me coucher. Sûrement de l'ouvrage pour toi, le patron va t'en toucher parole aujourd'hui je suis certaine. Mon Dieu, il tomberait de haut, s'il avait un jour connaissance qu'on se trouve au courant de tout, Madame Céline et moi...

Mousin leur passa le bras autour des épaules, à toutes deux.

— Tu veux dire que ça le ferait tomber du cul ! Tout comme ça m'est arrivé à moi, quand l'ami Heurtebise m'a raconté. Alors je ne peux guère lui faire reproche, à Lebrault, vu que dans le temps je n'étais guère loin d'être aussi buté que lui. Tant qu'on est nous trois tranquilles, que je vous dise : il m'a déjà appris, pour hier au soir. Et demain, j'aurai du monde à sauver de renfermis.

— Tu seras prudent, Landry ?

— Un renard. Une belette en chasse. J'ai déjà pris les devants, tu entendras le père Derbord. Et merde, grand dégât, le beau-frère me l'avait pourtant répété à deux fois...

Marie vit Céline en alerte, elle était toujours en inquiétude sur le sort de son mari, encore qu'elle ait accepté tous les risques de son engagement elle se rongeait d'angoisse à toutes les missions dont il était chargé : son métier vagabond faisait de lui un intermédiaire pour le moment insoupçonnable, mais le risque était toujours possible d'un faux pas, d'une dénonciation.

— Quoi donc Landry ? Tu me fais crever de peur...

Marie fut tout de suite rassurée en voyant le Grand Mousin prendre une mine grave, lever le doigt en l'air.

— Il m'avait dit : pas un mot à nos chères compagnes, vous connaissez les femmes...

Céline ne se déridait qu'à moitié.

— Grand sot, tu m'as fait toquer le cœur !

— Alors moi je lui ai répondu sans menterie que je les connaissais. Et pour faire la pesée j'ai rajouté : mieux que vous, beau-frère. Il a reconnu que oui.

Céline riait franchement cette fois.

— Ce pauvre Nicolas, lui qui aurait pu mettre la fleur d'orange, pour ses noces ! N'as-tu pas grand honte, vieux coq, de lui faire entendre que tu ravageais toutes les palisses de Gâtine, à la belle saison ?

— Et celles du Lemouzi, que tu oublies. Hé ! Hé ! Je n'étais pas en peine, dans la jeunesse. Ne frogne pas le nez, ma belle, ça n'était pas ça que je voulais dire.

Il s'était arrêté de rire, avec cette facilité qu'il avait de passer de la gaudriole au sérieux, de la gravité à la plaisanterie dans le même instant.

— Je voulais dire par là que vous valez mieux qu'il pense, pour le jugement et le courage. Et qu'à ne pas s'en rendre compte, il perd gros, le beau-frère.

Il ne tenait pas à s'attarder sur l'émotion, il lui suffisait d'un bref moment pour livrer le profond de sa pensée, Marie l'avait maintes fois remarqué, et puis il repartait en pirouettes, c'était ainsi qu'elle l'aimait.

— Avec son air de Sainte-Vierge en culottes, faut croire que dans son fond il a l'esprit mal tourné, Lebrault, parce qu'il a tout juste compris comme toi ma Céline. Et toi de même Marie Therville, pas la peine de pincer le bec pour te retenir de pouffigner. Allons-y de ce pas, ils vont se demander quoi donc nous attarde, et durant ce temps le drôle, té, vois donc le ravage, il se traîne la robe dans le seul endroit de foigne du Champ de Foire !

Marie releva Jean-Landry, dont le vêtement se trouvait en fort piteux état : la boue l'attirait, il avait, comme le disait son père, trouvé à prendre ses ébats dans l'ornière fangeuse laissée par un de ces tonneaux que l'on attelait pour puiser l'eau à la Sèvre, en période de sécheresse. Céline le récupéra, commença à gronder, le petit cochon, voyez-moi ça une robe neuve, qu'est-ce qu'elle allait dire tata Blanche ? Mousin le prit à son cou.

— Elle dira bonjour, Monsieur Charles. Comme vous voilà dans une belle nature, Monsieur le Baron. Le prochain coup, venez donc au repas de vendange avec votre artifaille de tous les jours !

Ils riaient tous les quatre en entrant au Chêne-Vert, et l'enfant répétait :

— Dans une belle nature, Monsieur Charles.

Mousin le fit taire, il n'avait pas été besoin qu'il élève la voix ; Marie une fois de plus s'émerveilla de la vivacité d'esprit de son filleul, juste au ton de son père il avait compris qu'il convenait d'arrêter le jeu.

Blanche Lebrault avait soigné le dernier repas de vendanges, le bourlot où se jugeaient à la fois les qualités d'une cuisinière, et selon le cas la largesse ou la lésinerie d'une maison. Une « bonne maison » ne manquait jamais d'aide pour les travaux qui demandaient forte main-d'œuvre. Le déjeuner touchait à sa fin, sur une abondance de desserts, un café corsé pour les femmes, et exceptionnellement un petit verre d'une eau-de-vie centenaire pour les hommes. Lebrault ne la servait qu'en cette occasion, et sa qualité faisait passer l'historique dont il l'accompagnait, la provenance, l'année, le cépage et le nom de l'arrière grand-père qui l'avait distillée. C'était un moment de détente et de repos, l'ouvrage avait été mené à bien, hommes et femmes pour une fois se trouvaient à la même table, partageaient les mêmes conversations. Alida Chauvin assurait seule le service, Blanche Lebrault régnait en bout de table, face à son époux. Marie connaissait assez Nicolas Lebrault pour juger que son air grave, ses paroles mesurées cachaient un vif contentement sur l'heureux aboutissement de son travail d'une année. Qu'ils étaient donc tout à l'opposé dans leur caractère, les deux beaux-frères ! La quasi-totalité de la conversation, durant le long repas, avait été tenue par Mousin sur ses mules de chemin de fer, il allait en proposer une de la Greux l'Abbé, à la Compagnie d'Orléans, té, elle leur remplacerait une locomotive... Et lorsque les rires et les réflexions étaient épuisés sur l'histoire, il repartait sur une autre, en changeant de ton et de registre pour soutenir l'intérêt. Un vrai baladin de foire, lui disait parfois Céline.

— Vous sauriez jamais ce qui m'a arrivé, à Champdeniers, avec un Espagnol. Je vous cause du sérieux, ce coup-ci.

— Rien de bon d'hasard, avec un Espagnol. Pour couillonner le monde ils sont de première, ces nègros...

— Attendez voir, père Derbord. Avec moi, vous savez qu'on marchande pas. Huit cents francs je lui dis. Il fait son petit tour et me revient pour toper, les jaunets à la main recta, moi je lui fais pas injure de recompter sous son nez.

Le père Derbord hochait la tête en commisération.

— Eh oui, mon pauvre petit gars, je te vois ici venir. Saloperie !... Alors tu comptes, comme de juste, dès qu'il a viré les talons...

— Tout juste. Et je compte et je recompte et je trouve toujours pareil...

— Saloperie, je te dis. On peut donc pas rester faire commerce entre honnêtes Français ?

— Et je trouve toujours pareil : neuf cents francs.

Le silence s'était fait autour de la table. Marie connaissait l'anecdote, mais appréciait la façon qu'avait le Grand Mousin de noyer ses menées politiques dans ses démêlés de marchand de bêtes. Qui pourrait jamais soupçonner ce joyeux conteur d'histoires d'assurer la liaison entre la Militante et la Marianne ?

— Alors...

Un clin d'œil vers le vieux Derbord...

— Comme je suis un honnête Français, je m'en vais à sa recherche, dc mon Espagnol, et je le retrouve au Bœuf-Couronné. Je lui dis poliment : Monsieur m'est avis que vous vous êtes trompé, vous m'avez coulé dix pistoles de trop dans la poignée. Alors il s'est levé, il a ôté son bonnet rouge et m'a fait un grand salut...

— Tiens donc, il te devait fière chandelle, mon bon gars !

— Il m'a fait un grand salut et il m'a dit — juré craché — « Trompi-trompa, si ié mé souis trompé, lé trompi c'est pour toi. » Rien. Il a rien voulu savoir. Pas mèche pour lui refiler ses cent francs. Pour sûr je lui revaudrai, si je le retrouve sur une foire. Convenez, père Derbord, que mon histoire elle est pas ordinaire...

Tout le monde en était resté au silence autour de la table, le père Derbord avait l'air tout bouleversé de ces cent francs abandonnés par un muletier espagnol dans un geste de grand seigneur...

Nicolas Lebrault avait profité de l'accalmie pour prendre la parole, lui qu'on n'avait guère entendu durant le repas — à son regard seulement Marie devinait qu'il portait sur « mon cher Rebeyrolles » le même jugement qu'elle sur « le Grand Mousin ».

— Mes bons amis, je vous remercie tous, à charge de revanche. Je vois bon augure dans cette récolte de l'année 56, qui a vu l'arrivée chez nous du chemin de fer et le retour de nos soldats de Crimée. Mon cher Derbord, vous en serez d'accord, l'un et l'autre parti ne peuvent que se réjouir à l'idée qu'aucun enfant de notre village n'y a laissé la vie.

Le vieux Derbord hochait la tête, mais il était visible à sa contenance que le discours de Lebrault l'intéressait bien moins que les histoires de Mousin.

— Pour sûr que oui, Lebrault. J'ai même vu dire que Jean-Baptiste Mainard a été décoré vert et jaune par la reine d'Angleterre... Voyez, même qu'on n'est pas pour l'Empire, on se laisse faire quand s'agit de recevoir les honneurs ! Enfin, on n'est pas là pour se manger le nez. L'autre des frères, c'est-y pas Louis, celui qui fait son tour de France, donne-t-il des nouvelles à quelqu'un d'ici ? J'en ai jamais eu bruit, et...

Blanche Lebrault l'interrompit, elle se frappait le front dans une mimique qui disait : mon Dieu, quelle pauvre tête !

— Misère ! A propos de nouvelles : le facteur de

poste a donné une lettre pour toi, Marie. Ça m'avait tout passé de l'idée. Lebrault te la lira ce soir.

Marie se sentit honteuse d'être soudain le point de mire de toute la tablée, juste après l'allusion lancée par le vieux Derbord. Une lettre, c'était un événement d'exception dont le facteur lui-même faisait profiter le voisinage. « Le fils Bioche a écrit deux coups, ce mois. La dernière aux Thebault a encore reçu de Bordeaux » Marie quant à elle n'en avait jamais reçu, pour sûr toute la commune devait déjà être au courant. « La chambrère à Lebrault a reçu une lettre qui vient de... » Le père Derbord en riait de plaisir et de curiosité.

— Hé ? Qu'est-ce que je vous disais ? Tu aurais pu tomber plus mal, petite.

Heureusement Blanche Lebrault se porta au secours de Marie.

— Taisez-vous donc, sac à malices que vous êtes, voyez-vous pas que vous la mettez en embarras ? Même que je ne lis pas aisément l'écriture de main, c'est dit sur le papier : pour Mademoiselle Marie Therville, au Chêne-Vert de Sainte-Néomaye...

Elle s'arrêta, promena son regard autour de la table, prenant visiblement plaisir à faire languir. Marie s'efforça de prendre une contenance détachée, comme voulant dire : « Pensez donc, une lettre, si ça peut me détrevirer ! » Elle se rongeait pourtant d'impatience : une lettre, pour elle, Marie Therville !

— Et derrière c'est mis comme ça : de la part de Madame François Rousseau, Grand-Rue, à la Mothe Saint-Héray.

Un brouhaha s'ensuivit, Marie était sous le coup de l'émotion et de la surprise, elle saisissait des bribes éparses.

— C'est-y pas celle qui a marié Rousseau-le Jeune, de...

— Sortis d'Exoudun oui bien, mais la belle-mère...

— Un garçon d'avenir, il ira loin à la politique, il se rend à Paris deux fois le mois pour...

— Adélaïde Rougier, moi qui vous cause, je l'ai fait sauter à cheval gendarme sur mon genou quand...

— Des sous gros comme eux à ce qui paraît...

Les voix se croisaient, les questions, les réponses s'entremêlaient, Marie fermait les yeux, elle était loin du Chêne-Vert. Huit ans qu'elle avait perdu la gentille Adélaïde... Une seule fois elle l'avait revue, lointaine et étrangère, au chevet de son grand-père défunt : elle était devenue Madame Rousseau-le Jeune, elle n'avait plus d'élans, plus d'amitié. Une autre déchirure dans la vie de Marie, elle s'avisait en cet instant qu'il n'était que Mousin à être resté présent, solide, et que c'était son affection qui l'avait toujours soutenue. Et celle de Madeleine qui lui semblait parfois pesante. elle en avait remords.

Que voulait-elle lui dire, Adélaïde, après si long de temps ? Aujourd'hui Marie avait vingt ans... Cette lettre au contenu encore plein de mystère la ramenait loin dans le passé, au grenier de la Colombière. Adélaïde l'aimait, en ces moments d'enfance, et lui montrait par la lucarne la direction de Chaussauvent. Elle riait, la belle jeune fille, en appelant la petite bergère « Madame la Baronne Marie Therville ». Avec la lettre d'Adélaïde, c'étaient tous les souvenirs qu'elle avait voulu chasser depuis le matin qui revenaient... Au lieu d'éprouver de la joie à ces retrouvailles surprenantes, voilà qu'elle entendait sonner ce nom, Therville, Therville, voilà qu'elle entendait les cris de rage de la mémé Gâtard : « Mauvaise garce, il fallait encore que tu lui ressembles »... Que voulait-elle, Adélaïde Rousseau-le Jeune, quoi donc la ramenait vers Marie Therville, que la haine avait chassée de la maison de Chaussauvent, un jour de septembre ? « Il fallait encore que tu lui ressembles... »

L'étreinte de glace

Il n'avait plus qu'une seule certitude : c'était la respiration sèche et oppressée de Louise Gâtard qu'il entendait auprès de lui, le souffle de celle qui jamais ne s'était reconnue Therville...

Lui, il avait rencontré sur sa route de vie une force sauvage et aveugle, elle s'était abattue sur son crâne. Il ne savait rien de cette violence sinon qu'elle s'était soudain dressée devant lui, qu'elle n'avait ni identité ni origine, et qu'elle était la Mort. Il ne luttait plus, il ne cherchait pas, il était de partout garrotté et paralysé de glace, et du même temps il flottait léger dans un infini vide de souvenirs, sinon cette voix qu'il percevait venue d'un gouffre froid : « Jean Therville, acceptez-vous de prendre pour épouse Louise Gâtard ici présente ? »

Jean Therville saisissait le souffle de sa femme Louise, et c'était tout ce qu'il savait de l'existence, de la mort et de l'éternité : une fidèle compagne de haine veillait à jamais auprès de lui, au-delà du néant elle allait marcher à son côté, par-delà la mort il serait près d'elle pour toujours.

Les cris du guetteur de vigie les avaient jetés sur le pont : une montagne de glace venait de surgir dans la brume, à tribord. Elle avait doucement raclé la coque du *Ville de Paris,* dans un lent glissement qui disait l'impassibilité des forces naturelles, et leur mortel danger. Eux, ils n'étaient face à cette puissance que de misérables créatures de vie. Ils s'étaient arc-boutés sur les gaffes, les avirons, et le bloc monstrueux avait lentement dérivé, comme en dédain de ces minces aiguillons que les hommes lui opposaient, comme en certitude d'un jour les retrouver. Il avait tout son temps, il n'était pas comme eux visiteur de passage, face aux vivants il était l'éternité de la nature. L'image grandissait, prenait corps dans le crâne fracassé de Jean Therville : la montagne un jour détachée de la grande banquise polaire était revenue jusqu'à lui.

Dans sa tête un feu brûlait en hautes flammes, en vrillantes étincelles, sans qu'il en éprouvât la moindre douleur : son corps était devenu indifférent comme cette masse craquante et bleutée que la brume avait un jour engloutie, et qui venait de reparaître et se dressait en menace sans que criât nulle vigie. A la chaleur qui consumait le crâne de Jean Therville, l'étreinte de glace se desserrait. La muraille en restait vertigineuse et proche, prête à broyer de nouveau : c'était juste un élan qu'elle prenait pour mieux s'effondrer, écraser, ensevelir. Juste une brèche un instant ouverte pour que s'y engouffrent en cataracte les souvenirs, la lucidité, la conscience. Jean Therville se regardait mourir, et il savait pourquoi. Tout le bouillonnement de sa vie s'écroulait en fracas dans la percée, comme il avait vu à ces chutes d'eau du Nouveau-Monde, qui se déversaient avec un grondement propre à couvrir tous les tonnerres, et se perdaient dans le calme d'un lac aux rives si lointaines qu'elles échappaient à la vue. Quant à lui, il comprenait que son existence s'achevait dans la dérision et l'horreur, avec son crâne défoncé d'un coup de masse par une créature d'indifférence et d'aveugle puissance, son propre fils, celui qui portait doublement son nom. La boucle de sa vie se refermait, Jean Therville mourait assassiné par Jean Therville.

La force de l'image le pénétra d'une douleur ardente, le tira un instant de l'insensibilité minérale où gisait son corps. C'était une vérité transparente, aveuglante, qui apparaissait dans la conscience revenue à son cerveau broyé, à cette monstrueuse bouillie que la masse de Jeantet avait mise en sa tête... L'infime partie qui en restait intacte, en quelles profondeurs, en quels méandres, concentrait dans ses minuscules rouages épargnés tout ce qu'il avait eu de forces et de vie, lui donnait une pénétrante et insoutenable lucidité. C'était par lui-même qu'il allait mourir, il était tout à la fois la victime et le bourreau, tout comme l'était cette femme auprès de lui dans sa complicité de meurtre, tout comme son beau-père Gâtard qui s'était fait de Jeantet une arme de mort... Jeantet l'innocent. « Le seul innocent, mon Dieu... Ayez-le en pitié. »

La glace s'était rapprochée, avec une lenteur inexorable elle l'avait de nouveau investi, enfermé. Il n'y avait plus eu en lui d'autres perceptions que le souffle de Louise Gâtard...

C'étaient les cris de Nathaniel brûlé vif en son four qui l'avaient dégagé du carcan... Les chants de ses frères esclaves montant vers le ciel en prière l'avaient ramené à la conscience. « Seigneur, c'était dans le temps de ma jeunesse que je les ai entendus. Nul ici ne priera pour moi, je n'ai semé que haine, acceptez qu'ils aient chanté pour mon salut, et celui des Gâtard. Pourquoi avez-vous permis que se croisent nos chemins, vous qui ne faites pas vivre dans la même tanière les lapins et les loups ? » Il sentit lentement se diluer sa prière, son interrogation de révolte... L'étreinte froide le ressaisit, le roula, l'engloutit. Il entendait toujours la respiration de Louise Gâtard, du fond de son cercueil de glace.

Ce fut le regard de son fils Pierre qui l'en délivra, pour la dernière fois il en avait la certitude. C'était vers le futur que le portait son restant de vie, aux portes de la mort il se reconnaissait toujours le même, l'avenir pour Pierre, l'espoir en Pierre... Ce bel enfant il l'avait engendré d'une femme vieillie d'angoisse et de malheurs, elle l'avait porté dans son corps misérable qui n'avait jamais connu que répulsion devant cette force de vie et de jouissance qui jaillissait de lui, Jean Therville. Un garçon empli de promesses était né de l'asservissement de l'une, des besoins impérieux de l'autre, et comme un miracle à la fin survenu ils aimaient tous deux cet enfant. La mort allait les arracher à la seule émotion qu'ils eussent jamais partagée, l'amour d'un fils. Jean Therville sentit monter en lui une impulsion violente de parler enfin à Louise, d'en obtenir pardon, afin que Pierre grandisse dans le souvenir serein et apaisé d'un père qui n'avait eu conscience de porter le malheur à Chaussauvent qu'à l'instant de mourir.

Il parvint à ouvrir les yeux. La parole lui était devenue étrangère, impensable, qu'étaient-ce donc les mots, il avait oublié. Il n'était plus que son regard à pouvoir exprimer ce qu'il voulait dire à cette femme, il ne rencontra en retour qu'un éclair coupant de haine et de peur.

La glace se fit noire, pesante, opaque, en s'abattant sur ses yeux grands ouverts. Il eut en mourant une certitude : ce qu'il avait semé d'horreur et de dégoût à Chaussauvent allait lui survivre longuement en sa descendance, dans un interminable enchaînement de malheurs et de détresses. Et puis juste avant de sombrer, il se retrouva lui-même, tel qu'en vive jeunesse, emporté vers une lumière qu'il avait toujours poursuivie.

Le jour où Marie se rendit rue Vieille-Rose

28 septembre 1856

La lettre d'Adélaïde était courte. Elle se l'était répétée seule, le soir, en tournant et retournant le feuillet mauve que bordait une imitation de dentelle en papier façonné. Elle avait reconnu l'écriture aiguë d'Adélaïde, rompue de boucles contournées... Celle du livre de comptes, à la Colombière... Celle du cahier à fermoir d'argent que la jeune fille lui montrait souvent, autrefois... En ce temps-là, seule la minuscule clé qui le cadenassait amusait Marie. « Son journal intime, elle me disait, ce que je pense pour moi toute seule. Toi je veux bien que tu le regardes, puisque tu ne sais pas lire... Mais jamais, jamais, je ne te dirai ce que j'écris. Tiens, regarde, ce mot c'est François. » Un joli mot, Marie en avait gardé le souvenir, avec en son début une lettre surchargée de fioritures. Le contenu du « journal intime » l'intéressait peu, Adélaïde étant loquace de confidences, il lui semblait à ce moment tout connaître des amours de François Rousseau et de la jeune fille. Avec le recul du temps et la maturité de jugement qui lui était venue, Marie à présent se rendait compte qu'en effet, seule son ignorance de lecture avait pu porter Adélaïde à lui passer sous le nez ses petits secrets d'amour, en lui demandant ce qu'elle pensait de son écriture !

Aujourd'hui, Marie avait retrouvé avec un léger pincement de cœur la forme pointue des lettres, et l'odeur de violette qui montait du cahier aux mystères lorsque Adélaïde en ouvrait la serrure bijou. Grâce à Nicolas Lebrault, elle avait eu la connaissance de ce qui s'exprimait à travers ces ondulations, ces points, ces traits : elle n'y avait pas reconnu la voix de la jeune fille rieuse de ses souvenirs, ni l'affection de celle qui assurait l'aimer comme une petite sœur.

« Bien chère Marie »

Malgré la curiosité qu'une longue attente avait accrue, Marie avait dû à cet instant éviter le regard de Mousin. Non seulement Adélaïde lui parlait avec le ton pompeux de Nicolas Lebrault, mais elle écrivait les paroles mêmes que celui-ci affectionnait lorsqu'il se lançait dans des explications contournées. Lebrault les avait considérés un moment d'un œil soupçonneux par-dessus ses lunettes et leur avait demandé s'il pouvait continuer. Céline avait répondu, mais que oui, ils se rongeaient tous d'attendre, qu'allait-il penser ? Et Mousin, heureusement, avait tourné la tête.

— Je reprends donc. « Bien chère Marie... »

Il s'était assuré cette fois qu'on l'écoutait avec tout le sérieux qu'il mettait quant à lui à la lecture, même lorsqu'il s'agissait des dictons du mois sur l'Almanach de Maître Jacques. « On boit après la gelée, mais on ne boit pas après la coulure » était déclamé sur le même ton que « Pâle il marchait. Au bruit de son pas grave et sombre... ». La Tristesse d'Olympio ou une réclame de drogue à détruire les mulots étaient lues par le patron Lebrault avec le même respect pour la chose écrite, la même articulation sonore.

— « Bien chère Marie, quoique la destinée nous ait éloignées l'une de l'autre, et que le cours de nos vies un instant rapprochées suive à présent des chemins séparés... »

Lebrault avait interrompu la lecture.

— Cette jeune femme possède un style d'une rare perfection.

Blanche Lebrault secouait la tête avec impatience.

— Marche donc, on attend le reste.

— « ... suive à présent des chemins séparés, je me trouve dans le besoin pressant de te rencontrer afin de te faire part d'un problème pour le règlement duquel tu pourras je l'espère m'être d'utilité, ledit problème étant de nature trop particulière pour que je puisse te l'exposer par ce courrier. Il me sera agréable de te trouver à Niort, le 28 septembre, au salon de thé des demoiselles Courgeaud, rue Vieille-Rose, qui accueille les dames de la bonne société. Je désire que tu t'y trouves à onze heures précises, dans l'obligation impérieuse où je suis d'assister à midi au déjeuner convié de Madame la Préfète. Avec la certitude que tu accèderas à ma demande en souvenir de tes moments heureux à la Colombière, je te prie de recevoir ma bien chère Marie l'assurance de ma bienveillante amitié. Ton affectionnée, Adélaïde Rousseau. »

Nicolas Lebrault avait laissé le silence s'épaissir, après qu'il eut fait sonner la formule finale. Mousin se triturait et se frottait le nez, ce qui était chez lui, selon le cas, le signe d'une colère imminente, ou plus rarement d'un profond embarras.

— Vous pouvez me relire un coup, Monsieur Lebrault, faites excuse, je n'ai pas tout bien compris.

— Naturellement, ma petite enfant, on s'exprime fort différemment en employant la manière épistolaire, qui ne vous est pas familière. Je vous relis, lentement...

En vérité, Marie avait fort bien saisi les éléments essentiels qui ressortaient de cette lettre. Quoique noyés dans les chemins séparés, le cours des vies et le repas convié de Madame la Préfète, ils lui apparaissaient très clairement : Adélaïde désirait la voir, et c'était demain sans le temps de se retourner, à Niort onze heures rue Vieille-Rose. A cette seconde lecture que le patron faisait durer à plaisir, Marie voulait trouver répit pour revenir de la surprise, pour comprendre ce qu'on lui voulait ou du moins tenter de le deviner.

— « Ton affectionnée, Adélaïde Rousseau. »

Le silence cette fois avait été de courte durée : ce n'était pas l'embarras qui avait porté le Grand Mousin à torturer son grand nez, et Céline tentait en vain de l'apaiser en agitant la main de ce geste habituel qu'elle avait pour lui signifier de tenir calme.

— Ça me semble de l'entendre, elle écrit la bouche en cul de poule, tout comme elle s'est mise à causer, du jour qu'elle a marié les sous de Rousseau-le Père, le Fils et le Saint-Esprit ! Et qu'est-ce qu'elle croit ? De tout faire marcher au sifflet, comme dans le temps ?

— Mousin, tu dis un peu de menterie, quand même. Adélaïde, avec moi, elle a toujours été...

— Menterie, menterie !... Bon d'accord, je l'admets, mais tu pourrais surtout me le dire poliment ! Rappelle-toi donc dans le temps comment qu'elle le menait par la bride, son pépé ! Ces façons qu'elle avait d'embobiner tout le monde !

— Même toi, à des fois...

— Céline ne m'échauffe pas la bile, c'est rien le moment. Puisque je vais demain à Niort au Chemin de fer, pour cette affaire de mules, j'irai y causer du pays, moi, chez les sœurs Vieille-Rose. J'aurai le temps de lui empocheter ses quatre vérités, à l'affectionnée Adélaïde Rousseau, avant qu'on m'avire de la bonne société des dames de Niort. Des années de rang sans donner nouvelles, et puis le besoin lui prend comme la chiasse en milieu de plaine...

— Enfin, Rebeyrolles, devant des femmes ! Et l'exemple pour votre fils !

— Excusez beau-frère, mais presque ça me ferait mettre en colère, des manières de même. On pose la lettre au facteur, c'est marqué d'écrit en tortillant de bec et de croupion avec des simagrées pas croyables, et ça crie comme après un chien ou guère s'en faut : Ici, Marie ! Bonne bête, Marie Therville, ramène, ramène ! Ouche ! Ouche !

Marie avait été la seule à se taire après cette explosion de Mousin — « presque » une colère selon ses dires. Elle en ruminait une réponse possible tout en écoutant d'une oreille pointue les réflexions qui se croisaient, se coupaient, réanimaient la rage de Mousin au moment où on la croyait retombée.

— Enfin Landry, ce n'est pas toi que ça regarde, cette affaire, et arrête d'aller et venir à l'entour de la table, tu me donnes le virounis.

Il avait obéi à l'injonction de Céline, s'était assis d'envers sur une chaise, que Blanche Lebrault surveillait d'un œil désolé. Il lui en avait mis en perdition une demi-douzaine, assurait-elle, avec ces façons qu'il avait de s'y poser devant-derrière, et d'en maltraiter le dossier, les rollons et les quatre-pieds en s'amusant de faire à la balance dessus, comme les drôles ! Céline avait surpris le regard de sa sœur.

— Doucement la chaise, Landry !

Il s'était relevé en jurant qu'il n'y dirait plus rien, pas ça vous m'entendez, puisqu'aussi bien il ne pouvait jeter une réflexion sans qu'on lui tombe dessus, débrouillez-vous donc sans moi de ces emmerdations de lettre et de commandements !

— Mon cher Rebeyrolles, vous me paraissez un peu vif de paroles, cette jeune femme s'exprime avec aisance, et j'en conviens avec quelque autorité, mais enfin...

Blanche Lebrault se trouvant rassurée sur le sort de sa chaise avait tenté de mettre son grain de sel. Jusque-là, elle s'était tenue à une réserve que Marie jugeait prudente, lorsque le ton montait entre les deux beaux-frères, ses interventions étaient en général une occasion pour elle de se faire remettre en place.

— Moi, mes bons enfants, ce que je peux vous en dire, pas vrai, de tout ça...

— Surtout je t'en prie, ma pauvre Blanche, ne viens pas encore ajouter à la complication !

« Ma pauvre Blanche » avait abandonné le terrain, elle avait tiré Jean-Landry vers sa table à ouvrage, où elle laissait l'enfant mettre le désordre et le bouleversement dans les boîtes à boutons et les pelotons de fil, il fallait bien qu'il s'amuse ce trésor ! Marie constata qu'en l'occurrence son filleul semblait porter plus d'intérêt à la discussion qu'à « ce beau ruban, vois donc mon petit mignon... ».

— Franchement, Nicolas, ma sœur a quand même

son mot à mettre ! C'est chez elle que Marie est servante, chez vous je veux dire, et de mon avis c'est à vous que cette... qu'Adélaïde Rousseau aurait dû s'adresser.

— Bien trouvé, ça, ma Céline ! Pour leur dire envoyez-moi donc votre chien, j'en ai grand besoin pour japper à mes bêtes qui sont en train de musser... Ouah ! Ouah ! Ouah ! Qué bravé, qué tan bravé chi !

Jean-Landry était descendu des genoux de sa tante Blanche, lui avait échappé en se tortillant de rire et s'était planté devant son père.

— Il fait le chien, mon papa. Fais encore, encore !

L'atmosphère s'était détendue, Mousin faisait mine de mordre son garçon en aboyant, jusqu'à Nicolas Lebrault qui souriait en regardant la scène.

— Bon, à présent venons-en au fait. Ma chère Marie, il m'est avis que nous vous avons quelque peu oubliée dans l'échauffement. C'est à vous qu'il revient de décider, nous ne ferons nul obstacle ma femme et moi à votre choix. Et je crois pouvoir m'en porter garant, il en sera de même pour mon beau-frère, malgré ses propos un peu... un peu vifs.

Mousin avait haussé les épaules, en regardant Marie d'un air de désolation.

— Oh ! moi, j'ai habitude que mes avis portent autant d'effet qu'un pet de lapin. Allez va, cause donc, je vois à ta mine que ça te démange depuis un bout de temps.

Marie en effet avait arrêté sa décision, durant que les autres menaient une discussion où elle était seule concernée et dont elle ne s'était pas mêlée.

— Je vais m'y rendre, puisque le patron et Madame Blanche sont assez bons pour ne pas y mettre empêchement...

Elle avait été interrompue, Nicolas Lebrault et sa femme s'exclamant que ce serait le reste, les connaissait-elle donc si mal pour avoir pu un instant douter qu'on lui laisse toute liberté de décision ? Et la voix de Mousin couvrait les protestations, oui bien, on allait la laisser libre d'avancer à l'ordre et de faire — excusez beau-frère — une belle niquedouillerie, et encore qu'il se retenait ! Céline restait sans dire mot, et lorsqu'enfin ils avaient fait silence, Marie l'avait vue sourire avec un rien d'agacement.

— Dans le temps, Landry, d'après ce que tu me racontais, tu te laissais tenir la longe courte, toi aussi, par Adélaïde Rougier. Si on laissait causer Marie, à présent ?

Mousin avait haussé les épaules sans répliquer, l'air de dire : puisque tu t'y mets toi aussi, je me désintéresse... Marie avait évité son regard en parlant, et cependant c'était d'abord à lui qu'elle s'adressait, il était seul ici à porter ses souvenirs et son histoire, seul témoin de sa vie à la Colombière.

— Je vais aller la voir, à Niort. Parce que Adélaïde pour moi... avec moi... elle a été, comment vous dire ?

Elle était émue, ne trouvait pas ses mots. Ils devaient tous sentir son bouleversement, ils se taisaient. Mousin la regardait sans plus de colère ni de moquerie. Marie se revoyait loin en arrière, dans la chambre d'Adélaïde, dans l'ouche de la Colombière. Comme au matin le passé lui remontait en bouffées, non plus avec ses noirceurs et ses déchirements, mais avec des douceurs et des joies inconnues d'elle dans la petite enfance, et que l'affection d'Adélaïde lui avait apportées.

— C'est pour vous dire que jamais je n'oublierai ce qu'Adélaïde m'a porté de consolation, du temps qu'on est restées ensemble. Tu le sais, toi, Mousin, tu t'en rappelles ?

— Pour sûr, je le sais... Mais après que tu l'aies revue, en 49 à la mort de son grand-père, ça fait quand même sept ans qu'elle est restée sans cracher nouvelles ! Même pas comme ça, en passant l'air de rien, quand je rencontre Rousseau-le Fils sur les foires... Jamais il ne m'a dit : à propos, ma bru m'a demandé comment ça se passait, pour cette petite Therville. Rien. Comme si jamais tu n'avais existé. Et elle, avec son Rousseau-le Jeune, ça m'est revenu aux oreilles qu'ils ont été reçus trois fois au château. Crois-tu pas qu'elle aurait pu faire un mouvement envers nous ? Enfin... envers toi, je veux dire, parce que moi Adélaïde je m'en soucie autant que de...

— Laisse donc causer Marie, pour une fois ! On n'entend que toi.

Céline avait pris un ton pincé, comme en mouvement de méfiance et de jalousie sur le regret que son mari venait de laisser percer au travers de ce « nous » qui lui avait échappé, et dont visiblement il se mordait trop tard la langue. Marie voulut se porter au secours du maladroit, elle connaissait Céline exclusive et emportée, capable de le tarabuster des jours durant : « Hein, ça t'aurait fait grand plaisir, dis-le donc franchement, qu'elle te saute au cou avant d'aller faire ses manières aux réceptions de la baronne ? »

— Toi, Mousin, ce n'est pas pareil, pour le souvenir. Surtout les derniers temps, vous étiez toujours à vous gringuenacer, et je me doute qu'elle t'a gardé un peu de rancune, vu que jamais personne ne s'est avisé de lui causer comme toi tu faisais.

Marie eut plaisir à constater que l'œil de Céline s'adoucissait du même instant que celui de son mari exprimait un vif soulagement. Dans le regard que Mousin lui lançait, la jeune fille avait la certitude d'être la seule à pouvoir lire : merci, ma bonne drôlesse, tu m'as tiré une épine qui m'aurait picoté longtemps !

— Tu comprends, Adélaïde pour toi c'était juste une fille à caprices et à manières...

Marie avait marqué un temps d'arrêt, avec l'espoir que Céline chassât définitivement le doute en entendant cette affirmation qui n'était point un mensonge, juste une demi-vérité, juste le versant d'ombre d'un coteau par ailleurs riant et fleuri. « Parce que ça ne t'empêchait pas d'être à l'admiration devant elle. Même en petite jeunesse comme j'étais, je le voyais comme ça te faisait tout fier, qu'elle pleure à tes chansons de veillée, les tristes qui parlaient d'amour. Et ses humeurs et ses fantaisies n'écartaient pas que tu la trouves mignonne, la belle jeune fille de la Colombière. »

— Tu lui disais qu'elle était pourrie gâtée par son pépé, et que c'était bénédiction de t'avoir toi, pour lui rabattre le caquet. Des fois je pensais : quand même, il va trop fort.

— Sûr que je ne l'épargnais pas. Te rappelles-tu de ce coup, le jour que...

Marie l'avait interrompu. « Attention à présent qu'on n'y appuie pas trop, tous les deux. Elle est futée, Madame Céline, et toi grand pétra tu es capable de montrer juste le contraire de ce que tu veux prouver, en parlant trop loin. »

— Bien sûr que je me souviens. Tu pouvais te permettre, tu avais grand poids à la Colombière, le patron et toi c'était tout comme. Mais moi je n'étais rien, rappelle-toi, juste une pauvre misère de drôlesse pouilleuse, qu'on avait jetée là pour se débarrasser. Et elle, la demoiselle de la maison, que son grand-père appelait ma perle et ma princesse, elle m'a tout de suite secourue d'affection. Je ne parle pas des effets et des sabots, encore que ça me semblait le comble de richesse d'être habillée chaud et propre, non je parle seulement d'amitié, de sentiment. Alors si aujourd'hui elle a besoin de moi, même si elle le fait connaître un peu sec de tournure, et même si ça arrive après trop long de silence et d'oubli, je me trouverais en ingratitude de ne pas répondre. Tu as prétendu qu'elle m'appelait comme on fait pour un chien, Mousin ?

— C'était juste façon de causer. Depuis le temps, tu dois quand même connaître que mes paroles galopent loin par-devant mes idées.

— En tous les cas, moi, ça n'est pas comme un chien dressé pour courir à l'ordre que j'irai demain à Niort. C'est comme une personne humaine que je m'y porterai, par reconnaissance, et non pas en obéissance.

Il y avait eu un moment de silence, comme si la discussion venait de se refermer sur cette phrase que Marie jugeait admirable, sans fausse modestie. Elle savourait le plaisir d'avoir cloué le bec au Grand Mousin, d'avoir remisé ses blessantes allusions sur le « tan bravé chi » de son patois limousin avec la hauteur et la solennité de cette « personne humaine », digne à ses yeux de figurer dans les livres de Monsieur Victor

Hugo et dans les discours de Nicolas Lebrault, qui hochait la tête de satisfaction.

— Bien parlé, ma chère enfant. Vos paroles vous honorent tout autant que vos sentiments.

— Sûr que c'est un beau prêche. Voyez, Lebrault, moi j'aurais jamais eu l'idée de sortir ça : une personne humaine !

Nicolas Lebrault avait amorcé un de ces sourires dont il était avare, il n'avait perçu qu'un éloge dans la réflexion ambiguë de son beau-frère, il semblait tout glorieux de constater que sa servante tirait aussi bon parti de ses leçons, c'était lui qui recevait le compliment et s'en redressait. Marie quant à elle connaissait suffisamment Mousin pour présager à son retroussis de lèvres qu'elle allait recevoir une panerée de moquerie sur ses effets de beau discours, et commençait à se dire qu'elle l'avait mérité en camouflant sa joie, et l'élan qui la jetait vers cette retrouvaille : elle avait parlé de reconnaissance et non pas de bonheur avec des mots saugrenus où elle ne se retrouvait pas.

— Oui, pour sûr, bien causé Marie. Seulement voilà, pour aller à Niort, vaudrait peut-être mieux que tu sois... comment donc te tourner ça pour joindre aussi haut que tu juches ? Que tu sois une personne de bestiau, si tu vois ce que je veux dire, avec deux pattes de devant en plus de celles de derrière, un genre de mule, té, ou de jument si tu préfères mieux. C'est meillcur de rendement pour voyager au loin qu'une personne humaine, pauvres de nous qu'on a tout juste une paire de pieds. Dans tous les cas, je mets ça dans ma poche et le mouchoir dessus, je m'en resservirai, pour occasion, de ta personne humaine !

Marie avait été du même coup étonnée et soulagée par la modération de Mousin. Elle s'attendait à l'averse, elle ne recevait qu'une mince ondée de traîne. C'était encore trop pour Nicolas Lebrault, visiblement le maître d'école qui enseignait aux veillées n'appréciait pas que l'on tournât en ridicule la recherche de langage où il avait reconnu les vertus de son exemple.

— Eh quoi, mon cher Rebeyrolles permettez-moi de

vous le reprocher, vous rabaissez cette enfant dans la rigueur qu'elle tente de mettre à s'exprimer, ce dont je la félicite pour ma part. Quant à cette allusion... déplacée, le mot n'est pas trop fort, cette allusion déplacée à un quelconque animal, elle m'a remis à l'idée que vous alliez demain à Niort, justement, pour votre marché avec la Compagnie d'Orléans.

Lebrault s'était arrêté, avait repris d'une voix plus forte, en regardant son beau-frère avec intensité.

— Eh bien voilà pour Marie l'occasion rêvée. Naturellement, il est hors de question qu'elle passe seule la journée entière, dans cette grande ville, avec tous ses dangers.

Marie observait Mousin qui opinait gravement, l'air de dire : bien sûr, pensez-donc, Niort c'est la perdition, les tire-bourse, les vauriens toujours prêts à croquer d'appétit dans les belles filles ! Elle devinait tout cela sans qu'un mot soit prononcé, et commençait à flairer l'appât où Nicolas Lebrault avait mordu sans ombre de méfiance.

— Vous serez largement occupé à vos affaires le jour durant, à votre affaire voulais-je dire. Je suis certain que Céline aura plaisir à faire visite dans les boutiques. Et tant pis pour cette bourse qui n'a pas de coulisse, n'est-ce pas Rebeyrolles ? Il nous faut être indulgents aux menus travers de nos chères compagnes. Et Blanche sera comblée de garder Jean-Landry jusqu'à votre retour. Voilà qui me semble proprement agencé, me suis-je bien fait comprendre ?

Tout en parlant, Nicolas Lebrault développait une mimique à la fois impérieuse et naïve, il enjoignait si visiblement à son beau-frère de rester en vigilance sur le secret de son action politique que Marie s'en ressentit du même temps dans l'indignation et le remords. Elle s'irritait que Céline et elle-même soient tenues à l'écart d'une mission jugée trop importante pour y mêler des femmes, et elle se reprochait de berner cet homme intègre et bon par une comédie de faux-semblants et de silence. Elle s'avisait que peut-être il aurait suffi de lui énoncer calmement la vérité, ainsi que le vieux Heurtebise l'avait fait pour Mousin. Elle l'entendait encore, le jour du baptême de Jean-Landry :

— Mon ami Limousin, il est juste que tu connaisses...

Qui donc un jour oserait ouvrir les yeux de Nicolas Lebrault dans ses convictions sur les femmes, faibles, bavardes, versatiles, sur ces « chères compagnes » qu'il protégeait, qu'il aimait de grand cœur et n'avait nulle conscience de tenir en mépris ? Sans doute était-il trop tard pour inverser le cours des certitudes de ce vieil homme, qui s'offusquait plutôt des comportements de son beau-frère. Lui, il ne disait pas ma chère compagne, en parlant de Céline. Il l'appelait ma belle, ou grande follasse, ou encore lorsqu'il était vent de travers il pouvait la traiter de mule rouge et de tête de pioche. Il n'empêchait que leurs rapports, leur entente et jusqu'à leurs dissensions ramenaient les pensées de Marie vers le charbonnier de l'Hermitain : « On était deux au même plan, comme un couple de loups. »

Pour l'instant, Céline et sa sœur s'exclamaient sur la riche idée qu'il avait donc eue, Nicolas !

— Et vois donc si c'était simple à boutiquer tout ça, ma petite Céline ! Crois-tu qu'on est empotées de tête, moi je n'aurais jamais pensé ! Je vois à ta mine que tu es contente, tu as toujours été de même, tant plus que ça grouille, tant plus que ça te plaît. Moi Niort je n'y remettrai plus jamais les pieds, une circulation de voitures à tomber folle. Je m'en vais vous préparer ce soir votre collation, dans le grand panier plat, tu sais, celui que maman se servait pour porter aux gars de métives.

Céline s'était fort récriée, et qu'elle n'allait pas trimbaler cette âcrerie dans les rues de Niort, et qu'elle aurait tout l'air de sortir de son trou perdu avec ce panier de mangeaille...

— Pas question, Blanche, on trouvera de quoi sur place.

— Oui bien, veux-tu me dire ? De la saloperie qu'on ne sait pas d'où ça sort. Non, non, je vous ferai...

Nicolas Lebrault avait pris le bras de son beau-frère.

— La discussion promet d'être longue, ne nous mêlons pas de ces détails domestiques. Venez donc avec moi au cellier, nous y parlerons tranquilles de vos affaires.

Avant de sortir, Mousin avait lancé un clin d'œil à Marie, qui lui disait, tout aussi clair que des paroles :

— As-tu vu comme je l'ai couillonné, Lebrault ? Je l'ai tout juste mené là où je voulais, en te racassant sur le sujet de ta personne humaine.

Céline elle aussi avait saisi le regard, elle avait pincé les lèvres pour réprimer un sourire.

Pour Marie, le sommeil avait été long à venir, au soir de cette journée. Elle s'en était repassé les émotions et les péripéties, en se tournant et se retournant sur sa paillasse. Elle s'était relevée plusieurs fois pour ouvrir une fenêtre, respirer l'air frais de la nuit. C'était une pratique dont Blanche Lebrault cherchait en vain de la dissuader :

— Ouvrir sa croisée la nuit, façons de chemineau habitué à la belle étoile ! Vois-tu le dégât que ça ferait, ma petite, si des souris-chauves s'agrippaient à ta chevelure ? Des bêtes horribles, ça ne cherche que sucer le sang, ça tombe sur la tête des mondes, surtout des femmes, méfie-toi !

Les chauves-souris faisaient un bruit de velours dans la nuit, Marie n'avait pas peur, elle avait observé leur vol au soir tombant, les avait vu partir en zigzag aigu pour éviter l'obstacle. Elle avait fini par laisser la fenêtre entrouverte et s'était endormie avec un léger brouillard de remords qui lui restait à l'idée d'avoir dupé Nicolas Lebrault, même en louable intention.

Lorsqu'elle s'éveilla — bien avant le jour pour prendre largement le temps à sa toilette — elle ne ressentait plus qu'un grand souffle de bonheur. « Marichette, Margoton, viens que je t'apprenne à danser. » Elle allait vers le sourire d'Adélaïde, elle était transportée d'espoir et de joie. Elle alluma sa chandelle et son premier geste fut de tirer sa coiffe des linges fins qui la préservaient de salissure. Cette Malvina, c'était toujours présente la générosité d'Adélaïde, qui la lui avait offerte à l'occasion de son mariage. Posée sur sa marotte auprès de la chandelle, la coiffe semblait rayonner de sa propre blancheur, elle était tout juste à l'image de la journée que Marie s'apprêtait à vivre.

Le cabriolet roulait, capote repliée, sur le chemin des Saulniers qui longeait la Sèvre. Les eaux étaient basses après l'été de sécheresse, une odeur de vase et de feuilles pourrissantes montait de la rivière. Le soleil rasant du matin éclairait des nuages de moustiques, des vols d'éphémères que les poissons montaient gober en surface.

— Regarde-moi ça, Landry, ce serait un bon moment pour les anguilles. Mon père, dans le temps...

— Ne me parle jamais de cette saloperie, autant me faire manger de la serpent. Ces dégoûtations que vous vous régalez ici !

Céline se rencogna contre la ridelle, et sa mine annonçait que dorénavant elle allait attendre qu'il fasse le premier pas vers la réconciliation. Depuis le départ, l'air était à l'orage entre les deux époux. Marie ne s'en inquiétait guère, elle était certaine qu'avant peu Mousin aurait oublié qu'ils étaient en querelle sur le mince sujet d'une coiffure. Le silence l'arrangeait plutôt, la laissait libre dans ses pensées, et elle en profitait, le prévoyant de courte durée : Blanche Lebrault l'avait suffisamment harcelée de paroles pour qu'elle savoure enfin une accalmie.

Aussitôt debout le matin, Marie était allée à la maison-maîtresse pour accomplir ses tâches habituelles, ranimer le feu, chauffer la soupe et le café ; elle gardait sur le cœur de s'être levée aussi tard, la veille, pour le dernier jour de vendange, et d'avoir laissé la patronne préparer le repas. Blanche Lebrault assurait qu'elle devenait feignante, mais feignante !... en prenant de l'âge, et que ça l'arrangeait fort, après avoir traînassé au lit jusqu'à des six heures, de n'avoir que la peine de se mettre les pieds sous la table. Marie quant à elle aimait s'activer dans la maison vide et silencieuse, la patronne encore endormie et le patron déjà au cellier. Elle avait tenu à honneur de tout préparer en ce matin d'exception comme à l'accoutumée, avec la certitude toutefois de ne pouvoir avaler la moindre bouchée, une boule d'émotion lui barrait la gorge, lui nouait l'estomac et lui faisait la bouche sèche. Blanche Lebrault s'en était désolée, avec ces débordements de prévenances qui rendaient parfois pesante sa sollicitude.

— Et tu t'en vas partir en voyage le ventre vide ? Mange, je te dis. Toi qui aimes si bien le boudin froid, d'habitude. Regarde-moi cette belle graisse, ça ferait relever un mort pour y goûter.

— Non merci, je vous assure, Madame Blanche.

— Juste un café noir pour se tenir le corps ! Je prédis que la tête va te tourner de manque avant midi. Si je te fricassais des oignons, et quatre œufs cassés dessus ? Ça ne charge pas, l'omelette aux oignons. Ou alors je te chauffe le restant du civet ?

Marie avait forcé pour sourire, en refusant l'omelette et le civet. Elle détournait les yeux des nourritures que Blanche Lebrault continuait de poser sur la table, elle évitait de regarder les pâtés, les fromages... Et d'imaginer par là-dessus l'odeur des oignons, leur grésillement dans la poêle, ou la senteur puissante du civet, rien que l'idée lui révulsait le cœur.

— N'as-tu pas lacé trop dur ta corselette pour faire la belle ? C'est mauvais pour les organes, tu peux pas savoir. A tant vouloir ressortir le derrière et le jabot, la jeunesse de maintenant s'étrangle les intérieurs, et après...

Nicolas Lebrault qui jusqu'alors avait mangé en silence, comme absent au bavardage de sa femme, avait fait entendre un claquement de langue agacé.

— Voyons, Blanche, un peu de retenue ! Allez finir de vous apprêter, Marie. Dans une demi-heure, nous irons les guetter au bout du chemin, pour gagner du temps.

Marie était partie sans attendre la fin des lamentations de Blanche Lebrault : les Derbord, elle en avait grand honte à l'idée, allaient les voir partir comme ça sans panier, sans rien de provisions !

— Et tu sais pourtant ce qu'ils pensent de moi et de Céline, les Derbord, qu'on est des femmes de dépenses, qu'on jette la maison par les fenêtres. Non, non, ce qu'il faut...

Marie avait pu constater que Nicolas Lebrault avait comme souvent battu retraite sous le flot de paroles. Il bougonnait tout seul en levant les lourdes barres qui fermaient la porte charretière, il peinait à faire pivoter les vantaux en madriers de chêne. Elle le voyait depuis la fenêtre de sa chambre, mais elle avait continué à ajuster sa Malvina sans proposer son aide. Nicolas Lebrault s'irritait de voir ses forces décliner avec l'âge. Marie n'offrait plus jamais un coup de main pour rouler une barrique, soulever une charge : elle s'était fait remiser plusieurs fois avec sécheresse, ce n'était pas une fillette qui allait réussir là où il échouait.

Son miroir était accroché au battant de la croisée et se trouvait mal éclairé le matin. La glace lui renvoyait un reflet brouillé et pâli, alors même qu'elle aurait voulu paraître ce jour au mieux de son avantage. Adélaïde allait-elle du premier coup la reconnaître ? Ce visage allongé, aux pommettes hautes, au teint vif sous le hâle de grand air, avait-il changé depuis les années d'enfance ? Marie faisait peu cas des compliments, ils lui revenaient quand même en mémoire ce matin-là, et elle y trouvait plaisir. A la dernière foire, juste avant la vendange, un jeune Espagnol l'avait accablée de prévenances et de flatteries : ses yeux, surtout ! Ce regard de lumière qu'elle avait...

— Dans mon pays, les femmes elles ont des yeux de perle noire, mais les vôtres, jolie demoiselle, ils sont du même bleu que la mer à Alicante.

Mousin avait laissé traîner l'oreille sur une de leurs conversations, dans la salle d'auberge, et l'avait fortement mise en garde.

— Tu t'en méfies, de ceux-là qui te parlent tout miel avec l'air d'adorer la Sainte-Vierge. Ça touche à rien mais c'est les plus pires. Surtout que lui je le connais, Emilio Garcia, un chenassier toujours en quête !

Le bleu de la mer à Alicante ! Marie trouvait le compliment joliment bien tourné. Le jeune homme avait même ajouté des louanges sur ses cheveux.

— Ils sont tant plus beaux à gonfler et friser sur votre front, au lieu d'être collés tout plats comme se coiffent les autres femmes de ce pays !

Ce qui avait fait la désolation de Marie prenait enfin revanche dans les éloges d'Emilio Garcia sur sa chevelure. Elle avait tout essayé pour obtenir ces dents régulières encadrant le front sous la coiffe : l'eau sucrée, une pommade à fixer garantie infaillible de réussite par un camelot de foire. Rien n'y faisait effet, au bout d'un temps les crans rebiquaient, pointaient et soulevaient comme les cornes des chevrettes. Elle avait abandonné ces tentatives vaines et ne le regrettait plus. « Et ce de fait, Adélaïde va me retrouver telle qu'elle m'a laissée, avec ma tignasse de galopine, comme disait sa belle-mère. Pour le vêtement en revanche elle verra la différence ! »

Elle avait mis la robe bleue brochée de soie crème qu'elle avait fait tailler pour le baptême de Jean-Landry. C'était une folie de toilette qu'elle avait eue, depuis qu'elle gagnait de l'argent. Deux robes de cérémonie, c'était quand même beaucoup, assurait Blanche Lebrault.

— Pense un peu au trousseau, à ton âge. Tu es loin encore de tes cinquante chemises ! Je ne veux pas te rabattre la coquetterie, tout de même, tâche de joindre aux cinq douzaines avant de te marier. Pareil pour les draps, à moins de vingt paires une fille perd la face. C'est la faute à Lebrault, aussi ! Tu bades à écouter ses sornettes à la veillée, et ta quenouille bade avec !

En ajustant sa boucle de ciseaux et sa montre dans sa ceinture, Marie se réjouissait à imaginer la fierté d'Adélaïde de revoir, parée avec recherche, la petite bergère qu'elle se plaisait autrefois à habiller, à coiffer comme une poupée — ainsi que le lui reprochait sa mère.

Marie était prête depuis longtemps lorsqu'enfin elle avait vu le cabriolet pénétrer dans la cour, avec un bon quart d'heure de retard. Céline montrait une mine boudeuse, Mousin se fâchait sur Jean-Landry qui voulait descendre seul, piaillait qu'il était grand, qu'il voulait voir les poules de tata Blanche... Lorsqu'enfin ils avaient quitté le Chêne-Vert, Marie avait saisi dans les cris, les questions, les recommandations qui se croisaient, que c'était la faute à Céline s'ils étaient en retard, de cette bestiasse, à cause d'un chapeau, et que fé dé Di ! elle pouvait bien faire ce qu'elle voulait au lieu de se bouquer !

Les clochers de Niort paraissaient à l'horizon, personne encore n'avait desserré les dents depuis que Mousin avait exprimé son opinion quasi injurieuse sur le goût des gens de Sainte-Néomaye pour les anguilles... Il sifflotait un petit air joyeux, depuis un moment, et il se tourna en souriant vers Céline.

— Alors, ma belle, comment donc qu'on s'y prend pour venir à bout de nos affaires ?

— Comme tu veux, tu décides.

— Eh là ! Vas-tu longtemps me grigner la face ? Fais risette au pauvre Limousin, ma jolie. Ou sinon, je raconte tout à Marie. Allez, tu me fais de la misère, à présent je te cause sérieux. Tu sais que je n'aime pas te porter peine, alors je te demande grand mille fois pardon si je t'ai fait offense. Mais vingt Dieux... Eh merde, excuse ma Céline, je peux pas retenir, rien que de penser ça me reprend !

Lorsque Mousin riait, il n'était guère possible de résister longtemps. Cela commençait du fond de gorge en roulements sonores, montait aigu et nasillard, reprenait en voix de basse. « Un taureau qui burgaude, un coq châtré qui répond », lui assurait Céline. Marie se retint un moment par politesse, elle ne voulait pas sembler en accord avec lui contre sa femme, heureusement Céline la délivra de contrainte en se mettant de la partie, elle aussi.

— Va donc, grand sot et bête, dis-lui à Marie, autrement tu t'étoufferas avant d'arriver à Niort.

Avec des hoquets de joie qui lui remontaient, avec des interruptions de Céline, des « non non, tu n'as pas dit de même » qui les faisaient repartir tous les trois à pleurer de rire, Mousin avait raconté le pourquoi de leur discorde du matin. Il regardait Céline se coiffer à sa table de toilette, et voilà-t-il pas...

— Au lieu qu'elle se fasse son chignon sur le dessus de tête, je la vois qui se tortille une couette de chevelure sur le cagouet, et je lui dis sans penser à mal : té, c'est juste de même qu'on fait avec les vaches qui ont de la malice, on leur attache ferme la queue, pour pas la recevoir sur la figure quand on est à traire. Et elle, elle me répond tout de suite sur la grosse dent, le cul des vaches pour sûr ça me connaissait, mais pour les modes de ville j'étais un vrai demeuré. Et le mieux, elle rajoute qu'à courir les foires, câlin comme elle me savait, je devais bien porter les yeux et pourquoi pas autre chose sur les belles dames à chapeau. Une furie. Une chatte sauvage, elle m'aurait graffigné.

— Une vache sauvage ! Tu te trompes de bête, grande bête !

Ils s'étaient encore longuement esclaffés à la réflexion de Céline.

— Parce que c'était ça qu'elle s'avait imaginé : de se mettre un chapeau pour venir à Niort. Et butée comme elle est...

— Non pas, moi je trouve que c'était une riche idée, et que ça aurait eu bel effet avec cette robe à bouillonné.

— Le bel effet, ma pauvre Marie, c'est que j'ai cru qu'il allait perdre souffle à se tordre de rire. Parce que je l'avais mis quand même, le chapeau. Deux ans que je l'avais acheté, ça me semblait l'occasion de le porter, et de lui faire la surprise. Une capote de soie pékinée verte, avec deux choux de ruban sur les côtés, une merveille.

— Deux choux, oui, je suis certaine que c'était superbe.

Mousin lança un coup de coude à Marie.

— Et les choux, surtout les verts, c'est ça qui est bon

pour les vaches, pas vrai ? Enfin, pour en finir avant d'ameuter les gens de Niort avec nos ricasseries, il a fallu que je me baisse vivement pour pas le prendre en travers de face, son chapeau. Et ensuite j'ai eu beau prier supplier qu'elle le mette, elle a fait sa tête de mule, elle a monté son chignon par-dessus, et elle a mis sa Créchoise que tu lui vois. Moi j'étais malheureux comme pierre de l'avoir fâchée, c'est pourquoi tu nous as vus tous les deux l'air de porter les brunettes. Tu me diras ça tombait bien, pour l'enterrement d'un défunt chapeau : de colère elle l'a mis tout en perdition, ravagé, éberné, et les choux verts à la pendrille.

Ils étaient arrivés dans les faubourgs de Niort sans s'en apercevoir, il fallut qu'un jeune homme les interpelle en leur criant depuis sa charrette que ça se passait bien, hein, le retour de noces, pour que Mousin se refasse à l'instant une contenance de sérieux et de gravité.

— Bon, ça suffit pour l'heure, on va finir par se faire remarquer. Je vous quitterai face au marché, à l'entrée de la Rue-Basse. Vous m'écoutez, ou vous repartez aux singeries ?

Céline et Marie avaient sorti leur mouchoir pour étouffer le restant de rire qui les secouait.

— Naturellement, Landry, continue... Mon Dieu, pas même une palisse pour s'abriter derrière ! Pas toi, Marie ? Tu disais l'entrée de la Rue-Basse...

— Oui, et tu pourras tortiller longtemps avant d'y trouver une palisse. Ce coin de mur, ça te conviendra-t-il ?

Céline remercia fort, disparut derrière la muraille. Marie avait décliné l'offre de l'accompagner, elle se trouvait presque choquée de l'invite. Mousin continuait à parler comme si de rien n'était, et la jeune fille s'avisa que la vie d'un couple devait se tisser de mille liens, que le tranquille abandon de Céline à dire son besoin pressant en faisait partie.

— Ça tombe bien qu'elle ait envie de pisser quand elle rit trop fort. Parce que je te le dis entre nous deux : j'ai fini par comprendre que c'était pour jeter plein les œils à Adélaïde qu'elle mettait ce nom de Dieu de chapeau. Mais si toi tu préfères la voir toute seule, Madame François Rousseau l'affectionnée, je te garantis que Céline n'aura pas d'aigreur contre toi. Si tu savais comme elle est bonne personne, ma femme. Tiens, hier au soir elle me disait... La voilà. Ne cause de rien du temps que je suis là... Houp-là, ma belle ! Faut-il pousser au cul pour que tu remontes ?

— C'est grand dommage, tu ne trouves pas, cette vieillerie de château derrière ces belles halles vitrées. Au prix qu'on paie la moindre ferraille, tu imagines la somme que ça a dû coûter ? Morisson m'a pris quarante sous pour une malheureuse pincette, alors tu crois qu'ils ne pouvaient pas démolir le donjon, sans guère ajouter à la dépense, et pour la vue c'était quand même autre chose !

— Ne racontez jamais ça devant votre beau-frère. Un vrai discours qu'il m'a fait hier au soir sur ce château, bâti du même temps que l'écurie aux mules. Et voyez donc l'épaisseur des murailles, à ces méchantes fenêtres : ça aurait fait un beau tas de cailloux à charreyer. Et il m'a raconté aussi que...

Marie s'étourdissait de paroles dans l'espoir de voir le temps passer plus vite. Une heure et demie s'était longuement étirée depuis que Mousin les avait laissées sur la place du Marché. Lorsqu'elle était venue à Niort avec Louis, du temps où il leur fallait jouer une comédie d'amoureux pour tirer Mousin de prison, c'était le chagrin qui l'avait empêchée de jouir à plein du spectacle tout nouveau de cette grande ville, et voilà qu'aujourd'hui une émotion fort opposée la jetait dans le même trouble, la rendait lointaine et détachée devant l'animation des rues et des boutiques où Céline l'avait vite entraînée, assurant qu'elles n'étaient pas à Niort pour entendre la volaille piailler et les gens causer patois.

— Ce marché de Niort, ça n'est même pas si conséquent que nos foires aux mules. Premièrement, on va se rendre rue Vieille-Rose, pour que tu vois l'endroit et le chemin à suivre sans avoir à demander. Parce que ça porte à rire les gens de ville, quand nous autres de campagne on questionne après une rue. Ils ont vivement fait de te répondre : et alors, vous ne savez pas lire ? A cause que tu vois, les noms, ils sont écrits sur ces pancartes.

— Ça oui, je sais. Mais puisque vous viendrez avec moi, rue Vieille-Rose, je n'aurai pas à demander.

— Et comment, venir avec toi ? Ça non, par exemple, je ne veux pas déranger. Non non, ça ne se fait pas.

Il n'avait pas fallu trop longtemps à Marie pour persuader Céline. Elle avait vite chassé le rien d'agacement qui lui était venu à l'idée de son tête-à-tête avec Adélaïde troublé par une présence étrangère à leurs souvenirs.

— Aux yeux d'Adélaïde, ce n'en sera que mieux. Elle verra que je ne suis pas restée en abandon d'amitié, et si des fois elle se fait reproche de m'avoir laissée sept ans de côté, elle se trouvera rassurée de mon sort.

— Tu as sûrement raison. On va quand même aller se rendre compte de l'endroit.

Elles avaient pris la Rue-Basse, et Céline, visiblement dans la joie d'assister à la rencontre, avait beaucoup ri de cette Rue-Basse qui montait, et ressemblait ainsi au Pont-Neuf qui était si vieux !

— Rue Vieille-Rose, nous y voilà. Et là tu vois, écrit doré sur ce carreau : Mesdemoiselles Courgeaud-sœurs, salon de thé, dames seules.

Marie avait redescendu la rue dans l'excitation d'avoir par avance entrevu l'endroit où bientôt elle allait retrouver son amie. Céline l'avait entraînée à l'opposé du marché.

— Ça va te passer le temps, tu verras. Je remarque que tu tires souvent ta montre. On va prendre la rue du Rabot et la rue Sainte-Marthe, c'est les plus commerçantes. Tu vas voir les toilettes des bourgeoises, dès le matin, et les coiffures. Ah ! là là ! Ça me remue les peines, tu m'aurais vu l'allure avec ce chapeau... Me voilà avec ma coiffe, en tous les jours, ou peu s'en manque.

— Là vous exagérez. Je ne vous avais jamais vu cette robe grenat, c'est pure soie? Si vous aviez eu le chapeau, j'aurais semblé la chambrère qui suis la patronne au marché, comme ces deux qui arrivent devant nous.

Céline avait entraîné Marie vers une vitrine de mercerie.

— Ne fixe pas les gens, ça fait campagne. En ville personne ne connaît personne, ça passe sans se voir, les yeux droit devant.

Il n'empêche qu'elle s'était vivement retournée après le passage des deux femmes.

— Cette mode des crinolines, ça commence à prendre même au loin de Paris. Je lisais ça hier sur ma *Mode illustrée,* j'aime me tenir au courant. Ça ne me sert guère à Sainte-Néomaye, enfin ça donne des idées, cette broderie de guimpe par exemple.

— Oui, j'avais remarqué, ça sort d'ordinaire.

— Là tu me fais plaisir, parce que j'ai maléné avec ces soies floches. Ils appellent ça la peinture à l'aiguille, et cet endroit tu vois j'ai un peu écarté.

La guimpe de Céline était brodée de couleurs vives. En parlant elle montrait un pétale de fleur où se mariaient en dégradé toutes les teintes allant du rouge sombre à un crème rosé.

— Je ne distingue pas les points de manque, je vous acertaine. C'est si beau que ça fait presque tort à votre collier. Je me rappelle quand Mousin l'a acheté, cet esclavage, chez l'horloger Leroy de Saint-Maixent. Adélaïde voulait qu'il fixe son choix sur un plus simple, et presque elle lui a fait une scène quand on s'en retournait.

— Un plus simple, oui, je me doute...

Marie s'était avisée de sa maladresse, tentait de faire oublier l'impair, de détourner la conversation.

— Moi, depuis que j'ai vu les crinolines de la baronne dans la lingerie, je m'imagine toujours ça quand je vois ces belles dames : une mue à poulets sous leurs jupons.

— Juste la réflexion de Landry quand je lui ai montré une réclame. C'était présenté sur un mannequin de couturière, et ça faisait bête, ce pied en bois au milieu de ces cerceaux ! Et même il a rajouté, je ne devrais pas te dire mais tant pis : pas étonnant que la baronne allonge toujours la face, elle ne doit pas souvent se faire tâter le... hum... dans cette artifaille !

Elles avaient ri un moment sur les malheurs et les délaissements de Madame la Baronne dans sa cage à poules, et Céline avait conclu que n'empêche, ça donnait de l'allure, surtout aux grandes bringues sans jabot ni fesses, parce que le baron, même quand sa bourgeoise était en chemise, il n'avait pas grand-chose à se mettre dans la main !

— Si Nicolas m'entendait te parler de même, sûr que j'aurais droit au sermon.

— Ma chère Céline, il me semble que tes propos sont un peu lestes, le mot n'est pas trop fort, s'adressant à une fillette...

— Ne repars pas à me faire rire. Bien ajusté pour la caricature, je crois l'entendre ! S'il savait que je te cause des fesses de la baronne, lui qui m'a envoyée à Niort pour te préserver de moralité !

— Je ne moquais pas trop, allez ! Votre beau-frère, c'est un homme que je respecte, même si des fois je le trouve un peu bonnet de nuit, et ça ne passe pas de jour sans que je vous aie reconnaissance de m'avoir placée au Chêne-Vert.

Elles étaient arrivées sur la promenade ombragée qui entourait la place de la Brèche. Des échoppes de confiseurs étaient installées sous les platanes, il en venait des odeurs de sucre chaud, de caramel et de vanille.

— Je m'en vais acheter une oublie, pour mon filleul, et un grand sucre d'orge.

— Non pas, tu feras ce soir. On a le temps de se poser sur un banc, les pieds me gâtent dans ces bottines neuves que Renaudeau m'a taillées, je me sens une belle bouilliffe au talon. Enfin, pour revenir sur mon beau-frère...

Céline avait pris la main de Marie, dans un mouvement de tendresse.

— Je sais que tu l'as en estime. Et quand je pense à ce que tu as failli endurer, avec le père de cette... avec Simon Rougier, ça me fait encore mieux estimer Lebrault.

Céline avait changé de ton et continué sur un arrière-plan de gaieté forcée.

— Alors oui, il vaut mieux pour une servante se trouver en gage chez Nicolas. Pour lui, une femme c'est une tête pas trop remplie de cervelle, deux pieds qui dépassent des jupons, et je me demande s'il s'est jamais avisé qu'il y a quelque chose entre les deux bouts !

Marie ne riait pas aux réflexions de Céline sur l'image que Nicolas Lebrault pouvait avoir des femmes. Elle s'était assombrie à l'évocation du père d'Adélaïde, elle avait frissonné de répulsion en retrouvant, intact dans sa mémoire, le souvenir de ce membre durci qui cherchait à la pénétrer, qui pesait, qui forçait entre ses cuisses comme une arme. Céline avait paru deviner ses pensées, lui avait serré plus fort la main.

— Un jour, je te promets, tu connaîtras un garçon qui te fera passer toute cette horreur de la tête. Je te cause comme on ne fait jamais aux filles : ça n'est pas de la saleté et du dégoût qui arrivent entre un homme et une femme, quand ils se tombent d'accord. Ne réponds pas, je te vois embarrassée, mais repense à ce que je dis : à ne jamais parler de ça tranquillement on fait grand tort aux femmes. Quand je pense à ce qui m'est advenu en premières noces, innocente comme j'étais à mes quinze ans, la différence avec toi n'était guère conséquente, je pleurais, j'avais honte, ma mère m'avait juste dit : « Laisse-toi faire, ma pauvre petite, c'est un besoin qu'ils ont comme pisser. » En même temps on fait tort aux hommes, ça maintenant je suis sûre... Si tu veux, on recausera de ça, un jour. Viens, à présent, on retourne place du Marché, pour guetter onze heures moins le quart.

... Et voyez, tout en haut, ces découpures au faîtage de la muraille, ça leur servait à garrocher des pierres sur ceux qui les attaquaient. Et aussi de l'huile bouillante, le patron a prétendu. Ça devait faire un dégât sur les pauvres mondes d'en bas, même habillés en fer comme ils étaient.

— Ne te fatigue pas, ma petite Marie. Tu causes pour pousser le temps de l'épaule, je comprends ça. Mon Dieu, ces horreurs de fricasser les gens ! Voilà onze heures moins vingt, on s'en va attendre devant le salon de thé, tu prendras mieux patience. Et si des fois elle se trouvait en avance, Adélaïde Rousseau...

Marie fut reconnaissante à Céline d'avoir deviné l'enfièvrement qui la gagnait au fil des minutes. Heureuse d'échapper à l'inaction, à l'intérêt forcé qu'elle tentait de montrer pour le donjon et les abominations de son histoire, elle n'eut aucune conscience de forcer l'allure, elle était portée d'espoir, elle s'élançait vers le bonheur.

— Eh là, doucement fillette ! Ce grippet me fait souffler...

Marie ralentit sa marche, se mit au pas de Céline qui se tordait les chevilles sur les pavés inégaux.

— C'est que tu galopes comme une pouliche ! En plus, je me morfonds de ces bottines neuves. J'aurais dû prendre un point au-dessus comme il me conseillait. Seulement, il m'a vexée en assurant que le pied forcissait avec l'âge, c'était du trente-neuf qu'il me fallait à présent, et même un bon trente-neuf il a ajouté. Je te jure que j'en ai regret, de mon trente-huit !

Marie s'apercevait des efforts de Céline pour la distraire, pour bousculer l'intolérable lenteur qui éternisait le temps, pour faire couler les dernières minutes — les plus longues. Elle s'efforça de répondre à tant de soins et de prévenance.

— Ne regrettez pas, ça vous fait le pied fin.

— C'est ce que dit Landry. Mais quand je les quitte, il prétend que mes orteils s'écarquaillent à deux fois de place qu'ils en ont dans ce pointuchet ! Tiens, nous y voilà rendues, au salon de thé.

— La baronne boit ça, au château. Un genre de tisane, ça me semble.

— Tout juste. J'en ai goûté une fois chez Madame Hubert, ça ne vaut pas un café ou un vin chaud, ça fait lavasse. Pas de quoi se vanter en dorure sur une fenêtre !

— Ça doit être pour la raison que c'est écrit : dames seules. Les hommes ils ne sont pas trop portés sur la tisane.

Marie avait conscience du vide de sa conversation, de la pauvreté de son propos. Elle était à des lieues et des lieues du thé de la baronne, de la lavasse de Madame Hubert, elle n'était plus qu'une attente tendue et douloureuse à force de joie.

— Non, penses-tu, j'ai lu ça sur le Savoir-Vivre de la *Mode illustrée*. C'est les manières des bourgeoises, à présent, de se retrouver entre elles dans ces endroits. Rien que la vue d'une paire de culottes, faut croire que ça les met en fuite, ou alors en émotion. Et de même, les maris sont tranquillisés sur le sujet de porter des cornes ! D'un autre côté, tu me diras, dans un cabaret comme celui que je tenais — et bien tenu tu peux me croire — pas une femme n'aurait eu idée de mettre les pieds, ou alors c'était une réputation perdue. Moi tu vois, si j'ouvre un café près de la halte, comme j'en ai toujours idée, c'est la jeunesse que j'attirerai, avec des musiques le dimanche pour danser. De même, il faudra bien mélanger les gars et les filles. Le Café de la Halte, ça serait bien. Ou Café du Pont-Neuf, peut-être... Mais tu as la tête ailleurs, je comprends. Tiens, voilà une voiture fermée qui monte la Rue-Basse. Je parie que...

Un fiacre de louage tournait le coin de la rue Vieille-Rose, il s'arrêta face à la porte du salon de thé. Le cocher se précipita pour ouvrir la portière, descendre le marche-pied. Un flot de volants verts apparut tout d'abord, balancé de droite et de gauche par l'effet d'une crinoline que l'on devinait trop volumineuse pour passer commodément l'étroite ouverture. Marie se taisait, il lui semblait que Céline devait entendre les battements de son cœur. Il était impossible de reconnaître la femme qui finit par descendre en tapotant sa robe : son visage était à demi voilé par la dentelle d'un châle assez vaste pour dissimuler son buste et sa taille. Il n'était que le geste pour évoquer Adélaïde, ce mouvement délicat qu'elle avait pour étaler et défroisser ses jupes... A coup sûr c'était une inconnue, elle entra sans un mouvement vers Marie et Céline qui s'écartèrent pour la laisser passer. Une clochette tinta lorsqu'elle ouvrit la porte.

— Une fausse émotion. Du beau linge, tu vois, qui fréquente cet endroit. Mon Dieu que ça pue, dans ces rues de ville, as-tu vu si elle se bouchait le nez avec son châle ? Veux-tu une pastille orientale pour te mettre un bon goût dans...

Céline fut interrompue, une petite vieille en noir sortait du salon de thé, s'adressait à Marie.

— C'est toi, la fille Therville ? Je suis Mlle Courgeaud-aînée. On t'attend dans le petit salon sur la cour. Seule, on a bien précisé.

Sans attendre de réponse, elle se tourna vers Céline.

— Vous, ma brave femme, montez donc la rue, vous trouverez un banc de pierre. Ça n'est pas un endroit pour vous, de rester ici devant.

C'était le choc de la déception et du chagrin qui avait laissé Marie sans réaction. Ainsi Adélaïde était passée près d'elle avec une attitude d'indifférence glacée, et la dentelle ramenée sur son visage, c'était juste pour éviter qu'une paysanne en coiffe de Gâtine la reconnaisse et lui saute au cou en pleine rue. Elle en reçut l'évidence comme une gifle, un seau d'eau froide sur sa joie.

Madame Rousseau-le Jeune voulait rencontrer la fille Therville, comme l'avait assuré la vieille à tête d'oiseau qui précédait Marie dans une enfilade de petites pièces surchargées d'étoffes et de dorures. Madame Rousseau-le Jeune avait ordonné qu'on la lui ramenât, la fille Therville, et il semblait à Marie qu'elle l'entendait ajouter :

— Et seule, je vous prie, éloignez cette femme qui attend avec elle.

Céline avait sursauté d'être appelée « ma brave femme », et Marie fut submergée de colère et de remords lorsque la sœur Courgeaud-aînée s'arrêta devant une porte masquée de velours rouge.

— Attends ici, je vais t'annoncer.

Comme en écho, Marie se rappelait la voix du Grand Mousin ricanant sur le « tan bravé chi ».

— Ne vous donnez pas cette peine. Allez plutôt lui dire, à Adélaïde...

— Mon Dieu l'impertinence de cette effrontée ! C'est une dame, Madame Rousseau, son mari haut placé, et je m'en vais lui dire ce que tu...

— C'est ça, et du même coup dites-lui donc que je m'en reviens avec ceux qui ne détournent pas les yeux à ma rencontre, avec Mme Rebeyrolles que vous avez renvoyée de votre devant de porte comme on chasse une vermine ! Dites-lui ça, ma brave femme...

Marie ne savait plus si c'étaient des larmes de rage ou de chagrin qu'elle versait, elle s'entendait crier, derrière la portière de velours Adélaïde à coup sûr était aux écoutes et ne se manifestait pas. La jeune fille rebroussa chemin sous les exclamations indignées des sœurs Courgeaud, la jeune étant venue porter rescousse à son aînée au bruit de l'altercation. La sonnette tinta longuement, elle ponctuait les lamentations des deux vieilles tandis que Marie s'éloignait en courant.

Céline lui tendit son mouchoir sans rien dire, la laissa un moment se reprendre.

— Viens à présent, Marie. Qu'on s'en aille vite de cet endroit, je te l'avais dit que ça puait fort. Et même en mettant beaucoup de sent-bon, la bêtise et la vanité c'est comme l'odeur de pourriture, ça ressort toujours. Ce que je te demande, c'est de ne pas raconter à Landry comment qu'elle m'a traitée, cette vieille guenuche, il serait capable de venir mettre le chantier dans son abreuvoir à bourriques, tu vois d'ici le fracas et le dégât.

Marie s'était calmée du temps que Céline parlait. L'amertume et la déception cédaient place à la rancune, la peine s'émoussait dans le remords d'avoir laissé humilier cette femme de cœur.

— J'ai grand honte, Madame Céline, de ne pas vous avoir suivie. Ce ton qu'elle vous a parlé ! En tous les cas, je lui ai jeté ça à la face, avant de claquer la porte. Sans avoir vu Adélaïde, bien entendu.

— Je me doute, tu n'as fait qu'entrer-sortir. Ça, par exemple ! Les bras me tombent, regarde donc qui vient.

Adélaïde montait la rue, elle relevait à deux mains les volants de sa robe pour courir, son châle traînait sur le pavé. Elle s'arrêta, ferma un instant les yeux.

— Marie, écoute-moi.

Elle se recomposa un visage, arrangea ses cheveux. Un diadème brillant les retenait en bandeaux sur son front, elle vérifia de la main son équilibre. En retrouvant ce geste familier d'Adélaïde pour lisser sa coiffure, ajuster ses rubans, Marie se troubla un moment. Elle eut garde de n'en rien laisser paraître : elle n'allait pas deux fois se laisser prendre à la nostalgie du souvenir.

— J'ai besoin de toi, Marie. Madame, je ne vous avais pas reconnue, veuillez m'excuser.

Céline prit son temps pour répondre, son regard toisait, évaluait, revenait au visage.

— Moi non plus, je ne t'aurais pas remise. La petite Rougier ! C'est qu'on change, pas vrai, tu arrives pas loin de la trentaine, le temps passe... Et bien entendu tu ne pouvais pas reconnaître Marie, regarde-moi cette beauté qu'elle est devenue. Ah ! la fraîcheur de vingt ans !

Adélaïde se mordillait les lèvres avec cette expression pincée qui lui donnait, même en prime jeunesse, une fugitive ressemblance avec sa mère. Céline souriait, tranquille, épanouie, lançait ses piques avec une douceur perfide. A les voir s'affronter, l'une dans l'impuissance, l'autre dans la feinte suavité, Marie trouvait compensation au camouflet qu'elle venait de recevoir. Sous d'autres formes et avec d'autres armes, Céline s'y entendait tout autant que Mousin pour rabattre les grands airs et riposter aux avanies.

— Tu n'as pas trop grosse mine. Moi ça m'a fait pareil quand j'ai quitté la ferme de mes parents.

Deux femmes mises avec recherche arrivaient à leur hauteur, ralentissaient le pas devant ce groupe singulier. Céline éleva la voix.

— Avour, i m'en va vous attenir chi. I trouvéré bé do mindes per causa de Rousset-le Jhène, est ine houme chi quinte, su la piace de Niort. T'as bé le binjou do Grand Mousin, ma boune drolâsse, et le min atou *.

Adélaïde baissa la tête, comme en accablement devant le désastre.

— Non, je vous en prie, venez madame. Justement ce que j'ai à exposer à Marie n'étonnera pas le Grand... votre mari. Nous allons reprendre le fiacre, je comprends fort bien que vous ne teniez pas au salon de thé.

— Qu'en dis-tu, Marie ? Parce que, enfin, Adélaïde et moi on javasse et toi tu restes sans une parole.

Une lueur dans les yeux de Céline marquait que sa revanche était incomplète. Marie lui répondit d'un air d'innocence, sans regarder Adélaïde.

— Moi ? Je préfère qu'on retourne chez les demoiselles Courgeaud.

— Et quoi donc qu'elle lui voulait à Marie, l'affectionnée ?

En attelant la jument pour le retour, après avoir annoncé qu'il en avait de drôles à leur raconter, Mousin avait tout de suite posé la question. Céline et Marie avaient eu le temps, l'après-midi, de mettre au point une réponse qui ne déclenchât pas des catastrophes. Céline se promettait de le mettre au courant, bien entendu, en choisissant toutefois le moment.

— Parce que tu le connais, capable d'aller porter le scandale chez eux dès ce soir. Il a le bras long, Rousseau-le Jeune, et du bord qu'il est, ça serait le pot

* A présent, je m'en vais vous attendre ici. Je trouverai bien des gens pour parler de Rousseau-le Jeune, c'est un homme qui compte, sur la place de Niort. Tu as bien le bonjour du Grand Mousin, ma bonne fille, et le mien aussi.

de terre contre le pot de fer. Ça n'est rien le moment qu'il se fasse remarquer, Landry, pour lui et pour d'autres, tu me comprends.

Marie en était tombée d'accord malgré son peu de goût pour les cachotteries : le risque était grand de voir Mousin se jeter dans un mauvais cas si on lui énonçait tout cru le véritable enjeu de la rencontre. Elle dut quand même se forcer pour lui répondre.

— Guère intéressant, je me demande l'idée qui l'a prise, n'est-ce pas Madame Céline ? Un genre de comptes, pour une histoire de testament, des affaires qu'elle pensait où je serais utile. Ça n'a pas duré longtemps à la détromper. On te racontera, ne me remue pas les peines.

Elle jouait sur l'équivoque des mots, ainsi que Céline l'avait conseillé. Des « comptes », c'était aussi bien des chiffres que des histoires pour l'oreille... Et « guère intéressant », on pouvait le dire d'une broutille sans importance, ou d'une infâmie. Elle éprouva quand même un pincement de cœur à recevoir en retour le sourire chaleureux de Mousin.

— Convenu, on n'en cause pas aujourd'hui. Va, tu as tort de t'affliger sur les caprices de cette barrassouse. On ne broute plus aux mêmes pâtures, à présent. Hue donc, la jument et les femmes ! Moi j'en ai à vous débiter, écoutez voir...

Marie entendait Mousin d'une oreille distraite et restait silencieuse. Il tenait un marché de trente mules, excusez du peu. Pour les trois gars, on avait pu les faire filer en douce, direction Claude Durand, Mauzé. On guettait qu'il ne s'écarte pas de chez lui, cet homme, on pensait l'avoir suffisamment mouché sur son rocher perdu de Jersey, et justement...

Heureusement Céline savait relancer son mari de questions, ainsi ne s'étonnait-il pas du silence de Marie.

— Ça n'est pas chez lui qu'on va d'abord les chercher ?

— Hou que non, on ne s'imagine pas à la gendarmerie d'un toupet pareil chez un gars si fort surveillé. Nos trois chamoisiers, à cette heure, ils sont dans la charrette que sa femme conduit, mottés sous des paniers de vendange. Ce soir ils seront loin. Té, vois donc la fillette, qui s'est mise à sa dormie. Sa femme, au père Durand, elle te ressemble ma Céline. Je veux dire sur le caractère et le courage. Tiens, il m'est venu aux oreilles une nouvelle chanson qu'il a inventée, le Glas du Vieux Monde ça s'appelle. Ecoute ça !

Mousin entonna d'une voix forte :

Ce vieux monde dans sa démence
Tient toujours la femme à son joug.
D'une passive obéissance
Il faut qu'elle suive partout.
Déjà plus d'un savant réclame
Contre cette loi du plus fort :
Pour avoir méprisé la femme
Ce monde est mort.

— Pour sûr c'est bien envoyé. Mais ne t'avise pas trop à la rechanter, ça suffit d'une fois à te faire cravater pour avoir poussé la chansonnette ! Continue, plus doucement, pour pas déranger Marie, elle a guère dormi la nuit passée. Un jour, tu devrais chanter ça à Nicolas...

Mousin continua, en fredonnant. Marie se laissa aller contre la capote. Elle avait perdu la charmante Adélaïde de ses souvenirs, et du même coup trouvé l'apaisement d'une blessure, elle revivait chaque instant de ce chagrin et de cette douceur.

Les sœurs Courgeaud s'étaient précipitées au son de la clochette, tout sourires devant Adélaïde qui avait retrouvé ses airs de princesse en franchissant la porte, après avoir paru un moment s'étouffer de dépit à l'idée d'afficher sa déroute aux yeux des deux vieilles femmes.

— Servez-nous au salon du fond, ma bonne Adrienne, et veillez qu'on ne nous dérange pas. Chine ou Ceylan, Madame Rebeyrolles ?

Le ton disait l'envie de mordre, la volonté de décontenancer.

— Chine, si tu veux bien, ma chère petite. Pour le goût fumé, plus corsé.

Le tutoiement, le sourire affable et cette appréciation à coup sûr puisée dans la *Mode Illustrée :* Céline avait de nouveau pris l'avantage dans cette guerre sournoise, et devant témoins, pour la grande joie de Marie. Lorsque les pas de la sœur Courgeaud aînée s'étaient éloignés, Adélaïde avait versé le thé, avec des gestes nerveux qui faisaient tinter la porcelaine des tasses.

— Voilà. Ecoute-moi sans m'interrompre je te prie, le fil est compliqué à suivre...

Certes il l'était, et tortueux, et il butait parfois dans son déroulement sur des indignités et des vilenies qui agitaient Marie de dégoût. Le parfum délicat du thé, les glaces et les dorures du petit salon allaient à jamais rester en elle, elle en avait la certitude, comme des éléments indissociables de cette bassesse.

— Beaucoup d'argent, comme jamais tu n'aurais pu en espérer. Disons trois mille francs, j'espère que tu te rends compte. Ton établissement assuré, une belle dot pour une simple servante.

Marie avait fermé les yeux.

— J'irai même à trois mille cinq. Pour si peu de chose, avoue, c'est bien payé, je ne peux aller plus loin.

Dans le silence de la jeune fille, Adélaïde n'avait donc vu que l'amorce d'un marchandage. La « simple servante » trouvait la dot insuffisante et s'apprêtait à débattre, comme à la foire : tu mettras bien cinquante pistoles de plus, Adélaïde ? Allez, on coupe la poire en deux : vingt-cinq.

Si peu de choses, en vérité ! Il suffisait de témoigner en justice de paix, d'assurer qu'il ne s'était rien passé, avec Simon Rougier. Il n'était que d'avouer : j'étais bien jeune, j'ai inventé cela de pure méchanceté et jalousie, j'en ai regret, Monsieur le Juge. Il fallait enfin se faire aussi belle et attirante que possible, « même un peu décolletée, tu vois... » pour que l'homme de loi fasse la différence et remette en place cette souillon de treize ans, « une horreur, tu n'imagines pas, et crasseuse ! » qui se prétendait forcée par Simon Rougier et enceinte de quatre mois. Imaginait-on le scandale, du jamais vu, Maître Guérinière prenait prétexte de l'immoralité du tenancier de sa plus belle métairie pour le chasser de la Colombière ! A cause d'une servante engrossée, où allait-on ?

— Naturellement, le véritable sujet tient dans l'incapacité de mon père ! Mais tu sais que Guérinière est lié par le testament de son père adoptif, et il trouve ici un motif de l'attaquer en nullité. Tu comprends ainsi la raison qui me fait t'offrir une somme aussi importante : à son âge et avec sa réputation méritée de fainéantise et de médiocrité — tu vois je te parle en amie — mon père ne trouvera aucune exploitation à affermer. Ainsi donc je serai dans l'obligation de prendre mes parents chez moi, tu les connais, l'effet sera déplorable pour la carrière de François. Tu hésites, je peux aller jusqu'à quatre mille, mais alors...

Marie s'était levée, dans un mouvement d'une telle violence qu'Adélaïde avait eu un sursaut de recul, comme en crainte d'être frappée.

— Ecoute-moi, Adélaïde...

Marie avait baissé la voix, le mépris aurait pu s'émousser aux éclats de colère.

— Tu me fais horreur. Tu as cru de pouvoir acheter une simple servante, comme tu dis, tu as pensé que les sous de Rousseau empêcheraient que le malheur d'une drôlesse de treize ans vienne à déranger ta vie de belle dame. Je n'ai que ça à te répondre, et tu peux le prendre comme de te cracher à la figure : tu me fais horreur. Venez, Madame Céline. Vous aviez raison, ça pue.

Adélaïde s'était redressée, la rage lui faisait monter des plaques rouges sur le visage, elle avait saisi le bras de Marie et la secouait.

— Mais qu'est-ce qu'elle se croit ? Aussi arrogante que ses parents ! Quand j'y pense, ça vit comme des porcs dans leur soue de Bouchetout, et ça ose prendre des grands airs !

Marie avait reculé, la surprise et le saisissement avaient dû se lire à sa contenance.

— Parce que tu ne savais pas ?

Les yeux d'Adélaïde brillaient d'un éclat cruel, Céline prit la main de Marie.

— Viens, elle a jeté assez de fiel.

— Non, laissez, Madame Céline. Qu'elle aille au bout.

Elle s'était redressée, Madame Rousseau le jeune, elle souriait de revanche en racontant.

— Il est journalier à présent, ton père. Du travail quand on lui en jette, dans un endroit perdu, à Bouchetout. Parce que c'est Pierre Therville que j'ai d'abord cherché à voir, puisque tu es fille mineure. Une misère, tu n'imagines pas. L'imbécile, tu sais ce qu'il m'a répondu, je lui proposais deux mille francs... « Madame, on ne vend pas la honte, ni le remords. » Des mots, je te jure, dans la bouche de ce pauvre gueux ! Et ta mère ! Une ruine, une loque, pieds nus, en haillons... Elle a ouvert la porte et elle a crié : « Sortez de là, saloperie, avant que je vous frappe ! » Tu es bien la fille de ces deux insensés, Marie Therville.

Mousin chantonnait toujours « le Glas du Vieux Monde », Marie fermait les yeux. Sur la musique vive et joyeuse comme un carillon de noce ou de baptême, elle entendait la voix rageuse d'Adélaïde qui lui avait appris, comme on lance une injure, qu'elle avait toujours un père à Bouchetout, et une mère aussi... Elle était enfin au-delà du temps et de l'abandon, la fille de « ces deux insensés, Marie Therville ».

De Chaussauvent à Bouchetout

Un matin de décembre, en 1853, Pierre Therville comme chaque jour s'était approché du lit où dormait sa mère, dans l'unique pièce de la maison de Chaussauvent. Il avait compris, avant même d'entrebâiller les rideaux. Derrière l'indienne délavée, éraillée par le temps, c'était le silence, l'immobilité de la mort et non point son repos : Louise Gâtard avait trépassé, la tête rejetée en arrière, comme en tentative d'échapper à une insurmontable terreur. Des images avaient surgi, du temps qu'il embrassait et couvrait de ses larmes les mains menues et sèches comme des griffes : un grand corps que l'on avait un jour étendu sur cette couche, à la place même où cette vieille femme était recroquevillée d'agonie. Il revoyait le sang, et le trou dans la tête... Le lit semblait alors trop court et trop étroit pour recevoir la masse inerte et pesante de ce père dont on l'avait vite éloigné. Il se rappelait l'avoir cherché longtemps, lorsque les voisins, qui avaient écarté de la mort le jeune enfant qu'il était, l'avaient ramené à sa maison.

Il trouva un goût de sacrilège à évoquer en un tel moment celui par qui étaient venus tous les malheurs et toutes les détresses de Louise Gâtard et de sa descendance. « Pardonnez-moi, mère, là où vous êtes à présent, vous devez voir que c'est le tourment de vous avoir perdue qui me porte à ces souvenirs... » Pardonnez-moi, mère... Au terme d'une si longue vie, la mort de la vieille femme n'avait pas délivré Pierre Therville de se sentir éternellement coupable d'avoir un jour désiré une femme, d'avoir engendré d'elle une enfant à la ressemblance de Jean Therville.

Il s'était refusé avec horreur à livrer cette mince dépouille à la fosse commune, à laquelle leur extrême pauvreté la destinait. Il repoussait l'idée qu'un jour on puisse venir troubler le dernier sommeil de Louise Gâtard, qu'un cauchemar la fasse hurler au-delà de la mort, ainsi qu'il lui arrivait chaque nuit lorsqu'elle était vivante. Il avait vendu à la hâte, afin de payer la concession au cimetière, un bout de champ et trois chèvres en lait. Il restait si peu que rien, de leur borderie de Chaussauvent : se défaire un peu plus ne pouvait guère ajouter à leur misère.

Le curé avait béni précipitamment, dans l'église déserte. Pierre Therville n'avait pas même demandé à sa femme, Marie-Madeleine, de se tenir à son côté en cette circonstance. Il n'était que la solitude à lui convenir, en ce moment de déchirant adieu. Il avait chargé seul sur son épaule la caisse qu'il avait lui-même façonnée et clouée. On se signait au passage de cet enterrement sans cortège, et le geste disait tout autant le mépris que la piété.

Il avait descendu le cercueil à la force des bras, au fond de la fosse qu'il avait creusée à grand-peine dans le sol gelé de l'hiver. Le curé avait détourné les yeux, dans le scandale vaguement ressenti de cette étreinte d'un homme et de sa mère défunte, il était parti sans se retourner, poussant devant lui l'enfant de chœur, tandis que Pierre Therville jetait les pelletées de terre en parlant à mi-voix, s'arrêtant comme s'il attendait réponse.

— Vous étiez si âgée, mère, j'avais fini par croire vous garder pour toujours auprès de moi, et vous me laissez seul, face à tous mes tourments et tous mes souvenirs... J'ai si fort payé d'avoir cherché un autre amour que le vôtre, êtes-vous partie sans m'absoudre ? Et elle, l'enfant de mon péché, ma belle Marie, ma première, aviez-vous fini par oublier son existence? Mère, j'ai cru me racheter à vos yeux en l'éloignant de vos rancunes, et en expiation j'ai accepté chaque jour la douleur, le remords. Pour l'amour de vous je l'ai abandonnée...

Il éprouva un surcroît de désarroi et de détresse en retrouvant la maison de Chaussauvent, vide de cette présence qui avait tenu pour lui toute la place. Sa femme avait plié trop longtemps et souffert sous la volonté de Louise Gâtard pour que la mort de la vieille femme changeât à son attitude. Elle se taisait toujours, faisait oui ou non de la tête. Son regard semblait éviter le fauteuil de paille, au coin de la cheminée, comme en crainte d'y voir reparaître celle pour qui elle était toujours demeurée la servante, la fille perdue qui avait perdu son Pierre. Il n'y avait jamais eu entre Pierre Therville et Marie-Madeleine que l'appel violent du corps, il était leur seul langage, leur unique communication, et cette voix elle-même s'était tue après la mort de Louise Gâtard, comme si de l'au-delà elle pouvait mieux encore les entendre, les surprendre, frapper de son bâton le pied de leur lit en criant : « T'arrêteras-tu, mauvaise garce ? » La vieille femme n'était plus et elle les suivait en tous lieux, dans les champs, dans les granges où ils s'étreignaient de son vivant. Pierre Therville s'était détourné de Marie-Madeleine sous ce regard qui forçait toutes les caches, tous les refuges, elle ne l'avait pas rappelé.

Il ne restait plus avec eux qu'une enfant, des quatre filles qu'ils avaient eues. Leur cadette Louise s'était mariée à ses quinze ans avec un valet de la ferme où elle était servante, aux Brousseaux de Chantecorps. Ils avaient quitté le pays, on n'en recevait plus à Chaussauvent ni visite ni nouvelles. Geneviève était morte en bas âge. Ainsi ils ne gardaient plus que Marie auprès d'eux, Marie la dernière, à qui Louise Gâtard avait voulu donner même nom de baptême qu'à la première-née. « C'est un beau nom, Marie », avait alors dit la vieille femme. Pierre Therville avait hoché la tête, et il avait accepté que l'on comptât morte définitivement l'enfant de sa faiblesse et de son péché.

La petite Marie menait les chèvres brouter les haies des chemins. Parfois, elle revenait en pleurant, des gamins l'avaient poursuivie.

— Ils me chantent une vilaine chanson. Deux Marie Therville, la Marie au loup, la Marie aux chèvres, aux chèvres et au loup ! Pourquoi, père ? Ils me font peur, je passe sans leur parler comme vous m'avez dit...

Elle avait cinq ans à la mort de Louise Gâtard, trois longues années à attendre avant qu'on puisse la placer bergère dans une ferme : une loi aussi fortement exécrée des patrons que des malheureux imposait à présent que les enfants atteignent leurs huit ans pour entrer au travail. Le soir où Marie revint avec un bout de pain, en jurant qu'elle n'avait pas mendié, qu'une femme lui avait donné en charité sans qu'elle demande, et que c'était si bon le pain, elle avait dit merci... ce soir-là Pierre Therville décida de vendre le seul bien qui lui restât : sa force et son travail. Il ne trouva nulle métairie, à Chaussauvent et dans les proches environs, où l'on acceptât de le gager malgré l'humilité de sa demande : « Un rien d'argent pour le sel et les hardes, trois sillons dans vos champs, une tourte de dix quand vous chauffez le four... » On n'avait pas besoin, on suffisait à l'ouvrage, les valets venaient à bout, on ne voulait pas les blesser de prendre un journalier... Depuis trop longtemps ils vivaient au sein de ce village dans un sauvage isolement, les Gâtard et le dernier Therville, ils étaient le malheur et la malédiction. Les très vieux assuraient reconnaître dans les rares paroles de Pierre les façons qu'avait son père Jean Therville pour s'exprimer. Cette recherche de langage les avait autrefois éclaboussés de son panache, aujourd'hui on ricanait de ce traîne-misère qui demandait : « Puis-je espérer ? »

Ils étaient installés depuis deux années à Bouchetout lorsque la petite Marie fut en âge d'être placée, en 1856. Pierre Therville la conduisit vers la ferme de Chantemerle. Il avait épuisé toutes ses douleurs de père en laissant une autre Marie, douze ans auparavant, à la métairie de la Colombière, il était résigné, au moins l'enfant allait-elle manger à sa faim.

Ils s'étaient retrouvés seuls, Pierre Therville et Marie-Madeleine, dans leur creux-de-maison de Bouchetout, seuls et murés dans le silence. Le travail était rare, il acceptait toutes les besognes, il curait les étangs, les puits, il piégeait les loups. Une tête était payée dix francs, lorsqu'on la portait aux autorités... En septembre 1856, comme chaque année à la venue d'automne, ni l'un ni l'autre des époux n'avait la certitude de survivre aux privations de l'hiver, et ils en restaient dans cette indifférence que donne l'excès de malheur.

Le soir où la Sèvre coulait avec un bruit d'éternité

10 octobre 1856

— Puisque c'est sur ton chemin, passe donc chez Alida pour lui montrer ce malheur qui t'a arrivé avec ta coiffe. Tu es largement d'avance, comme toujours, et même en perdant une goulée de temps avec elle, je suis certaine que tu seras la première rendue, à la Grande-Métairie.

— Ça peut attendre, Madame Blanche, ça ne presse guère.

— Et comment, ça ne presse guère ?

Au ton de Blanche Lebrault, Marie s'avisa qu'elle risquait la mettre en alerte sur les causes réelles de l'incident. Non sans raison, Céline l'avait persuadée de laisser sa sœur à l'écart de ce qui s'était passé à Niort avec Adélaïde, la semaine précédente. Elle s'était tenue aux explications approximatives que dans un premier temps elle avait aussi données au Grand Mousin, et Céline avait insisté auprès de Blanche, de ne surtout pas en reparler, la petite étant tombée de haut après s'être autant réjouie...

— Vous avez raison, bien entendu... Je vais passer chez Madame Chauvin. A ce soir. Rappelez-vous que de trois jours je vais rentrer tard, après souper. N'allez pas vous tourner les sangs. Il y a gros d'ouvrage, à la

Grande-Métairie, quand on teille le chanvre. Pour ma coiffe, je n'ai pas trop espoir...

Elle s'était efforcée à une mine affligée, en assurant son peu d'illusion sur le sauvetage de sa Malvina. Alida Chauvin s'était fort récriée, en ouvrant les linges qui l'enveloppaient.

— Ce coup-ci, ma chère petite, j'ai grand peur de n'y rien pouvoir. Et comment que tu as fait ton compte, pour éraler cette coiffe? Je sais bien que le tulle commençait à venir mûr, à force de laver, quand même je ne m'explique pas. Quel malheur!

— Je vous ai dit, Madame Chauvin, je me suis prise dans le cercle de capote, en sautant à bas du cabriolet. Je ne vous l'apporte pas pour rapetasser, juste pour vous montrer le dégât, et vous expliquer la raison pourquoi il m'en faut une neuve.

Alida Chauvin semblait scandalisée. Elle avait levé les bras au ciel lorsqu'elle avait vu paraître Marie, portant dans une serviette sa Malvina dont un large accroc éraflait le fond.

— Et même le pouf, que voilà sensément à la charpie! Ça ma pauvre n'est pas réparable, la moire c'est impossible à saner sans que ça paraisse. Peut-être que je pourrai sauver les pantines... En voilà une perte, c'est-y Dieu possible?

La vieille femme se lamentait, secouait doucement la tête comme on fait à la vue d'un trop jeune cadavre. Marie la sentait prête aux larmes devant le ravage, et elle n'avait cependant nul remords d'avoir délibérément accroché sa coiffe à la capote du cabriolet, en revenant de Niort. Céline et Mousin l'avaient sans doute compris, Mousin avait seulement fait remarquer qu'avec le restant de son coiffi elle pourrait toujours se faire un coin de mouche-nez, en souvenir, si des fois elle tenait en garder! Pour Marie, la déchirure des dentelles et des broderies était tout juste à l'image de ce qu'Adélaïde avait massacré en elle cc jour-là: la douceur à se rappeler leur entente passée, la chaleur de cette amitié qu'elle avait cru un moment retrouver, tous ses espoirs déçus étaient en lambeaux comme la Malvina. C'était un soulagement qu'elle éprouvait à la regarder, le mal était irrémédiable, comme sa propre blessure. Elle n'avait pas envie que se réparent les dégâts ni sur sa coiffe ni sur son chagrin, elle ne désirait qu'oublier.

Ce qui la désolait, en revanche, c'était le tourment visible d'Alida Chauvin qui se chargeait de son entretien, sans accepter le moindre paiement, depuis les temps d'inondation où Marie lui rendait visite chaque soir. La vieille femme se fâchait presque lorsque Marie offrait de l'argent. Elle assurait ne pas vouloir être en reste sur les services rendus, et d'ailleurs ajoutait-elle, c'était considéré de travail de savoir monter une Malvina, cela la poussait de réputation dans sa pratique et c'était une tâche flatteuse pour une lingère ! Elle amidonnait, repassait, tuyautait, scrutait le moindre signe d'usure. Parfois, elle demandait :

— Cherche donc l'endroit que j'ai sané, ça me semblait venir un peu fatigué. Hein, le vois-tu ?

Marie n'avait jamais découvert le raccommodage dans sa perfection : l'aiguille d'Alida Chauvin reproduisait dans leur configuration première les mailles du tulle, les motifs de la dentelle, les reliefs du plumetis. Souvent, la jeune fille s'était dit qu'un jour il n'allait plus rien rester de la Malvina d'origine, elle serait tout entière une reprise patiente et délicate, un cadeau d'amitié et de reconnaissance où l'argent n'aurait plus aucune part, et à ce titre d'autant plus précieux. Marie n'eut pas le cœur d'affliger plus longtemps la vieille femme.

— Bien entendu que vous allez sauver les pantines, pensez donc si j'y tiens, avec tout le mal que vous avez pris dessus !

« Et de même, j'aurai toujours à me rappeler que c'est fait de joie et puis de peine, la vie, tout mêlé, comme sur ma coiffe les sous d'Adélaïde Rougier et la bonté de cœur d'Alida Chauvin. »

Elle eut plaisir à voir un sourire de satisfaction lui répondre.

— Ça vaut la peine, tu sais. C'est le fin du beau, ta

Malvina, elle ne s'est pas moquée de toi, ta jeune patronne, en te payant ça pour ses noces.

— En me payant ça, non...

Alida Chauvin maniait toujours la coiffe, évaluait l'ampleur de la tâche... Elle ne leva pas les yeux vers Marie.

— Tu es jeune, la vie devant toi. Ne te retarde pas, broyer le chanvre à la Grande-Métairie, ensuite le lin, c'est trois jours d'ouvrage du matin au soir. Ça te paiera la moire, pour le pouf. Prends un autre dessin, de même tu croiras une coiffe neuve. La vie devant toi, du caractère que tu es, ça ne sera pas que des mauvais jours...

Qu'avait-elle deviné, pressenti, cette vieille femme solitaire qui se tenait à l'écart des ragots de village? Marie n'osa pas l'embrasser avant de partir, elle en ressentait pourtant l'envie.

Marie aimait se retrouver à la Grande-Métairie. Elle y reconnaissait les bruits et les senteurs qui avaient accompagné son enfance, et les journées qu'elle y faisait au moment des gros travaux lui étaient toujours bonheur, jusqu'à la fatigue qui la jetait le soir sur son lit. Au Chêne-Vert, c'était, en dehors des foires, une atmosphère presque bourgeoise; il manquait à la cour, au jardin, ces odeurs de paille chaude, de vaches, de fumier, et la fraîcheur aigrelette de la laiterie. Dans la maison-maîtresse, les parquets cirés et les cheminées de marbre offraient un calme douillet où il faisait bon vivre, mais rien ne remplaçait pour Marie les dalles de pierre qui claquaient sous les sabots, et l'âtre profond encombré de chaudrons et de marmites, avec en arrière-plan ce parfum de suie et de fumée où elle reconnaissait même les essences de bois.

Aujourd'hui, elles étaient six femmes occupées à broyer le chanvre. L'été n'en finissait pas quoiqu'on fût à la mi-octobre, elles s'étaient installées sous les marronniers qui ombrageaient le fond du pâtis.

— Quand même, mouiller sa chemise, en cette saison !

Juliette Saboureau avait arrêté le va-et-vient de la broie, elle s'essuyait le front.

— Soufflez un peu, mes braves femmes. Avez-vous pas grand soif?

La bie passa de main en main, elle avait conservé dans sa fraîcheur l'eau coupée d'un trait de chicorée, qui désaltérait mieux par son amertume.

— En plus, c'est qu'on ne s'entend pas causer, avec le bruit de ces mécaniques !

Léa Fédy hocha la tête, un travail imposant le silence était fort contraignant. Depuis le lever du soleil, l'unique pause avait été le repas de midi : du froid, s'était excusée Juliette Saboureau, on profitait que les hommes soient le jour entier aux Greux pour faire à la va-vite. Elles avaient toutes assuré qu'elles aimaient ça, se retrouver entre femmes, à manger ce qui tombait sous la main... Le mijet au vin, le bouilli froid en vinaigrette, et les caillebottes coupées en cubes réguliers dans les jattes de terre, trois fois rien mes pauvres, répétait la patronne de la métairie en remplissant les assiettes.

— Du temps de mes beaux-parents, ils n'auraient pas enduré de manger sans soupe. En ont-ils laissé un vide, les bons vieux que c'était...

Juliette Saboureau avait essuyé quelques larmes, en sucrant ses caillebottes. C'était un chagrin sincère qu'elle gardait, Marie en avait la certitude, et non pas ces regrets hypocrites des brus trop longtemps tenues en servitude. Les vieux amoureux étaient défunts depuis l'an passé, elle les pleurait toujours. Le bonhomme était mort le premier, comme sa femme en faisait prière au Bon Dieu. Elle l'avait veillé toute une nuit, sans verser de larmes, demandant juste qu'on la laisse toute seule. Au matin, lorsque sa belle-fille était venue, elle lui avait dit qu'elle voulait dormir un peu en s'allongeant sur le drap, près de lui, à eux deux ils tenaient si peu de place... Elle avait souri et elle avait fermé les yeux en disant :

— Jamais je n'ai été si heureuse.

Juliette Saboureau s'était mouchée.

— Et je n'ai pas tout de suite compris qu'elle était morte, à lui voir cette figure de contentement.

On avait fait un instant silence, à la table, sans tristesse. La mort des Saboureau, c'était une belle histoire, tout le village avait suivi le double enterrement, et Marie avait regretté qu'on ne les eût pas mis dans le même cercueil.

On ne s'était pas attardé dans la fraîcheur de la maison, après le repas. Teiller le chanvre et le lin, à la Grande-Métairie, ça n'était pas une mince affaire ! Les chènevières des Saboureau étaient renommées pour fournir les plus hautes tiges, et l'on assurait que cette famille possédait « le don » pour surveiller le juste point de rouissage, dans une anse dormante de la Sèvre. Aussi loin qu'on se souvienne, les mâles Saboureau ne se laissaient jamais surprendre : le chanvre et le lin, à l'heure et quasiment à la minute près, étaient sortis du royou à l'instant fugitif d'exact pourrissement. Insuffisamment décomposées, les tiges fournissaient des fibres sales et dures. Trop croupies elles s'agglutinaient, donnaient une courte filasse qui se rompait sur les quenouilles. Madeleine pourvoyait Marie en chanvre et en lin de la Grande-Métairie, elle y consacrait la majeure partie de son gage. Blanche Lebrault s'extasiait sur la finesse et la solidité. Elle assurait à Marie que personne n'en verrait le bout, de ses draps de lit et de ses chemises...

— Et même tes arrière-petites-filles, tiens, je suis sûre que ça leur fera encore service.

— Pensez-donc, Madame Blanche ! Savoir si elles en mettront encore, des chemises ! Et d'abord savoir si j'en aurai, des arrière-petits-enfants...

En actionnant la broie qui lui tirait l'épaule, Marie pensait à ces chemises marquées d'un T au point de croix, une seule lettre, il fallait laisser place à l'initiale du futur époux ! Elle avait vu grandir les plantes dans les champs, elle avait extirpé la filasse des tiges pourries, elle l'avait tordue aux veillées. Le tisserand lui avait rendu des pièces de toile, elle avait taillé, cousu, brodé au coton rouge la lettre de son nom. Elle avait vingt ans et elle riait aux imaginations de Blanche Lebrault, ses chemises traversant les années et les générations, et pourquoi pas les siècles — au moins pour en tirer des torchons, insistait la patronne, rien ne vaut le chanvre pour faire briller la vaisselle, pas comme cette saloperie de coton qu'ils s'imaginent de tisser à présent dans les fabriques, pour le linge de maison, et qui laisse des bourris partout !

— Tu ne veux pas boire, Marie ? J'en connais qui sont restés longtemps de même, le bras tendu...

— Faites excuse, Madame Derbord, j'avais la tête ailleurs.

Les broies s'étaient arrêtées, la cruche circulait, Marie avait entendu les conversations sans en saisir le sens... Léa Fédy continuait un discours depuis longtemps commencé, sans aucun doute, elle fit signe à Marie qui lui passait la bie, non non, j'ai déjà bu...

— ... quc ça arriverait hier au soir. Penses-tu, qu'il m'a dit Alphonse, même s'il tombe une ramée ça sera de l'eau qui n'arrivera pas jusqu'à terre. Il avait raison. Quoi donc qu'ils font aux Greux tes hommes, Juliette, que les champs sont croûtés à deux pieds de profondeur ?

— La nouvelle charrue. La Brabant. Ça te coupe et ça te détrevire même la terre sèche. Jean dit qu'avec cette affaire il trouverait moyen de labourer l'église. Le baron, qui a fait venir ça d'étranger. A moitié avec nous autres, naturellement, je te garantis que ça nous tire les bras, je peux pas te dire le prix tu croirais pas. Les yeux de la tête.

Léa Fédy prit l'air vexé, la charrue de la Grande-Métairie faisait l'objet de tous les commérages de Sainte-Néomaye, l'envie se masquait sous les prévisions pessimistes, vous allez voir, ça va sortir les roches de terre, faire monter tout le mauvais du fond, ça nous empêchera pas de rigoler aux prochaines métives !

— Que veux-tu ma pauvre, nous autres on n'arrive qu'en peine prenant, et j'ai vu dire que le froment pousse plus ferme dans la bonne terre que dans les pavés d'église. Est-elle aux mancherons, la grande valette, qu'on ne l'a point vue depuis à matin ? Puisque c'est si aisé à mener...

Marie s'avisa avec quelques remords de l'absence de Madeleine, qu'elle n'avait pas remarquée jusqu'ici. Juliette Saboureau répondit avec gentillesse, comme si elle n'avait pas senti la moindre pique dans les réflexions sur la charrue Brabant.

— Tu veux rire. Non, elle est à la Sèvre, elle essange, c'est le jour. Elle a prétendu de faire collation là-bas, pour moins perdre de temps. C'est qu'il y a gros de linge à décrasser, cette semaine on a changé tous les lits. Je suis sûre et certaine qu'elle a déjà fait trois-quatre tours avec sa brouette, en passant derrière les bâtiments pour pas nous voir. Tant plus va et tant plus qu'elle devient sauvage, on l'agace à causer. Mais pour l'ouvrage une bête de somme, et vous savez comment qu'elle a soigné pépé Guste. Une brave femme, on l'estime tous, même à la trouver des fois un peu... un peu originale.

— Et comment donc ça se fait qu'elle descend toujours à la Sèvre ? Ce lavoir couvert qu'ils nous ont mis à Fontcreuse, moi c'est mon bonheur d'y aller. J'en oublie le mal d'échine, des bons moments qu'on y passe.

— Justement, elle, ce qu'elle préfère mieux, c'est d'être toute seule, alors elle prétend qu'elle veut pas laver dans le jus de crasse des autres, qu'il lui faut le beau courant de la Fosse du Pont-Neuf.

Marie s'attristait à écouter parler de Madeleine. On n'en disait pas de mal, simplement on la jugeait bizarre dans ses comportements, mal intégrée à la communauté féminine du village, dont le lavoir de Fontcreuse était le symbole. Marie quant à elle s'y rendait chaque semaine avec un vif plaisir. Loin de leurs hommes, de leurs enfants et de leurs soucis domestiques, les femmes de Sainte-Néomaye prenaient du bon temps, au lavoir. Elle les avait découvertes portées au rire, voire à la gaillardise. En avait-elle entendu, des plaisanteries « sur ces boutons de culotte qui avaient encore sauté, il est donc toujours au garde-à-vous, ton homme ? Et sur ces taches gâtées à retirer des draps, moi rien que de regarder ça j'ai peur d'être prise, guère étonnant que tu en aies cinq... ». Pour sûr, Madeleine ne pouvait que ressentir de l'agacement en compagnie de ces joyeuses commères. Le « jus de crasse des autres » n'était à l'évidence qu'un prétexte, la source de Fontcreuse coulait d'un débit abondant, et l'eau du lavoir restait limpide. Marie tenta de défendre Madeleine.

— C'est qu'elle a été habituée de même. Toujours toute seule, au ruisseau du bas de l'ouche, à la Colombière. A son âge, c'est dur de tourner ses habitudes.

Juliette Saboureau reprit le manche de la broie.

— On le sait, va, et on lui en veut pas. Et tiens, si elle était avec nous autres, sois sûre qu'on ne s'aurait pas arrêté si long de temps à javasser, elle nous aurait fait grand honte à continuer l'ouvrage toute seule. Dans un petit couple d'heures, s'agira de tremper la soupe. Le salé de notre dernière boucherie, vous verrez, il n'est pas trop dégoûtant.

Marie se remit au travail, dans le bruit saccadé des broies, l'odeur de verdure pourrie. La filasse s'amassait aux pieds des femmes, il n'y restait plus la moindre trace végétale, juste de menus débris de l'écorce, que le filtoupier viendrait peigner de ferme en ferme. Il n'était pas besoin de garder la tête en vigilance, pour broyer le chanvre, Marie était loin du pâtis de la Grande-Métairie... L'appel à la soupe la tira des songeries, elle n'avait pas vu baisser le jour.

Cela faisait une belle tablée, Jean Saboureau, ses cinq valets, et les teilleuses de chanvre. Le patron coupa le pain tandis que sa femme servait la soupe.

— Six femmes que j'ai ce soir, qu'en disez-vous les gars, me voilà bien paré ! Avec une de manque, tout de même, elle est pas retournée de sa laverie, la Chapelaude ?

— Eh non, j'ai tiré les vaches toute seule. Que veux-tu, tant qu'il lui restera une pièce à frotter...

Juliette Saboureau alluma la lampe, pour servir le salé.

— Quand même, la nuit est venue peut s'en faut. Pierre, va-t'en lui dire qu'il est temps de rentrer, à présent. Et tu lui roules sa brouette, pour monter la côte. A cette heure tu ne perdras pas face, personne ne te verra lui remonter son linge. Elle doit avoir l'échine gâtée, à force d'être penchée sur l'eau.

— La Chapelaude ! Madeleine Chapeleau ! Elle n'est plus à la Sèvre...

Ils se regardèrent tous, à la table de la Grande-Métairie, après que le jeune valet Caillebault ait crié l'incroyable nouvelle, depuis la porte. Il y eut un instant de silence, lourd d'une question que nul n'osait formuler, comme si les paroles pouvaient donner réalité à ce qui n'était encore qu'un doute, comme si les mots suffisaient à basculer l'inquiétude, à la pousser vers l'horreur. C'était un moment de si pesante angoisse que Marie n'y put résister.

— Ses sabots ? As-tu trouvé ses sabots ?

Posés sur la margelle du puits, soigneusement rangés au bord de la rivière, les sabots des femmes ou le chapeau des hommes restaient comme une signature. Par un dernier message aux vivants, ils affirmaient le choix délibéré de la mort. Dans une ultime solidarité, ils indiquaient de ne point perdre son temps aux recherches : c'était en ce lieu qu'il convenait de sonder, de fouiller, dans cet endroit qu'on allait retrouver leur corps délivré des souffrances qui ne s'étaient pas exprimées. On pleurait, on se lamentait. « Si seulement il nous en avait causé, pourquoi n'a-t-elle jamais dit, la malheureuse ? » Le plus souvent, le curé ou le pasteur fermaient les yeux, feignaient de consentir à l'accident : un tournement de tête, une faiblesse... Il n'était que les pendus à refuser d'avance l'ambiguïté du sacrement, et c'étaient toujours les hommes qui se pendaient. Au-delà du chagrin, on leur gardait longtemps rancune dans les familles. « Il aurait pu penser à nous autres, qui restons avec la honte... »

La réprobation se lisait dans tous les yeux fixés sur Marie. Juliette Saboureau se signa, comme pour éloigner le malheur qui risquait prendre corps au seul fait de l'évoquer.

— Si j'ai trouvé ses sabots ? Qu'oses-tu songer ? Non non, pas de sabots. Tout son linge bien arrangé dans la brouette, le garde-genoux par-dessus, le savon, le battoir. La brouette sur le chemin, tournée prête à revenir. Et personne, j'ai huché longtemps.

Jean Saboureau se leva, évita le regard de Marie.

— Les gars, éclairez toutes les lampes d'écurie, on part à la chercher. Ça lui est déjà survenu un couple de fois, pas vrai Juliette ?

— Oui bien, après tirer les vaches, deux-trois coups que je l'ai retrouvée au fond du pâtis, la tête capée dans les bras, à marmuser toute seule. Ça lui passait dès que j'arrivais, elle me disait : faites pas cas, patronne, c'est la lune qui me travaille longtemps. Après, elle se tenait plutôt mieux causante, pour un petit de temps.

Les valets étaient revenus avec les lanternes, Pierre Caillebault tremblait en allumant la sienne et Marie se dit que lui aussi, il avait osé songer...

— Donnez-moi une lampe, Monsieur Saboureau, je veux aller avec vous.

Il hésitait, regardait sa femme.

— Elle a raison, Jean, il vaut mieux qu'elle aille. Madeleine Chapeleau sera mieux remontée de se trouver avec elle. Face à vous autres elle se sentira honteuse, pauvre femme. Prenez de chaque côté du Pont-Neuf, et toi Marie, avec Pierre vous monterez le coteau vers le bois. Je suis certaine qu'elle y est, mottée sous un arbre, la malheureuse, qu'est-ce qui peut lui passer à la tête ? Jeanne, tu iras prévenir au Chêne-Vert,. mais qu'on ne batte pas tambour dans le village, ça me contrarierait.

Ils se séparèrent à la rivière, Marie refusa que le jeune valet l'accompagne. Seule, elle voulait être seule, elle n'avait pas peur. Elle mit suffisamment de persuasion dans sa voix pour que personne n'insiste, elle vit les lumières s'éloigner le long des berges.

Sur la brouette de Madeleine, le linge jetait une lueur bleutée dans la nuit, il avait l'air d'attendre son retour. Elle l'avait entassé avec soin, il luisait de cette blancheur qui était sa fierté, et elle allait revenir en disant : « Ne fais pas cas, Marie, c'est la lune... »

Ce n'était pas une forêt touffue qui couvrait le coteau, juste un bois taillis où les rayons de la lune pénétraient. De loin en loin un arbre s'élevait, s'entourait d'une ombre épaisse que la lanterne balayait faiblement. Marie connaissait chaque fourré, chaque arbuste de cet endroit pour s'y être promenée souvent, les dimanches. La nuit c'était un autre monde qu'elle découvrait, les oiseaux s'étaient tus, la sauvagine était en chasse. La moindre tige d'herbe, chaque feuille ou brindille se détachait un moment, prenait un relief inconnu et tourmenté, disparaissait et revenait au balancement de la lampe qu'elle levait à bout de bras, ramenait au ras du sol pour éclairer un coin obscur sous des branches basses. Elle n'appelait pas, il lui semblait que Madeleine allait s'enfuir, se cacher plus profond si elle entendait crier son nom.

Marie avait chassé de son esprit l'idée funeste qui l'avait d'abord traversée; les paroles rassurantes de Juliette Saboureau l'avaient remontée d'espoir. Madeleine — cela lui était déjà arrivé à la Grande-Métairie — avait dû vivre un bref moment d'égarement, et elle avait fui devant quelque chose d'inconnu et d'indicible, qui s'était emparé d'elle. On assurait que les dons à soigner, à guérir, que les savoirs secrets des conjurations s'accompagnaient souvent de singularités, de comportements étranges. Chapeleau qui levait le feu des brûlés, Chapeleau la rebouteuse... Quelque part au milieu des fourrés elle était assise dans le noir, avec l'expression d'absence que Marie surprenait de plus en plus souvent sur son visage. Lorsqu'elle voyait à Madeleine cette figure refermée, elle regrettait les gronderies et les bougonnements dont s'enveloppait autrefois son affection. Marie s'arrêta, tendit l'oreille. « Je l'ai retrouvée au fond du pâtis, à marmuser toute seule... » Nulle voix n'arrivait des profondeurs du bois, rien ne troublait la paix de la nuit, juste des froissements et des courses menues de bêtes dérangées.

Marie reprit sa marche, s'efforçant de ne point faire craquer les feuilles sous ses sabots. Elle eut conscience de l'absurdité de cette précaution, la lampe pouvait suffire à alerter Madeleine, et d'ailleurs pourquoi se serait-elle cachée à son approche ? Ce silence auquel Marie s'obligeait ajoutait à l'angoisse, à l'attente. Elle se mit à appeler en forçant sa voix à la gaieté.

— Où donc tu te caches ? Ho ho !

Elle criait ainsi, quand elle partait à la recherche de Madeleine qui menait paître les chèvres de la Grande-Métairie, lorsque les travaux des champs étaient moins pressants. Marie finissait par la découvrir dans les sentes les plus reculées, dans les endroits où nulle autre femme du village ne risquait venir. Elle était assise au creux d'une haie, ou debout derrière un tronc d'arbre, il fallait arriver sur elle pour la voir.

— Heureusement que les biques sont moins cachillouses que toi, Madeleine. C'est la chevrette blanche qui m'a montré le chemin. Pourquoi tu ne vas pas vers Mie, ou Font-Ramier, c'est là que sont les autres femmes.

— Elles me vassent, elles me crèvent avec leurs histoires de jeunesse et leurs quarres de voisinage. Et toi, pourquoi donc tu viens causer avec une vieille bonne-femme, la Céline est-elle donc partie, et ta merveille du monde de filleul ?

Marie changeait de conversation, faisait mine de n'avoir pas saisi l'amertume de jalousie. Madeleine, à qui l'on devait l'heureux aboutissement de cette venue au monde, s'était détournée de l'enfant qu'elle avait tiré à la vie. Malgré les efforts de Marie, elle n'avait pas assisté au baptême, elle n'avait jamais montré le moindre intérêt pour Jean-Landry, sinon pour affirmer :

— Un rouquin, a-t-on idée ? Rien de bon, je prévois pour lui. Il l'a dit, le docteur, un enfant de vieux...

Jean-Landry était superbe avec sa chevelure de flamme, et sa mère qui se refusait tant à être rousse se lamentait d'avance à l'idée que la teinte en puisse foncer, ou éclaircir avec les années. Marie gardait un fond de rancune face à l'injustice de Madeleine dans ses jugements sur son filleul. Elle en vantait à chaque occasion la vivacité d'esprit, la beauté de visage, et par-dessus tout l'éclat de ses cheveux. Madeleine répondait aigrement :

— Tu verras, tu verras, quand il va piveler... Dirait-on pas que c'est le premier et le seul drôle venu au monde, ton filleul ?

Marie tâchait alors de parler d'autre chose, se creusait la tête pour trouver un point d'intérêt susceptible de dériver les humeurs de Madeleine. C'était toujours peine perdue. La Colombière ? Qu'on ne lui en parle surtout pas, fini, mort, enterré... La dernière histoire du Grand Mousin ? Ça ne l'étonnait pas de lui, grand fi de garce, et ça prétendait élever un drôle... Marie avait même essayé, sans aller au fond de l'affaire, d'évoquer sa rencontre avec Adélaïde : Madeleine, autrefois, montrait de l'amitié pour la jeune fille.

— Tu as du temps de reste, ça se voit qu'on te traite demoiselle, au Chêne-Vert. Que veux-tu que ça me fasse, quatre volants à sa robe ? Ose donc me dire en face qu'elle a demandé de mes nouvelles. Ose donc.

Marie n'avait pas réussi à proférer ce mensonge, elle avait bafouillé, était vite partie, avec l'impression que petit à petit Madeleine se retranchait dans un isolement choisi, déterminé, et que l'affection ni la reconnaissance ne pouvaient plus ouvrir la moindre brèche dans cette muraille. Et c'était si pesant, cet effort toujours renouvelé et toujours inutile, que Marie se rappelait avec désespoir n'avoir pas remarqué l'absence de Madeleine parmi les teilleuses de chanvre, et elle se demandait si cette distraction n'était pas le signe d'un soulagement inavoué.

Marie redescendit vers le chemin. Loin, vers la

Corbelière, elle voyait bouger les lanternes... Elle s'assit sur un bras de la brouette, elle frissonna en posant sa main sur le linge humide et froid.

La Sèvre avait baissé, durant l'été de canicule. En certains endroits, elle n'était plus qu'un filet d'eau courante. Dans les boucles où son lit s'élargissait, elle stagnait comme l'eau des mares. Les piles du Pont-Neuf mises à sec jusqu'aux roches où elles étaient ancrées, révélaient des végétations grisâtres de mousses que la sécheresse avait brûlées. Et juste à quelques mètres, à l'aval des vieilles arches, un lent remous marquait la Fosse.

A cet endroit, les bateaux des poseurs de nasses ne s'écartaient pas de la berge. On laissait la rame, on crochait le bord, et les hommes assuraient que malgré ces prudences extrêmes ils sentaient le courant de la Fosse du Pont-Neuf qui tirait, suçait, aspirait. Des récits demeuraient en mémoire, au fil des générations : des attelages versés dans le gouffre et jamais retrouvés, des noyés qui ne remontaient plus, des gaffes qui ne pouvaient atteindre le fond, si longues qu'on les choisît.

Près de la berge, l'eau demeurait claire et coulante sur son lit de galets. On faisait grand peur aux gamins, qu'ils n'aillent point patauger dans ce bord pour y pêcher les vairons et les loches : comme au fond des puits, il s'y tenait une bonne-femme qui allait les entraîner de l'autre côté de la terre, elle était à les guetter, à deux pas de la rive ; on l'entendait chanter la nuit lorsqu'elle avait pris un petit enfant...

C'était à cet endroit de la rivière que Madeleine Chapeleau aimait se rendre pour laver, elle était sûre de n'y être point dérangée. Il arrivait qu'un enfant fasse remarquer que la bonne-femme de la fosse n'était point si mauvaise, à preuve qu'on pouvait y gassouiller en tranquillité, comme la grande valette aux Saboureau...

— Si je t'y trouve, je te tanne les fesses que tu te

souviendras longtemps. La Chapelaude elle est sorcière aussi, elle lui cause à la bonne-femme, elles se connaissent...

Madeleine avait frotté, brossé, battu toute la journée sous le soleil. Plusieurs fois elle s'était redressée, elle mouillait son front et son bonnet, elle se sentait la tête vide. A la fraîcheur de l'eau ses idées peu à peu se remettaient en ordre, elle essangeait le linge de la Grande-Métairie, il fallait se garder de lâcher un morceau dans le courant : ce trou là-bas lui avait par deux fois emporté une menue pièce de linge, elle l'avait vu disparaître en tourbillonnant.

Elle avait enfin terminé, tordu le dernier drap, la toile mouillée était lourde, pesante comme une vie. Elle entassa le linge dans la brouette, elle cala le battoir, le savon, dans le garde-genoux. Elle n'avait plus d'énergie... La roue de la brouette s'enfonçait dans le sol détrempé d'éclaboussures. Madeleine n'avait plus de forces, elle poussait, tirait, la brouette restait sur place.

Elle se mit à genoux et elle creusa la terre... Les petits doigts s'ouvraient, se fermaient. Entre ses jambes du chaud coulait toujours, il fallait bouchonner d'une poignée d'herbe, et creuser, creuser profond surtout, pour que les bêtes ne déterrent pas, à l'odeur du sang. Si bien faites, les petites mains... Elle piétina longtemps, la terre entrait dans les yeux, dans la bouche, une fille, c'était une fille. C'était Marie.

Elle se réveilla d'un coup du cauchemar, regarda avec horreur ses mains souillées de boue, les frotta sur son devantier. Plus rien ne pouvait l'arrêter, ni son affection pour Marie, ni la crainte d'un enfer auquel elle se savait de toute façon destinée. Elle prit une chemise dans la brouette, l'enroula ferme autour de son bras droit, elle cala ses pieds au fond de ses sabots, et c'était son dernier geste d'amour envers Marie.

Elle entra dans l'eau calmement, elle n'eut que quelques pas à faire. Elle se laissa aller lorsqu'elle sentit le tourbillon qui la happait, elle ne se débattit pas, les petits doigts s'étaient remis à bouger. Les mains si bien formées qui remuaient encore lorsqu'elle avait jeté la terre dans le trou, cela faisait juste vingt ans...

— On reprendra demain, dès la pique du jour. Lève-toi, Marie. Toi Pierre, tu roules la brouette.

Marie secoua la tête, elle voulait rester, Madeleine allait revenir. Depuis le temps qu'ils la connaissaient, la croyaient-ils capable de laisser son linge à l'abandon ? Jean Saboureau posa la main sur son épaule.

— Elle était drôle, à des moments... Tu as entendu ce qu'elle disait, la patronne ? Viens. Elle semblait si loin partie, des fois... Ses idées, je veux dire.

— Mais regardez, elle avait fini ! Oh ! non ! Non !

Marie criait de l'angoisse reparue, elle demeurerait s'il fallait la nuit entière : quitter le bord de la rivière, ramener à la ferme le linge de Madeleine, c'était consentir à l'inacceptable, c'était reconnaître qu'elle était quelque part dans cette eau noire, qu'on n'y pouvait plus rien, la Fosse du Pont-Neuf la tenait pour toujours.

— Je l'attends, elle va revenir. Je ne bougerai pas d'ici. Laissez-lui sa brouette, Monsieur Saboureau, je vous en supplie. Vous voyez bien, ses sabots ne sont pas sur le bord.

Elle surprit un regard échangé entre Jean Saboureau et son va-devant, une expression de pitié, laissons-la se faire à l'idée...

— Entendu, on s'en va et toi tu demeures à l'attendre. Si dans une heure vous n'êtes pas rentrées toutes deux...

Il ne finit pas sa phrase, d'ailleurs Marie n'écoutait plus, elle les vit s'éloigner avec soulagement. La lune était maintenant en son plein, elle souffla sa lanterne, elle n'en avait plus besoin. Elle ferma un instant les yeux, elle entendait l'eau couler avec un bruit d'éternité.

Landry Rebeyrolles était occupé au cellier, à soutirer du cidre, quand il entendit Céline s'exclamer d'une voix atterrée :

— Dieu protège, quel grand malheur ! Sainte-Vierge !

Il n'était pas dans les manières de Céline d'invoquer le Bon Dieu, sa mère et ses saints... Il fit tomber des bouteilles dans sa précipitation à courir vers la cuisine. Jean Saboureau se tenait à la porte, Céline avait porté les mains devant sa bouche comme pour retenir un cri.

— Marie ? Il est arrivé malheur à Marie ?

Il lui sembla que s'écoulaient des heures avant qu'il comprenne les protestations mêlées de Jean Saboureau et de Céline. Il savait Marie à la Grande-Métairie, aujourd'hui, pour le chanvre... Qu'avait-elle entrepris, la risque-tout, la batailleuse, la fille de la fourche à loup ? Un taureau échappé ? Un seau tombé au puits ? Un chien gâté entré dans la cour de ferme ? Il eut honte de son soulagement lorsqu'enfin il saisit : Saboureau avait laissé Marie au bord de Sèvre, seule dans la nuit, à attendre Madeleine qui avait disparu après sa journée de laverie.

— Et j'ai pensé que c'était vous seulement, Rebeyrolles, qui pouviez la mettre à raison et la ramener doucement, en la préparant à la peine. Parce que moi j'en suis certain, la Chapelaude elle s'a détruit. Avec Juliette on le disait toujours : pauvre femme elle porte le malheur sur la figure. Que pourtant on la traitait bien, vous le savez. Elle est restée au bord, Marie Therville, elle s'acharne à prétendre que du moment qu'on n'a pas trouvé les sabots...

L'anxiété avait laissé place à la colère, dans la tête de Landry Rebeyrolles.

— Pour sûr qu'elle a raison, la fillette ! La Chapelère, je la connais depuis plus de trente ans, une emmerdeuse, une sorcière de mon cul ! Elle est à cueillir des herbes dans le bois, celles qu'il faut ramasser du temps de pleine lune, sans s'occuper du souci qu'elle peut faire à...

— Tais-toi donc, Landry

Céline l'avait interrompu sur un ton de douceur qui ne lui était pas coutumier, elle le regardait avec un air de désolation et de reproche.

— Tu oublies vite, Limousin. Où donc il serait ton drôle, sans Madeleine ? Et Marie, qu'elle a sauvée de devenir la catin de Simon Rougier ?

Il y avait longtemps qu'elle ne l'appelait plus Limousin. Quelquefois, en plaisanterie, en gaieté, en tendresse de lit, elle lui disait encore : Mousin, le Grand Mousin, tu me fais mourir à tes histoires, arrête... En cet instant, ce nom remonté du passé sonnait comme une injure malgré le calme de la voix. Jean Saboureau tortillait son bonnet, visiblement à l'embarras d'assister à cette scène entre les époux, plus violente d'être si modérée de langage.

— Faites excuse, Saboureau, et toi aussi Céline. La peur, qui m'a mené à déparler. Avec Madeleine on avait... on a souvent des fortes piques, tous les deux, pourtant elle sait que je l'ai en estime, et en reconnaissance éternelle. Mais je pense tout comme Marie, elle s'en va revenir. La petite, je vais la renvoyer au Chêne-Vert, et moi je la trouverai, la Chapeleau. A coups de pied au train, je la ramènerai... La garce !

Cette fois Céline ne protesta pas, elle devait sentir qu'à travers la grossièreté et la colère c'était son angoisse qu'il conjurait, et aussi ses remords. Il refusa la lampe qu'elle lui tendait, l'embrassa avant de partir.

— Va vite, Landry...

En courant sur le chemin, il se retrouva loin en arrière dans le temps, lorsqu'il s'était élancé vers les hurlements d'une enfant qui se battait contre une louve, à coups de bâton. Autour de lui, alors, on criait au loup, les appels montaient des champs, des landes. Dans la nuit douce d'octobre, cette fois, il n'y avait que le calme et le silence, et soudain il eut la certitude que Madeleine était morte. Il arrêta sa course et descendit lentement vers la rivière...

Marie s'était levée, portée d'espoir au bruit des pas. Elle le reconnut de loin tant la nuit était claire, se rassit sur le bras de brouette. Même le Grand Mousin n'allait pas réussir à la persuader, elle voulait rester, en partant elle abandonnait Madeleine. Elle tourna la tête pour ne pas rencontrer son regard. Il s'assit en face d'elle, resta silencieux, elle en éprouva de la reconnaissance. Au bout d'un long moment, elle parla la première, elle n'en pouvait plus de ce clapotis d'eau qui lui emplissait les oreilles.

— Elle était prête à revenir, tout bien rangé sur sa brouette. Et ses sabots...

Brusquement elle eut l'impression d'avoir radoté cent fois sur la brouette, le linge entassé, les sabots qui n'étaient pas posés en vue sur la berge, et elle eut la certitude de s'accrocher en vain à ces signes dérisoires ; Mousin qui se taisait toujours portait la preuve de leur inconsistance. A la moindre lueur d'espoir il aurait appuyé de promesses réconfortantes, d'assurances optimistes, il ne disait rien, il regardait la rivière. Marie se sentait la tête pleine de larmes qui ne voulaient pas couler.

— Ça fait trois jours que je ne l'ai pas vue. Ce matin, j'ai passé chez Alida Chauvin, on a parlé longtemps, toutes deux. Elle en a vu de la misère, la vieille Alida, et pourtant elle demeure causante, elle s'intéresse. Avec Madeleine je n'arrivais plus, et surtout...

Elle s'entendit prononcer : je n'arrivais plus... Tout au fond d'elle-même existait donc l'évidence qu'elle en avait fini avec ces tentatives vaines de ramener Madeleine à poser son regard sur la vie, sur les autres, et non pas sur quelque chose en elle d'insurmontable et de démesuré.

— Et ce matin, en teillant, je n'ai pas un moment pensé à elle, même pas rendu compte qu'elle n'était pas là. Peut-être il aurait suffi que je lui cause, quand elle ramenait ses brouettées de linge en se cachant de nous. Toute ma vie à me reprocher ça...

Elle pleurait à présent, dans la certitude que Madeleine n'était plus, qu'elle avait choisi d'en finir. Mousin lui avait pris la main, la serrait sans rien dire. Il ne parlait pas de revenir au village, elle le sentait prêt à rester là toute la nuit.

— Ça n'aurait rien changé, Marie. Madeleine, si tu savais ce qu'elle a enduré de l'existence. Des fois, je me dis : pas possible, le Bon Dieu doit regarder ailleurs, à laisser venir tant de misère sur une femme. Tu n'imagines pas, la vie de Madeleine...

— Je sais, elle m'avait dit. Une fille, du père Lhoumeau, morte avant de naître. Juste mon âge...

— Et tous les autres avant, avortés de ses tisanes... On ne faisait pas cas, on la voyait revenir des champs les yeux creux, la bouche toute blanche, on disait : té, la Chapelère, elle a encore réussi son coup à le semer derrière une palisse ! Les salauds qu'on était... Voilà vingt ans, c'était venu à terme...

Il s'était arrêté de parler, se tenait la tête dans les mains.

— Quand tu me causes de honte, pour avoir oublié Madeleine à matin, si tu savais ce que j'ai de tant plus lourd sur la conscience...

— Tu veux dire que toi aussi ? Avec Madeleine ?

Il ne montra nulle colère et nul étonnement, c'était une question de femme qu'elle venait de poser à celui dont elle se sentait depuis si longtemps la fille, et il secouait la tête avec lassitude.

— Non, Marie. Madeleine elle a connu un seul homme. Et moi je ne suis pas grand-chose, mais je me suis toujours gardé de porter ce malheur à une femme, j'ai trop vu pâtir ma pauvre mère. Les filles de rencontre, les amusements d'un jour, chaque fois je leur ai épargné.

Il fallait à Mousin la tête brouillée de douleur pour faire d'aussi intimes confidences à la « petite », à la « fillette », Marie eut peur soudain de ce qu'il allait lui apprendre.

— Quand Jean-Landry est né, on a cru qu'il fallait le... le sacrifier pour sauver Céline. Elle ne voulait pas, Madeleine. Et moi je lui ai dit : tu as abouti déjà une fois, tu l'as fait périr, ton champi, il ne demandait que vivre... J'étais fou de malheur, mais ça ne suffit pas d'excuse.

Il y avait dans sa voix une telle détresse que Marie pensa à lui d'abord, à ce boulet qu'il allait porter la vie durant. Madeleine à présent n'avait plus besoin de secours, besoin de rien où elle était allée, pas même de la vérité... C'était Mousin en cet instant qu'il fallait délivrer. Elle s'entendit parler avec un accent de persuasion et d'évidence, les mots venaient tout seuls et elle n'avait aucun remords. Elle le connaissait assez, elle imaginait à quels excès avait pu le porter l'angoisse de perdre Céline, elle devinait les désespoirs et les repentances qu'il en avait ensuite exprimées.

— C'est donc ça ? Presque en riant, elle m'avait raconté : « Pardon, pardon à toi Madeleine, qu'il me disait ! Je l'ai toujours cru dévirolé de tête, ton Limousin, mais là du coup il m'a fait peur, à me demander pardon comme au Bon Dieu, je me suis dit il va rester dérangé jusqu'à la fin des jours, d'avoir réussi de faire un drôle, croirait-on pas ? » De mon avis, elle était trop sous l'émotion, elle n'aura pas compris, heureusement...

Il lui releva la tête, la regarda avec intensité.

— Tu peux me jurer ça, Marie ? Me le jurer devant Dieu ? Je te connais bonne chrétienne...

— Devant Dieu, je te le jure.

Mousin l'avait dit tout à l'heure en soupirant, parfois le Bon Dieu devait regarder ailleurs... Il s'était détourné des malheurs de Madeleine, il l'avait laissé dériver dans le désespoir, il pouvait bien fermer l'oreille à ce parjure d'amitié et de reconnaissance.

— Pardon à toi, oui, c'est juste ce que je lui ai dit...

Dans son déchirement, Marie trouva une douceur à voir Mousin se passer la main sur le front, comme après une douleur trop vive, un épuisement dont on demeure abasourdi d'être délivré. Ils restèrent à regarder l'eau, ils n'attendaient plus.

— Ma mère, Mousin... C'était une servante aussi. Et ça me revient en mémoire de ce que la mémé Gâtard lui faisait tant reproche, et que je ne comprenais pas à ces moments.

— Ta mère Marie-Madeleine, oui, une servante engrossée. Et avant elle sa mère, Jeanne Béguier, Céline m'a lu ton acte de baptême. Et pareillement la mienne, Antonine Rebeyrolles. Et Amélie Chapeleau, la mère de Madeleine... Réprouvées comme putains si elles gardent leur fruit, sorcières et damnées si elles savent le perdre. Pas d'autre choix.

Il eut peine à tirer la brouette de l'ornière où elle était enfoncée. Marie le suivit, elle consentait à quitter la Sèvre, la voix du Grand Mousin traînait derrière eux tout un cortège de douleurs.

— Ecoute, Mousin. Mes parents ne sont plus à Chaussauvent. Adélaïde est allée les voir à Bouchetout. Et ma mère, elle lui a...

— Je sais. Céline m'a tout dit. Ta mère, Marie-Madeleine...

Ils arrivaient aux premières maisons quand ils virent les lumières des lanternes. Jean Saboureau ôta son bonnet, fit le signe de croix, comme si en place du linge il avait vu la dépouille de Madeleine.

— Que le Bon Dieu la prenne en pitié!

Mousin posa la brouette, il ne se signa pas.

— Il serait temps qu'il lui donne enfin miséricorde. Il a gros de retard, pour Madeleine Chapeleau.

Il mit sa main sur l'épaule de Marie.

— Et pour d'autres aussi, qui ont pâti tout autant qu'elle.

Pierre Therville, journalier

Marie-Madeleine venait de jeter son eau de vaisselle devant la porte... Ils n'avaient plus de cochons à nourrir d'eaux grasses, depuis longtemps, et d'ailleurs les rinçures d'écuelles et de chaudrons ne portaient guère que des traces de suie et de cendres. Elle eut peur lorsqu'elle vit paraître le couple, à l'échalier : une belle femme en robe brillante, un homme vêtu d'une redingote grise. Ils discutaient, l'homme faisait non, non, de la tête. Il leva la barre de l'échalier, la femme entra seule dans le pâtis. Marie-Madeleine recula dans l'obscurité de la maison.

— Pierre... Une femme arrive.

Pierre Therville demeura plus interdit d'entendre sa femme lui parler que de recevoir l'annonce de cette impensable visite dans leur maison perdue de Bouchetout.

Il lui avait fallu consentir à vendre la maison de Chaussauvent pour cinq fois moins que n'en valaient encore la masure sur son bout de terre, les granges écroulées, les étables où ne subsistaient plus ni toitures ni portes... Pierre Therville n'avait pas discuté. Le seul acheteur qui se fût présenté avait fait ressortir qu'il se chargeait ainsi d'une source de tracas et non de prospérité : tout était à jeter bas, et le charroi des pierres allait lui coûter davantage que ne rapporteraient les cinq à six moutons qu'il comptait faire pâturer dans l'enclos. En toute fin, le brave homme avait même assuré qu'il préférait de beaucoup voir Pierre Therville refuser ces soixante francs, offerts de générosité, en souvenir du vieux Gâtard.

Il avait vendu trois chèvres, les dernières, pour joindre à cent francs. C'était le prix que demandait le propriétaire d'une ruine sise à l'écart du hameau de Bouchetout. Cent francs en sus desquels Pierre Therville devait lui fournir, durant dix ans, cinquante journées de travail par année à son moulin de la Chênebaudière, dans les temps où l'abondance de mouture demandait que les meules tournassent jour et nuit.

— Cinquante journées, c'est façon de dire. Ce sera la nuit que tu me seras d'utilité. Tu me sembles assez fort pour ne pas mourir avant la fin de ta dette, dans dix ans la maison est à toi pour une bouchée de pain. C'est le cas de le dire, puisque tu recevras même en juste salaire, chaque matin, trois livres du meilleur son. Tu n'as pas à te plaindre.

Pierre Therville ne s'était pas plaint, il avait seulement ressenti ce tutoiement comme une morsure. Pierre Therville, journalier... Il allait devoir s'habituer : un journalier ce n'était guère plus qu'un chemineau. Simplement, on savait le trouver quand besoin en était. La différence avec les besaciers, les porteurs du fusil de toile, tenait uniquement au fait que lui vivait entre quatre murs, et non pas au creux des fossés.

Quatre murs, si l'on pouvait dire... C'était une très ancienne bâtisse, étable ou bergerie, depuis longtemps désertée de bétail quand le meunier la lui avait vendue. Elle était pavée de pierres debout, et l'odeur tenace du fumier y était demeurée à travers le temps. Une lucarne sans vitre, une porte sans loquet, une seule pièce cernée des auges de pierre qui restaient des anciennes mangeoires. Il avait dû construire un foyer, monter une cheminée en se servant des pierres d'un appentis écroulé. Elle fumait beaucoup. « Une cheminée... Tu n'as pas à te plaindre. » Marie-Madeleine y cuisait le pain de son, faute de four.

Au début, ils avaient enduré des délabrements de ventre, à consommer ce pain. Pierre Therville s'était souvenu de celui que l'on boulangeait avec le son, pour nourrir la porcherie, aux temps heureux où il vivait seul avec sa mère, à Chaussauvent. C'était le pain des cochons qu'il mangeait à présent, encore le mode de cuisson l'empêchait-il de lever, de gonfler, de venir moins compact : Marie-Madeleine ne retirait des braises que des galettes dures et croûtées de cendres, qu'il fallait mâcher longtemps. Dans la soupe, elles se défaisaient, donnaient une bouillie brunâtre qui n'apaisait guère la faim. Lorsqu'il obtenait la grâce de quelques journées dans une ferme, Pierre Therville retrouvait le goût du pain de froment, du salé, du fromage... Avec le peu d'argent qu'il recueillait, il achetait du sel, du méteil. Le pain de son un moment devenait moins grossier. Pour épargner plus longtemps le mélange d'orge et de blé, Marie-Madeleine y ajoutait des feuilles d'orties coupées menu.

Elle avait quitté Chaussauvent sans rien exprimer, ni tristesse ni soulagement. La Gâtarde était morte, mais ce qu'elle avait engendré de désolation, de désespoir et de soumission en Marie-Madeleine n'avait pas disparu du même temps qu'elle. Et cependant, en poussant la charrette que tirait Pierre Therville, Marie-Madeleine avait jeté un regard vers la grange. La petite Marie était juchée sur les baluchons, dans le tombereau. L'autre, la première, elle était née là-bas, dans la grange au fond du pâtis. Trois longs mois dans la paille elle l'avait nourrie. Quelque chose s'était éveillé en elle au premier sourire de l'enfant, une vague émotion jamais retrouvée. Et c'était alors que Pierre Therville les avait ramenées à la maison, avait humblement supplié sa mère de consentir au mariage. L'enfer s'était à nouveau refermé sur Marie-Madeleine, elle s'était détournée de l'enfant de son malheur, elle l'avait vu partir sans savoir reconnaître si elle en éprouvait chagrin ou apaisement. La vie pour elle avait continué dans la haine vigilante de la vieille Gâtard.

A présent ils étaient seuls, à Bouchetout, Pierre Therville et Marie-Madeleine. Elle ne savait même plus quel âge avait Marie la première ; cette vie sortie d'elle dans la douleur et dans l'effroi, elle ne savait plus rien de sa destinée. Et jamais elle ne demanderait à cet homme qui ne la touchait plus, qui s'écartait au bord du lit comme on fait pour éviter le contact des bêtes venimeuses. Si faible toujours sous la volonté de sa mère, il avait bravé un moment les interdits de chair, il avait désiré une femme. Ensemble ils avaient connu cette joie extrême des corps durant laquelle s'oublient les maux, les misères. Maintenant qu'elle était morte, à présent que son bâton pourrissait dans les ronces de Chaussauvent, la Gâtarde était là entre eux deux à jamais, et à jamais Marie la première, la fille de leurs premiers élans, vivait loin d'eux, étrangère, perdue... Il arrivait que Marie-Madeleine, dans ce silence où peu à peu se diluaient ses pensées, soit traversée brusquement par la vision d'un visage d'enfant, un regard, un bras qui se levait pour écarter les coups. Elle essuyait des larmes qui avaient coulé sans qu'elle en ait conscience, c'était comme l'écho lointain d'un amour disparu avant que d'être ressenti.

Lorsque la belle dame était repartie au plus vite, visiblement dans la frayeur des brutalités dont elle venait d'être menacée, Marie-Madeleine était restée prostrée sur la pierre de l'âtre. Elle s'était enfin relevée, il fallait préparer la soupe. Elle ne l'avait pas vu s'approcher, depuis si longtemps ils évitaient entre eux le moindre regard. Ils s'étaient retrouvés à pleurer l'un contre l'autre, et elle l'entendait qui disait son nom pour la première fois, et il refermait ses bras sur elle en répétant : Marie-Madeleine, Marie-Madeleine...

Le jour où le Grand Mousin trinqua pour une Espagnole

11 juin 1857

— Tu penses si ma sœur doit se morfondre à imaginer ce tintouin, au fond du lit depuis deux jours !

Céline était penchée dans l'âtre de la cheminée, elle s'essuya le front au coin de son devantier, et Marie s'avisa ne l'avoir jamais vue ainsi, enveloppée de toile bise et les manches haut troussées sur les bras.

— Et mon beau-frère qui assurait : ça sera une toute petite foire, un 11 juin c'est trois fois rien de pratique ! Bien entendu, il disait de même pour lui lever le tracas. N'empêche, je prévois cent vingt. Jusqu'à cent trente on accote, mais s'il en arrive dix de mieux il faudra taper dans les jambons et les... Jean-Landry, tiens tranquille, j'aurai quand même le temps de t'échauffer le derrière, si tu continues. Remets tout à l'ordre, et vivement !

Jean-Landry avait entassé des tabourets, des chauffe-pieds, un banc, dans un coin de la salle d'auberge où s'activaient sa mère, Marie, Alida Chauvin et une demi-douzaine de femmes de journée. Il était marchand de mules, il fouettait ses bêtes avec une badine, et cinglait pareillement l'acheteur hésitant, représenté par une chaise entortillée d'un chiffon rouge. Le « monsieur d'Espagne » ne voulait rien savoir.

— Dix sous, pour une mule sans tête ? C'est trop de sous pour moi Monsieur Jean-Landry.

— Alors je vous jette par terre, Monsieur d'Espagne.

L'écroulement sonore du bétail et du client venait de provoquer la colère et les menaces précises de Céline, qui remontait le mécanisme d'une broche. Marie arrosait les volailles avec leur jus recueilli dans la lèchefrite. La chaleur était intense auprès des braises et expliquait sans doute l'irritation de Céline face au mince dégât de quelques tabourets renversés. Marie savait la ramener vite au sourire : tout vif qu'il était, Jean-Landry n'avait rien de ces gamins inventifs en bêtises et catastrophes, et qu'il convient de garder toujours à l'œil.

— Pensez donc, Madame Céline : avec cette chaleur, les mules de mon filleul elles sont parties à la fouildre, garons-nous !

Céline ne garda pas longtemps la mine grondeuse. L'enfant remettait en place les sièges en leur assurant qu'il ne fallait plus fâcher maman, pas se mettre à galoper et ruer partout, et toi Monsieur d'Espagne tu n'es rien qu'une chaise, la plus vilaine que j'avais choisie, bien fait pour toi !

— Ecartez-vous un peu du foyer, pour souffler. Je vais remonter la petite broche des pigeons. Croyez-vous qu'il est futé de langue, ce trésor. Je me demande où donc il va chercher tout ce qu'il raconte !

— Moi, je ne me le demande pas. La graine de chiendent, ça ne peut pas donner une citrouille, pas vrai ? Ça me fait que j'ai à demeure deux baladins de foire, tout un cirque à eux tout seuls !

Elle souriait de bonheur et de fierté en regardant son fils, en évoquant la graine de chiendent dont il était venu ; le chiendent, cette herbe sauvage, forte, drue, résistant à toute intempérie, et repoussant toujours malgré les efforts pour en venir à bout... Céline avait jeté cette comparaison en plaisanterie, et Marie jugeait qu'elle n'était pas si loin de la vérité. Au petit matin, revenant de la boulangerie, elle s'était trouvée sur le Champ de Foire au moment où Mousin, accompagné de deux commis, y faisait son entrée avec ses mules. Elles étaient couronnées de la têtière en chaume où s'entremêlaient des brins de paille rouge ; avec leurs crinières tressées en motifs réguliers, leurs sabots lustrés au cirage noir, les bêtes du Grand Mousin semblaient défiler à la parade. A cet instant, elle avait songé au chemin parcouru par le pauvre champi de Saint-Léger-la-Montagne. De la mauvaise herbe il possédait la résistance, la puissance de vie, mais non pas la malfaisance sournoise à étouffer autour de lui, à empêcher la levée des autres semences : dans deux ans — Marie était seule jusqu'ici dans le secret — Céline allait enfin l'ouvrir, son café de la Halte, sans qu'il y mette le moindre obstacle, tout au contraire la poussait-il pour qu'elle mène à bien ce projet depuis longtemps ébauché, et si cher au cœur de l'ancienne patronne du Cheval-Blanc. Céline prévoyait la réprobation du village, « mais ça leur passera, j'ai mes idées pour en venir à bout... » et surtout une vive opposition de son beau-frère, et plus encore de sa sœur. Elle préférait attendre, retarder l'affrontement pour mieux s'y préparer.

— Tu te gardes de rien laisser échapper, Marie ?

— Vous pouvez me faire confiance. Mais franchement, sans vouloir vous vexer, je crois que vous faites une montagne de rien du tout. Parce que, enfin, le patron Lebrault et votre sœur ils sont aubergistes, la différence avec un café elle est menue-menue.

Céline secouait la tête.

— Tu es jeunette et naïve, Marie, tu ne connais guère la mentalité des gens. La différence, c'est que lui, lui Lebrault est aubergiste. Et ma sœur, elle a beau faire le gros du travail, elle n'est rien là-dedans, juste la femme à Lebrault. Le plus attristant, tu vois, c'est de penser que c'est elle qui s'en va d'abord jeter les hauts cris à l'idée de me voir monter ça toute seule.

— Et pourtant à Vautebis, toute seule, vous l'étiez pareillement !

— A Vautebis j'étais la veuve Paget, je continuais l'affaire d'un homme, nuance ! Non je te dis, je présage un beau carillon, c'est pourquoi je recule d'annoncer, avec ma sœur, jamais on n'a rien eu de bisbille...

— Je suis sûre que ça finira par s'arranger. Ils sont un peu anciens de jugement, mais bons comme le pain.

Ça sera la meilleure occasion pour votre mari de chanter « Le Glas du Vieux Monde », si le patron Lebrault lui sonne les cloches pour vous laisser à la perdition de faire à votre goût. Les idées de son ami Claude Durand, il ne pourra pas aller contre ! Tout de même, ça n'est guère de justice, capable comme vous êtes !

En regardant Céline qui s'affairait devant les potagers, les broches, le four, signalait d'un regard qu'à telle table il manquait le pain, à telle autre les ronds de paille qui épargnaient le bois ciré des brûlures, Marie comprenait qu'en vérité il fallait être dans un aveuglement venu du fond des temps pour ne pas reconnaître à Céline la compétence de mener une affaire. Encore n'était-ce pas sa capacité que l'on niait, elle l'avait suffisamment prouvée à Vautebis. L'insurmontable, Marie le découvrait avec étonnement, tenait au fait qu'elle ne soit pas en ces circonstances à l'ombre d'un homme, même défunt comme Dinand Paget, même occupé à longueur d'année dans ses vignes et son chais comme Nicolas Lebrault...

Il venait d'entrer dans la salle, l'aubergiste du Chêne-Vert, portant des paniers à bouteilles. Toute la matinée il avait soutiré, mélangé, supputé les justes quantités de boisson nécessaire, et accablé Céline de questions inquiètes, avait-elle pensé à ci, Blanche faisait toujours ça... Céline avait fini par le supplier « de ne plus vezouner de même autour de ses fricots, s'il voulait que ça se passe au mieux ».

— Ma pauvre Blanche, quel crève-cœur pour elle d'être empêchée de maladie, au moment d'une foire ! As-tu fait porter les rôtis sur le billot, que je commence à trancher ? Et as-tu...

— Tout est prêt, Nicolas. Les rôtis sous des mousselines, dans la souillarde, ils t'attendent. Alida voulait commencer, non non, j'ai dit... Trancher, c'est pour le patron.

Nicolas Lebrault promena son regard dans la salle, assura avec son bon sourire que c'était bien, très bien ma petite Céline, tu n'as pas perdu la main, fais seulement ajouter deux potets de piquette sur chaque table...

— Et s'il te plaît, que Marie porte à Blanche son repas. Ça n'est pas le moment que les sœurs Thibaudeau se mettent en parlotte. Ma bonne Blanche... Cette sciatique !

— Oui, patron. Bien patron. Ça sera fait, patron. Crois-tu que j'allais quitter au moment que les gars peuvent arriver d'une minute à l'autre ?

Tout en parlant, Céline avait garni un panier plat, le recouvrait d'un torchon blanc. Nicolas Lebrault se dirigea vers la souillarde après avoir affirmé qu'il n'avait pas voulu la blesser, sans elle aujourd'hui que serait-il advenu du Chêne-Vert ? Il ne pouvait que la remercier de son aide...

— Bon, tu vas monter ça à ma sœur. Un mijet au vin blanc, sa gourmandise. Un pigeon. Je t'ai mis un petit couteau, tu lui épiautes durant qu'elle mange son mijet, au lit c'est malaisé. Des pois verts, accommodés comme faisait maman dans le temps, elle sera contente. La matelote d'anguilles. Et le fromage bien entendu. J'ai mis léger, malade il ne faut pas trop charger. Le coup de feu passé, je lui monterai le dessert, une surprise. Ça n'est pas Lebrault qui va nous empêcher de causer, non mais ? Et surtout, dis-lui que tout va bien, mais que sans elle on misère quand même pour venir à bout...

Toute l'affection de Céline pour sa sœur s'exprimait dans cette affirmation mensongère. On était « venu à bout », dans le calme et l'organisation, et non pas dans les agitations et les angoisses où Blanche Lebrault s'affolait, au moment des foires.

— Je n'ai rien appétit, ma pauvre petite, du souci que je me fais en plus d'endurer martyre... Enfin, vu que vous avez pris peine pour ma collation, je ne veux pas vous faire injure de refus. Mais dame, il faut que tu me relèves et que tu cales avec trois oreillers. Toute seule je n'arrive pas, un manche à balai que j'ai dans l'échine...

Marie dut s'y reprendre à deux fois pour asseoir Blanche Lebrault. Outre qu'elle était de forte corpulence, il était visible qu'elle souffrait au moindre mouvement.

— Grand merci, tu as fait doucement, n'empêche ça m'a donné une bonne suée...

Marie étala le torchon pour préserver le drap brodé, posa le saladier de mijet, la cuillère.

— Durant que vous mangez ça, je m'en vais vous préparer le pigeon. Elle m'a bien recommandé, Madame Céline...

— Misère, croyez-vous donc que je m'en vais avaler toute cette mangerie ? Laisse la peau, surtout, c'est mon régal, et les petits rougets du bréchet, tout le meilleur. Et pourquoi donc qu'elle n'est pas venue, ma sœur, ça se passe-t-il mal ?

— Non, parfait, n'ayez crainte. Enfin... je veux dire, sans vous, on malène quand même un peu.

— Je parie que Lebrault a prétendu qu'on n'avait pas fini à berdasser, si c'était elle qui montait ?

— Il est sucré en suffisance, le mijet ?

— Bon, je vois à ta tête. Tu dois te dire un vrai dragon cet homme, et toujours de douceur ça mène à la baguette. Eh bien grand mille fois non. Pas meilleur homme que lui. Sauf de pas trop causer, je ne peux pas trouver reproche lui faire.

— Je sais, Madame Blanche.

— Ce mijet, finalement, ça m'ouvre le jabot, je trouve bon. Oui, je te disais Lebrault... Tu en connais beaucoup qui cherchent le docteur sitôt que leur femme se trouve un mal de reins ? Moi je ne voulais pas, il a passé dessus mon avis. Il y en a que je connais au voisinage, et qui préfèrent mieux voir leur femme malade plutôt qu'une vache.

— Pour sûr, Madame Blanche, il est attentionné à vous.

— Trop, des fois. Ce mijet, ça me monte quand même à la tête... Trop à précautions pour moi, je te disais. Le docteur je m'en serais passée, une infection qu'il m'a donnée à prendre. Passe-moi la boîte, sur la table de nuit. Salicylate de soude, voilà, une horreur. Ah ! si la brave Madeleine Chapeleau était encore de ce monde...

Marie continuait à couper le pigeon, à dépiauter avec le couteau pointu. Madeleine... Elle baissait la tête, elle avait trop pleuré l'année passée, à présent elle trouvait même une douceur à entendre parler de Madeleine.

— Elle, elle m'aurait rebouté ça, le don qu'elle avait cette femme ! Là où elle est, elle a fini sa vie de misère et de peine. A la droite de Dieu, comme il a dit le curé. Parce que là tu sais, Lebrault, il n'a pas pipé mot quand j'ai dit que j'allais à son enterrement, et que j'entrerais à l'église. Il m'a laissée faire. Tu vois quel homme il est : il ne m'a pas empêchée. Quand je suis revenue il a dit : protestant, catholique, qu'est-ce que c'est devant cette morte ? Dis-toi qu'elle est heureuse, à l'endroit qu'elle se trouve.

Marie ne répondit pas, s'appliqua à gratter les os de pigeon. Cela faisait huit mois presque jour pour jour qu'on avait porté en terre Madeleine.

Marie s'était levée bien avant l'aube, ce matin d'octobre, elle avait dormi juste un court instant, et en se réveillant elle s'était aperçue que durant ce bref moment de sommeil elle pleurait. L'horreur l'avait assaillie dès qu'elle avait ouvert les yeux, Madeleine s'était jetée à la rivière, et c'était le péché sans rémission, le seul à ne jamais recevoir pardon. Et c'était aussi pour Marie, la vie durant, ce remords à porter de n'avoir pas su la retenir.

— Voilà votre pigeon, Madame Blanche. Vous voulez que je fasse pareil, pour l'anguille ?

— Oui bien, surtout que cette sauce au vin, sur mon point d'Irlande... Le drap ça va encore, ça peut bouillir, mais dessous, la courtepointe ça ne...

Même en mangeant, elle pouvait parler beaucoup, Blanche Lebrault, et cela arrangeait Marie, partie à ses souvenirs, de ne pas avoir à faire l'effort d'entretenir la conversation..

Aussitôt levée elle était juste entrée à la maison-maîtresse pour dire qu'elle retournait à la rivière. Blanche Lebrault avait protesté en versant des larmes sincères.

— Ça n'est pas ta place, ma pauvre mignonne, on sera tout de suite prévenus quand...

— Laisse-la, Blanche. Elle ira, de toute façon. Nous, nous allons dire ensemble la prière.

Le patron Lebrault, si facile à leurrer en maintes occasions, montrait parfois une pénétrante intuition sur les desseins d'autrui. En vérité, Marie était décidée à passer outre les interdictions, à repousser tous les obstacles mis à cette volonté qu'elle avait d'aller à la Sèvre, de courir vers Madeleine. Nicolas Lebrault l'avait compris, de même que Mousin, qui se trouvait déjà au Pont-Neuf, avec Saboureau, ses valets et une dizaine d'hommes de Sainte-Néomaye. Il avait seulement soupiré :

— Je savais que tu viendrais.

Marie avait cru saisir des regards de désapprobation, des paroles peu amènes : « Cette drôlière, si j'étais que de son patron... Et lui, le Limousin de ces Gâtines, tu crois pas qu'il pourrait la renvoyer dare-dare... » Elle regardait droit devant elle, depuis le pont ; avec un grappin, ils avaient lancé une corde en travers de la rivière, l'avaient enroulée autour de deux saules qui se faisaient face.

— Trois dans le bateau, les gars. Deux à cramponner la corde, et à la gaffe...

— Ce sera moi.

Personne n'avait protesté, le visage de Mousin disait assez sa détermination, il avait sauté dans la barque sans attendre de réponse. Marie savait qu'elle ne fermerait pas les yeux, que jusqu'au bout elle allait regarder cette perche démesurée fouiller la Fosse du Pont-Neuf, tenter d'y crocher l'innommable. Le bateau à fond plat quittait juste le bord lorsqu'elle avait vu : quelque chose montait doucement dans le tourbillon d'eau, une forme encore vague dans l'opacité du courant. Et puis avec certitude elle avait reconnu un bras entortillé de blanc, et le corps de Madeleine qui s'élevait lentement vers la surface, en tournant, en flottant, comme porté...

— Je la vois ! Je la vois ! Pas la gaffe, Mousin, je t'en supplie...

Le bateau s'était arrêté à l'aplomb de la Fosse, les deux gars se cramponnaient à la corde pour éviter qu'il tourne et chavire. Les autres criaient qu'ils ne distinguaient rien, qu'elle déparlait là-haut sur le pont... Allait-il enfin la piquer cette gaffe ? C'était lui qui avait prétendu s'y mettre, et à présent il avait vergogne aux cris d'une drôlesse qu'il aurait mieux fait d'écarter de là...

Il avait l'air de ne pas entendre, il regardait l'eau, et Marie l'avait vu abandonner la perche dans le courant, s'agenouiller au fond de la barque, se pencher, se pencher... Elle était sur la berge avant qu'ils n'accostent. Jean Saboureau avait déplié un grand drap où Mousin avait étendu Madeleine avec douceur, comme Marie l'avait vu faire lorsqu'il portait au lit son garçon endormi. On n'avait pas tout de suite rabattu le drap, un cercle d'hommes silencieux se penchait sur cette morte au visage calme, aux yeux clos. Marie pensait seulement qu'elle avait soudain rajeuni, embelli, la gaffe n'avait pas eu à la meurtrir et la déchirer, Madeleine était remontée toute seule, toute jeune, de la Fosse du Pont-Neuf... Les voix l'avaient ramenée du même temps à la douleur et à la délivrance. Jean Saboureau pleurait.

— Seigneur, moi qui ai cru qu'elle s'avait jetée de volonté. C'est d'avoir voulu rattraper cette chemise qu'elle a péri... Regardez comme elle la serre contre elle, même en perdant pied, malheureuse, elle l'a pas lâchée. Pour une chemise...

A voix basse les réflexions s'étaient ensuite entrecroisées : « C'est la raison pourquoi elle est revenue si vite...

Le Bon Dieu a permis... A l'habitude, un noyé, c'est deux jours, avant que ça gonfle et remonte... Tape ta goule, pense à cette petite... Un miracle, la Fosse du Pont-Neuf ça ne rend jamais... Et même ses bots lui sont restés aux pieds... »

On l'avait veillée trois jours et trois nuits, avec les mêmes honneurs qu'un membre de famille : les volets refermés, les miroirs voilés, tous les seaux et chaudrons vidés pour que son âme ne s'y perde pas. Elle était drapée dans la grand'coiffe à boucles d'argent qu'elle gardait de la Colombière, et tous ceux qui venaient tremper le buis dans l'eau bénite assuraient en se signant qu'elle était une belle morte, à son air on la voyait déjà en Paradis. Il y avait eu grand monde à son enterrement. Le curé avait fait un prêche où il célébrait « l'humble servante, la femme si pleinement fidèle à sa modeste tâche, jusqu'au sacrifice de sa vie. Et Dieu dans sa bonté prenait à sa droite non les puissants et les grands, mais tout au contraire les simples, les petits. Ainsi la vie n'était-elle qu'un passage où l'on devait se garder d'envies et de jalousies, là-haut veillait la justice du Seigneur. Chantons pour Madeleine Chapeleau, mes frères, Madeleine, servante de Dieu ».

Toute l'assistance avait entonné le *De Profundis*. Du côté des hommes, Mousin ne chantait pas, gardait la tête baissée. Et puis, soudain, sa voix avait couvert toutes les autres, il semblait être le seul à chanter pour Madeleine. Marie n'avait jamais osé lui demander pourquoi il s'était tu un tel moment, elle pressentait dans ce silence une autre raison que le chagrin, et elle l'entendait dire, assis sur la brouette : « Le Bon Dieu, des fois, il doit regarder ailleurs... »

Marie avait pleuré longtemps au souvenir, chaque soir elle s'endormait dans les larmes. La figure de Madeleine se brouillait, des traits oubliés s'y superposaient, surgissaient du chagrin. Marie retrouvait dans sa douleur le visage d'une autre servante, sa propre mère... A présent, elle était apaisée, on pouvait évoquer devant elle Madeleine Chapeleau, et ce don qu'elle avait, la brave femme, comme Blanche Lebrault était encore en train de le rappeler...

— C'est grand dommage qu'elle t'en ait pas fait héritage, paraît que ça peut se céder. Et du temps que je cause, en bas la bousculade va commencer. Va vite, ma petite. Dis à Céline qu'elle attende pour mon dessert, mais dame, il faut quand même qu'elle monte, pour me passer le pot. Ça presse. Pauvre Madeleine, pour une chemise.

Blanche Lebrault possédait un talent particulier à ramener les détails les plus prosaïques jusque dans l'expression d'une émotion réelle. Marie se hâta de descendre, avant que ça ne presse trop...

— Elle est malade encore, tata Blanche? Tu restes là, maman? Hier, non, l'autre hier, tu avais dit on ira à la foire, le tantôt. Ils ont fini de manger. On peut aller?

— Tu le vois bien, bonhomme, on ne peut pas. Ce soir, ils reviendront pour souper. Ce sera pour la prochaine foire.

Jean-Landry s'était assis sur un tabouret, il ne piaillait pas comme ces enfants gâtés que l'on contrarie, il répétait seulement :

— Pourtant, l'autre hier, tu m'avais dit.

Nicolas Lebrault le prit dans ses bras, il était à l'adoration de son neveu.

— On dit « avant-hier » mon cher petit. Avant-hier, ta maman ne savait pas qu'elle serait empêchée par la maladie de la pauvre tante Blanche. Tu comprends?

Il faisait oui de la tête, il comprenait, mais à sa mine il était visible qu'il s'en désolait fort. Son oncle le reposa à terre.

— Céline, ne peux-tu un moment te passer de Marie? Elle conduirait son filleul au Champ de Foire...

Céline hésitait, paraissait évaluer l'ouvrage à fournir d'ici le soir. Des bruits de vaisselle arrivaient de la souillarde, on entendait Alida Chauvin houspiller une fille de journée sur « cette façon qu'elle s'y prenait pour parer les carottes, la soupe serait prête pour la foire de septembre, d'hasard... ».

— Ne peux-tu l'y mener, toi, Nicolas ? Je comptais sur elle pour le ragoût d'abattis.

— Comment, ça n'est pas fait de ce matin ? Non, ne te fâche pas...

Le patron du Chêne-Vert avait dû prévoir à la mine de sa belle-sœur une vive réaction, il battait en retraite.

— Ça ne gagne pas d'être réchauffé, tu as raison. Je te disais donc que je suis dans la totale impossibilité de m'absenter : mes bouteilles à rincer, mon vin à tirer... Et un barricot de Chardonnay qui m'inquiète.

— Et ça va te prendre tout le tantôt ?

— Bien entendu. Tu n'imagines pas la diversité d'opérations que...

Céline souleva le torchon qui masquait le contenu d'un chaudron posé sur la maie.

— Et avant que tous ces bouts de viande jargotent dans le roux de sauce, est-ce que toi tu imagines le...

— La diversité d'opérations, maman. Il a dit ça, tonton Nicolas. C'est quoi ? Diversité d'opérations, d'opérations...

La réflexion de Jean-Landry tombait à point pour calmer la discussion, sa mère lui répondit en riant que tonton lui en ferait leçon une autre fois, quand il aurait soigné son barricot malade.

— Ça n'est rien que des jeunes volailles, bien cuisantes. Si tu es revenue pour quatre heures, ça fera l'affaire. Mettons quatre et demie. Et puis, si des morceaux restent un peu coriaces, on les mettra à la tablée d'Espagnols, devant Emilio Garcia. Pas vrai, Marie ? Il est denté comme un loup, ce beau gars, et quand il te regarde je me demande toujours s'il veut te rire ou te manger. Les deux, peut-être ? Au loup, Marie, au loup !

— Céline, enfin ! Avec l'âge, il me semble que tu devrais quand même... Bon, je vais au cellier.

Nicolas Lebrault sortit en secouant la tête, sans exprimer quoi donc, selon son jugement, l'âge aurait dû porter à Céline, ou encore lui enlever. Sans doute était-il vaguement scandalisé, malgré l'affection qu'il lui portait, qu'elle ne se soit pas fondue dans la grisaille définitive des femmes de la quarantaine, qu'elle conserve cette ardeur de jeunesse, de chair vigoureuse, que toute sa personne rayonne d'un éclat où Marie devinait le bonheur d'amour. Elle, elle s'était ressentie dans un trouble inconnu d'inquiétude et de plaisir lorsque le jeune Espagnol avait frôlé ses mains à plusieurs reprises, en saisissant un plat, une corbeille de pain. Elle avait servi toutes les tablées avec la même vivacité, était restée attentive au moindre signe de menton indiquant que l'on manquait ici ou là de pain, de rôti, de piquette, et cependant elle allait et venait dans une salle déserte, elle n'avait plus conscience que d'une seule présence, d'une chaleur qui l'attirait, l'effrayait, lui mettait le cœur en bouleversement...

— Tu viens, marraine? Où donc tu regardes comme ça?

Jean-Landry la tirait par la main, Marie se força à revenir dans ses attitudes coutumières, un marmot de quatre ans pouvait donc remarquer qu'elle était absente, loin partie, refermée sur ce souvenir d'émotion : un sourire, des mains rencontrées, une expression d'attente et de désir sur un visage...

— Je regarde... qu'il faut nous presser. Le temps vient à l'orage, ça me semble. Et vois-tu que ça noie les puces savantes, s'il tombe un abat d'eau? Je peux aller comme ça, Madame Céline, juste en quittant mon devantier?

Céline ne répondit pas tout de suite, elle promenait son regard sur la jeune fille, revenait au visage; Marie dut faire effort pour ne pas baisser les yeux.

— Tu es bien belle de même, tout en nature. Ce petit coton bleu, trois fois rien, ça fait qu'on ne voit plus que tes yeux à briller. Sois prudente, quand même. Pour l'orage, je veux dire...

C'était un avertissement donné avec légèreté, sans avoir l'air de faire morale. « Pour l'orage, je veux dire... Et je veux dire aussi pour le beau gars d'Espagne, sois prudente, Marie aux yeux qui brillent... »

Céline se remit à brasser les casseroles et les poêles, et reprit de son ton ordinaire :

— Prends quarante sous, dans ma bourse, elle est dans la tirette du petit vaisselier.

Depuis deux ans, le Chêne-Vert avait abandonné la vente des tourteaux fromagés et du vin sur la place, Blanche Lebrault ayant fini par faire admettre à son mari que pour trois sous gagnés ils en mangeaient quatre à tenir ce banc.

— De la pâtisserie, au Champ de Foire, il s'en trouve à présent à battre et moissonner. Ça vient par tombereaux, les gâteaux d'angélique de Niort, les fouaces de la Mothe, et même de la Vienne, leurs macaronés... Et maintenant cette femme de la Crèche, pour les tourteaux. Alors non, passer la nuit à la goule du four, pour en ramener au soir plus que moitié ! Et se goujer une semaine de tourteaux rassis !

— La tradition, ma bonne Blanche, les Lebrault ont toujours...

— Ont toujours mouru jeunes, avant que d'être à ruine.

— Sont morts, sont morts.

— C'est bien ce que je dis. Sont mourus avant d'avoir mangé tout l'héritage. On se vient vieux, Lebrault, pense à notre Jean-Landry.

L'argument de laisser un bien appréciable au neveu tant chéri avait eu raison de l'attachement de Lebrault à ses coutumes de famille. Ainsi Marie, depuis deux ans, n'avait-elle pas mis les pieds sur une seule foire de Sainte-Néomaye. Elle en entendait le tapage, en devinait l'animation depuis l'auberge, et elle en recevait compte rendu par la voix de Mousin. Encore ne s'agissait-il que d'histoires de bétail, les bœufs s'étaient mal vendus, ses mules étaient parties les premières « tant belles que ça lui avait sensément haché menu le cœur de s'en défaire ». Si on le questionnait sur les montreurs de singes ou les dresseurs de chiens, il haussait les épaules et grommelait qu'on avait pas idée de mélanger les honnêtes commerçants et leur pratique avec cette maudite graine de vendeurs de perlimpinpin, de marchands de vent en bouteille... Tout ça n'était qu'attrape-couillons, et en plus de payer, pour voir un ours pelé dandiner sur le cul, les braves niquedouilles criaient bravo, encore ! Pour sûr que lui, jamais on ne pourrait le crocher à ces conneries ! A quoi Céline répondait en riant que lui pourtant leur ressemblait fort, à tous ces saltimbanques, que les paroles leur coulaient du bec comme l'eau de Fontcreuse...

C'était son fils qui l'avait amené à réviser son jugement, « et comment qu'il t'a entortillé avec les autres niquedouilles », lui faisait remarquer Céline. Depuis l'âge de trois ans, Jean-Landry ne manquait jamais un tour de foire en compagnie de sa mère, et le père se joignait à eux une fois les bêtes vendues. De retour à la maison, Mousin était même devenu un dresseur de puces dont son beau-frère lui-même consentait à sourire...

— Et pourquoi ça n'est jamais le singe, papa ?

— Viens là fiston, oh ! le beau singe voyez donc, hop à la cabriole, et maintenant on salue la compagnie...

Deux baladins de foire, avait dit Céline avec tendresse... Marie se laissait entraîner au gré de Jean-Landry ; dans la cohue d'après-midi ses yeux malgré elle cherchaient les bérets rouges, là-bas c'était le vieux Martinez avec son fils, cet autre était nouveau venu, elle reconnaissait les frères Lopez, un peu plus loin celui qui s'appelait bizarrement Carmen et menait deux chèvres dans les paniers de son mulet. Il aurait suffi qu'elle aperçoive Emilio Garcia pour que la foire soudain prenne vie autour d'elle, elle ne le voyait nulle part et elle en éprouvait un déchirement. Demain, à l'aube, il allait de toute façon prendre la route d'Espagne, et son absence sur la place préfigurait déjà le vide, l'attente de septembre, sans même la certitude de le voir revenir. « Sois prudente, Marie. Pour l'orage, je veux dire... » Elle ne se reconnaissait pas dans ce mal de vivre où sa gorge se desséchait, où son estomac se nouait à ne pas retrouver au milieu d'une foule une seule présence.

— Marraine ! Pourquoi ils sont là-haut ?

Jean-Landry l'avait tirée vers deux acrobates qui dansaient sur un fil tendu loin de terre, faisaient semblant de basculer, de tomber dans le vide lorsqu'ils se croisaient. Pourquoi se trouvait-elle comme eux, Marie Therville, en équilibre menacé pour quelques regards et paroles caressantes ? La différence avec ces fous qui marchaient dans le ciel au risque de se rompre les os, où tenait-elle ?

— Pourquoi, pourquoi, marraine ?

— Tais-toi, c'est pour te faire rire. Vois, ils descendent. Mets-leur deux sous, dans le chapeau.

— Ils m'ont fait peur, voilà ! Pas fait rire.

— Mets les sous quand même, pour leur peine. S'ils tombaient, ils se casseraient la tête.

L'humeur absente de Marie devait être perceptible à l'enfant, il trouvait à redire sur tout : le monsieur aux puces, il n'avait pas en vrai des puces, il faisait mine, et moins bien que son papa... Les chiens, le grand bonhomme méchant leur piquait le museau pour qu'ils se dressent sur deux pattes. Il n'avait pas faim, il ne voulait pas d'échaudés. Les singes, il voulait voir les singes et ils étaient déjà partis, voilà !

Marie se retrouva en goût de moquerie vis-à-vis d'elle-même : comme Jean-Landry elle cherchait sur la foire qui ne s'y trouvait pas, et le rapprochement de leurs dépits n'était cocasse que dans les apparences, tous les deux ils auraient souhaité que demeurent en ce lieu des oiseaux de passage, des coureurs de chemins, des vagabonds de camp-volant. Les uns menaient de fortes mules au travers des montagnes Pyrénées ; les autres portaient sur l'épaule de petites bêtes qui s'agrippaient des quatre mains à leur chevelure, mais ils étaient hommes de même nature, des gens d'au revoir si Dieu veut, peut-être demain, peut-être jamais... Marie s'accroupit devant l'enfant, le regarda en souriant.

— Il est grognassou, mon petit bonhomme, voilà !

Jean-Landry saisit tout de suite que sa marraine le

taquinait sur ces « voilà » où il marquait son désappointement.

— Et toi pareil, tout à l'heure. Tu grognassais sans dire, derrière ta tête.

Il leva l'index en l'air, d'un geste familier à son père et ajouta :

— Voilà !

Marie se garda de la moindre réflexion, Céline affirmait qu'il allait devenir intenable, ce drôle, si on jetait des oh ! des ah ! dès qu'il poussait une parole un peu risible...

— Eh bien à présent qu'on est revenus à la belle humeur, on s'en va voir papa, fils de ton père !

Les affaires n'avaient pas marché fort. C'était la première fois, depuis qu'il faisait les foires de la région, que Landry Rebeyrolles voyait autant de bétail à demeurer invendu. Encore lui s'estimait-il heureux de n'avoir en reste que trois mules sur trente présentées, mais elles lui pesaient quand même sur le cœur, et il avait envoyé ses commis faire un tour d'amusement aux baraques, trois chrétiens à veiller trois mules, cela soulignait l'échec et la déconvenue...

Les petits éleveurs, les fermiers d'alentour qui se passaient de l'intermédiaire des négociants, se lamentaient fort de devoir ramener à l'écurie une ou deux bêtes arrivées au meilleur de leur état, et qu'ils allaient devoir nourrir jusqu'en septembre sans en tirer davantage profit. Germain Papot en exprimait ses préoccupations, en tressant pour la dixième fois la queue de son unique mule. Dès le matin, le vieux était arrivé de la Chesnaye et s'était installé auprès du « Limousin de ces Gâtines » — c'était ainsi qu'on appelait Landry Rebeyrolles à Sainte-Néomaye. Sa réussite aux affaires lui faisait accepter la pointe de mépris propre au Val de Sèvre qui s'exprimait au travers de ces mots, et il en devinait sans plus s'en offenser la suite informulée : ces Gâtines perdues, ces Gâtines des ajoncs, des loups, des charrues en bois... Il lui convenait même de porter en son nom deux pays réprouvés de misère, et de leur faire honneur par sa prospérité.

— Tu vois, mon petit gars, pas pour dire, mais le métier que tu pratiques c'est la mort du pauvre paysan. Parce que vous autres, les marchands de bêtes, vous présentez le choix, du ni pond ni coué et de l'extra, de l'hors de prix et du bon marché, ça flatte l'acheteur. Arrêteras-tu de t'émouchailler, carne, charogne, que j'aie l'aise de te repeigner la couette ?

— C'est que la mouche est mauvaise aujourd'hui, père Papot. Et pourquoi vous ne cédez jamais de me les vendre à moi, vos mulasses ? En extra, bien entendu. Moi je vous paie sonnant, et si les bêtes me restent pour compte, c'est moi que j'ai la perte de les fournir en affenage. Et pas pour dire non plus, le fourrage, ils me le vendent les yeux de la tête, les pauvres paysans. Vous le premier.

Le vieux Papot riait, et cependant Rebeyrolles le devinait inquiet, tendu, il promenait son regard sur le foirail, paraissait scruter les visages, les silhouettes. Ça n'était quand même pas de ramener une bête à l'écurie ? On avait assez de bien pour voir venir, chez les Papot.

— Oui bien, et si je te les vends, juste en faisant trotter de la Chesnaye à Sétremoi, tu te ramasseras deux pistoles sous chaque sabot. Ou même trois. Nom de Dieu, cette fois...

Il s'était arrêté de tresser les rubans et les crins, s'était porté devant la bête.

— Et quoi donc, père Germain ? Té, voyez donc qui me vient à présent.

Il regardait avec un sentiment de bonheur arriver Jean-Landry et Marie. Elle se penchait vers son filleul qui riait, et c'était toujours pour lui la même joie de voir si bien accordés « ses deux enfants », comme il avait l'habitude de dire.

— Tu viens papa ? Tu viens chercher les singes, on n'a pas trouvé avec marraine... Bonjour, monsieur.

— Bonjour, Monsieur Papot, ça va comme vous voulez ?

Tout en assurant à son fils qu'il ne pouvait pas, vu

qu'il lui restait des bêtes, Landry Rebeyrolles pensait que le vieux Papot était de la mauvaise manière, à ne pas répondre au salut de Marie. La politesse paysanne imposait qu'on retournât au moins : « Pas trop mal, et pour toi ? » Parler plus court était de la dernière inconvenance, et paraître ne rien entendre c'était l'affront définitif. Germain Papot continuait à se tirer le cou comme une vieille volaille, croyait-il donc faire venir à lui les acheteurs en cancanant comme un jars qui appelle ses oies ? Marie en semblait offensée.

— On s'en doit revenir au Chêne-Vert, Mousin. Je vous souhaite le bonsoir, Monsieur Papot. Sois poli, Jean-Landry, dis au revoir.

Elle avait pris un ton de hauteur propre à remettre en place le plus grossier malotru, et le père Papot continuait à observer le Champ de Foire, la main en visière sur les yeux.

— Laisse-moi le petit gars, Marie. Je vais prendre mes cliques et mes claques dans pas long. Des voisinages qui ne me conviennent pas trop...

Il vit Marie s'éloigner, le vieux n'avait pas davantage réagi à sa pique qu'aux salutations de la fillette. Il allait lui dire droit son fait, à Germain Papot, même en tenant compte du respect dû à l'âge !

— Ecoutez voir, père Papot...

Le vieil homme parut enfin l'entendre, et il posait sur Jean-Landry un regard d'étonnement angoissé.

— Mais quoi donc qu'il fait là, ton drôle, Limousin ? Malheureux, gare-le au plus vite dans la cour à Hippeau ! Ça va être une sauterie de bêtes comme on n'en a pas connu depuis cinquante ans... Et reviens cramponner tes mules !

Les mules tenaient la place d'honneur, le haut-bord du Champ de Foire ; pour revenir au Chêne-Vert, Marie n'avait qu'à longer le talus qui permettait de les présenter au mieux de leur apparence, les pattes de devant surélevées. Avec leur tête empanachée dominant la foule, on les voyait ainsi les bêtes souveraines de la journée, et quoiqu'on fît aussi marché d'autre bétail, on comprenait à leur position privilégiée, à leur attitude superbe, que l'on dise toujours « la foire aux mules », en parlant des foires de Sainte-Néomaye. Les camelots, les baladins, les débits de boisson et de mangeaille s'installaient en milieu de place, séparant ainsi la fine fleur de l'élevage poitevin du commerce ordinaire des moutons, des chèvres, vaches et bœufs, qui se tenait au bas bout du foirail.

A quatre heures d'après-midi, une affluence de femmes et d'enfants animait le centre du Champ de Foire, autour des baraques de toile. Marie y aperçut aussi les larges chapeaux des Argentins, les foulards noués à deux pointes des muletiers d'Italie, et, devant le théâtre de marionnettes, un béret rouge, un seul. Quoiqu'elle s'en adressât de vifs reproches, elle obliqua pour venir au plus près. Une rencontre paraissant de hasard, au beau milieu de la foule, juste le voir, et en passant retrouver ce toquement de cœur : ça n'était pas grand crime, et il n'y avait pas lieu de s'en blâmer autant. Elle se promettait de ne pas même s'arrêter, rien qu'un signe de tête, un regard...

Quelque chose l'alerta soudain, comme un frémissement : malgré les cris, les musiques, les rires, elle sentit que le Champ de Foire se figeait dans une tension muette. Et brusquement déferla un enfer de galopades, de hurlements, de fuites désordonnées. La fouildre ! Elle voulut rebrousser chemin, courir vers Jean-Landry. Elle eut le temps d'apercevoir Mousin qui s'accrochait au licol de deux bêtes cabrées, résistait un moment, lâchait prise, et il lui sembla que toutes les mules s'enlevaient ensemble comme les chevaux dressés des cirques. Elle se retourna, les vaches et les bœufs se ruaient à leur tour, depuis le bas du foirail. Elle ne sut pas comment elle avait été renversée, plaquée au sol derrière le mince abri d'une table culbutée. Elle n'avait pas fermé les yeux, et elle voyait les bêtes franchir l'obstacle au-dessus d'elle, c'était un cauchemar, elle avait mal à la tête, en s'éveillant elle allait raconter cette vision d'épouvante, on en parlait si souvent à l'auberge, de ces charges de bêtes folles... « Et moi, savez-vous que j'en ai rêvé ? » Elle fit un effort pour se relever, elle suffoquait, sa couverture de lit était trop chaude, trop lourde...

— Pas encore, ma belle Marie. Les bêtes elles sautent toujours, reste. Ta tête a sonné fort, sur la terre. Tu ne risques pas, ici, avec moi... Je t'aime, pour toujours je t'aime.

Cette fois elle ferma les yeux. Les sabotades, les cris d'effroi et de douleur étaient aussi réels que la chaleur de ce corps qui pesait sur le sien. Et ce qu'elle sentait au travers des vêtements frotter doucement contre elle, ce n'était pas l'horreur qui l'avait autrefois assaillie, c'était l'amour d'Emilio Garcia. Pour toujours, pour toujours...

Il parlait dans son cou, il lui demandait de ne pas pousser son verrou de porte cette nuit, il suppliait d'une voix bouleversée, elle s'entendit répondre oui.

Il était minuit et il restait encore une vingtaine d'hommes dans la salle d'auberge. Après avoir vécu une telle intensité de peur, après avoir couru jusqu'à nuit noire pour tenter de rattraper les bêtes, il leur fallait déverser le trop-plein d'émotion en parlant, en répétant dix fois ce qu'ils avaient pensé, enduré, tenté de faire... Ils ne mangeaient guère, il était visible qu'ils se ressentaient plus de soif que de faim après tant de bouleversements, de pertes et de blessures, et Nicolas Lebrault pour une fois ne mesurant pas son vin, on trinquait fort au miracle qu'il n'y eût pas de morts après une telle dévastation.

Avant de courir au bétail échappé, on avait relevé des blessés dont la vie ne semblait pas menacée, avec des bosses « grosses comme mon poing », des bras cassés et des côtes enfoncées « des affaires qui se remettent toutes seules, suffit patience ». On était cependant en inquiétude sur un jeune homme des Fontenelles, la cuisse vilainement brisée montrait l'os, on l'avait chargé sur un tombereau pour le mener chez le docteur à Saint-Maixent.

— Malheureux, il silait, un goret qu'on égorge...

— Et rappelez-vous donc de défunt Pougnard, de Pierre-Levée. C'était par une fouildre à Melle, qu'il était resté affligé et boitousait si bas. Quatre et trois font sept, que les drôles l'appelaient...

On avait beaucoup ri au rappel de ce nom, en s'exclamant que c'était-y donc malfaisant d'idées, les gamins ! Autour des trois tablées que Marie servait, il n'était bien entendu question que de la sauterie. Malgré son épuisement, elle continuait d'aller et venir, quoique Nicolas Lebrault ait prétendu l'envoyer au lit dès son retour.

— Et dans la soupente de la maison-maîtresse, je serai plus tranquille. Un malaise est toujours possible, après un grand choc à la tête, et je vous trouve si pâle !

— Et quoi, pour une malheureuse cabosse ? Non non, je ne vais pas laisser Madame Céline, voyez-là donc, toute blanche de l'émotion...

Lorsqu'un semblant de calme était revenu sur le Champ de Foire dévasté, Marie s'était fait violence pour se relever, et puis elle avait pensé à Mousin, à son filleul... Elle avait couru vers le haut du foirail, ils étaient là tous deux, et aussi Céline qui répétait :

— Seigneur, Seigneur, quand j'ai entendu ça partir...

Mousin avait regardé Marie, elle était couverte de poussière, sans bonnet, et elle sentait la bosse grossir, enfler démesurément sur son front.

— Ça t'a donc pris en milieu de place ? J'ai regardé vers le Chêne-Vert, après avoir garroché le drôle derrière la muraille, et je t'ai cru mise à l'abri... Béni soit le Bon Dieu, elle s'en a sorti.

Elle avait été soulagée, Mousin n'avait rien vu, il se réjouissait seulement de la retrouver sauve.

— Rentrez au Chêne-Vert, vite. Vous aussi, père Papot. Je cours à votre mule en même temps qu'aux miennes, je vous dois... je vous dois excuses, et surtout... Sans vous, il était sous les sabots des bêtes, mon petiot.

C'était sans aucun doute pour avoir éprouvé rétrospectivement une si grande peur au sujet de fils que Mousin n'avait pour ainsi dire pas parlé depuis son retour. Il était rentré le dernier, avec Carmen l'Espagnol, qu'à l'habitude il n'estimait guère.

— J'ai retrouvé votre bête, père Germain, elle était cognée dans le petit bois derrière Font-Fouassière. Mon premier commis s'en va vous ramener à la Chesnaye.

— Et les tiennes, mon bon gars ?

— Les miennes ? Elles sont sur le chemin d'une autre foire, soyez sûr. Si je les tenais, ces bandits...

Il n'avait plus prononcé un seul mot, ne s'était pas mêlé de la discussion qui avait alors tourné autour des moyens employés par des vauriens pour faire sauter les foires et filouter des mules. Marie entendait sans porter le moindre intérêt, jetaient-ils la poudre de cantharide, passaient-ils aux naseaux de bêtes des peaux de loup qui les affolaient d'horreur ? Où encore de la poix de loup, bien pire ?... Elle, elle avait dans le cours de soirée rencontré par deux fois seulement le regard d'Emilio, et ses pensées portaient vers leur avenir, bien plus encore que sur cette porte qu'elle allait laisser ouverte à sa venue. Il avait dû prendre très jeune la route de France, Emilio Garcia, il avait au plus vingt-cinq ans, et il parlait si bien le français — même le patois du Poitou — que son installation dans le pays, et pourquoi pas ici-même à Sainte-Néomaye, ne poserait pas de difficultés. Marie s'enfiévrait comme au matin d'une émotion violente et inexpliquée, et il s'y ajoutait la sécurité et le bonheur du projet d'une vie entière... « Je t'aime, pour toujours je t'aime. »

Depuis un moment, Mousin tapait sur la table pour réclamer silence. Il se leva, le verre à la main, et Marie se prit à souhaiter qu'il ne tienne pas un trop long discours.

— Mes bons amis, demain matin dès potron-minette il nous faudra repartir en chasse, sans guère d'espoir j'admets, enfin on ira quand même, ça fait que la nuit sera courte, il est temps de nous séparer.

Il marqua un temps d'arrêt, leva son verre.

— Mais avant, je veux que tous on boive à santé et honneur d'un ami d'Espagne, qui a sauvé de blessures Marie Therville, ici présente. Monsieur Emilio Garcia, je vous remercie en personne de votre courage et de votre modestie, vu que sans un ami je n'en aurais rien su. De tout cœur, merci, monsieur Garcia.

Marie qui s'était un moment effrayée de la tournure prise par le discours de Mousin fut pleinement rassurée de voir avec quel chaleureux sourire il toquait son verre contre celui d'Emilio. Il fit encore un geste de la main.

— Attendez, attendez, ça n'est pas tout. Je demande qu'on trinque du même coup, monsieur Garcia, pour le bonheur et la prospérité de votre jeune femme, là-bas en Espagne, ainsi que de vos deux garçons, qui doivent se trouver en fierté d'avoir un père comme vous.

Il avait d'abord secoué longuement la porte, et à présent il parlait à voix basse, comme s'il sentait la présence de Marie derrière le vantail de chêne, comme s'il était en certitude qu'elle soit là toute proche de lui, et silencieuse.

Lorsqu'il arrêtait un moment ses supplications, elle continuait à se taire, elle ne voulait plus rien dire, jamais, à Emilio Garcia... Elle l'entendait alors jurer dans le langage de son pays, ce pays où vivaient ses enfants, sa jeune épouse, et il reprenait à nouveau sa prière.

— Ecoute-moi, Marie, ouvre et je te dirai... Te parler, seulement te parler... Quoi donc cela change entre nous, mon mariage? Moi c'est un jour ici, bien loin le lendemain. Et si tu ouvres, c'est le bonheur pour nous cinq fois l'an, Marie. Celle qui est ma femme devant Dieu, elle n'en a pas autant. Je le sais, tu le sais, quelque chose nous tire l'un vers l'autre, ma belle Marie...

Elle fermait les yeux et se taisait, certaine de ne pouvoir donner réponse plus définitive que son silence. « Si cela ne bouleverse rien, ton mariage, pourquoi donc n'en portes-tu pas l'anneau ? Et pourquoi as-tu jeté ce regard de fou assassin au vieux Carmen, lorsque tu trinquais avec le Grand Mousin ? Tu dis d'elle “ ma femme devant Dieu ”, et moi je serai ta femme des fossés, des bottes de paille, ton passe-temps de foire aux mules, comme tant d'autres sûrement au long de ton chemin... »

— Les fils qu'elle m'a donnés, c'est à peine si je les vois grandir. Ouvre, je te raconterai...

« Les fils qu'elle t'a donnés... Et ceux que toi tu me feras ils seront enfants de personne, et le bonheur de cinq fois l'année, au bout du compte il donnera combien de malheur et de peine ? » Elle restait droite et sans une larme derrière la porte, elle avait trop de rancune et d'abord contre elle-même pour éprouver de la douleur. Le chagrin, les pleurs allaient peut-être venir demain, cette nuit elle était emplie par la violence du ressentiment.

Mousin l'avait quittée sans marquer le moindre avertissement dans son regard. Il avait passé le bras autour des épaules de Céline, il portait Jean-Landry depuis longtemps endormi. Lui qu'elle connaissait si ardent aux excès de colère, il l'avait seulement embrassée en disant :

— Alors à demain, Marie.

A présent, Emilio s'était remis à jurer derrière la porte, des mots précipités où elle reconnaissait des consonances proches de ce patois de jeunesse qui remontait au Grand Mousin dans ses emportements.

— Cabróne a cabra de Carmen ! Hijo de puta de Lemosi * !

Il avait fini par s'éloigner, et elle, ce qu'elle entendait, c'était tout ce qui n'avait pas été prononcé, tout ce qui était resté en suspens derrière l'au revoir de Mousin.

« Alors à demain, Marie. Je te laisse libre de toi. Parce que si tu as envie de dire oui à cet amour de passage, je sais que rien jamais n'a empêché, ni les pères ni les mères ne peuvent fermer assez de portes

* Bouc à chèvres de Carmen ! Fils de pute de Limousin !

pour barrer ce chemin. Rappelle-toi seulement toutes ces malheureuses qui semblaient nous suivre, quand on remontait de la Sèvre le linge de Madeleine, et qui n'ont pas eu comme toi ce soir la liberté de dire non. Ne choisis pas de les rejoindre dans ces misères qu'on leur fait, à elles, à leurs enfants, et que tous deux nous connaissons, moi le fils d'Antonine, et toi la fille de Marie-Madeleine. Alors à demain, Marie... »

Pierre et Marie-Madeleine

De cette fortune qu'ils avaient repoussée, Marie-Madeleine et Pierre Therville au bout du compte s'étaient trouvés enrichis.

Deux mille francs! Ils ne savaient même plus ce qu'une pareille somme pouvait représenter de chèvres, de cochons, ni combien d'années, eux qui vivaient de rien, ils pouvaient subsister sur une telle richesse. Sans en avoir clairement conscience, l'un et l'autre, ils se ressentaient plus forts de ce refus, de ce mépris et de cette colère, et pour la première fois unis d'un choix délibéré. Ils avaient vu passer en d'autres mains, pour un prix dérisoire, la maison de Chaussauvent, les derniers lambeaux du bien Gâtard. Et lorsqu'on leur avait proposé de vendre ce qui semblait ne plus exister, ce qui paraissait même n'avoir jamais pris naissance, ils avaient reconnu ce sentiment d'être enfin ensemble les parents d'une enfant venue au monde dans la grange au fond du pâtis, cela faisait vingt années. Sans se concerter, ils avaient d'une même voix refusé l'argent du malheur, de la honte, ils avaient dit non à la belle dame qui prétendait acheter, au prix de deux mille francs, l'aveu que Marie la première, leur fille, était une dévergondée menteuse qui avait poussé au déshonneur un homme de bien, en échafaudant des histoires insensées. Il leur suffisait de dire au juge, avec humilité, combien ils se trouvaient en regret et honte de se reconnaître parents de cette malfaisante, que c'était la raison déjà qui les avait portés à s'en séparer, ils ne s'étonnaient pas, la connaissant portée au vice.

— Convenez, mon pauvre homme, que c'est peu d'obligation, en regard d'une telle somme... Une fille depuis si longtemps abandonnée de vous, avouez que c'est inespéré qu'elle vous vaille cette fortune.

Pour refuser, Pierre Therville avait baissé la tête. Une offre si outrageante ne pouvait que l'accabler davantage, le faire plier sous un poids supplémentaire de remords et d'amertume. C'était Marie-Madeleine, l'ombre, la recluse de silence, qui s'était relevée dans un éclat de colère dont il avait été bouleversé, et ce cri de fureur les avait accordés, réunis, rassemblés. Le soir, ils avaient retrouvé l'impulsion violente qui les portait autrefois à s'étreindre, cet appel depuis longtemps perdu, comme si l'unisson de leur refus avait enfin chassé la vieille Gâtard, à jamais éloigné le bâton tapant le pied du lit, pour toujours étouffé la voix qui criait : « T'arrêteras-tu, mauvaise garce ? »

Depuis ce jour, comme délivré d'un fardeau, Pierre Therville s'était redressé. Il n'avait plus cette attitude d'accablement et de soumission propre à tirer toutes les brimades et tous les refus, il cherchait le travail, il ne le mendiait plus. Au meunier de la Chênebaudière, il avait fait valoir que pour seize heures d'affilée à monter les sacs de deux cents, c'était trois livres de farine, et non plus de son, qu'il estimait juste de gagner. On avait parlé, dans le voisinage, de cette visite qu'il avait reçue. Un homme aux modes de ville s'était penché d'un superbe attelage, avait demandé où l'on pouvait trouver Therville, Pierre Therville, anciennement bordier à Chaussauvent. Devant l'étonnement visible des gens de Bouchetout à l'idée qu'un homme de ce rang cherchât après un traîne-misère, il ajoutait :

— C'est pour un travail...

Le meunier de la Chênebaudière avait craint de voir lui échapper un journalier aussi modeste d'exigences que profitable de rendement, il avait surenchéri sur la requête :

— Allez, je suis bon gars, cinq livres de farine chaque matin. Et cent livres d'issues à la fin de saison pour t'engraisser la volaille, si tu m'accordes une semaine de travail en supplément.

« Si tu m'accordes une semaine... » Lui qui se retrouvait toujours à prier, quémander les tâches les plus dures, se voyait maintenant en position d'accorder son travail, et non de le proposer humblement. Il s'était trouvé dans la surprise, il ne saisissait pas les raisons d'un tel changement, il en voyait mal fonctionner les rouages subtils entre le pouvoir et la dépendance ; il n'avait pas tout de suite répondu, et le meunier qui tenait à garder cette force de nature qui lui faisait l'ouvrage de deux compagnons avait vite ajouté :

— Disons cent cinquante...

Cette première réussite, il avait cru la devoir à un heureux coup du sort, à l'humeur un jour plus bienveillante du meunier... Et puis une autre offre était arrivée. Un propriétaire avait besoin de lui pour bûcher et fagoter au bois de l'Abbesse, vingt sous le jour et la nourriture.

— Quatre semaines, te connaissant vif à la besogne : c'est un endroit que la cognée n'a pas touché depuis trente ans.

Il en était venu à bout en trois semaines, on en avait eu bruit dans les fermes d'alentour : un journalier tout seul à l'ouvrage, et qui forçait la cadence pour finalement recevoir vingt francs au lieu de trente, c'était un homme à ne pas négliger quand le travail pressait. Deux paysans de la Fonzille, aux temps d'une récolte menacée par les orages, en étaient presque arrivés à se battre, chacun prétendant l'avoir retenu de longue date.

Lorsqu'il arrivait que Pierre Therville demeurât quelque moment sans aller en journées, il retrouvait le goût, perdu dans le malheur, de relever, de réparer... Sa première et réelle fierté avait été de pouvoir acheter au forgeron de Menigoute trente sous de pointes et de clous. Lui qui depuis si longtemps rassolidait de chevilles en bois grossièrement taillées, il avait pu se payer le fer : le fer et le sel demeuraient les achats essentiels, indispensables, ceux que nulle production du sol ne pouvait remplacer. Marie-Madeleine se joignait à lui dans ses travaux, portait la terre du mortier, triait les pierres. Peu à peu, au cours de ces besognes partagées, ils apprenaient à se parler. Ce n'était encore qu'un modeste échange de questions, de réponses, d'informations de nécessité matérielle : il me faut à présent une pierre plate grande comme la main, as-tu suffisance de brande pour couvrir le toit à lapins ? Mais c'était déjà entre eux deux un cheminement de pensées, une brèche à leur enfermement. Un jour, il avait dit :

— Je vais te faire un bac, dans la petite auge auprès de la lucarne.

Elle n'avait pas répondu tout de suite, elle paraissait chercher avec difficulté quelque chose d'inexprimable, son visage crispé dans la violence de l'effort qu'elle faisait...

— Oui. Ce serait bien. Un bac.

Elle avait quarante-trois ans, Marie-Madeleine, et c'était la première fois qu'elle exprimait une ébauche de jugement et de satisfaction, depuis le temps lointain où, jeune servante, elle était venue chez les Therville, à Chaussauvent. Il avait creusé la pierre, ménagé l'écoulement, aplani pour que le seau demeure en équilibre. Ce n'était qu'un trou dans une auge, et cependant plusieurs fois le jour Marie-Madeleine répétait que c'était bien, un bac, aisé à se servir comme il l'avait façonné. Tout grossier et malvenu qu'il était, l'évier tiré d'une mangeoire leur fut un rapprochement de reconnaissance pour l'une, de satisfaction pour l'autre. Ensuite, Pierre Therville émit l'idée de construire un four, et ils en tinrent de véritables conversations, pesant le pour et le contre, la porte à acheter, pour sûr, mais cette bonne farine qu'il rapportait de la Chênebaudière, c'était pour elle une désolation de n'en pouvoir faire que des galettes sous la cendre...

— Et si j'ai un four, je pourrai y faire sécher toutes

ces prunes qui viennent à perdre, sur les trois vieux pruniers du pâtis. Et je pourrai aussi...

Ils construisirent ensemble le four, avec de communes déceptions, la voûte mal conçue deux fois effondrée, le conduit de fumée trop court de tirage... Mais aussi avec des espoirs partagés, et des angoisses, lorsqu'ils attendaient d'ouvrir la porte sur leur première fournée. Ils mangèrent un pain tout brûlant, il était charbonneux de croûte, la mie en était restée pâteuse, ils se regardaient en le mâchant ; ni l'un ni l'autre n'avaient l'impression de vivre une communion et cependant lorsque Marie-Madeleine parla la première, pour dire qu'il était bon, leur pain, c'était entre eux deux l'échange d'une émotion jusqu'alors inconnue, ils étaient devenus un couple et non plus deux solitudes côte à côte, la vieille Gâtard ne montait plus la garde auprès d'eux.

Dans la ferme de Londegruère où Pierre avait travaillé durant une semaine, un colporteur se présenta un soir au moment de la soupe. Pierre Therville avait reçu le salaire de ses journées, il regardait le colporteur sortir la marchandise de sa balle, les almanachs et les images, la mercerie, les couteaux. Il demeurait en retrait, il tâtait dans sa poche six pièces de vingt sous, et puis il s'était décidé, il s'était approché.

— Puis-je avoir...

Il s'était repris et avait déclaré d'une voix assurée :

— Je veux acheter ça, et ça encore.

Le colporteur avait ficelé un mince ballot, en assurant que ce gars-là faisait une bonne affaire, et que sa patronne allait être contente !

Marie-Madeleine était restée longtemps à défaire les nœuds. Elle lissait les brins de chanvre autour de sa main, les enroulait, les posait sur la table en petits ronds serrés, en modifiait l'alignement. Il avait seulement dit, en arrivant :

— C'est pour toi, Marie-Madeleine.

Elle n'avait pas remercié, elle rangeait les morceaux de filasse, c'était pour elle, elle était démunie et muette dans une circonstance aussi nouvelle. Elle n'avait rien dit non plus lorsqu'elle avait déplié la cotonnade grise à pointillés blancs, et découvert douze boutons de nacre, un peloton de fil noir. Elle avait disposé les boutons sur l'étoffe, et reculé sans plus toucher à rien. Elle serrait dans sa main le peloton de fil et répétait avec un accent de souffrance :

— C'est pour moi...

Elle n'avait jamais cousu du neuf, seulement rapetassé des hardes venues du fond des temps. Lorsqu'elles étaient à la taille de Pierre, elle savait qu'elles avaient appartenu autrefois à son père Jean Therville, ou à son frère Jeantet l'innocent. Elle, elle possédait seulement, méconnaissables à force de ravaudages, les jupons et les chemises qu'elle avait apportés à Chaussauvent, lorsque Pierre l'avait gagée. Elle n'avait pas voulu toucher, même pour y couper une pièce, aux vêtements de Louise Gâtard, serrés dans un baluchon. Elle hésita longtemps avant de tailler dans l'étoffe neuve... Quand elle eut cousu le dernier bouton au corsage, elle étendit la robe sur le lit et la montra à Pierre le soir, lorsqu'il rentra de son travail.

— L'as-tu essayée, au moins ?

Elle secoua la tête pour dire non.

— Pas encore. Je n'ose pas. Merci.

Ils s'étaient tenu la main longtemps, en regardant la robe.

C'était au mois de septembre 1857, un peu avant la Saint-Michel. Elle était assise au coin de la cheminée, elle épluchait des raves. Pierre réparait un pied de table. Il lui parla doucement, sans la regarder.

— Si tu le veux, dimanche, nous irons rechercher Marie. Marie la petite... A présent nous avons de quoi pour la nourrir.

Elle ne répondit pas, elle pleurait, les yeux droit

devant elle. Il s'approcha et lui mit la main sur l'épaule.

— L'autre... l'autre... peut-être un jour nous pourrons la regarder en face.

Le jour où le menuisier promit le buffet aux cœurs

19 juin 1860

OUVERTURE DU « CAFÉ DE LA HALTE »
LE DIMANCHE 19 JUIN
DES MUSIQUES FERONT DANSER LA JEUNESSE

L'écriteau était accroché à la porte depuis quinze jours. Le tambour municipal en avait répété plusieurs fois les termes, tant à Sainte-Néomaye qu'aux Fontenelles, à Aiript et à la Chesnaye. S'y ajoutait la promesse que la patronne, pour cette première journée, offrait une chopine à tous les danseurs, sirop de groseille à volonté pour les danseuses. Le garde-champêtre faisait suivre le dernier roulement de son tambour du « qu'on se le dise ! » aussi traditionnel que superflu. On se l'était dit, et depuis des mois, dans toute la commune et même au-delà : la petite Thibaudeau ouvrait un café à deux pas de la voie ferrée, presque en face de la maisonnette du garde-barrière.

Sous l'alignement impeccable des majuscules, une écriture soignée avait ajouté en caractères d'anglaise : après vêpres. Des parenthèses encadraient cette précision. En décrochant la pancarte désormais inutile, puisqu'on était le 19 juin, Marie, qui connaissait par cœur la teneur de l'annonce, pensait que cela n'avait l'air de rien, ces espèces de croissants de lune enfermant deux petits mots, et qu'ils racontaient cependant une chamaille qui, pour un peu, tournait aux guerres de religion si souvent évoquées par Nicolas Lebrault !

On avait ainsi vécu à Sainte-Néomaye une bataille, heureusement épargnée de sang, quoique non exempte de coups et d'injures : ces querelles embrouillées par le conflit des générations, ces disputes inextricables dans leurs développements familiaux et religieux avaient enflammé le village pendant des mois. On avait retrouvé, alliés dans la même virulence, des chefs de famille que leurs opinions et leurs croyances séparaient depuis toujours, tandis que les jeunes des deux communautés se trouvaient rapprochés par un enthousiasme partagé. Le curé et le pasteur avaient pour la première fois découvert un terrain d'entente, dans une condamnation sans appel de la danse et de ses dangers.

Prises entre les feux croisés des criailleries de leur maisonnée, les mères de famille exprimaient, lorsqu'elles se trouvaient entre elles au lavoir, une vision plus réaliste de l'affaire, et Marie avait souvent entendu, sans jamais s'y mêler par crainte de leur voir abandonner la discussion, des réflexions de bon sens sur ce projet de la « petite Thibaudeau », assorties toutefois de réserves concernant la place d'une femme à la tête d'un débit de boissons...

— Enfin pas vrai, on la connaît, ça n'est pas comme si elle sortait de loin.

— Oui, figure-toi donc ce que j'avais entendu de mes yeux, voilà deux ans : que c'était une femme de Saint-Maixent qui avait ça à l'idée.

Une femme de Saint-Maixent, non, ça elles n'auraient pas supporté, les mères de Sainte-Néomaye... Avec Céline Thibaudeau, elles s'étaient faites à l'idée, parfois même elles en exprimaient un semblant de fierté. D'autant plus qu'un bruit courait : du jour où les trains allaient s'arrêter sur la commune, la Compagnie d'Orléans pouvait tout aussi bien engager une femme comme chef de halte. Le cas s'était déjà vu, assuraient les gens de la ligne, du fait que la Compagnie y trouvait son compte en les payant moins qu'un homme, comme il était normal. Les habitantes de Sainte-Néomaye se trouvaient rehaussées à cette idée d'une fonction si importante confiée à une femme, et de ce fait montraient plus d'indulgence aux entreprises de Céline.

— Et de même, elles pourront se causer par-dessus les barrières, Céline et la cheffesse de gare ! Quand même, m'est avis que c'est pas de demain la veille, qu'on verra ça *. Lucien le dit toujours, trop de responsabilité pour une femme. Et toi, Emilia, la laisseras-tu aller danser, ta drôlière ?

Marie s'était penchée davantage sur son linge, tout en gardant l'oreille pointue : la réussite de Céline se jouait entre ces femmes, et elle avait par ailleurs la certitude qu'on tenait délibérément devant elle ces conversations, pour faire connaître, à chemins détournés, quel succès la patronne du Café de la Halte pouvait espérer, en attirant la jeunesse avec un violon et une pibole !

— Et pourquoi que je l'empêcherais ? D'abord et d'une, j'ai vu dire qu'on pourra aller nous autres voir ce qui se passe, si le cœur nous dit. Ensuite, vaut-il pas mieux les savoir à dandoler entre eux tous, plutôt que de se croire tranquilles parce qu'on a envoyé la drôlesse au champ les chèvres ? Derrière les palisses, le dimanche, rappelez-vous donc s'il y en a, des bons gars de service, toujours prêts à fruchter sous les cotillons pour voir si d'hazard un fourmi y aurait pas mussé !

« Rappelez-vous donc... » avait amené des sourires contraints sur certains visages, un air de dire : « Parle pour toi, nous autres on n'a jamais su, en tout cas on a oublié... »

— Ça n'est point un secret, pas vrai, et puis moi ça s'est bien fini, sur le mariage. Mais enfin, des fois ça peut tourner mal, d'être piquée par un gros gros fourmi !

Tout le monde s'était esclaffé sans retenue, une voix

* On le vit, vingt-cinq ans plus tard, et c'était la bru de Marie Therville qui était chef de halte.

s'était élevée pour protester que ça n'était point des conversations à tenir devant une jeune fille comme Marie Therville, sérieuse et tout, que jamais personne ne pouvait dire l'avoir vue en compagnie derrière une palisse... Emilia en avait convenu, elle avait même ajouté :

— Et d'attendre six ans son promis, sans jamais un pas de travers, avec sa tournure et ses yeux... Viendra-t-il danser, le jour d'ouverture ? Je suis-t-y bête, à vos âges ! Combien que ça vous fait ?

— Moi vingt-trois. Et lui trente-deux.

— C'est bien ce que je disais, c'est plus pour vous, la musique.

Emilia Cosset s'était remise à laver, Marie avait deviné dans sa réflexion une envie de rabattre la joie, de la tirer auprès des femmes hors d'âge, au rang des vieilles filles enfin casées à la va-comme je te pousse. Elle s'apprêtait à répondre en plaisanterie à cette pique de méchanceté, d'envie peut-être, Léa Fédy ne lui en laissa pas le temps.

— Ça vaut toujours mieux d'attendre vingt passés, plutôt que d'enfler du ventre avant quinze ans. Parce qu'à force à force de gros fourmis, à l'âge de Marie Therville j'en connais des qui semblaient largement être néné de leur dernier...

Avant que la discussion ne tourne à l'aigre, Léa Fédy avait vite ajouté :

— Je vous cause de la pauvre Rivette, son huitième qu'elle attend... Et alors, avec Monsieur le Curé, comment donc ça s'est-y arrangé, Marie ?

Marie pensait à cette scène du lavoir, en regardant une dernière fois la pancarte qu'elle venait d'enlever. Cela « s'était arrangé » avec difficulté, entre Céline et Monsieur le Curé. Il avait d'abord refusé toute discussion avec elle, c'était à Rebeyrolles, à lui seul qu'il voulait s'adresser..

— La femme mariée est mineure selon le code civil, Monsieur Rebeyrolles, et plus encore aux yeux de Dieu.

Je vous tiens donc responsable et coupable pour avoir donné votre autorisation à...

Le Grand Mousin avait cherché un mot qui le fuyait, lorsqu'il avait rendu compte à Céline et à Marie de son entrevue avec le curé.

— Enfin quoi, à son ton de voix, ça voulait sûrement dire une belle connerie, et le monde cul par-dessus tête, de laisser sa femme libre de choix, et en plus d'en être content ! Il m'a aussi fait gros sermon sur la danse, que c'était la tentation envoyée par le diable pour porter à la... au... Eh merde, encore un mot qui m'a ricoché sans rentrer ! Il riboulait des yeux, pauvre homme, parce que ça j'ai compris, il s'imagine que de danser ça mène les gars et les filles à d'autres cabrioles. J'ai retrouvé : à la fornication... Alors moi je lui ai répondu, poli mais ferme d'assurance, que j'étais bon chrétien il était placé pour savoir, et que j'avais l'honneur de l'inviter, au nom de mon épouse, à venir faire un petit tour après vêpres, pour voir comment qu'on mouillait sa chemise à l'avant-deux ou à la danse-bourse, et si ça pouvait porter à du plus conséquent de galipettes...

— Tu lui as dit comme ça, Landry ?

— Oui ma belle, juré craché, et c'est du coup qu'il a prétendu de préférer mieux discuter avec mon épouse.

Céline avait longuement raconté sa conversation avec le curé, qui l'avait reçue une heure durant dans la sacristie, en prenant bien soin de laisser ouverte la porte de communication avec le chœur, avait-elle précisé ; la vieille Alexandrine n'avait rien dû perdre de la conversation, et les bouquets d'autel ce jour-là, ils avaient été soignés ! Monsieur le Curé avait déclaré que Rebeyrolles avait fait preuve de bon esprit, sinon de beau langage, en l'invitant à se rendre compte par lui-même. Il ne pouvait en être question, naturellement...

— Et il a fait un signe de croix, va savoir l'idée qui le tracassait...

Il consentait donc à ces danses, qu'un chrétien sincère, père de famille, bon époux quoique trop faible, lui assurait ne pas être immodestes. Mais il exigeait, en accord avec Monseigneur l'Evêque, Monsieur le Baron et Monsieur le Maire, qu'elles ne commencent qu'après vêpres, et que des bancs soient prévus autour, où les mères de famille soucieuses de leur progéniture auraient possibilité de s'installer.

— Encore heureux, ma Céline, qu'il ait pas remonté jusqu'au pape et à l'empereur, ça nous poussait à la Saint-Glinglin. Et de quoi je me mêle, le Godet et sa Ribouillerie ? Je me trouvais Grand-Rue, quand ça arrivait pour son dernier bal. Bien fournies de jupons, ça oui, les belles dames, mais pour le haut, faut pas qu'elles soient fragiles à l'enrhumure... Alors là, oui, pour sûr ça doit donner des picotements, ces tétons prêts à te sauter au nez à chaque pas de gavotte !

— Vieux chenassier, ça ne t'a pas fait tort à la vue, pas vrai ?

— Pof... Y'en avait qui regardaient plus guère en face ! Ça risquait mieux ballotter que rebomber...

Céline avait ri à l'évocation de ces décolletés calamiteux, et tout en répondant que oui, oui, elle le connaissait, il avait vu surtout les ronds, les dodus et les mignons, elle avait ajouté, au bas de la pancarte, deux mots encadrés de ces parenthèses, qui soulignaient par leur symétrie la réciprocité des concessions : il n'y avait ni vainqueur ni vaincu dans le conflit qui avait tant agité le village.

Céline avait raccroché le panneau en poussant quand même quelques soupirs.

— Ça fait tard, vers les trois heures et demie, pour commencer la danse. Je suis certaine ça m'enlèvera du monde.

Marie lui avait assuré que non pas, les journées étaient longues, et elle avait vu l'œil de Mousin briller de malice tandis qu'il déclarait d'une voix importante :

— Dommage, ma Céline, que ta paperasse soit trop petite, moi j'ai une idée qui t'attirerait de la pratique.

— Et quoi donc, dis vite, je peux toujours faire passer le tambour !

Tout occupée à la réussite de ce projet enfin réalisé, Céline n'avait été sensible qu'au sérieux et à la gravité du ton.

— Bonne idée, le tambour ! Et ran et ran et ran ! Avis. Il est donné à savoir que le mari de la patronne fera danser toutes les mères de famille...

— Moi qui t'écoutais ! Grand sot de Grand Mousin ! Heureusement qu'il est chez ma sœur, ton drôle, il te ressemble déjà assez pour la singerie.

— Ça n'est pas fini de l'annonce ! Toutes les mères de famille ! Les maigres les grosses ! Ran ! Les beaux culs les vilains ! Ran et ran ! Les mal-baisantes et les bien...

Céline lui avait vivement posé la main devant la bouche pour l'arrêter dans ses propos scabreux, elle semblait réellement fâchée.

— Enfin, Landry ! Devant Marie...

Il lui avait doucement pris la main.

— Quoi, devant Marie ? La prochaine année elle se marie. Et ne vois-tu pas comme elle est belle, épanouie comme une grande fleur ? N'as-tu rien deviné, toi, ma Céline ?

Marie aurait souhaité être à des lieues, et cependant elle ressentait comme un soulagement aux paroles de Mousin, une écume de remords qu'il lui levait, non pas de ses actes mais de leur secret. Céline avait enfin répondu.

— Je n'ai pas deviné, non : j'ai su.

— Et tu ne m'as rien dit ?

— Non. C'est des secrets de femmes. Et aussi... l'idée que ça pouvait te fâcher. J'aurais cru.

— Moi aussi, j'aurais cru. Et puis non. Tu vois, ma Céline, la jeunesse de Sainte-Néomaye elle s'en va danser après vêpres... Mais nous deux, est-ce qu'on n'a pas... dansé avant la messe ? Alors je me suis dit : je ne vais pas déjà venir comme ces vieux cons et ces vieilles racornies, qui brâment sur les jeunes d'aujourd'hui en oubliant qu'ils s'en sont donnés pareillement, du temps qu'ils pouvaient. Ils se sont accordés, Louis et Marie, pour le sérieux, pour le toujours. Et Dieu merci pour eux deux que ce soit aussi pour ce bonheur-là. Té, vous me fatiguez, les femmes, de me faire causer à en avoir presque les pleurs aux œils. Que pourtant je dois m'épargner les forces et le tempérament, pour réussir à lever de terre les deux cent quarante livres de Petite-Megnoune, dimanche !

« Petite-Mignonne » c'était le surnom, à présent prononcé en dérision, d'une femme de Sainte-Néomaye, mère de trois grandes filles. On assurait qu'elle avait mérité ce joli nom dans sa jeunesse, tant elle était aimable et menue. A présent c'était une commère bardée à lard, la « petite »... Et la « mignonne », on n'en connaissait pas de plus haïssable caractère : à ses yeux, les jeunes d'aujourd'hui n'étaient que vices et diableries.

C'était à Petite-Mignonne que Marie pensait, en rangeant la pancarte qui annonçait la danse, après vêpres. Est-ce qu'elle avait « dansé avant la messe », Petite-Mignonne, et puis l'avait oublié ? Elle, Marie Therville, elle était certaine de s'en souvenir toujours.

L'année précédente, avant Noël, Marie était seule dans la salle d'auberge, occupée au « petit ménage d'avant » selon l'expression de Blanche Lebrault, en vue de la foire du 13 janvier.

— Juste raffiner un peu. Tu repasses tout à la cire, naturellement. Un petit coup sur les cuivres. Les vitres au blanc d'Espagne. Pour le pavé, tu vas faire aux cristaux de soude, comme au château, pas de raison. Trois fois rien...

Trois fois rien, cela prenait quand même deux semaines entières, toutefois Marie appréciait de se retrouver toute seule au calme dans la salle d'auberge, et non pas dans l'agitation et l'énervement du « grand ménage d'après », qui faisait perdre à Blanche Lebrault son habituelle bienveillance et la portait à des excès d'autorité tatillonne. Une telle épargnait l'huile de coude et gaspillait en revanche la cire, une autre avait déjà besoin de lunettes, donc, pour avoir laissé tout ce graillon aux grilles du potager ?

— Et les orties ça se prend à poignées si tu veux que le chaudron brille, on te croirait tenir un plumail pour épousseter chez la baronne ! Frotte ma fille, et si ça te cuit la peau c'est bon signe pour le résultat.

Après quoi, en contemplant la salle d'auberge dans sa splendeur de propreté, Blanche Lebrault redevenait aimable et souriante, remerciait fort les femmes de journée d'avoir travaillé de si bon cœur, offrait la liqueur de cassis et les biscuits avant de les payer sans lésinerie. On étendait alors des vieux draps sur les meubles, sur les alignements de cuivres, on entortillait les chenêts et les broches dans des chiffons huilés, et derrière les volets refermés la salle attendait dans l'ombre la prochaine foire... et le « petit ménage d'avant », le trois fois rien qui prenait quinze jours à Marie, pour astiquer du brillant, nettoyer du propre, blanchir des dalles de pierre demeurées impeccables. La différence tenait dans la solitude appréciable, et dans la sérénité de Blanche Lebrault face à ces travaux superflus. Elle brodait dans la maison-maîtresse, passait son nez de temps en temps à la porte de la souillarde.

— Ça va, ma bonne petite ? Si tu as froid, n'hésite pas à venir prendre un petit air de feu. Mets des mitaines, surtout, pour faire les cuivres, parce que c'est ardent à la peau, les orties...

— Je croyais que c'était bon signe pour le résultat, au contraire ?

Elle prenait bien la plaisanterie, la patronne du Chêne-Vert, et elle était partie en assurant qu'elle était vexée, mais vexée, c'était le reste si Marie Therville se mettait à la contrarier, comme Lebrault ! Puisque c'était de même, elle ne reviendrait plus de la journée, sauf dans un couple d'heures pour appeler à la soupe, bien entendu...

— Et gare aussi avec les cristaux de soude, n'y trempe pas longtemps les mains !

Marie s'était mise à frotter les landiers, légèrement piqués de rouille malgré les chiffons gras, lorsque la porte de la souillarde s'était rouverte dans son dos. Elle ne s'était pas retournée et s'apprêtait à faire remarquer à la patronne qu'elles avaient vite passé, les deux heures avant la soupe !

— Ma chère Marie...

Nicolas Lebrault, qui jamais ne s'immisçait aux soins du ménage, marqua un instant de silence comme pour mieux souligner l'exceptionnel de sa venue.

— Ma chère Marie, vous avez de la visite... Entrez donc.

Il avait quitté la salle d'auberge, après y avoir introduit un inconnu qui s'approchait de Marie en souriant. C'était un homme jeune, vif d'allure, elle le regardait sans comprendre, et n'eût été le sérieux de Nicolas Lebrault elle aurait cru à une plaisanterie. Il s'était arrêté au milieu de la salle, face à l'enfilade en loupe d'orme.

— Tu ne me reconnais pas, Marie ? C'était quand même de la bonne ouvrage, cette enfilade... Non, tu ne remets pas ? Toi, tu n'as changé que pour devenir encore plus belle.

Il se frappait le front de l'index replié :

— Moi, je suis toujours Poitevin-Sottise à la tête !

Comment aurait-elle pu reconnaître le garçon timide et plein de réserve qu'on lui avait donné comme faux amoureux, six années auparavant ? C'était un homme sûr de lui qui se tenait devant elle, qui la regardait dans les yeux et lui assurait qu'elle était belle plus encore qu'autrefois... Elle s'était entendue répondre bêtement, dans le saisissement où elle se trouvait :

— Et moi tu vois, Louis, toujours Marie Therville, servante au Chêne-Vert.

Il lui avait pris doucement la main, sans qu'elle fasse le moindre geste de recul, elle tenait encore son chiffon et ne pensait pas même à le laisser tomber, les yeux noirs de Louis Mainard brillaient, il lui serrait seulement le poignet.

— Je le savais, que tu étais toujours Marie Therville. Et c'est la raison pourquoi je viens te voir aujourd'hui. Elle avait tort, marraine Ecotière, quand elle voulait que je reste auprès de cette jolie promise. Parce qu'alors je n'étais que l'ombre de mes frères, et pour elle qui brillait comme une belle étoile, la compagnie d'une ombre, ça n'était pas le mieux qu'elle pouvait souhaiter

Ne réponds pas, tu vois bien qu'à présent je peux causer sans qu'on me pousse, on change, en six ans de liberté. Tout ce que je te demande, c'est de ne pas dire non tout de suite, laisse le temps de me connaître. Te souviens-tu des oies sauvages, je t'avais conseillé de faire un vœu, et moi aussi j'en avais fait un...

Marie n'avait encore rien dit lorsque Blanche Lebrault était entrée, en s'exclamant de la surprise.

— Eh quoi donc, j'étais à ranger une armoire, Lebrault vient juste de m'apprendre ! Louis Mainard qui s'en revient après six ans de tour de France, sans qu'on n'ait rien vu dire ! Et c'est comment, ton nom de compagnon ?

— Rien de marquant, allez, un nom qu'on donne quand on n'a pas meilleure idée à l'imagination.

Marie avait eu un répit pour se remettre, elle s'était forcée à parler, à sourire, elle tenait rester sur ses gardes et ne point se laisser emporter dans le bouleversement parce qu'on venait de lui assurer qu'elle brillait comme une étoile !

— Comment, ça n'est pas Poitevin-Sottise à la tête, comme tu m'avais dit ? Je trouvais un beau nom...

Louis l'avait regardée un moment avant de répondre, avec dans les yeux un éclat de gaieté que Marie ne se souvenait pas lui avoir jamais vu.

— Non pas, mais c'est du pareil au même : on m'a baptisé Poitevin-Cœur fidèle.

Ils riaient encore tous les trois lorsque Nicolas Lebrault était entré, une bouteille à la main.

— Enfin ma bonne Blanche, à quoi penses-tu ? J'arrive du cellier, et je vous trouve encore ici dans ce bouleversement de ménage, avec notre invité les pieds dans le lessif !

— Non, pas un invité, Monsieur Lebrault. Juste un passant, pour le bonjour.

Blanche Lebrault s'était récriée d'excuses et de pardons en le prenant par le bras pour l'entraîner vers la maison-maîtresse.

— Pas question, on te garde à manger, il a raison Lebrault, où donc que j'ai la tête ? Tu auras tout le temps d'être de retour à Vix avant le noir, un compagnon ça va bon pied, pas vrai ?

— J'en arrive, de Vix, et je n'y retourne pas. Je m'installe à Sainte-Néomaye.

Il avait fallu que Nicolas Lebrault fasse acte d'autorité pour que sa femme arrête ses pourquoi et ses comment qui risquaient les tenir longtemps encore dans la salle d'auberge.

— Il nous racontera à table, si toutefois cela lui convient d'en parler. Mon cher Louis, venez donc faire un tour dans mon cellier, loin des curiosités féminines. Vos voyages ont dû vous porter dans des régions de vignoble, et je suis intéressé par...

Ils étaient sortis ensemble, et Blanche Lebrault avait ordonné à Marie de laisser en plan le ménage et venir démêler la pâte à gaufres, de même elles pourraient ensemble en causer... En vérité, Blanche Lebrault faisait d'un même souffle les questions et les réponses en brassant ses casseroles, ce qui laissait à Marie tout le loisir de s'étonner encore du changement survenu en Louis Mainard, et de s'interroger sur l'émotion qu'elle avait ressentie lorsqu'il avait évoqué le passage des oies sauvages, et le vœu qu'il en avait formulé...

— J'ai bien compris qu'il m'a signifié de me tenir la langue, Lebrault. « Si ça lui convient d'en parler ! Et les curiosités féminines ». voyez donc ça ! Pas un mot que je dirai. Même que je me démange de savoir...

Elle n'avait pas résisté dans ses intentions de réserve au-delà de la troisième cuillerée de soupe. Louis répondait de bonne grâce, et durant qu'il parlait son regard passait de l'un à l'autre époux, revenait souvent vers Marie, comme si les questions de Blanche Lebrault lui étaient un truchement commode pour informer la jeune fille, et elle seule, de la route qu'il entendait suivre désormais.

C'était dans la troisième année de son compagnonnage qu'il avait pris la décision de se mettre à son compte. de retour au pays. Au fur et à mesure que s'approfondissaient ses connaissances du métier, il lui était venu la confiance et le goût d'entreprendre, de mener le meuble depuis le bois en bille jusqu'au dernier coup de cire...

— En somme le goût de liberté, vous devez connaître, Monsieur Lebrault.

Nicolas Lebrault avait fait oui de la tête, mais c'était Blanche qui avait répondu.

— Parce qu'avec ton frère Pierre, hein, depuis que votre pauvre père avait dû lâcher par le rhumatisme, c'était : fais-ci, fais-ça, et pas de discussion. Les deux autres des fois rebiquaient, mais toi jamais.

Il l'avait reconnu, tout en soulignant les capacités de Pierre à mener la coterie des frères Mainard. La dernière année, par l'intermédiaire de la marraine Ecotière, il avait acheté une vieille maison à la Croix, un quartier en faubourg de Sainte-Néomaye, qui dominait toute la vallée.

— La maison Pacaud, je parie ?

— Justement.

— Et comment, qu'on n'a jamais su ? Ça me renverse. Je connais, tu penses, on allait s'amuser quand on était drôlesses chez les vieux Pacaud. Une grande pièce, je me rappelle, qui prend bien le soleil, l'écurie à côté ça te fera un bel atelier. Tu n'as pas dû payer cher, heureusement, parce que tu vas avoir une belle pincée d'argent à sortir pour remettre à l'état et pour...

— Voyons, Blanche !

— Laissez, Monsieur Lebrault, je n'ai pas de secrets. Ça se fera chas-petit. Pour le moment, je vais chercher uniquement le travail à façon, chez la pratique. Parce qu'une fois payés mes outils, la pincée d'argent qui me reste elle est menue-menue.

— Tes outils ? Mais vous aviez chacun ça sien, les aurais-tu perdus en route ?

— Blanche, je te répète...

— Non, je vous dis, Monsieur Lebrault, ça ne me porte pas offense. Au contraire. Pierre a repris tous mes outils, c'était moi qui sortais de la communauté Mainard, pas les scies ni les varlopes ! Ce qui fait à présent que je possède en tout et pour tout un bissac d'outils neufs et une vieille maison qui prend le soleil, mais ce n'est guère pratique pour s'asseoir dessus, les rayons de soleil. Pas plus que la liberté, vous me direz... Mais ça, voyez, je ne trouverai jamais l'avoir payé trop cher.

Blanche Lebrault elle-même n'avait pas osé rompre le moment de silence qui avait suivi. Marie avait la certitude qu'il avait parlé seulement pour elle, il lui disait : « Ecoute, je t'ai demandé d'attendre à me connaître pour me dire oui ou non, tu sais déjà que j'ai préféré me retrouver sans le sou mais libre de moi, et que je n'en aurai jamais regret... » C'était elle qui avait parlé la première, avec un accent de moquerie, pour cacher l'émotion.

— Voilà ce que c'est, d'être le petit-fils d'un Enfant de la Liberté !

— Tu te souviens de ça, Marie ?

Elle n'avait pas eu le temps de répondre, Blanche Lebrault tapait sur la table pour réclamer l'attention.

— Moi, je ne saisis rien de votre histoire. Mais ce que je sais, c'est que tu as la clientèle pour étrenner tes outils. Ici même, demain. Devant la compagnie, tu n'oseras pas de refuser, Lebrault, six ans que ça me tarabuste !

— Ma bonne Blanche... Ce sera une autre enfilade, Louis, pour faire pendant à la première. On pourra les appeler la Prison et la Liberté !

Lui qui ne plaisantait jamais, il avait longtemps ri de ce bon mot.

Le jeune menuisier était resté trois mois au Chêne-Vert, l'ouvrage ne pressait pas au bout de six ans, lui assurait Blanche, qui le poussait à accepter durant ce temps des chantiers rapides, propres à établir sa réputation. De ce fait, on avait vite recherché dans la contrée ce garçon « de grande main » et de travail soigné : une porte chambranle et son huisserie en huit heures, et deux heures de plus seulement pour une croisée toute ferrée. Lorsqu'il travaillait à l'enfilade, Nicolas Lebrault aussi bien que sa femme trouvaient toujours prétexte à envoyer Marie dans l'appentis où

Louis menuisait : « Va lui dire qu'on mange dans un quart d'heure... Portez-lui donc un pot de café... » Durant ce temps, ainsi que Louis l'avait souhaité, ils avaient appris à se connaître, et sans qu'une autre demande précise eût été formulée, Marie avait conscience que sa vie s'engageait aux côtés de Louis. Elle en éprouvait un bonheur tranquille, et non pas ce vertige et cette fièvre qui l'avaient empoignée auprès du jeune Espagnol en recherche d'amour pour cinq fois l'année... Ils montaient ensemble une construction solide d'estime et d'amitié, et elle se disait sans nostalgie que les fondations n'en pouvaient être un battement de cœur, une chaleur de peau, une bouffée de désir.

Les deux derniers jours, ils les avaient passés ensemble, c'était le moment de la cire chaude, de la finition en lustrage, en poli, « et pour cette affaire, je te cède une compagnonne qui s'entend pour tirer le luisant... », avait déclaré Blanche Lebrault.

— C'est le juste point, à présent, tu vois, le bois brille profond, il prend la lumière à cœur. Recule-toi, pour juger du reflet.

Lui, il était demeuré près du buffet, il en effleurait les sculptures, il suivait le contour des moulures avec une douceur sensuelle... Il avait parlé sans la regarder.

— Veux-tu de moi, Marie ? Je t'aime...

Il était loin d'elle, il ne levait pas les yeux, et cependant elle s'était trouvée bouleversée par cette caresse qui ne la touchait pas, elle avait reconnu le trouble et le frisson qui l'avaient une fois saisie. Ce n'était plus d'un amour de passage et de folie qu'elle était possédée, elle avait répondu oui sans éprouver de honte à sentir son cœur battre si fort.

Leur accord n'avait reçu qu'approbations et compliments, tant chez les proches que dans le voisinage. Le mariage, on l'avait prévu à la belle saison de la prochaine année, pour laisser à Louis le temps de réparer la maison de la Croix et de la garnir au strict nécessaire en mobilier : il avait refusé toute offre de prêt — bien que proposé de grand cœur par Lebrault et Mousin — pour lui, on ne prenait pas son indépendance d'une main pour tendre l'autre en réclamant aide.

Ils revenaient de Douhault, un dimanche de mai. Marie aimait ces marches en forêt, main dans la main, propices à la conversation, et puis ces arrêts quand ils se sentaient emportés d'un élan l'un vers l'autre, cette douceur inconnue et cette tourmente des baisers, et ces longs moments à rester enlacés, sans rien dire, dont Louis se détachait en faisant non, non, de la tête. Lorsqu'ils repartaient, ce n'étaient plus les mille riens survenus durant ces six années d'absence qu'ils évoquaient, ils parlaient de choses graves, essentielles, comme si leur commune émotion, par sa force, son ampleur, les éloignait du quotidien, les portait tous deux à ouvrir le secret, le caché, pour que l'autre y mesure l'intensité de son amour. Elle lui avait raconté Simon Rougier, et Madeleine avec des larmes, et même Emilio Garcia : il lui avait serré plus fort la main en lui disant qu'il l'aimait.

Et ce dimanche, elle avait voulu lui parler de Chaussauvent, de son enfance, et surtout de ce cheminement qui l'avait amenée, en son âge de femme, à trouver un bonheur de pouvoir dire mon père, ma mère, sans toutefois escompter de jamais les revoir.

— Qui peut savoir, Marie ? Sur la route de mon retour j'ai traversé le pays de Gâtine, et on m'a parlé d'eux, qui sont à présent à Bouchetout. J'ai prêté l'oreille, n'ayant que toi dans mes pensées, et j'ai mieux qu'espoir que tu les revoies.

Elle n'avait pas répondu, trop troublée, et elle avait l'impression qu'ils marchaient au hasard dans la forêt. Ils s'étaient retrouvés dans une clairière, auprès d'un entassement de roches, en ce lieu de fascination et de mystère dont ils n'avaient jamais reparlé et où tous deux revoyaient le vieux Heurtebise au milieu de ses loups, avec le souvenir de son amour déchiré à coups de pierres, avec l'ombre de la jeune femme dont il n'était pas l'époux en sacrement de Dieu... Avec Heurtebise, charbonnier de la Charbonnerie, mort l'année passée, solitaire et pour toujours enchaîné à sa passion de nature et de liberté. « On était deux au même plan, comme un couple de loups. »

C'était Marie qui avait mené Louis vers les fourrés où ils avaient vu le vieil homme disparaître, avec son cortège sauvage de bêtes grises. Elle n'avait pas de remords, elle choisissait ce mariage dans la forêt, la fille au loup, elle lui donnait par avance confiance et éternité, et elle ne doutait pas de la bénédiction divine, dans cette église de verdure.

L'ouverture du Café de la Halte avait été un véritable succès. Louis était venu, après la fête, pour aider à remettre en ordre, rentrer les tables et les bancs, les tonneaux qui avaient servi d'estrade au violoneux et au pibolou.

Céline referma la porte et recula de quelques pas, elle regardait l'inscription qui barrait la façade de la bâtisse.

— Café de la Halte. Landry...

Elle s'était appuyée sur lui, dans un mouvement d'affection et de reconnaissance.

— Merci. Je suis heureuse.

— Et merci de quoi, pauvre follasse ? Merci d'être capable, merci d'avoir la tête à monter une affaire qui marche ? Té, mon pauvre Louis, je te le dis, quitte donc l'idée de te marier, les femmes ça ne porte qu'emmerdations et tracasseries. Surtout les meilleures, comme les nôtres...

— Non, non, Monsieur Rebeyrolles, au contraire, ça ne fait que me presser davantage !

— C'est trente ans de plus que tu me fous à l'échine, avec ton monsieur ! Appelle-moi donc Mousin, comme fait cette drôlesse, depuis quinze ans déjà...

— D'accord, et de bon cœur. Si vous voulez, Mousin, et vous bien entendu les meilleures des femmes, on a le temps de passer à la Croix, avant que la nuit tombe. Je n'ai pas encore montré à Marie, j'attendais que ça prenne tournure.

Il les fit entrer dans une pièce nue, avec juste une table, un banc, une paillasse. Marie regardait sa maison, claire encore à cette heure tardive, avec ses deux fenêtres en vis-à-vis. Les dalles de pierre étaient inégales de taille, mais on les devinait fraîchement poncées, blanches et sonnantes sous les pas. D'un seul coup d'œil elle vit la grande cheminée flanquée du potager, l'évier creusé dans le mur, la verdure qui paraissait à travers sa lucarne ovale. Sa maison et non plus celle des autres, aussi bien qu'on l'y traite... « Chez nous, ma maison. » Elle prenait conscience de n'avoir jamais prononcé ces mots.

— Tu te plairas, Marie, tu ne dis rien ?

— Oui, oh ! oui, je me plairai... Louis, c'est tout ce que j'aime.

— Et encore, imagine avec le meuble ! Du simple, ne t'attends pas à merveille...

Céline et Mousin étaient sortis, elle les entendait qui parlaient, accoudés à la muraille, une belle vue, un petit bout de terrain... Louis continuait à développer ses projets sur le mobilier.

— Pour le lit, ne tourne pas la tête, sournoise, j'ai déjà du beau noyer. Ici, un cabinet en merisier, avec la soupière fleurie, de l'habitude, du tout venant. Et tout en face la porte, un vaisselier. Rien que pour toi. Comme tu n'en verras jamais d'autre. Sans sculptures, droit et solide, comme toi. Avec en incrustation sur les portes, pour qu'il te ressemble mieux, une étoile et un cœur. Et pour moi un oiseau, en souvenir de mon vœu aux oies sauvages...

Extrait de l'état-civil de Sainte-Néomaye :

L'an 1861, le 4 du mois de juin sur les onze heures du matin... sont comparus devant nous pour contracter mariage,

Mainard Louis, profession de menuisier, demeu-

rant à Sainte-Néomaye, âgé de 33 ans... fils majeur et légitime de Mainard Pierre, menuisier à Vix, ici présent et consentant...

Therville Marie, profession de domestique, demeurant à Sainte-Néomaye, âgée de 24 ans... fille majeure et a été légitimée par l'acte de mariage de ses père et mère, de Therville Pierre, profession de journalier à Bouchetout, et de Therville Marie-Madeleine, ici présents et consentants audit mariage.

GLOSSAIRE

ABEDOUNER (s') : prendre du ventre.
ABRICHER : recouvrir.
ACCACHER : appuyer.
ÂCRERIE : chose usée, sans valeur, bonne à jeter.
ACCUEILLAGE : foire où se louaient les valets et les servantes.
AIGAIL : rosée.
APRÈS (d') : il paraît, on dit que.
ARANTELLE : toile d'araignée.
ARTIFAILLE : vêtements, avec idée péjorative : affublement.
ASSIMENTÉ : épicé.
AVIRE-MOUCHES : gifle.

BAC : évier de pierre.
BARRASSOU-SE : faiseur-euse d'embarras.
BERDASSOU-ASSE : bavard-e.
BERGÈRES (ALLER AU CHAMP LES) : courtiser les filles lorsqu'elles gardent le troupeau.
BERLAUDÉ : piqué de vers (berlaus).
BIANCHET : corsage généralement en droguet.
BIE (ou buie) : cruche à bec pour boire à la régalade.
BONNES-GENS ! : exclamation de pitié.
BOULITTER : regarder par une « boulitte », petite ouverture. Plus généralement : épier sans être vu.
BOUILLIFE : cloque-ampoule.
BOUQUER : bouder.
BOURGNE : jarre à couvercle, en vannerie de paille et d'écorce de ronce.
BRANDE : genêt.
BRUNETTES (PORTER LES) : porter les cordons du poële.
BUGEAILLE : lessive annuelle ou bisannuelle du linge.
BURGAUDER : mugir, en parlant du taureau.

CABEURNOT(OTTE) : creux, en parlant d'un tronc d'arbre, d'une noix.
CACHILLOUSE : se dit d'une poule qui cache ses œufs.
CAGOUET : nuque.
CHALINE : orage.
CHAS-PETIT : peu à peu, doucement.
CHENASSIER : homme à femmes, coureur.
CHÉTI : méchant.
CHOIX (À) : difficile, exigeant, sur la nourriture spécialement.
CHRÉMEAU : bonnet de baptême.
CLAIR : se dit des œufs non fécondés, et par extension d'une femme stérile.
COMPTANT (TOUT) : tout à l'heure, il y a peu de temps.
COUÉ (NI POND NI) : ni pondu ni couvé. Se dit d'un animal de médiocre apparence.
COURTILAGE : ensemble des servitudes, bâtiments et cours qui entourent une maison.
COUSSOTTE : récipient à manche creux pour puiser l'eau dans le seau.
CRÉCHOISE : coiffe de la région de la Crèche et Saint-Maixent.
CREVER (TARZE À) : vieillard peu aimable dont la mort est souhaitée, littéralement tarde à crever.

DRAPEAUX : couches et langes de bébé.

ÉBERNER : écraser.
ENFILADE : long buffet bas à quatre ou cinq portes.
ÉPARER : éparpiller.
ÉRALER : déchirer.
ESSANGER : effectuer le savonnage du linge, qui attendait ensuite la « bugeaille » annuelle.

FERLASSER : faire du bruit, s'agissant surtout d'objets métalliques entrechoqués.
FIA : filleul.
FOIGNE : boue.
FOUILDRE (ou fouiltre) : grande débandade de bétail, spécialement des mules, sur une foire.
FRUCHTER : fureter, fouiller.

GARROCHER : jeter.
GASSOUILLER : agiter de l'eau, barboter.
GÂTÉ (CHIEN) : chien enragé.
GÂTER : faire mal.
GOUJER : gaver, avoir du mal à avaler un mets trop compact.
GRAFFIGNER : griffer.
GRAND'COIFFE : cape à capuchon.

GRAPPE-CHAT (À) : à quatre pattes.
GRIPPET : chemin qui monte.

HASARD (D') : sans doute, peut-être.
HOZANNE : la fête des Rameaux (dans la région, c'est le buis appelé hozanne, qui est béni à cette occasion).
HUCHER : héler, appeler.

JAUNET : louis d'or.
JARGOTER : bruit produit par une sauce qui mijote.

LOUP (POIX DE) : spores du champignon dit « vesse de loup », que l'on supposait pousser aux endroits où des loups avaient uriné
LUMA : escargot.

MACHER : meurtrir.
MALÉNER : avoir du mal à faire quelque chose.
MALVINA : coiffe du canton de Menigoute.
MERIENNE : la méridienne, la sieste.
MÊME (DE): ainsi, de cette façon.
MÉTIVES : moisson.
MIJET : pain coupé dans du vin (ou du lait) froid et bien sucré.
MOGUE : récipient à boire, en faïence ou en verre.
MURAIL : le tas de pommes mises à mûrir.
MUSSER : passer par un trou dans une haie, une clôture.

NAPPE : bardane.
NIGEASSANT : se dit d'un travail long, minutieux, répétitif.
NOMBOURAIL : nombril.
NOUZILLES : noisettes.

PALISSE : haie vive.
PALISSON : grande corbeille de vannerie, en paille et écorce de ronce.
PANTINES : parties de la coiffe encadrant le visage.
PARER : éplucher les légumes.
PATTE (PATTE À) : à égalité.
PETIT (UN) : un peu.
PÉTRA : lourdaud, balourd.
PIVELER : se couvrir de taches de rousseur.
PONNE : grand bassin de pierre pour la lessive.
POTAGER : sorte de placard creusé dans le mur près de la cheminée. Des trous recevaient les braises pour le mijotage des plats.
POTIN : récipient à long manche, qui servait à puiser le lessif bouillant dans la chaudière, pour en arroser le linge entassé dans la ponne.
PROMENOU : appareil en bois muni de petites roues, dans lequel on plaçait les enfants pour leur apprendre à marcher.

QUARRE : dispute.
QUARRER (SE) : se redresser avec fierté.

RABÂTER : faire du bruit en frappant, spécialement du bois.
RABOULOT : trapu, râblé.
REBOMBER : rebondir.
RESSOUNER : prendre le repas de midi.
RIGAL : repas organisé après qu'on ait tué et cuisiné le cochon, composé exclusivement de porc.
RIGUENI : enfant ou animal chétif, malingre.
RIPOUNER (CHANSON À) : chanson où l'on reprend les thèmes en les allongeant, exemple : gentille alouette.
ROGNE : croûte sur une plaie.
ROLLON : barreau de chaise ou d'échelle.
ROUGET : os.

SABARON : sorte de chausson en basane.
SABER : enlever la couche superficielle, peau, écorce..
SANER : faire des reprises.
SÉTREMOI : Sainte-Néomaye.
SILER : pousser des cris aigus : le cochon sile.
SINCE : serpillière.
SUBIET : sifflet.

TABUSSER : tracasser, faire souci.
TAPER : fermer, taper sa goule : se taire.
TOILE (FUSIL DE) : bissac des mendiants et des chemineaux.
TRICOLER : tituber, chanceler, spécialement sous l'effet de l'ivresse.
TROUFFE : pomme de terre.

VA-DEVANT : valet qui dirige les autres. On disait aussi grand valet.
VERSANNE : sillon tracé d'un bout à l'autre du champ.
VEZOUNER : tourner, s'agiter sans efficacité.

TABLE

La nuit où l'écurie aux mules brûla 9
Sainte-Néomaye dans le val de Sèvre 24
Le jour où le Grand Mousin trouva un pays.... 29
L'héritage de Jean Therville 50
Le jour où Madeleine se sentit à jamais étrangère 54
Dans la cale de *La Surveillante* 78
Le soir où Marie Therville rencontra Heurtebise 83
Le tonnerre de Brest 106
Le soir où la prison se referma sur une chanson . 110
Madame de Saint-Apremont............ 138
Le jour où Marie et Louis virent passer les oies sauvages 144
L'arrivée de Jean Therville en Gâtine 180
Le jour où le Grand Mousin pensa mourir 185
Le dernier galop de Jean Therville........... 209
Le jour où Marie atteignit ses vingt ans 216
L'étreinte de glace........................ 252
Le jour où Marie se rendit rue Vieille-Rose 256
De Chaussauvent à Bouchetout............. 292
Le soir où la Sèvre coulait avec un bruit d'éternité 297
Pierre Therville, journalier 320
Le jour où le Grand Mousin trinqua pour une Espagnole 324
Pierre et Marie-Madeleine 350
Le jour où le menuisier promit le buffet aux cœurs 357

Glossaire 377

Achevé d'imprimer le 18 mars 1987
sur presse CAMERON,
dans les ateliers de la S.E.P.C.
à Saint-Amand-Montrond (Cher)

Imprimé en France
— N° d'édit. 4484. — N° d'imp. 534. —
Dépôt légal : mars 1987.
43-01-0269-04
ISBN 2-863-74-252-3